Klaus Wanninger

SCHWABEN-FILZ

KBV

Originalausgabe

www.kbv-verlag.de
E-Mail: info@kbv-verlag.de
Telefon: 0 65 93 - 99 86 68
Fax: 0 65 93 - 99 87 01
Umschlagillustration: Ralf Kramp
Redaktion: Volker Maria Neumann, Köln
Druck: Aalexx Buchproduktion GmbH, Großburgwedel
Printed in Germany
ISBN 978-3-942446-31-0

1. Kapitel

Mitten im Wüten der Wasserwerfer nahm er das seltsame Geräusch zum ersten Mal wahr. Verzweifelt um Luft ringend, das Gesicht in panischer Angst ins Kissen gepresst, schreckte er aus dem Schlaf. Er hatte Mühe, sich aus seiner erstarrten Haltung zu lösen, sein ganzer Körper, Arme, Brust und Beine schienen gelähmt, vom Würgegriff der gerade wieder erlebten Gewaltszenen in Beschlag genommen. Beide Teile seines Pyjamas klebten schweißnass an seinem Leib. Ihm fehlte die Kraft, sich von dem grauenvollen Geschehen zu lösen, nur langsam, allzu langsam fand er in die Wirklichkeit zurück. Das schrille Quietschen einer alten Schranktür, dem Anschein nach in unmittelbarer Nähe seines Zimmers, durchbrach die nächtliche Stille.

Er hatte geträumt, lange und intensiv, seit Wochen immer wieder dasselbe Geschehen. Der Albtraum wollte kein Ende nehmen, Nacht für Nacht. Das Wüten der Wasserwerfer, mit Schlagstöcken und Pfefferspray aggressiv angreifende Uniformierte, die verzweifelten Schreie der wehrlosen Opfer. Aus Zufall war er in den Park gekommen, seine gehbehinderte Mutter im Arm. Er hatte ihr versprochen, ihr beim Umsteigen noch einmal den Schlossgarten in all seiner Pracht zu zeigen, bevor er den Baggern zum Opfer fallen sollte. Mühsam humpelnd, Schritt für Schritt hatten sie das von unzähligen Menschen bevölkerte Gelände erreicht.

»Diese uralten Bäume wollen sie …«

Gerd Weissmann hatte das ungläubig in die Umgebung gerichtete Gesicht seiner Mutter unmittelbar vor Augen, erlebte das grauenvolle Geschehen Sekunde für Sekunde wieder mit. Der plötzlich, ohne jede Vorwarnung auf sie gerichtete Strahl des Wasserwerfers, der sie mitten im Augenblick ihrer Verwunderung von den Beinen holte und ihn mitsamt der verzweifelt nach Halt suchenden alten Frau auf den harten Asphalt warf, die von der Seite her plötzlich auf sie einstürmenden, vollständig vermummten, militärisch anmutenden Gestalten. Vom Schock des Überfalls wie gelähmt, war er endlich dabei, sich wieder aufzurichten und seiner laut schreienden Mutter zu Hilfe zu eilen, als ihn der Schlag mitten ins Gesicht traf. Für den Augenblick einer Sekunde hatte er die Besinnung verloren, er taumelte zur Seite, wurde erneut von einem Knüppel niedergestreckt. Hilflos nach Luft schnappend, fiel er auf den Boden, in einem Höllenstrudel unaufhörlicher Gewalt versinkend. Er wusste nicht mehr, wie ihm geschah, sah sich wieder von den alten, längst verschüttet geglaubten Bildern eingeholt, die er in seiner Kindheit in einem wahren Albtraum exzessiver Gewalt hatte erleben müssen. Die von blinder Wut verzerrte Miene des Vaters seines Freundes, der Pesthauch des Alkohols, der dem Atem des Alten entströmte, die unaufhörlich auf den jungen Körper wie die längst auf den Boden niedergestreckte Mutter einprasselnden Schläge …

Stoßweise atmend, mit den Händen durch die Luft rudernd, von Schweißausbrüchen gezeichnet kam er Nacht für Nacht zu sich, die Träume samt den Tag verfluchend, die das alte Erlebnis wieder in ihm hatten wach werden lassen. Und jeden Morgen aufs Neue sehnte er die Möglichkeit herbei, dem Ganzen ein Ende zu setzen – so wie damals, als die alte, versoffene Bestie in einem Hagel tödlicher Schläge endgültig zu Boden gegangen war.

Erneut vernahm er das seltsame Geräusch, ähnlich dem Tapsen von Füßen auf alten Holzdielen, er versuchte, die Schatten der Traumwelt von sich zu schieben und in die Wirklichkeit einzutauchen. Es war noch dunkel, nicht einmal ein Hauch des neuen Tageslichts war zu erahnen. Er versuchte, die Umrisse des kleinen Zimmers zu erkennen, hörte jetzt deutliche Schritte im angrenzenden Raum. War sein Freund aufgestanden, um sich etwas zum Essen oder Trinken zu holen, oder war er einfach erwacht und fand jetzt nicht mehr in den Schlaf? Er dachte an die gemeinsamen Erlebnisse der vergangenen Jahre und war sich darüber im Klaren, dass schon ein Bruchteil davon genügte, die nächtliche Ruhe zu rauben.

Das Knarzen einer Türklinke riss ihn aus seinen Gedanken, katapultierte ihn in die Realität zurück. Er schob seinen Oberkörper vorsichtig in die Höhe, versuchte, sich im Zimmer zu orientieren. Das Oberteil des Pyjamas klebte an seinem Rücken, von den Schweißausbrüchen der vergangenen Stunden völlig durchnässt, Morgen für Morgen das gleiche unangenehme Gefühl. Er riss sich den Stoff vom Leib, griff nach dem Handtuch, das auf dem Nachttisch bereitlag, wischte sich die klebrige Feuchtigkeit von der Haut. Im selben Moment hörte er, wie die Außentür ins Schloss fiel. Er drückte das Tuch an seine Brust, lief zu dem kleinen Fenster, starrte in die Umgebung.

Das Gelände lag in nächtlicher Ruhe vor ihm, nichts schien verändert. Der Garten herbstlich verfärbt, zwar noch mit intensivem Bewuchs, die Äste und Zweige der Bäume und Büsche jedoch teilweise schon ihres Laubs beraubt. Am Rand des schmalen Wegs, der zur Straße führte, Stapel dünner Äste und Stämme, Berge von Holz, das Hellner dort für den Winter lagerte. Er wandte den Blick zur Seite, sah eine kräftige, nach vorne geduckte Gestalt zur Gartenpforte huschen. Auch wenn er sich noch so klein zu machen suchte, er erkannte ihn sofort: Götz Hellner, sein Freund, in dessen altem, etwas vergammelten, kleinen Haus er hier für wenige Tage als Gast logierte.

Er schielte zu seinem Arm, sah, dass es gerade drei Uhr war, mitten in der Nacht, wusste nicht, was das zu bedeuten hatte. Wieso schlich Hellner sich um diese Zeit aus dem Haus?

Eine Windböe fuhr durch den Garten, wirbelte Blätter und kleine Zweige in die Höhe. Büsche, Stauden und Äste wogten hin und her. Weissmann starrte zur Gartenpforte, sah Hellner darüberklettern und auf die Straße verschwinden. Er wusste, wie abgespannt und verbittert der Mann zur Zeit war, hatte schon kurz nach seiner Ankunft erschrocken das Ausmaß seiner Verstimmung zur Kenntnis genommen. So hatte er den Freund seit ihren gemeinsamen Kindertagen kaum erlebt. Machte ihm die berufliche Veränderung dermaßen zu schaffen?

Er wusste um den Stress des Mannes, kannte den Moloch aus Lügen, gesetzeswidrigen Machenschaften und Intrigen, denen Hellner seit seinem Wechsel nach Berlin ausgesetzt war. Sie trafen sich oft genug in der Hauptstadt, tauschten ihre Erfahrungen bis ins Detail aus. Nie zuvor hatte Hellner es so sehr bereut, seine alte Tätigkeit aufgegeben zu haben. Das sei mit Abstand die schönste Zeit seines Lebens gewesen, hatte er ihm wieder und wieder versichert, warum nur war er nicht in Reutlingen geblieben?

Junge, wissbegierige Leute aus allen Teilen der Welt um sich, vorurteilsloser Austausch von Informationen, Gespräche, Diskussionen mit Experten aus sämtlichen Kontinenten, Kolloquien, Konferenzen, Tagungen – so hatte er es geschildert. Dazu der enge Verbund mit der real existierenden Welt, die Ausarbeitung konkreter Konzepte zur Gesundung und Stabilisierung kleiner und großer Betriebe – mit vollem Engagement hatte Hellner dafür gekämpft, Arbeitsplätze zu erhalten, oft sogar, neue zu schaffen. Und unzählige Male war es ihnen gelungen. Für ihn war die Tätigkeit als Dozent an der

Reutlinger Hochschule zur Erfüllung geworden. Woche für Woche hatte er seine Arbeit an der ESB Business School, der betriebswirtschaftlichen Fakultät der Hochschule, genossen. Doch dann der unselige Entschluss, nach Berlin zu wechseln, sich in die Fänge des dortigen korrupten Geflechts zu begeben …

Weissmann spürte seine Erschöpfung, fühlte sich zu müde, noch länger über all das nachzudenken. Ohne Licht zu machen, tastete er sich vorsichtig zu seinem Bett zurück. Was immer Hellner beabsichtigte, es ging ihn nichts an. Der Mann musste mit seinen nächtlichen Exkursionen selbst zurechtkommen. Schließlich war er kein kleines Kind mehr, das einen Aufpasser benötigte.

2. Kapitel

Es war spät geworden am Abend zuvor. Der sportliche Erfolg ihres Sohnes Johannes, unglücklicherweise an einem Dienstag erzielt, war von seinen Freundinnen und Freunden ausgiebiger gefeiert worden als Katrin Neundorf und ihr Partner Thomas Weiss es erwartet hatten. Hätte der 14-Jährige seinen Titel als erfolgreichster Teilnehmer im Badminton bei *Jugend trainiert für Olympia* im Bereich des Regierungspräsidiums Stuttgart an einem Freitag erzielt, niemand hätte einen Einwand formuliert, die Party aufs nahe Wochenende zu verlegen, nicht einmal ein Donnerstag hätte Anlass zu dieser Ablehnung gegeben. Der Dienstag aber …

»Ihr glaubt doch nicht, dass ich bis zum Samstag warte? Sechs Tage? Was denken die Jungs denn da von mir?«

Weder der Einwand Neundorfs, dass es sich von Dienstag bis Samstag um eine Zeitspanne von vier und nicht von sechs Tagen handelte, noch der Hinweis darauf, dass man die Feierlichkeiten angesichts des folgenden Sonntags nicht am frühen Abend schon würde zu einem Ende bringen müssen wie unter der Woche, wurden als stichhaltiges Argument akzeptiert.

»Ich habe nun mal am Dienstag gewonnen. Und weil wir weder am Donnerstag noch am Freitag eine Klassenarbeit schreiben und auch niemand ein Referat oder eine GFS halten muss, gibt es überhaupt keinen Grund, nicht am Mittwoch zu feiern. Nur keine Angst, am Donnerstagmorgen sind wir alle wieder fit.«

Um sich langwierige Auseinandersetzungen zu ersparen und weil Thomas Weiss versprochen hatte, sich den Mittwochnachmittag und -abend auf jeden Fall freizuhalten, waren sie schließlich bereit gewesen, einzulenken. Mit 14 Jahren flog das Leben bei Weitem noch nicht so schnell dahin wie später, wusste Neundorf aus ihrer eigenen Kindheit, in diesem Alter konnte das Warten von Dienstag bis Samstag tatsächlich zu einer mehrere Ewigkeiten dauernden Zeitspanne ausarten.

Unmittelbar nach dem Ende des Nachmittagsunterrichts waren die ersten Gäste deshalb eingetrudelt, in bester Stimmung und, was die männlichen Besucher anbetraf, mit einem Appetit, als hätten sie gerade mehrere Hungerjahre hinter sich. Thomas Weiss war jedenfalls unermüdlich damit beschäftigt, immer neue Pizzen in den Ofen zu schieben und Berge von Spaghetti mit Soße zu begießen. Endlich, kurz vor Mitternacht, war auch der letzte Besucher satt und nach langwierigen Diskussionen von einem restlos erschöpften Elternteil in Empfang genommen worden. Die Wohnung im Waiblinger Ameisenbühl befand sich in einem erdbebenähnlichen Zustand. Gegen zwei Uhr hatten Neundorf und Weiss die offenkundigsten Missstände beseitigt.

Der Anruf zehn nach sechs riss die Kommissarin deshalb um Stunden zu früh aus dem Schlaf. Sie wälzte sich zur Seite, starrte auf das Ziffernblatt des Weckers, griff dann mit missmutigem Stöhnen nach dem Hörer. »Ja?«

»Hm, es ist so, Frau Neundorf, also, wir haben …«

Trotz der kurzen Nacht benötigte sie nur wenige Sekunden, um zu sich zu kommen. Die weniger erfreulichen Seiten ihres Berufs waren ihr inzwischen zur Genüge vertraut. Seit fast zwei Jahrzehnten arbeitete sie beim Landeskriminalamt in Stuttgart, derzeit in der Position einer Kriminalhauptkommissarin. Mitten in der Nacht, am Wochenende oder – wie jetzt – am frühen Morgen seiner beruflichen Pflichten erinnert zu werden, vermochte da keine allzu großen Adrenalinschübe auszulösen. Es sei denn, sie hatte das umständliche Gestammel eines bestimmten Kollegen in der Leitung.

»Um was geht es, Stöhr?«, blaffte sie den Mann deshalb an. »Sagen Sie es kurz und knapp.«

Der Polizeiobermeister schnappte hörbar nach Luft, folgte dann ihrer Aufforderung. »Es ist so, wir haben eine Leiche. Tut mir leid …«

»Wo?«

»In Reutlingen.«

»Wo in Reutlingen? Die Stadt ist groß.«

»In der Nähe der Hochschulen.«

Neundorf sah, wie ihr Lebensgefährte mit den Augen blinzelte und verschlafen zu ihr herüberschielte. »Haben wir genauere Informationen?«, erkundigte sie sich.

Stöhr fiel wieder in seine gewohnte Ausdrucksform zurück. »Es ist so, also, hm, eine weibliche Leiche. Ich, äh, übermittle Ihnen die Nummer der Kollegen vor Ort.«

»Tun Sie das, ja.« Sie folgte den Erklärungen des Mannes, speicherte die Ziffern. »Die Spurensicherer sind informiert?«

»Hm, das werde ich sofort erledigen. Und Ihren Kollegen Grinsekäser ebenfalls.«

»Wie bitte?«

»Er hat Bereitschaft.«

»Das spielt keine Rolle. Lassen Sie den aus dem Spiel, sonst können Sie selbst nach Reutlingen fahren.«

Grinsekäser hatte ihr gerade noch gefehlt. Ein unfähiger, aufgeblasener Vollidiot, in den letzten Tagen der abgewählten Regierung aus einem anderen Landesteil kommend ins Amt gewechselt. Dass ausgerechnet der eine der raren Kommissarsstellen ergattert hatte, war dem Gerücht nach nur mit dem überall im Land kurz vor dem Machtwechsel noch in aller Schnelle durchgeführten Beförderungsprogramm für langjährige Parteimitglieder zu verstehen. Angeblich war Grinsekäser dabei gleich um zwei Gehaltsstufen in die Höhe geklettert.

Der Polizeiobermeister versprach, sich sofort um die Benachrichtigung der Spurensicherer zu kümmern, beendete das Gespräch.

»Reutlingen?«, brachte Thomas Weiss müde hervor.

Sie beugte sich zur Seite, drückte ihm einen Kuss auf den Mund, nickte. »In der Nähe der Hochschulen.«

»Wer wurde ermordet?«, fragte er. »Ein Student?«

»Ich weiß es nicht. Eine weibliche Leiche, mehr brachte Stöhr nicht auf die Reihe.«

»Na, dann wünsche ich dir, dass sie nicht allzu übel zugerichtet wurde.«

Dein Wort in Gottes Ohr, ging es ihr durch den Sinn. Nicht allzu übel. Was immer das heißen mochte. Sie hörte das Versprechen ihres Lebensgefährten, sich um Johannes' Frühstück und dessen rechtzeitigen Aufbruch zur Schule zu kümmern, bewegte sich müde aus dem Schlafzimmer. Sie setzte die Kaffeemaschine in Betrieb, machte sich dann im Bad zu schaffen. Nach einem dürftigen Frühstück verließ sie die Wohnung.

Kurz vor halb acht hatte sie Reutlingen erreicht. Sie kannte die reizvoll am Fuß der Achalm gelegene Stadt von vielen privaten wie beruflichen Besuchen, steuerte die Richtung des am westlichen Rand auf einer Anhöhe gelegenen Hochschul-Areals an. Unterwegs hatte sie sich bei den Kollegen der Reutlinger Bereitschaftspolizei über die genaue Lage des Fundorts der Leiche informiert und erfahren, dass ein Mann dabei überrascht worden war, wie er die Tote gerade hatte wegschaffen wollen.

»Der Mann konnte überwältigt werden?«

»Wir haben ihn festgenommen, ja«, hatte der Beamte erklärt.

»Er wurde bereits überprüft?«

»Tut mir leid, nein, dazu ...«

»Wie steht es mit seinen Personalien?«

»Wir sind gerade dabei, sie zu ermitteln.«

»Und was ist mit der toten Frau? Ihre Identität ist geklärt?«

»Nein. Der Festgenommene behauptet, sie nicht zu kennen.«

Neundorf hatte den Kollegen ihr baldmöglichstes Erscheinen zugesagt, war dann auf dem kürzesten Weg nach Reutlingen gefahren. Gerade als sie die gesuchte Adresse erreichte, hatte sich der Beamte telefonisch bei ihr gemeldet und ihr den Namen des vermeintlichen Täters mitgeteilt.

»Ein Götz Hellner, gemeldet in Reutlingen.«

»Haben wir ihn im Computer? Irgendeine Auffälligkeit, eine Straftat, ein alter Bekannter?«

»So weit sind wir noch nicht«, hatte der Kollege erwidert, Verlegenheit in der Stimme. Lautes Rufen war aus dem Hintergrund zu vernehmen. »Wir kommen im Moment auch nicht dazu. Hier stehen dermaßen viele Schaulustige. Wir haben alle Hände voll zu tun …« Er war mitten im Satz von schrillem Kreischen unterbrochen worden.

»Zwoi Dote, wirklich?«

Neundorf sagte ihm zu, sich um die Überprüfung des Mannes zu kümmern, übermittelte Stöhr den Auftrag.

»Wie lautet der Name?«

»Hellner, Götz.«

Sie beendete das Gespräch, sah die Straße vor sich von einer anscheinend endlosen Autoschlange verstopft. Mehrere Fahrer hupten ungeduldig, andere standen mitten auf der Fahrbahn, mit aggressiven Mienen nach vorne starrend.

Sie rangierte ihren Wagen in eine Parklücke, klemmte das Schild *Dienstfahrzeug/Polizeiliche Ermittlungen* unter die Windschutzscheibe, folgte dann dem schmalen Gehweg. Das aufgeregte Palaver der am Fundort der Leiche versammelten Menschenmenge war schon von Weitem zu hören. Die Straße lag an dieser Stelle in einer leichten Kurve. Herbstlich verfärbte, nur vereinzelt schon ihres Blattwerks beraubte Büsche und Bäume gaben ab und an die Sicht auf großzügig ausgebaute Mehrfamilienhäuser und weitläufige Eigentumswohnungskomplexe frei. Eingebettet in eine parkähnliche Landschaft mit penibel gemähten Rasenflächen, einzelnen Sträuchern und großzügig bemessenen, in den Hang geschobenen Tiefgaragen kündete das gesamte Viertel vom Wohlstand seiner Bewohner. Hier lebten keine unterbezahlten Polizeibeamten, überlegte Neundorf, hier gaben sich besser betuchte Herrschaften die Klinke in die Hand.

Sie näherte sich der heftig diskutierenden Menge, schob sich an mehreren Frauen und Männern vorbei, schlüpfte dann unter dem rotweißen Absperrband hindurch.

Zwei uniformierte Beamte schossen fast gleichzeitig auf sie zu, packten sie von beiden Seiten an den Armen, versuchten, sie zurückzudrängen.

»Halt, junge Frau, do gohts et weiter«, schimpfte der Ältere, ein korpulenter, verärgert dreinblickender Kollege im älblerischen Schwäbisch. »Des ischd a polizeiliche Ondersuchung. Hent Sie koi Auge em Kopf ...« Er verstummte mitten im Satz, starrte perplex auf ihren Ausweis, den sie ihm vor die Nase hielt.

»LKA«, stellte sie sich vor, »Neundorf ist mein Name.«

Der Mann zog seine Hände zurück, musterte sie ungläubig. »Sie?«

»Was will denn die Schlampe?«, rief eine kräftige, männliche Stimme aus der Menge, »die denkt wohl, sie ka sich älles erlaube, wie?«

Die Kommissarin reagierte nicht, wartete, bis die beiden Uniformierten endlich soweit waren, zu begreifen, wen sie vor sich hatten und ihr freien Durchgang gewährten.

Sie lief zum Gartenzaun, sah sich einer völlig veränderten Szenerie gegenüber. Links und rechts von großzügig geschnittenen, mit auffallend breiten Balkonen geschmückten Wohnkomplexen flankiert, erstreckten sich unmittelbar vor ihr zwei schmale Parzellen mit einfachen, nicht gerade vom Wohlstand ihrer Besitzer kündenden, spitzgiebligen, kleinen Häusern. Im Gegensatz zu ihrer Umgebung schien die Zeit hier in den fünfziger oder sechziger Jahren des vergangenen Jahrhunderts stehen geblieben zu sein. Erstrahlte bei dem rechts gelegenen Gebäude wenigstens die offensichtlich frisch hergerichtete Fassade in belebendem Zitronengelb, so fehlte dem Bauwerk, auf das sie gerade zusteuerte, jeder Ansatz einer Renovierung, so dringend notwendig das auch schien. Graubraune Wände, mehrere defekte Ziegel auf dem Dach, dazu ein von der Last der Jahre gezeichneter, windschiefer, auf der linken Seite angebauter Schuppen – das Haus machte nicht gerade einen sonderlich vertrauenerweckenden Eindruck. Getrennt wurden die beiden schmalen Parzellen von einem annähernd zwei Meter hohen, von Büschen und dünnen Bäumen flankierten Maschendrahtzaun, dem auf der linken Seite mehrere Holzstapel sowie Berge von Ästen und Zweigen vorgelagert waren. Unmittelbar an den Zaun grenzten links und rechts die Eingänge zu den beiden Häusern: Zwei einander ähnliche, niedrige und offensichtlich leicht zu öffnende Gartentüren, von denen sich zwei schmale, parallel verlaufende Wege zu den beiden Häusern zogen. Die Leiche musste auf dem linken Grundstück gefunden worden sein, hier jedenfalls machten sich die Kollegen zu schaffen.

Neundorf hatte Schwierigkeiten, das Gelände komplett zu überblicken, sah sie sich doch von mehreren kräftigen Arbeitslampen im Vordergrund geblendet. In hellgrüne Plastikoveralls gehüllte Gestalten waren mit der Untersuchung des Bodens beschäftigt. Das Licht war so grell, dass sie die Männer im ersten Moment nicht erkannte. Erst als sie ihre

Augen zusammenkniff, sah sie, dass es sich um Dr. Dolde und Rauleder, die Spurensicherer des LKA, handelte.

»Oh, ihr seid schon da?« Sie begrüßte die beiden Männer, versuchte, sich in dem grellen Licht zurechtzufinden. »Das ging aber schnell.«

»Wir waren in der Nähe«, erklärte Dolde kurz angebunden. »Autounfall bei Wannweil. Heute Morgen kurz vor sechs«

»So schlimm?«, fragte sie. Normalerweise kümmerten sich die Techniker der regionalen Kriminaldirektionen selbst um Vorfälle in ihrem Revier. Die Spezialisten des LKA wurden nur zu Rate gezogen, wenn es sich um außergewöhnlich gravierende Vorkommnisse handelte.

»Drei Tote«, gab Dolde zur Antwort. »Und drei Schwerverletzte.«

»Mit minimalen Überlebenschancen. Die sind auch schon so gut wie hinüber«, ergänzte Rauleder.

Keine weitere Bemerkung, nicht ein einziges Wort. Der Unfallort musste übel ausgesehen haben, wusste Neundorf, das Verhalten der Kollegen sprach Bände. Eine von Wrackteilen, abgetrennten menschlichen Gliedmaßen und vergossenem Blut übersäte Fahrbahn, sie kannte ähnliche Szenerien zur Genüge. Niemand war fähig, diesen Anblick schnell zu vergessen. Selbst die erfahrensten Beamten hatten damit zu kämpfen, solche Bilder aus ihrem Gedächtnis zu löschen. Manchmal waren sie wochenlang damit beschäftigt, besonders, wenn es sich um jüngere Opfer handelte. Die direkte Konfrontation mit dem Tod zu verarbeiten, hatte sich auch nach vielen Jahren Arbeit bei der Kriminalpolizei nicht zur Routine entwickelt.

»Die Leiche liegt dort vorne.« Rauleders Worte rissen Neundorf aus ihren Gedanken. Sie folgte dem Fingerzeig des Kollegen, sah einen uniformierten Beamten wenige Meter vor der Eingangstür des Gebäudes stehen.

»Dr. Schäffler war schon da. Er lässt sie holen, sobald du sie begutachtet hast.«

»Der angebliche Täter ...?«

»Er ist im Haus. Von zwei Kollegen bewacht.«

Sie bedankte sich für die Auskunft, lief aus dem grellen Licht auf das Haus zu. Sie sah jetzt deutlich, wie klein es war. Zwei Stockwerke, das obere aber völlig in der Schräge, an der Vorderseite ein einziges Fenster, das reichte kaum für eine Familie, jedenfalls nicht nach dem heute gewohnten Standard. Der zur Straße hin vorgelagerte, vielleicht acht Meter lange Garten allerdings schien gepflegt, seine intensive Nutzung jedenfalls war nicht zu übersehen.

Sie war bei dem uniformierten Beamten angelangt, stellte sich vor, erkannte ihn an der Stimme. Sie hatten miteinander telefoniert. Er wies auf den von einer dunkelgrauen Plane verhüllten Körper vor sich, informierte sie ebenfalls darüber, dass der Gerichtsmediziner die Leiche bereits begutachtet hatte.

»Ein Herr Dr. ...« Er stockte, suchte nach dem Namen.

»Schäffler«, ergänzte sie.

Der Kollege warf ihr einen erstaunten Blick zu. »Dr. Schäffler, ja«, bestätigte er dann.

»Ich wurde bereits unterrichtet«, fügte sie hinzu.

Er zögerte einen Moment, wies auf den Boden. »Sie möchten ...«

Neundorf nickte, ging in die Hocke, zog die Plane von dem Körper. Die Frau schien ihr direkt in die Augen zu schauen. Sie erschrak, atmete tief durch, versuchte sich klar zu machen, dass sie es mit einem leblosen Körper zu tun hatte. Obwohl sie bereits unzählige Male mit dem Anblick von Toten konfrontiert gewesen war – für Momente wie diesen gab es keine emotionslose Routine. So oft sie sich einer Leiche gegenübersah – die Tatsache, dass es sich dabei um einen vor wenigen Stunden noch voll funktionsfähigen Menschen handelte, eine Person, die mit allem gerechnet hatte, nur nicht damit, dass ihrem irdischen Dasein ein abruptes Ende unmittelbar bevorstehen könnte, war ihr immer bewusst.

»Seit mindestens zwei Stunden tot, meinte der Gerichtsmediziner.«

Die Kommissarin schaute zu dem uniformierten Beamten hoch. »Seit mindestens zwei Stunden?«, fragte sie, auf die Leiche deutend.

Der Mann nickte.

Sie musterte das Gesicht der Frau, nahm die vom Todeskampf verzerrte Miene wahr, die höchste Qual und große Angst zum Ausdruck brachte. Der Mörder musste sie gewürgt und ihren Hals mit seinen Händen umklammert haben, die Spuren waren nicht zu übersehen. Und dann war da noch die große Wunde am Hinterkopf …

»Erwürgt und erschlagen, mehr wollte er nicht sagen. Seine Nummer sei Ihnen bekannt«, erklärte der Beamte.

»Die habe ich im Handy, ja.« Neundorf wandte sich vom Schädel der Toten ab, betrachtete deren seltsame Kleidung. Ein helles, über den Kopf gestülptes T-Shirt, das viel zu eng war und nur bis zu ihren Brüsten reichte, darunter eine grüne Bluse, Jeans und rote Slipper. Nicht gerade der richtige Dress für einen kühlen Herbstmorgen, überlegte sie. War die Frau in größter Not aus dem Haus gerannt, um nach Hilfe zu rufen, hier jedoch endgültig von dem Täter überwältigt worden? Draußen konnte sie sich kaum aufgehalten haben, jedenfalls nicht über längere Zeit, sowohl das T-Shirt und die Bluse als auch die Slipper sprachen dagegen, war Neundorf sich klar. Das helle, nur über den Kopf gestülpte T-Shirt wies zudem darauf hin, dass die Frau gerade im Begriff gewesen war, sich aus- oder anzuziehen, steckten doch beide Arme nicht in den Ärmeln. Vielleicht hatte es am frühen Morgen an der Haustür geläutet, sie war aus dem Bett gesprungen, hatte sich in aller Eile etwas übergezogen und die Tür geöffnet …

Neundorf sah das Motiv des sommerlichen Kleidungsstücks, die Umrisse einer sich räkelnden, jungen Frau mit attraktiven Körpermaßen, las den aufgedruckten Text: *Tu ihn unten rein.*

Sie erkannte es sofort wieder. Eine der widerlichsten sexistischen Darstellungen, die sie je gesehen hatte. Frauenverachtend und primitiv, aus der untersten Schublade. Nur völlig verrohten, von Testosteron-Wolken vernebelten Männerhirnen konnte diese Barbarei entsprungen sein. In den Auseinandersetzungen um den Versuch, den Stuttgarter Hauptbahnhof in zig Kilometer lange Tunnel zu verbannen, war dieses T-Shirt von den Befürwortern verteilt worden. Was war das für eine Frau, die sich freiwillig ein Kleidungsstück mit diesem widerwärtigen Motiv überzog?

Die Kommissarin musste an sich halten, der Toten das Shirt nicht vom Leib zu reißen. Sie schätzte die Frau auf Anfang bis Ende vierzig, soweit das angesichts deren vom Todeskampf in Mitleidenschaft gezogenen Gesichts möglich war. Neundorf konnte es sich nicht vorstellen, dass ein weibliches Wesen dieses doch etwas reiferen Alters sich freiwillig so kleidete. Oder hatte sie es in der nächtlichen Hektik, die unaufhörlich läutende Türglocke im Ohr, aus Versehen in die Hände bekommen?

Neundorf zog ihr Handy hervor, ließ sich mit dem Gerichtsmediziner verbinden. Dr. Schäffler meldete sich schon nach dem zweiten Läuten.

»Frau Neundorf. Guten Morgen.« Seine Stimme klang undeutlich, er schien zu kauen.

»Guten Morgen. Ich hoffe, ich störe nicht allzu sehr.«

»Kein Problem. Ich bin beim zweiten Frühstück. Heute war schon allerhand los. Wo sind Sie?«

»In Reutlingen.«

»Ja, die Frau vor der Haustür.« Dr. Schäffler schluckte, sprach dann weiter, jetzt anscheinend mit freiem Mund. »Von zwei kräftigen Händen erwürgt, die Abdrücke waren noch zu erkennen. Und anschließend mit einem harten Gegenstand erschlagen. Die Wunde am Hinterkopf. Was letztendlich zum Tode führte, kann ich erst nach der Obduktion sagen. Da wollte jemand ganz sicher gehen.«

»Wann ist es passiert? Ich meine, so in etwa …«

»Meinem vorläufigen Befund nach mitten in der Nacht. Als ich sie vor mir hatte, war es mindestens drei bis vier Stunden her. Nach dem ersten Augenschein, bitte. Vor fünf und nach Mitternacht, würde ich mal vermuten. Es sei denn, ich stoße bei der Untersuchung auf Überraschungen.«

»Ihr vorläufiger Befund, danke, der reicht vollkommen.« Neundorf kannte den Gerichtsmediziner seit mehreren Jahren, wusste um seine fachliche Kompetenz. Dr. Holger Schäffler war noch relativ jung, Ende dreißig ihrer Schätzung nach, galt dennoch bereits als Koryphäe seines Fachs. Natürlich musste er die Leiche obduzieren, bevor er sich zu einem endgültigen Urteil fähig sah, aus der Erfahrung heraus wusste sie jedoch, dass seine erste Aussage dem Untersuchungsergebnis fast immer verblüffend nahe kam, sie sich im Grundsatz darauf verlassen konnte. In den Stunden zwischen Mitternacht und fünf Uhr also war die Frau ermordet worden – von einem Täter, der sie erst brutal gewürgt und anschließend mit einem harten Gegenstand auf sie eingeschlagen hatte.

»Glauben Sie, dass es am Fundort passiert ist?«

Dr. Schäffler ließ sich mit seiner Antwort Zeit. »Die Wunde am Hinterkopf, sie muss einiges Blut verloren haben. Ihre Spurensicherer müssen sich darum kümmern.«

Neundorf bedankte sich für die Auskunft und gab ihm ihr Plazet, die Leiche abholen zu lassen. Sie wusste nicht, ob Dolde und Rauleder die Umgebung bereits nach Blut untersucht hatten, lief ins grelle Licht des Strahlers zurück, beugte sich zu den beiden Männern nieder.

»Ich frage mich, ob die Frau hier am Fundort getötet wurde«, sagte sie in gedämpftem Ton, die neugierige Menschenmenge draußen vor der Absperrung im Blick. »Die Wunde an ihrem Hinterkopf …«

»Was isch denn mit dem Weib«, kreischte eine laute Stimme von der Straße her. »Derf die denn grad do drin rumtrample wie sie will?«

Rauleder sah kurz auf, wandte sich dann seiner Kollegin zu. »Du willst wissen, ob wir Blutspuren haben, ja?« Er sah ihr zustimmendes Nicken, wies auf Dolde. »Wir fangen gleich damit an. Gib uns noch ein paar Minuten, okay?«

Neundorf hatte Schwierigkeiten ihn zu verstehen, weil die Unruhe auf der Straße zugenommen hatte, richtete sich wieder auf.

»Hent die den wirklich erschosse?«, hörte sie eine Frau schreien.

Die Antwort erfolgte postwendend. »Des isch doch koi Wunder bei dem Lompegsindel aus äller Herreländer, des sich bei os romtreibt.«

Sie beeilte sich, aus dem grellen Licht abzutauchen, marschierte an dem Beamten, der die Leiche bewachte, vorbei auf das Haus zu.

»Die Kollegen sind drin. Beim Täter«, sagte der Mann.

Neundorf betätigte die Türglocke, hörte deren melodischen Klang, der überhaupt nicht zu dem schrecklichen Geschehen, dessen Konsequenzen sie gerade begutachtet hatte, zu passen schien. Sie las das kleine Namensschild *Götz Hellner*, sah sich einer jungen Polizeibeamtin gegenüber, die die Tür öffnete.

»Guten Morgen. Mein Name ist Neundorf«, erklärte sie. »Ich komme vom LKA.«

Die Frau reichte ihr die Hand. »POM Kürzinger«, stellte sie sich vor, »guten Morgen. Sie wollen zu Herrn Hellner?«

»Ich würde gerne mit ihm sprechen, ja.«

Die junge Polizeiobermeisterin trat zurück, ließ die Besucherin eintreten. Es handelte sich um eine kleine, mit gepunkteten Fliesen ausgelegte Diele, wie sie sie von älteren Häusern her kannte, mit einem großen, vom Boden bis fast zur Decke reichenden Spiegel, der allerdings am unteren rechten Rand gesplittert war, und einer schmalen, mit zwei Kleiderhaken ausgestatteten Garderobe aus dunklem Holz.

Neundorf schloss die Haustür, folgte der Beamtin dann in ein angrenzendes, großes Wohnzimmer, das mit einem Tisch, einem Schrank, mehreren Stühlen und einem in der Nacht offensichtlich als Bett benutzten, mit Decken und Kissen belegten Sofa üppig bestückt war. Die gesamte Einrichtung wirkte altmodisch, kein einziges Möbelstück schien jünger als ein halbes Jahrhundert. Auch die dicken, leicht vergilbten Gardinen, an breiten, braunen Schienen befestigt, unterstrichen diesen Eindruck. Die beiden Männer im Eck bemerkte sie erst, als sie die Mitte des Raums erreicht hatte; die geöffnete Tür hatte sie verdeckt.

»Mein Kollege, POM Reule«, wies Kürzinger auf die beiden Anwesenden, »und Herr Hellner.«

Neundorf sah, wie die Männer sich von ihren Stühlen erhoben, stellte sich vor, reichte ihnen die Hand. Sie musterte den angeblichen Täter, nahm seinen müden, ausweichenden Blick sofort wahr. Er war recht jung, kaum über vierzig, trug eine dicke Winterjacke und ausgebleichte Jeans, hatte Pantoffeln an den Füßen. Seine blasse Miene wirkte verschlafen, er hatte sichtbar Mühe, sein linkes Auge offenzuhalten. Die blonden Haare klebten strähnig über den Schläfen, quer über dem Kinn klaffte eine schmale, von einer Blutkruste gesäumte Wunde.

»Herr Hellner wurde dabei überrascht wie er sich an der Frau draußen«, Reule wies zum Fenster, »zu schaffen machte.«

Neundorf sah, wie der Beschuldigte sein Gesicht verzog, zudem mit der rechten Hand abwinkte.

»Der Zeuge behauptet, er habe beobachtet, wie Herr Hellner sie um den Hals fasste und würgte.«

»Blödsinn. Ich war das nicht«, wandte der Beschuldigte mit nervöser Stimme ein. »Ich bin aufgewacht, da lag die auf dem Weg. Die war schon tot, als ich sie fand.«

Neundorf hatte Schwierigkeiten, sein Mienenspiel genau zu erkennen, weil es von ihrem eigenen Schatten leicht abgedunkelt wurde, nahm seine Worte ohne besondere Verwunderung wahr. *Ich war das nicht.* Wie oft hatte sie den Satz schon gehört? Ein Stereotyp, fast schon im Reflex von vielen geäußert, die einer Straftat beschuldigt wurden. Nicht mehr als eine Floskel, um sich vor den Konsequenzen des eigenen Verhaltens zu schützen. Es lohnte nicht, über den Wahrheitsgehalt nachzudenken. Nicht in einem so frühen Stadium der Untersuchung.

»Wer ist dieser Zeuge, und wo finde ich ihn?«, fragte sie.

»Ein Herr Dr. Renck. Ein Pensionär. Er wohnt zwei Häuser weiter. Sie können ihn jederzeit sprechen. Er ist den ganzen Tag zu Hause.«

»Ein verrückter Spinner«, erklärte Hellner. »Der will mir unbedingt etwas anhängen, das ist alles.«

»Sie streiten ab, die Frau getötet zu haben?« Neundorf war einen Schritt zur Seite getreten, damit das Licht des dreiflammigen Strahlers das Gesicht des Mannes voll ausleuchtete, beobachtete seine Mimik. »Weshalb beschuldigt dieser Dr. Renck Sie dann?«

Hellners linkes Augenlid zuckte, er legte seine Stirn in Falten. »Allerdings streite ich das ab«, blaffte er sie an. »Ich weiß überhaupt nicht ...« Er verhaspelte sich vor lauter Aufregung, suchte nach einem neuen Anlauf. »Ich weiß nicht einmal, wer die Frau ist.«

»Wie kommt sie dann vor Ihre Haustür?«

Hellner schnappte nach Luft. »Was weiß ich?« Sein Blick streifte für den Bruchteil einer Sekunde ihre Augen, wich dann sofort wieder zur Seite.

»Sie haben keine Erklärung?«

»Eine Erklärung?«, nahm er ihre Worte auf. »Was gibt es da zu erklären? Ich lag im Bett und wurde irgendwann wach, von einem seltsamen Geräusch. Und dann ging ich nach draußen, um nachzuschauen, was das Geräusch verursachte, und fand diese tote Frau. Das ist alles.«

»Was für ein Geräusch meinen Sie?«

Hellner zeigte zum Fenster. »Da war so ein seltsames … Wie soll ich sagen? Eine Art Peitschen, das drückt es wohl am besten aus. Es kam von draußen.« Er hustete kräftig, schaute zu ihr her. »Jetzt weiß ich, was es verursachte.«

Neundorf betrachtete ihn skeptisch. »Ja, und? Was soll das gewesen sein?«

»Der Wind.« Der Mann fuchtelte nervös mit seinen Händen durch die Luft. »Als ich durchs Fenster in den Garten starrte, sah ich, wie der Wind in die Zweige eines Busches fuhr und sie an die Hauswand drückte. Und als ich dann auf den Weg schaute, sah ich dort so einen seltsamen Gegenstand liegen. Ein langes, schlankes Bündel, eingewickelt in eine Plane. Ich wusste natürlich nicht, worum es sich handelte, obwohl mir ziemlich schnell so ein vager Verdacht kam …«

»Was für ein Verdacht?«, fragte Neundorf.

»Na ja«, der Mann hielt inne, stotterte. »Da, also, in dem Moment, ich meine, als ich durch das Fenster starrte, irgendwie, keine Ahnung, wie ich darauf kam, aber es sah einfach so aus wie ein von einem Stoff oder einer Folie umhüllter Mensch.«

»Der Gedanke kam Ihnen gerade so? Aus heiterem Himmel?«

Er bemerkte wohl ihre Skepsis, warf beide Arme hoch. »Als ich dieses Bündel da so liegen sah, ja. Ob Sie es jetzt glauben oder nicht.«

Sie musterte ihn angestrengt, hakte noch einmal nach. »Wann war das?«

»Um wie viel Uhr?«

Neundorf nickte.

»Was weiß ich. Gegen fünf etwa schätze ich.«

»Gegen fünf Uhr heute Morgen?« Der Anruf des Zeugen, der Hellner über die Frau gebeugt beobachtet haben wollte, war um 5.18 Uhr bei den Reutlinger Kollegen eingegangen. Der Mann hatte erwähnt, von zu Hause, seinem Festnetzanschluss anzurufen. Er habe einen frühen Trainingslauf durch die Straßen seiner Umgebung unternommen, dabei Hellner in dessen Garten gemeinsam mit der Toten entdeckt.

Könnte von der Zeit her also stimmen, überlegte Neundorf, die Aussage des jungen Mannes im Ohr. Und auch was den vorläufigen Befund des Gerichtsmediziners anbelangte, ließ sich die Übereinstimmung erlangen. Knapp allerdings, sehr knapp. Zwischen Mitternacht und fünf Uhr, hatte Dr. Schäffler erklärt, in diesem Rahmen etwa. Was eher dafür sprach, dass die Frau schon früher getötet worden war.

Warum war sie dann aber erst so spät entdeckt worden? Weil Hellner sie in seinem kleinen Haus mitten in der Nacht ermordet und erst am frühen Morgen in den Garten geschafft hatte, was zufällig beobachtet worden war? Oder weil eine fremde Person sie irgendwann auf seinem Grundstück getötet oder dort abgelegt hatte? Wobei ihr das Letzte doch reichlich unwahrscheinlich vorkam. Weshalb sollte jemand diese Mühe auf sich nehmen, eine Tote eigens in einen fremden Garten zu schaffen und sie dort abzulegen?

Nein, so verrückt war doch wohl niemand. Wenn die Frau nicht an Ort und Stelle ums Leben gekommen war, dann doch wohl im Haus. In dieser doch etwas schmuddeligen Bruchbude, die so auffällig aus ihrer Umgebung herausstach, dass es schon fast in den Augen schmerzte. Und im Zusammenhang mit diesem seltsamen Menschen, der behauptete, mitten in der Nacht durch das Wehen des Windes aus dem Schlaf gerissen und dadurch auf die Leiche aufmerksam geworden zu sein. Gab es eine dümmere Ausrede?

Sie wandte sich wieder Hellner zu, musterte seine immer noch verschlafen wirkende Miene. »Wo waren Sie heute Nacht?«, fragte sie.

»Ich?« Hellner legte seine Stirn in Falten. »Wieso?«

»Jetzt beantworten Sie doch ganz einfach meine Frage.«

»Wo soll ich gewesen sein? Hier natürlich.« Er deutete zu der Tür, durch die sie gekommen war. »Im Bett. Nachts pflege ich zu schlafen.«

»Allein?«

»Allein, ja.«

»Die Frau leistete Ihnen nicht zufällig Gesellschaft?« Sie gab mit einer Kopfbewegung in die Richtung des anderen Raums deutlich zu verstehen, was sie meinte.

»Sind Sie verrückt?« Die Stimme des Mannes drohte sich zu überschlagen. »Ich kenne sie nicht. Ich sagte es Ihnen doch, ich habe die Frau noch nie gesehen.«

Sie verfolgte, wie sein Gesicht dunkelrot anlief und sich in eine von Zorn geprägte Grimasse verwandelte. Wie in der Schauspielschule trainiert, Entrüstung so unübersehbar nach außen getragen, damit sie niemand übersieht, schoss es ihr durch den Kopf. Götz Hellner, ein besonders begabter Darsteller.

»Ich weiß nicht, warum Sie mir unbedingt etwas anhängen wollen«, zischte der Mann mit hasserfüllter Miene, »aber mir jetzt auch noch mit einer Bettgeschichte mit einer Frau, die ich nicht kenne, zu kommen, das ist der absolute Höhepunkt.«

Neundorf spürte das Vibrieren ihres Handys, erinnerte sich an die Kleidung der Toten. »Haben Sie irgendetwas mit den Auseinandersetzungen um *Stuttgart 21* zu tun?«, fragte sie.

»Was soll die dumme Frage?«

»Beantworten Sie sie doch einfach.«

»Nein«, erklärte der Mann mit hochrotem Kopf. »Außerdem geht Sie das überhaupt nichts an.«

»Und was tun Sie beruflich?«, fragte sie.

Er nuschelte mehrere Worte vor sich hin. Irgendwann glaubte sie den Begriff »Baubranche« zu verstehen. Sie griff in die Tasche, warf einen kurzen Blick auf das Display ihres unermüdlich vibrierenden Mobiltelefons. Der Anruf kam aus dem Amt, brachte vielleicht neue Informationen zu der Untersuchung. Sie wandte sich von dem Mann ab, nahm das Gespräch an.

»Wir haben einen Hellner, Götz …«, mühte sich Stöhr, zu einer konkreten Aussage zu finden.

»Im Computer?«

»Hm, ja. Eine seltsame Sache.«

»Was heißt das auf deutsch?«

»Der Tod seines Vaters.«

»Was ist damit?« Ihre Stimme gewann an Lautstärke und Aggressivität.

Hellner betrachtete sie misstraurisch.

»Dieser Götz …«

»Ja, weiter!«

»Er war angeklagt, seinen Vater getötet zu haben.«

»Wie bitte?«, rief sie laut.

»Es gab einen Prozess.«

»Und?«

»Er wurde freigesprochen. Wenn ich das hier richtig verstehe.«

»Freigesprochen?«

»Angeblich war es seine Mutter.«

»Die Frau soll ihren eigenen Mann getötet haben?« Neundorf bemerkte Hellners aufmerksame Miene, mit der er ihren Worten folgte, sah sein heftiges Kopfnicken.

»Hm, so steht es da«, antwortete Stöhr, »wenn ich das richtig verstehe.«

Sie bat ihn, sich genau über den Sachverhalt zu informieren, bedankte sich für die Information.

»Daher weht also der Wind«, schimpfte Hellner, der offensichtlich mitbekommen hatte, was ihr gerade mitgeteilt worden war. »Ihr Bullen seit doch einer wie der andere.« Er trat einen Schritt vor, spuckte Neundorf voller Verachtung direkt vor die Füße.

3. Kapitel

Zum zweiten Mal hintereinander hatte Steffen Braig nur schlecht, in unterschiedlich langen Intervallen und immer wieder von wachen Momenten unterbrochen geschlafen. Dass es seiner Partnerin kaum besser ergangen war, vermochte da nicht zu trösten. Ann-Sophie, ihre kleine Tochter, hatte sie die halbe Nacht auf Trab gehalten. Aufzustehen war ihm an diesem Morgen deshalb nur schwer, zudem mit ungewohnter Verspätung gelungen. Ohne richtig wach zu sein, hatte er den Wecker zum Verstummen gebracht, war dann – wahrscheinlich zum ersten Mal in den vergangen Stunden – in einen fast fünfzig Minuten währenden Tiefschlaf gefallen. Als er wieder zu sich gekommen war, hatte er voller Schrecken die weit fortgeschrittene Zeit bemerkt. Waschen, anziehen, zwei dünn mit schwarzer Johannisbeermarmelade bestrichene Brötchenhälften zu einer großen Tasse grünem Tee – alles wurde in größter Eile erledigt.

Als der Anruf im Amt einging, war er gerade mal fünf Minuten in seinem Büro. Er hatte weder die in den vergangenen Stunden eingetroffenen E-Mails noch die Fax-Ablage oder die amtsinternen schriftlichen Eingänge kontrolliert.

»Hier ist das Büro von Herrn Staatsanwalt Söderhofer.«

Braig deckte den Telefonhörer sorgfältig ab, versuchte den Schock mit einem laut von sich gegebenen Schimpfwort zu bewältigen. Verdammter Mist, der hatte gerade noch gefehlt! Söderhofer – womit hatte er dieses Ungemach verdient? Fluchen und Schimpfen war nicht seine Welt, ganz und gar nicht, die Erwähnung dieses Namens aber, so früh am Morgen auch von einem sonst weitgehend ausgeglichenen Charakter nur schwer zu verarbeiten.

»Herr Hauptkommissar, sind Sie am Apparat?«

»Ja, ich bin es, Braig«, bestätigte er. Die Frau konnte schließlich nichts dafür. Als Sekretärin für den Kerl arbeiten zu müssen – das war Strafe genug, es musste der Albtraum aller Büroberufe sein. Er spürte förmlich die Verpflichtung, freundlich zu ihr zu sein, ihren Tagesbeginn nicht noch zusätzlich zu belasten. »Darf ich fragen …«, setzte er deshalb an.

»Der Herr Staatsanwalt möchte Sie umgehend sprechen«, fiel sie ihm ins Wort, »ich verbinde Sie.« Der Druck, der auf ihr lastete, war nicht zu überhören.

Fast im selben Moment hatte er den Mann in der Leitung. Beim ersten Wort schon spürte er, dass es ihm genauso ging wie seiner Kollegin. »Wenn ich nur die Stimme von dem Kerl höre«, hatte Neundorf, auf Söderhofer angesprochen, erklärt, »überzieht sich mein gesamter Rücken mit Gänsehaut. Jedes noch so kleines Haar in meinem Nacken richtet sich auf.«

Braig streckte sich, zog seine Schultern hoch, versuchte, den Anflug der Gänsehaut auf seinem Rücken zu bekämpfen. Natürlich war ihm klar, in welcher Sache der Staatsanwalt ihn anrief. Ein junger, in Afghanistan stationierter Soldat der Bundeswehr war am vierten Tag seines Heimaturlaubs überfallen und niedergeschlagen worden. Der Mann hatte sich am späten Nachmittag im Hof seines Elternhauses an seinem Motorrad zu schaffen gemacht, war rücklings hinter der Maschine gelegen, um den Vergaser zu überprüfen, als eine unbekannte Person die Yamaha aus dem Gleichgewicht gebracht hatte, sodass die schwere Maschine auf ihn gestürzt war und ihn unter sich begraben hatte. Der junge Soldat war erst nach lautem Rufen von seiner Freundin aus seiner Zwangslage befreit, anschließend seiner großen Schmerzen wegen sofort ins Krankenhaus transportiert worden, wo man einen komplizierten Unterschenkelhalsbruch diagnostiziert hatte.

So sehr er das Schicksal des Mannes bedauerte, Braig wusste bis heute nicht, wieso er sich mit der Suche nach den Tätern befassen sollte. Nur weil die Hirne gewisser Staatsanwälte von dem Wahn vernebelt waren, im Land seien Horden von linken Terroristen unterwegs, die nichts anderes zu tun hätten, als tapferen, fürs Vaterland kämpfenden Helden in der Heimat in den Rücken zu fallen?

Söderhofer jedenfalls hatte die Untersuchung an sich gerissen und das LKA darauf angesetzt, die Hintermänner des feigen Anschlags aufzufinden. Zwei Tage lang war Braig damit beschäftigt gewesen, die Kollegen des Verfassungsschutzes auf ihre Informanten und sonstigen Quellen zu befragen, vergeblich. Alle derzeit bekannten Kriegsgegner und Bundeswehrkritiker im Ländle wurden minutiös überwacht und kamen für den Überfall auf Holger Deimel nicht infrage. Die einzige Konsequenz, die sich nach Ansicht des Staatsanwalts aus diesem Sachverhalt ergab, war die Erkenntnis, dass es neuen, bisher unbekannten Terroristen gelungen war, sich in den Kampf gegen die Grundfesten dieses Staates einzumischen. Diese Verbrecher schnellstmöglich dingfest zu machen, so Söderhofers unablässiges Credo, war das Gebot der Stunde. Braig glaubte daher genau zu wissen, was ihn jetzt am Telefon erwartete.

»Das ist doch ein optimaler Start dieser Investigation, dass ich mit Ihnen kommuniziere und nicht mit Ihrer impertinenten Kollegin, dieser unzivilisierten Person«, hörte er die Stimme des Staatsanwalts. »Braig, es handelt sich um eine brisante Angelegenheit. Sie müssen alles stehen und liegen lassen und die Investigation sofort initiieren, das ist kein Joke.«

»Sofort initiieren? Was tue ich denn seit Tagen?«, erwiderte der Kommissar genervt.

»Seit Tagen? Was redens denn da? Frau Grobe hat mich doch erst vor ein paar Minuten informiert.«

»Frau Grobe?« Braig wusste nicht, wovon der Mann sprach.

»Frau Grobe, Sonja Grobe, genau«, betonte Söderhofer, »ich habe ihr zugesagt, dass Sie sich persönlich dieser Investigation annehmen werden. Das hat absoluten Vorrang vor allem anderen.«

»Frau Grobe, aha. Und um was geht es, wenn ich ...«

»Sie vermisst ihren Ehemann, Herrn Rolf Grobe. Seit gestern Abend, das ist kein Joke, verstehen Sie.«

»Und wer ist dieser Herr Grobe? Was hat er mit Deimel zu tun?«

»Deimel, der tapfere Afghanistan-Kämpfer?«, antwortete der Staatsanwalt. »Was wollens denn jetzt mit dem?« Er ließ ein künstliches Husten hören. »Um was es geht, erzähle ich Ihnen später, Braig. In zehn Minuten bin ich vor dem Amt. Ich hole Sie ab.«

»Sie holen mich ab?«

»Wir fahren zu Sonja, äh, Frau Grobe. Ich habe Sie ihr angekündigt. In zehn Minuten unten vor dem Amt. Bis gleich.«

Braig wunderte sich über die ungewohnte Bereitschaft des Mannes, ihn persönlich an seinem Büro abzuholen, hatte die außergewöhnlich natürlich klingende, weitgehend von unpassenden Fremdworten freie Sprache Söderhofers im Ohr. Was war los mit dem Staatsanwalt? In welchem Zusammenhang stand der vermisste Mann mit dem Überfall auf den Soldaten? Stand Söderhofer in einer näheren Beziehung zu der Frau?

Der Kommissar lief zur Kaffeemaschine, füllte Wasser und Pulver für eine Tasse ein, überprüfte dann die eingegangenen Meldungen. Ein vermisster Teenager, zwei aus einem Heim verschwundene Demenzkranke, eine seit mehreren Tagen gesuchte, alleinstehende, ältere Frau. Nichts von einem am Morgen nicht mehr aufgetauchten Rolf Grobe.

Kein Wunder, überlegte er, keine Polizeidienststelle war bereit, einen erst seit wenigen Stunden abgängigen normalen

Erwachsenen jetzt schon offiziell als vermisst auszuschreiben. Dann musste man nämlich tausend Beamte zusätzlich einstellen, nur um die Personalien aller erst seit Kurzem verschwundenen Menschen zu notieren. Der Erfahrung nach tauchten fast alle ein, zwei Tage später wieder auf. Nach einer kurzen persönlichen Auszeit, einem intensiven Alkohol- oder sonstigen Drogentrip oder einem Exzess mit einem fremden Bettgespielen oder einer Prostituierten. Früher oder später waren sie fast alle wieder da – die meisten aus freien Stücken und reich beschenkt mit neuen Erfahrungen. Weshalb also die Aufregung um diesen erst am Vorabend, wenn er das richtig verstanden hatte, entfleuchten Rolf Grobe?

Braig trank von dem Kaffee, sah unten, neben dem Haupteingang des Amtes in der Taubenheimstraße, eine der dunkelgrauen Karossen der Staatsanwaltschaft einparken. Die mehr als 1,90 Meter große, stämmige Gestalt Söderhofers trat auf die Straße, schaute hoch, winkte ihm zu.

Der hatte es aber eilig! Braig trank die Tasse leer, suchte seine Sachen zusammen, machte sich auf den Weg. Fünf Minuten später hatte er neben dem Staatsanwalt Platz genommen.

»Braig, die Investigation erfordert unsere volle Konzentration«, begrüßte ihn der Mann.

Die Wortwahl und der lasche Händedruck, der wie gewohnt den Gedanken an die versehentliche Berührung eines glitschigen, auf einem Marktstand zum Kauf angebotenen Fisches in ihm aufkommen ließen, auch die wie immer feucht glänzenden, üppig gegelten Haare ließen Söderhofer auf den ersten Blick völlig unverändert erscheinen. Je weiter ihr eigentlich rein beruflich bedingtes Gespräch jedoch gedieh, desto deutlicher wurde, dass der Staatsanwalt heute einiges von seinem sonst üblichen, absonderlichen Gebaren abgelegt zu haben schien. Zwar hatte er ihn gleich am Anfang wieder einmal mit einer seiner gedankenlosen Bemerkungen:

»Wie geht es Ihren Söhnen?«, traktiert, doch versetzten verquere Äußerungen dieser Art den Kommissar schon seit Langem nicht mehr in irritierende Grübeleien. Für Söderhofer schien es, weshalb auch immer, als Nachwuchs nur Angehörige des männlichen Geschlechts zu geben, so viel hatte Braig längst begriffen. Dass er seit über zwei Jahren glücklicher Vater eines gesunden Mädchens war, überforderte offensichtlich die intellektuelle Speicherkapazität des Juristen.

»Unserer Tochter geht es gut«, hatte er deshalb mit kräftiger Stimme mehrere Deut lauter als sonst, kommentiert, »Danke der Nachfrage.« Vielleicht halfen die zusätzlichen Dezibel den kognitiven Fähigkeiten seines Gesprächspartners auf die Sprünge.

Der Staatsanwalt hatte auf Braigs Antwort überhaupt nicht reagiert, war sichtlich von seinen eigenen Gedankengängen in Beschlag genommen. Er hatte das Fahrzeug gestartet, war der Taubenheimstraße gefolgt, dann nach etwa zweihundert Metern auf die Augsburger Straße abgebogen.

»Darf ich fragen, wohin wir fahren?«

Söderhofer hatte kurz zur Seite geschaut, das Erstaunen über die Wissbegier seines Nebenmannes im Blick. »Nach Esslingen. Rolf Grobe ist seit gestern Abend spurlos verschwunden ohne jedes Lebenszeichen. Das hat er noch nie getan.«

Braig schob den Kopf zurück, um dem modrigen Schwall intensiven Mundgeruchs auszuweichen, der ihm entgegenwaberte, bemerkte die angespannte Körperhaltung des Staatsanwaltes. »Wer ist dieser Herr Grobe, in welchem Zusammenhang steht er mit Deimel?«

Sein Nachbar ließ ein lautes Seufzen hören. »Sie sind ganz schön hartnäckig, wie?«

»Das bringt mein Beruf so mit sich, ja.«

Braig bemerkte Söderhofers Kopfbewegung, mit der er ihn kurz musterte, blickte geradewegs nach vorne. Die Rückfront eines sperrigen Lastwagens raubte ihm fast den kompletten Ausblick.

»Was diese Investigation betrifft«, der Staatsanwalt seufzte erneut, »Sonja, also Frau Grobe, wir kennen uns von früher. Vom Studium, um es genau zu sagen.«

Was immer das heißen mochte, überlegte der Kommissar. »Und der Zusammenhang?«

»Es gibt keinen Zusammenhang. Frau Grobe vermisst ihren Mann.«

Braig glaubte nicht richtig zu hören. »Sie kennen die Frau vom Studium?«, fragte er. »Sie ist ebenfalls als Juristin tätig?«

»Im Ministerium«, bestätigte sein Gesprächspartner, »ja.« Er holte tief Luft, versuchte seine Aussage zu relativieren. »Aber nicht, dass Sie glauben …«

»Ich glaube überhaupt nichts.« Natürlich war ihm klar, was es bedeutete, wenn Söderhofer diese neue, ihm aus privater Verbindung zugetragene Sache mitten in ihre bisherige, für so dringlich erachtete Ermittlung schob. Eine alte Bekannte aus der höheren Kaste. Die da oben hielten sich für etwas Besseres. Sie beanspruchten Sonderrechte für sich und ihresgleichen. »Sie waren also befreundet«, versuchte er zur Sache zu kommen, »hat sie Sie deshalb angerufen?«

Der Staatsanwalt ging nicht auf seine Frage ein. »Heute Morgen kurz nach acht. Sie hat Angst, dass ihm etwas zugestoßen ist.«

»Sie haben sie nicht beruhigt? Ich meine, Sie wissen doch selbst: Fast alle, die in einem so frühen Stadium als vermisst gemeldet werden, tauchen wieder auf. Ziemlich bald.«

»Ja, ja, ja.« Söderhofer trommelte mit seiner Rechten auf das Steuer. »Aber versuchen Sie das mal jemand in dieser Situation klarzumachen. Sonja ist überzeugt, dass ihm etwas zugestoßen ist. Er hat sich immer gemeldet. Immer! Was antworten Sie darauf?«

»Warum hat sie solche Angst? Liegt eine besondere Gefährdungssituation vor?«

»Möglicherweise, ja.«

»Um was geht es? Hat es mit seinem Beruf zu tun?«

»Mit seinem Beruf? Nicht direkt. Rolf Grobe ist Inhaber einer Immobilien-Firma. Er hat sich auf Großprojekte spezialisiert. Unter anderem Flächen, die im Rahmen von *Stuttgart 21* verwertet werden sollen.«

»Sie glauben, sein Verschwinden hängt mit den Auseinandersetzungen um *Stuttgart 21* zusammen?«

Der Staatsanwalt kam ins Stottern. »Nein, das heißt, nicht direkt. Aber... Also, Sonja meint, dass es sich um eine andere Sache handelt. Rolf Grobe hat vor Jahren als Zeuge vor Gericht ausgesagt. Er beobachtete, wie ein Mann eine junge Frau belästigte. Ziemlich rabiat. Der Kerl wurde daraufhin verurteilt, zu drei Jahren. Vor fünf Wochen kam er aus dem Gefängnis.«

»Und Frau Grobe befürchtet jetzt ...«

»Der Verurteilte soll ihren Mann bedroht haben. Wenn er erst mal wieder aus dem Bau sei ...«

»Na ja, das tun viele im ersten Eifer des Gefechts. Aber mit der Zeit ...«

»Nein, so einfach ist das nicht.« Söderhofer hatte sich plötzlich heftig ereifert. »Der soll Rolf Grobe sogar aus dem Gefängnis heraus bedroht haben.«

»Woher wollen Sie das wissen?«

»Sonja hat mir das schon vor mehreren Wochen erzählt. Sie war damals schon ganz aufgeregt.«

»Gut. Ich werde mich darum kümmern. Wie heißt der Typ?«

»Markus Ruppich aus Tübingen. Meine Sekretärin hat alles ausgedruckt.« Söderhofer deutete auf den Rücksitz. »Das Material steht Ihnen zur Verfügung. Braig, ich wusste es: Sie sind der richtige Mann für diese Investigation.«

Sie waren vor einem Einfamilienhaus am Hang über Esslingen angekommen, blickten vom Süden her auf die alte Reichsstadt. Zu ihren Füßen, dem Steilabfall des Berges unmittelbar vorgelagert, der kanalisierte Lauf des Neckar, dahinter die Altstadt mit ihren schmalen Gassen und den hochaufragenden Doppeltürmen der Stadtkirche St. Dionys. Jenseits des Tales, auf dem den Schurwaldhöhen vorgelagerten Hügelplateau die mächtigen Festungsanlagen der alten Burg.

Braig kannte Esslingen von unzähligen Besuchen, war jedes Mal aufs Neue von der stimmungsvollen Atmosphäre ihrer weitgehend autofreien Altstadtgassen fasziniert. Er nahm die reichlich bestückte Kunststoffkladde mit den ausgedruckten Informationsmaterialien entgegen, folgte dem Staatsanwalt durch den Vorgarten zur Haustür. Söderhofer betätigte die Türglocke, deren Schild die Bewohner als *Sonja und Rolf Grobe* auswies, zog seine Hand erst wieder zurück, als eine weibliche Stimme aus dem Lautsprecher krächzte.

»Ja?«

»Ich bin es, Teddy.«

Braig wunderte sich über die sehr persönlich gehaltene Anrede seines Begleiters, überlegte, wie nahe Söderhofer der angeblich bedrohten Familie stand. War er wirklich nur ein alter Studienfreund?

Die Tür wurde abrupt geöffnet, eine schon auf den ersten Blick recht attraktive Frau um die Vierzig stand ihnen gegenüber. Hatte er erwartet, einer entnervten, völlig aufgelösten Person zu begegnen, die am Ende ihrer Kräfte war und dringend psychischer Aufmunterung bedurfte, sah er jetzt eine gepflegte, mit einem hellen Pullover und kräftig blauen Jeans salopp gekleidete Frau vor sich, deren Frisur und Make-up perfekt arrangiert schienen. Sie hatte ein schmales, vornehm, fast aristokratisch wirkendes Gesicht, kurze, blonde Haare, lebhafte, ihn aufmerksam musternde, blaue Augen. Nur das kleine Pflaster auf ihrer linken Wange passte nicht ganz zu ihrer Aufmachung.

»Sie sind dieser erfolgreiche Kommissar, von dem Teddy uns schon so oft erzählt hat?«

Braig war sprachlos, er reichte der Frau die Hand.

»Keine Investigation ohne Erfolg«, erklärte Söderhofer laut, »du siehst, du bist in den besten Händen.«

Der Kommissar wehrte verlegen ab. Er folgte der Frau durch eine von mehreren Strahlern hell ausgeleuchtete Diele, legte seine Jacke ab, nahm dann gemeinsam mit dem Staatsanwalt auf einem breiten, weißen Sofa im angrenzenden Wohnzimmer Platz.

»Was darf ich Ihnen anbieten? Kaffee, Wasser, Tee?« Die Frau wies auf ein auf dem Tisch bereitgestelltes Tablett mit zwei Thermoskannen, einer Flasche Mineralwasser, leeren Gläsern und Tassen, sah Braigs abwehrende Handbewegung.

»Ich will nicht unhöflich sein, aber mir wäre es recht, wenn Sie mich möglichst schnell über Ihr Problem informieren. Ich gehe zwar nicht davon aus, dass sich Ihr Mann ernsthaft in Gefahr befindet – Sie glauben gar nicht, wie oft Menschen für zehn, zwanzig Stunden, manchmal auch zwei, drei Tage spurlos verschwinden – am Ende tauchen aber fast alle wohlbehalten wieder auf. Trotzdem möchte ich mir möglichst schnell Klarheit über diesen entlassenen Strafgefangenen verschaffen, der Ihren Mann angeblich bedrohte.« Er sah, wie die Frau bei seinen letzten Worten deutlich erbleichte, und wiederholte seinen Hinweis auf die wohlbehaltene Rückkehr der meisten kurzzeitig Vermissten.

Sonja Grobe nahm auf einem Stuhl an der Schmalseite des Tisches Platz, schüttelte den Kopf. »Rolf hat sich die ganze Nacht nicht gemeldet. Er geht auch nicht an sein Handy.«

»Das kommt sonst nicht vor?«

»Niemals.« Sie schien sich absolut sicher.

»Wann haben Sie ihn zuletzt gesehen oder mit ihm gesprochen?«

Die Frau griff nach einem der leeren Gläser auf dem Tablett, zog es zu sich her. »Gestern Abend, gegen 18 Uhr.« Sie umschloss das Glas mit beiden Händen, betrachtete es nachdenklich. »Er war den ganzen Mittag in der Firma und ist kurz nach Hause gekommen, um sich umzuziehen. Um sieben hatte er noch einen geschäftlichen Termin.«

»So spät?«

»Na ja, so außergewöhnlich ist das nicht. Zwei-, dreimal in der Woche kommt das schon vor, dass er abends noch weg muss. Geschäftsessen oder Umtrunk nennt er das dann, manchmal will er sogar, dass ich ihn begleite. Es gibt Kunden, die eine persönlichere Atmosphäre für den Abschluss von Geschäften besonders schätzen. Meistens hat er dabei auch Erfolg.«

»Um welche Art von Geschäften geht es? Verkauf von Immobilien, bin ich da richtig informiert?«

»Flächen und Gebäude für Betriebe oder auch größere Häuser, ja. Rolf hat die Firma von seinem Vater übernommen und sie erfolgreich ausgebaut.«

»Wissen Sie, mit wem er sich gestern Abend treffen wollte und wo das stattfinden sollte?« Braig sah die interessierte Miene Söderhofers, mit der er das Gespräch verfolgte, wunderte sich, dass der Staatsanwalt so zurückhaltend blieb und sich überhaupt nicht zu Wort meldete.

Sonja Grobe nickte mit dem Kopf. »Ein Herr Schmeisser von einer Stuttgarter Baufirma. Sie wollten sich in Heslach treffen in der Weinstube *Zur Traube*, ich habe extra in Rolfs Kalender nachgesehen. Soll ein außergewöhnlich gutes Lokal sein, wenn ich mich richtig erinnere. Er erwähnte so etwas jedenfalls, bevor er ging.«

»Sie haben die Nummer von diesem Herrn Schmeisser?« Braig sah, wie die Frau sich erhob und zu der Anrichte am anderen Ende des Raumes ging, fügte eine weitere Bitte an. »Und der Kalender Ihres Mannes – wenn Sie mir den vielleicht zur Verfügung stellen könnten?«

»Mit aller Diskretion, versteht sich«, mischte sich Söderhofer ins Gespräch.

Sonja Grobe streckte Braig einen voluminösen, in Kunstleder eingefassten Band entgegen. »Ich war vorhin in seinem Büro und habe nachgesehen. Wenn Sie das Datum von gestern aufschlagen, finden Sie die Nummer.«

Er nahm den Tagesplaner in die Hand, sah den Eindruck auf der ersten Seite: *Grobe Immobilien, Esslingen, Rolf Grobe,* schlug den 7. November auf. Die Seite enthielt nur einen einzigen Eintrag: *19.00 Uhr Gundolf Schmeisser, Fa. Schmeisser und Söhne, Zur Traube.* Unmittelbar unter dem Namen die Ziffernfolge einer Handynummer.

»Sie haben diesen Herrn Schmeisser schon angerufen?«

»Zwei Mal schon, ja. Aber ich erreiche nur seine Mailbox.«

Braig spürte einen ersten Anflug von Nervosität in sich aufkommen, sah die fragende Miene der Frau. »Ich werde mich um den Mann kümmern, das haben wir schnell«, versuchte er sie zu beruhigen. Er notierte sich die Zahlen, blätterte weiter, sah, dass Grobe für den heutigen Tag erst um 15 Uhr verabredet war. *Maier, Plochingen* hatte der Mann eingetragen, dazu ebenfalls eine Mobilfunknummer angefügt.

»Das Büro Ihres Mannes befindet sich hier im Haus?«, erkundigte er sich.

Die Frau nickte zustimmend. »Das Meiste erledigt er von hier aus, ja. Um die offiziellen Firmenräume kümmert sich unser Mitarbeiter, Herr Schlink. Rolf fährt normalerweise erst am Mittag hin.«

»Wo ist die Firma?«

»In der Stadt. Rolf ist nicht dort, wenn Sie das vermuten. Ich habe vorhin noch mit Herrn Schlink telefoniert.«

»Er weiß nicht, wo sich Ihr Mann aufhalten könnte?«

Sonja Grobe schüttelte den Kopf. »Ich habe ihn gefragt. Er kann es sich auch nicht erklären, wieso Rolf nicht nach Hause gekommen ist.«

Braig ließ sich die Telefonnummer und die genaue Adresse der Firma geben, blätterte den Kalender vorwärts und rückwärts durch. Allen Einträgen zufolge hatte Rolf Grobe ausschließlich mit männlichen Personen zu tun gehabt, nur ein einziges Mal war der Vorname einer Frau verzeichnet. *Monika Säftler*. Ein privates Treffen? So heikel das Thema war, er musste es ansprechen.

»Monika Säftler«, sagte er, »Ihr Mann hat sich mit ihr getroffen. Sie kennen die Frau?«

Sonja Grobe lief zu ihrem Platz und setzte sich. »Das hat mit seinem Verschwinden nichts zu tun«, erklärte sie mit fester Stimme. »Es gibt keine Geliebte, mit der er mich betrügt, wenn Sie das meinen.«

Braig wunderte sich über die unverblümte Ausdrucksweise der Frau, musterte ihre Miene. Sie war sehr schnell zur Sache gekommen, überlegte er, nur eine vage Andeutung seinerseits und schon … Nein, wusste er aus Erfahrung, diese Reaktion war zu abrupt gekommen. Ein getroffener Hund bellt. Hier lag ein wunder Punkt, unter dem ihre Beziehung schon länger gelitten hatte. Weshalb sonst hätte sie das Thema so schnell zur Sprache bringen sollen?

»Sie sind sich sicher?«, hakte er nach.

Söderhofer räusperte sich laut, rutschte unruhig auf seinem Platz hin und her. »Braig, also, ich meine, sollten wir die Investigation zuerst einmal nicht auf diesen Herrn Schmeisser, Sie wissen schon, den Herrn von gestern Abend …«

Der Kommissar zog seine Nase hoch, massierte seine linke

Schläfe. Einfach würde das nicht. Hoffentlich tauchte der Typ im Verlauf des Tages wieder auf, überlegte er. Wenn sich da nicht bald etwas tat …

»Gut«, erklärte er, »versuchen wir es erst mal auf diesem Weg. Aber wenn wir so nicht weiterkommen …«

Der Staatsanwalt federte in die Höhe, erfreut über Braigs Einlenken. »Dieser Herr Schmeisser, wir werden ihn finden, Sonja. Und dann wird sich alles aufklären. Zum Guten, meine ich.«

Braig sah den zweifelnden Blick der Frau, erhob sich ebenfalls. »Den Tagesplaner Ihres Mannes darf ich mitnehmen?«

Sie hatte nichts einzuwenden, begleitete die Männer zur Tür.

Am besten, sie fuhren die Angelegenheit erst mal auf Sparflamme, überlegte Braig. Sich wirklich ernsthaft Sorgen über den Verbleib des Mannes zu machen, dazu war es noch viel zu früh. Dass dieser Geschäftspartner, den er am Vorabend treffen wollte, bisher nicht zu erreichen war, beruhte sicher auf purem Zufall. Wahrscheinlich hatte Grobe die Nacht bei seiner aktuellen Geliebten verbracht und meldete sich in ein, zwei Stunden wieder zurück. So war es fast immer …

Er sah, wie Söderhofer die Frau kurz an sich drückte und sich von ihr verabschiedete, reichte ihr ebenfalls die Hand. Braig wollte nicht wissen, wie innig dieses Verhältnis einmal war. Wenn man die beiden so betrachtete …

Braig folgte dem Staatsanwalt durch den Vorgarten, nahm auf dem Beifahrersitz Platz.

»Was halten Sie von der Sache, Braig?«

Der Kommissar legte den Kalender und die Kladde mit den Papieren auf seinem Schoß ab, zog sein Handy vor. »Ich versuche es jetzt sofort bei diesem Schmeisser«, sagte er. »Vielleicht hilft uns das weiter.« Er sah das zustimmende Nicken seines Nachbarn, gab die Telefonnummer ein. Als Söderhofer den Wagen gestartet und die ersten Meter gefahren war, hatte er eine Männerstimme am Ohr.

»Ja?«

»Hier ist Braig. Spreche ich mit Herrn Schmeisser?«

»Mit dem Enkel seines Großvaters, ja. Womit kann ich Ihnen dienen?«

»Mit dem Enkel …« Braig benötigte einen Moment, die Ironie der Antwort zu begreifen. »Sie haben sich gestern Abend mit Herrn Grobe getroffen?«, fragte er dann.

Für den Bruchteil einer Sekunde herrschte Schweigen. »Warum wollen Sie das wissen?«

»Mein Name ist Braig. Ich arbeite beim Landeskriminalamt.«

»Wie bitte? Was hat unser geschäftlicher Termin mit der Polizei zu tun?«

»Beantworten Sie doch bitte meine Frage: Haben Sie sich mit Herrn Grobe getroffen?« Er sah Söderhofers kritischen Blick, mit dem er ihn musterte.

»Warum fragen Sie, wenn Sie es doch wissen? Weil es so spät wurde? Das ist nicht meine Schuld. Das Essen in der *Traube* ist einfach fantastisch. Dass wir uns einen zweiten Gang genehmigten, war Grobes Idee. Ist es etwa verboten, Geschäfte in einem guten Restaurant abzuschließen?«

»Nein, natürlich ist das nicht verboten. Darf ich wissen, wie lange Sie zusammensaßen und wo Sie sich getrennt haben?«

»Meine Herren, Sie wollen es aber wissen! Wer garantiert mir denn überhaupt, dass Sie wirklich von der Polizei sind und mich nicht einfach aushorchen wollen?«

»Kein Problem: Ich gebe Ihnen die Nummer des Landeskriminalamtes und Sie rufen …«

»Ja, ja, ja«, wurde er mitten im Satz unterbrochen, »eins zu null für Sie. Also, wenn Sie es unbedingt wissen wollen: Herr Grobe und ich saßen von 19 Uhr an über vier Stunden lang zusammen bis gegen 23.15 Uhr.«

»Das wissen Sie so genau?«

»Das weiß ich allerdings so genau. Gegen 23.15 Uhr kam nämlich völlig überraschend Konrad Minster, ein Bekannter von mir in Begleitung einer Gruppe junger Damen ins Lokal und wir begrüßten uns frotzelnd: ›Je später der Abend …‹ Sie kennen das ja, oder?«

»Ja, das ist mir bekannt«, erklärte Braig. »Sie verließen also gegen 23.15 Uhr gemeinsam mit Herrn Grobe das Lokal …«

»Ich?«, fiel ihm Schmeisser ins Wort. »Nein. Grobe verließ das Lokal. Ich blieb noch. Konrad kam zu mir an den Tisch, mit seinen Studentinnen. Wir saßen bis Mitternacht.«

»Herr Minster kann das bezeugen?«

Schmeisser ließ ein lautes Lachen hören. »Allerdings. Und Märta, eine seiner charmanten Studentinnen, ganz besonders.«

Braig notierte sich die Nummer des Mannes, erkundigte sich nach Grobes Vorhaben.

»Was der an diesem Abend noch unternehmen wollte? Woher soll ich das wissen? Warum fragen Sie ihn nicht selbst?«

»Sie haben sich nicht darüber unterhalten, was er plante?«

»Sie haben Humor! Wir handelten die Leasing-Gebühren für mehrere Baukräne und Bagger aus, unterhielten uns doch nicht über seine privaten Verhältnisse. In welcher Beziehung er lebt, ob er eine Familie hat, keine Ahnung. Wir trafen uns aus beruflichen Gründen, das ist alles.«

Braig wollte gerade einen letzten Versuch starten, als ihm Schmeisser ins Wort fiel. »Mein Gott, er wird doch keinen brutalen Unfall gebaut haben? Ich glaube, er hatte ganz schön viel Alkohol intus. ›Das gute Essen neutralisiert‹, erklärte er mir noch, kurz bevor er ging, ›das senkt den Pegel.‹«

»Sie sprechen von Grobe?«

»Von wem denn sonst? Hatte er einen Unfall? Mein Gott, ich sagte ihm noch, er solle die Stadtbahn nehmen oder ein Taxi rufen …«

»Sie haben viel getrunken?«

»Was heißt viel? Das Lokal ist bekannt für seinen guten Wein, aber wie viel ...«

Braig ahnte, dass sein Gesprächspartner nicht verraten wollte, wie ausgiebig sie dem Alkohol zugesprochen hatten, weil er befürchtete, Grobe dadurch ans Messer zu liefern. Getrunken hatten sie auf jeden Fall und garantiert nicht in geringen Mengen. War Grobe danach also stark alkoholisiert ins Auto gestiegen?

Er bedankte sich bei Schmeisser für das Gespräch, erkundigte sich, wo er sich in den nächsten Stunden aufhielt, gab die Nummer des Amtes ein.

»Rolf hat getrunken?«, fragte Söderhofer. Er hatte den Inhalt des Gesprächs offensichtlich mitbekommen.

»Es sieht so aus, ja.«

»Und nahm dann seinen Wagen?«

»Ich weiß es nicht«, antwortete Braig. »Ich fürchte aber ...«

Er sah die sorgenvolle Miene des Staatsanwalts, hoffte, dass der Mann sich bald wieder auf die Straße vor ihnen konzentrierte. War es möglich, dass Grobe ein Alkoholproblem hatte und dass nicht nur seine Frau, sondern auch Söderhofer darüber Bescheid wussten?

Er musterte die hünenhafte Gestalt neben sich, bemerkte die angespannte Körperhaltung des Staatsanwalts. Wahrscheinlich war Grobe schon mehrfach alkoholisiert am Steuer erwischt worden, überlegte er, wie es aussah, hatte der Mann in diesem Zustand auch schon einen, wenn nicht gar mehrere Unfälle verursacht.

Wie zur Bestätigung seiner Vermutung riss Söderhofer ihn mitten aus seinen Gedanken. »Braig, was immer diese Investigation ergibt, Neundorf, Ihre impertinente Kollegin, diese unzivilisierte Person muss außen vor bleiben, können wir da zu einem Konsens finden?«

Er wusste nicht, was er antworten sollte, ahnte nur, welche Sorge den Staatsanwalt plagte. Ja, Grobe war schon mehrfach in alkoholisiertem Zustand aus dem Verkehr gezogen, als notorischer Drogentäter identifiziert worden. Kam es in diesen Stunden zu einer erneuten Festnahme, drohte dem Mann vielleicht eine Freiheitsstrafe, es sei denn ...

Braig kam nicht dazu, den Gedanken weiterzuspinnen, weil Stöhr sich über sein Handy zu Wort meldete. Er hielt das Gerät ans Ohr, konzentrierte sich auf den Kollegen im Amt.

»Ich benötige eine Übersicht über alle Unfälle, die heute Nacht gemeldet wurden«, beauftragte er ihn. »Vorrangig in Stuttgart und Esslingen, aber auch in der Umgebung. Ich suche nach einem Rolf Grobe, könnten Sie das bitte notieren?«

»Hm, Rolf Grobe?«

»Genau. Der Mann ist Anfang vierzig, wohnt in ...« Braig verstummte, weil Stöhr irgendwelche unverständlichen Kommentare vor sich hinnuschelte, erkundigte sich ungehalten nach dem Grund der Störung.

»Hm, es ist so, ich erhalte gerade Nachricht über einen Grobe, Rolf ...«

»Grobe, Rolf?« wiederholte Braig. »Ja, und?«

»Grobe, Rolf«, bestätigte Stöhr. »Hm, die Kollegen melden den Fund der Ausweispapiere. Vor wenigen Minuten, gegen 10.05 Uhr. Grobe, Rolf, wohnhaft in Esslingen ...«

»Ausweispapiere auf den Namen Rolf Grobe? Wo wurden die gefunden?«

»Im Park von Schloss Hohenheim.«

Braig hatte Mühe, Stöhrs wie die Einzelteile eines Puzzels vorgetragene Aussagen zu einem sinnvollen Ganzen zusammenzufügen. »Im Park? Irgendwo in der Landschaft? Verstehe ich das richtig?«

»Hm, nicht ganz«, antwortete der Kollege.

»Ja, wo denn dann?«

»In der Jacke einer Leiche. Einer männlichen Leiche«, erklärte Stöhr kurz angebunden.

»Wie bitte?«, rief Braig. »Einer männlichen Leiche?« Er sah, wie Söderhofer den Kopf zur Seite wandte und ihn überrascht fixierte, dann abrupt auf die Bremse trat, spürte schmerzhaft den Druck des Gurtes auf seinem Leib. Der Wagen kam blitzschnell, mit schrill kreischenden Bremsen zum Stehen.

Als er nach vorne blickte, stellte er fest, dass sie nur noch eine Hand breit Luft von der Rückfront eines gewaltigen Lastwagens trennte.

»Himmelherrgottsakrament«, schimpfte der Staatsanwalt.

Braig sank mit stechenden Seitenschmerzen in den Sitz zurück, atmete tief durch. Hinter ihnen drückte irgendein Irrer wie verrückt auf die Hupe.

4. Kapitel

Dr. Helmut Renck hatte Neundorf mit frisch aufgebrühtem Kaffee erwartet. »Wenn sich schon eine leibhaftige Kommissarin vom Landeskriminalamt zu mir bemüht ...«

Sie war, obschon etwas in Eile, auf sein Angebot eingegangen, hatte sich von dem Mann in einen großen, komfortabel ausgestatteten Wohnraum geleiten lassen, dort in einem der ausladenden, dunkelblauen Polstersessel Platz genommen. Die weitläufigen Fenster eröffneten einen prächtigen Ausblick auf das gesamte Hochschulareal Reutlingens mit seinen Lehr- und Verwaltungsgebäuden, den Wohnheimen sowie den am Hang davor errichteten Siedlungskomplexen. Etwas weiter im Hintergrund erhob sich der markante Kegel des Georgenbergs.

Neundorf griff nach der frisch eingeschenkten Tasse, die der alte Herr ihr reichte, fragte ihn nach seinen Beobachtungen im Garten des Nachbarn. Dr. Renck wohnte »seit seiner Geburt«, wie er ihr gegenüber betont hatte, »nur unterbrochen von sechs Monaten 1944/45« die er, zum Schutz vor den Bombardements der Alliierten nahe Trochtelfingen auf der Alb zugebracht hatte, wenige Häuser weiter in derselben Straße wie Götz Hellner. Selbst zum Studium nach Tübingen war er jeden Tag von hier aus gestartet – mit dem Fahrrad, wie er betonte. »Ein gutes Wohnviertel mit lauter anständigen Leuten.«

Lauter anständige Leute? Neundorf war hellhörig geworden. Das waren fast immer die Schlimmsten, wusste sie. Nach außen eine saubere Fassade präsentieren, was sich dahinter abspielte, ging niemanden etwas an. Zu oft während ihrer Ermittlungen war sie auf solche Verhältnisse gestoßen, zu häufig auch deren Opfern begegnet, um solchen Pauschalurteilen noch Glauben schenken zu können. Sie war dennoch ruhig geblieben, hatte darauf verzichtet, das Weltbild des Mannes zu kritisieren.

»Ich lief an Hellners Garten vorbei, als ich ein Geräusch hörte. Ich blieb stehen und schaute in die Richtung, aus der es kam. Da sah ich ihn. Er hatte seine Hände am Hals der Frau, schüttelte sie hin und her und würgte sie. Ich hörte noch, wie sie röchelte.«

»Um wie viel Uhr war das?«

»Kurz nach fünf. Heute Morgen.«

»Sie haben gehört, wie die Frau röchelte?

»Klar und deutlich, ja.« Dr. Renck nickte eifrig mit seinem Kopf.

»Und Sie haben Götz Hellner als Täter erkannt.«

»Ja, selbstverständlich. Streitet er es denn ab?«

Neundorf ging nicht auf die Frage ein. »Aber um fünf ist es doch noch dunkel.«

»Das ist kein Problem.« Ihr Gesprächspartner ließ sich nicht beirren. »Die Straßenbeleuchtung. Das Licht fiel in den Garten. Ich konnte ihn genau sehen.«

»Sind Sie jeden Morgen so früh auf den Beinen? Sie müssen nicht mehr arbeiten ...«

»Aber mich fit halten«, betonte der Mann. »Wer rastet, rostet, wissen Sie?«

Neundorf trank von dem Kaffee, begnügte sich mit einem Schluck. Er war gut, sehr gut sogar, aber verteufelt stark. »Sie halten sich also fit und gehen deshalb so früh schon aus dem Haus.«

Dr. Renck nickte zustimmend. »Jeden Morgen, ja.«

»Und Sie sind sich absolut sicher, dass Sie auch heute wieder um die gleiche Zeit unterwegs waren?«

»Ja, natürlich.«

»Es kann auf keinen Fall etwas früher gewesen sein?«

»Wie – früher?« Der Mann streckte seinen Kopf nach vorne, legte seine Stirn in Falten. »Sie meinen, ich hätte mich mit der Zeit vertan?« Er hob beide Hände in die Höhe. »Also gut, auf die Minute kann ich es Ihnen natürlich nicht sagen. Ob kurz nach fünf oder wenige Minuten früher – zugegeben, vielleicht habe ich mich um ein paar Minuten vertan, das will ich nicht abstreiten. Ich lief auf jeden Fall so schnell als möglich nach Hause und rief bei Ihnen oder Ihren Kollegen an, um sie zu benachrichtigen, was ich gerade gesehen hatte.«

»Warum sind Sie der Frau nicht zu Hilfe geeilt?«

Dr. Renck sprang aus dem Sessel, baute sich kerzengerade vor der Kommissarin auf. »Ich?« Er schnappte nach Luft, hatte Mühe, die Zumutung ihrer Anfrage zu verdauen.

»Sie hörten die Frau röcheln. ›Klar und deutlich‹, haben Sie erzählt. Warum haben Sie ihr nicht geholfen? Sie hätten ihren Tod verhindern können, wenn ich Ihre Aussage richtig verstehe.«

Der Mann starrte ihr mit vor Schreck verzerrter Miene ins Gesicht, kämpfte um Luft. Erst nach mehreren vergeblichen Anläufen fand er wieder zur Sprache. »Aber, aber, dieser Kerl, dieser gemeingefährliche Kerl …«

»Hellner?« Neundorf blieb ruhig, griff nach der Tasse, trank von dem starken Gebräu.

»Der, der…«

Sie sah keinen Anlass Renck zu helfen, stattdessen versuchte sie, ihn durch ihr Schweigen zusätzlich zu provozieren. Vielleicht gelang es ihr, dem Mann auf diese Weise Informationen über Hellner zu entlocken, die ihr sonst kaum zugänglich waren. Schließlich wohnte er nach eigener Aussage schon sein ganzes Leben hier in der unmittelbaren Nachbarschaft des Verdächtigen …

»Aber Sie können doch nicht mich beschuldigen«, platzte es aus ihrem Gastgeber heraus, »dieser Schwule ist der Täter, doch nicht ich. Hellner, ich habe es genau gesehen, dieser ekelhafte Kerl hat die Frau ermordet, genau wie damals schon seinen eigenen Vater. Sie können die Sache doch nicht einfach verdrehen und jetzt mir die Schuld zuschieben! Soll diese widerliche Person mit ihrem unmoralischen Lebenswandel schon wieder ungestraft davonkommen? Schauen Sie sich doch die Bruchbude an, in der er haust, dieses vergammelte Loch! Ein Schandfleck für unser ganzes Stadtviertel. Seit Jahren versuchen alle Nachbarn, ihn dazu zu bewegen, seine Ruine abzureißen und einem modernen, repräsentativen Gebäude Platz zu machen – nichts passiert! Der ist nicht einmal bereit, seine Fassade zu renovieren. Bach, sein Nachbar, Sie haben das Haus garantiert gesehen, es steht gleich neben Hellners Bruchbude, will ihm sein Grundstück schon lange abkaufen, alles abreißen und dann völlig neu bebauen. Der Mann ist Bauunternehmer, also vom Fach, aber der Schwule gibt nicht nach. Für Bach allein lohnt es sich nicht, neu zu bauen, seine Parzelle ist zu klein. Gemeinsam, das wäre genau das Richtige. Ein moderner Komplex mit Eigentumswohnungen etwa. Bach hat ihm zum Ausgleich für sein Grundstück mehrere neue Wohnungen angeboten – nichts. Der reagiert einfach nicht. Vor lauter Verzweiflung hat Bach jetzt sein altes Haus frisch herrichten lassen, wenigstens die Fassade. Der hat die Hoffnung aufgegeben, dass der schwule Sturkopf doch noch nachgibt. Dabei hat sich Hellner das Grundstück ja nicht einmal erarbeiten müssen. Der hat sich das schenken lassen, ach, was sage ich, durch Betrug erschlichen!«

»Durch Betrug erschlichen?«

Dr. Renck winkte mit seiner Rechten ab. »Seine alte Großtante. Die hat es ihm vererbt«, erklärte er. »Aus Mitleid über sein schlimmes Schicksal.«

Neundorf blieb ruhig, wartete auf weitere Erklärungen.

»Seine Kindheit – sie soll ja so schrecklich gewesen sein. Der Vater ein gewalttätiger Kerl, der Frau und Sohn ständig verprügelt haben soll, meistens ohne Arbeit, dafür ohne Unterbrechung besoffen. Wer's glaubt ... In Leonberg sei er aufgewachsen, niemand weiß Genaueres. Wahrscheinlich wurde der Alte verrückt, als er bemerkte, dass sein Nachwuchs schwul war. Jedenfalls kam es zum Streit, und er schlug seinen Vater tot. Jähzornig und gewalttätig, wie er nun mal ist.«

»Laut Gerichtsurteil soll es aber die Mutter gewesen sein.«

»Die Mutter?« Dr. Renck ließ ein hysterisch klingendes Lachen hören. »Haben Sie die damals gesehen? Die konnte doch keiner Fliege was antun, diese halbe Portion! Ein ausgemergeltes altes Weib. Wog bei ihrem Tod keine vierzig Kilo, wie man hört.«

»Sie ist tot?«

»Zwei, drei Jahre schon.« Der Mann machte eine abfällige Handbewegung. »Fragen Sie mich nicht, wieso. Schauen Sie ihren Balg an, das reicht. Das Loch, in dem der Kerl haust, sein verwahrlostes Auftreten und seine ständige Hetze ...«

»Was für eine Hetze?«

»Der ist doch bei diesen Chaoten, die das halbe Land in Aufruhr bringen.« Er reckte seinen Kopf nach vorne, brachte seine ganze Wut zum Ausdruck. »Der verteilt Hetzbroschüren, klebt Plakate, schmiert alles voll gegen den neuen Bahnhof, den sie in Stuttgart bauen wollen. Hier bei uns in Reutlingen!« Die Entrüstung war ihm ins Gesicht geschrieben.

»Woher wollen Sie das wissen?«

»Woher?« Dr. Rencks Stimme drohte sich zu überschlagen. »Weil ich ihn dabei schon überrascht habe, neulich, vor ein paar Wochen. Der hat nichts anderes zu tun, als für Chaos und Anarchie zu sorgen.«

»Wobei haben Sie ihn überrascht? Welche Wände hat er vollgeschmiert?«

»Tststs.« Rencks Stimme kam ins Schleudern. »Ich habe ihn erwischt, wie er die Briefkästen ganzer Häuser vollstopfte. Mit seiner Propaganda. Na ja, und jetzt soll er auch schon wieder arbeitslos sein …«

»Arbeitslos? Wo war er tätig?«

»In Berlin.«

Neundorf warf ihm einen überraschten Blick zu. »Nicht hier in der Nähe?«

»Angeblich in Berlin. Behaupten jedenfalls die Leute. Was weiß ich. Der war mehrere Jahre weg. Nur ab und an übers Wochenende da. Wahrscheinlich konnte er dort seinen schwulen Neigungen besser nachkommen.«

»Woher wollen Sie seine sexuelle Ausrichtung kennen?«, fragte sie, ersparte sich aber das: Was geht Sie seine Sexualität überhaupt an?, obwohl es ihr auf der Zunge lag. Der Mann vor ihr hätte das wohl kaum verkraftet. Sein Weltbild schien fest und unveränderlich. Von Minute zu Minute wurde er ihr unsympathischer, sein unverhohlenes Blockwartgehabe immer widerwärtiger. Zum Glück wohnte der nicht in ihrer Nachbarschaft, dachte sie.

»Woher ich weiß, dass Hellner schwul ist?«, ereiferte sich Dr. Renck. Sein Kopf war um mehrere Dezimeter vorgeschnellt, sein stechender Blick bohrte sich in ihre Augen. »Weil er ständig Männer bei sich hat, irgendwelche Typen, was weiß ich, woher. So wie jetzt auch wieder seit ein paar Tagen schon. Ein Kerl etwa im gleichen Alter wie er. Ich habe ihn schon mehrfach gesehen, spät abends wie früh morgens. Der wohnt bei ihm, mehrere Tage schon. Vielleicht haben Sie die Frau gemeinsam ermordet. Und Sie fragen mich, woher ich weiß, dass Hellner schwul ist?«

5. Kapitel

Die Ausweispapiere eines Grobe, Rolf, wohnhaft in Esslingen, wurden gegen 10.05 Uhr von Polizeibeamten in der Jackentasche einer männlichen Leiche im Park von Schloss Hohenheim entdeckt. Der Gerichtsmediziner und die Spurensicherer sind bereits unterwegs zum Fundort«, hatte Kriminalobermeister Stöhr zusammenfassend erklärt. »Weitere Informationen sind nicht bekannt.«

»Wir übernehmen die Sache«, Braigs Antwort war kurz ausgefallen. »Herr Staatsanwalt Söderhofer und ich.«

»Sie kümmern sich um die Unterrichtung der Staatsanwaltschaft?« Stöhr hatte seine Überraschung nicht verbergen können.

»Das ist kein Problem, ja.«

Braig hatte das Gespräch beendet, seinen Beifahrer mit fragender Miene betrachtet. »Ich denke, das ist in Ihrem Sinn?«

Söderhofer hatte mehrere Sekunden benötigt, mit einem Kopfnicken Zustimmung zu signalisieren. Der Mann war von der überraschenden Nachricht getroffen, hatte das Telefonat des Kommissars mit sprachloser Erstarrung verfolgt. Dass er nicht die Kontrolle über das Fahrzeug verloren hatte, war wohl nur dem Umstand zu verdanken, dass er das Auto am Straßenrand geparkt hatte.

»Soll ich übernehmen?«, hatte Braig, auf das Steuer deutend, gefragt.

Der Staatsanwalt hatte sich nur einen Moment Ruhe erbeten, den Wagen dann wieder in den Verkehr eingefädelt. Braigs ganze Hoffnung zielte darauf ab, die Fahrt heil zu überstehen. So hatte er den Mann noch nie erlebt. Söderhofer schien sein normalerweise unerträglich überbordendes

Selbstbewusstsein und sein aggressives Gehabe komplett verloren zu haben.

Der Kommissar warf einen Blick auf die feucht glänzenden, üppig gegelten Haare des Mannes – ein Markenzeichen des Staatsanwalts. Braig dachte an all die Horrorstories, die über den Mann im Umlauf waren. Söderhofer, des Oberstaatsanwalts Kochs eifrigster Speichellecker, sein ungeniertester Zuträger, von unglaublichem Ehrgeiz getrieben, Tag und Nacht im Einsatz, jede von ihm betreute Untersuchung akribisch verfolgend.

Natürlich war Braig anfangs, als er die ersten Gerüchte gehört hatte, skeptisch bezüglich des wahren Hintergrunds, hatten sich doch schon zu viele dieser Legenden als Verleumdung oder falsche Einschätzung einer bisher noch unbekannten Person erwiesen. Im Verlauf der Zeit jedoch hatte sich eines dieser angeblichen Vorurteile nach dem anderen als weitgehend korrekt herausgestellt. Ja, Söderhofer war einer von Kochs willigsten Adepten, Braig hatte es anlässlich mehrerer Untersuchungen selbst erlebt.

Was den Staatsanwalt veranlasste, sich überall derart ins Abseits zu stellen, die Antipathien, die Wut und die Verachtung derer zu entfachen, die mit ihm zu tun hatten – Braig hatte keine Ahnung. Söderhofer war ihm bisher nur wie ein ununterbrochen auf Hochtouren laufender, ständig gut funktionierender Roboter entgegengetreten, hatte jede Gefühlsregung, jeden Hinweis auf einen menschlichen Kern vermissen lassen. Das war jetzt, in den vergangenen Minuten, schlagartig anders geworden. Die Anspannung des Staatsanwalts neben ihm war mit Händen zu greifen. Er starrte mit fahrigen Blicken nach vorn auf die Fahrbahn, trommelte alle paar Sekunden auf das Steuerrad, spielte nervös mit seinen Lippen. Die Möglichkeit, dass die Suche nach dem Ehemann seiner Bekannten ein solch schnelles, aber auch schmerzliches

Ende gefunden haben konnte, schien ihm wirklich an die Nieren zu gehen. Beruhte sein Verhältnis zu Sonja und Rolf Grobe auf einer weit intensiveren emotionalen Bindung, als er bisher zugegeben hatte?

Braig schaute aus dem Fenster, sah die Häuser Plieningens an sich vorbeiziehen. Sie hatten von Esslingen aufsteigend die Filderanhöhe erklommen, kurz darauf Scharnhausen passiert, waren schweigend auf die südöstlichen Ausläufer Stuttgarts zugefahren. Als er die herbstlich bunten Grünanlagen des Hohenheimer Schossparks vor sich sah, konnte Braig die Frage, die ihm seit Minuten auf der Zunge lag, nicht länger zurückhalten.

»Sie kennen Herrn Grobe so gut, dass Sie sich zutrauen, ihn zu …?«

Söderhofer bremste den Wagen auf Schrittgeschwindigkeit herunter, fiel seinem Begleiter ins Wort. »Ich sehe mich imstande, ihn zu identifizieren, falls es wirklich notwendig ist, ja.«

Sie passierten die modernen Gebäude des am Hang gelegenen Paracelsus-Gymnasiums, bogen nach rechts in die schmale Hochbruckstraße ab. Nur eine Handvoll vom Baustil her an die fünfziger und sechziger Jahre des vergangenen Jahrhunderts erinnernde Zwei- und Mehrfamilienhäuser säumten die kurze Sackgasse, dann waren sie an deren unmittelbar an den botanischen Garten des Hohenheimer Schlossparks angrenzendem Ende angelangt. Drei Polizeifahrzeuge, von einer großen Menschenansammlung gesäumt, versperrten den Zugang zum Park.

»Oh, hier, da steht sein Wagen.« Söderhofer wies auf einen am Straßenrand geparkten Daimler.

»Dann müssen wir das den Spurensicherern mitteilen. Vielleicht ist das noch nicht bekannt.«

Braig stieg aus dem Auto, hörte den aufgeregten Wortwechsel der neugierigen Menge. Er wunderte sich, dass sich selbst hier, an dieser doch recht abseits gelegenen Stelle so viele Leute eingefunden hatten. Menschen, die ihrem Verhalten und ihren Äußerungen nach offenkundig nur einem einzigen Ziel huldigten.

»Drei Dote? Welcher Deifel isch dess gwä?«, gab ein älterer Mann seiner Entrüstung lauthals Ausdruck.

»Lumpegsindel, was sonscht? Davo'hent'mr doch gnug!«, erhielt er nicht minder lautstark zur Antwort.

Braig sah die ihm von fast jedem Tatort zur Genüge bekannten, von purer Neugier geprägten Mienen der Schaulustigen, merkte, dass es sich überwiegend um ältere Menschen handelte, ein Phänomen, das ihm schon mehrfach bei seinen Einsätzen aufgefallen war. Hier, in unmittelbarer Nähe eines Gymnasiums, einer Grund- und Hauptschule sowie einer Universität vor allem ältere Gesichter. Nahm die Neugier mit steigendem Lebensalter zu oder hatten Senioren mehr Zeit, sich diesem Trieb hinzugeben? Er wusste nicht, woran es lag, versuchte, den Tross der wissbegierigen Gaffer an der Seite zu umgehen.

Ein großer, breitschultriger Uniformierter lief eilends auf ihn zu, versuchte, ihn abzudrängen, erkannte ihn in letzter Sekunde. »Oh, Verzeihung, Herr …«

»Braig«, stellte er sich vor, »wir hatten bereits miteinander zu tun.«

Der Beamte nickte, nannte ebenfalls seinen Namen. »Jochen Hestler. Ihre Kollegen sind schon da.« Er musterte die wuchtige Gestalt Söderhofers, die sich in Braigs Schatten bewegte, warf dem Kommissar einen fragenden Blick zu.

»Herr Staatsanwalt Söderhofer«, erklärte Braig.

Hestler grüßte freundlich, wies auf die Doppelgarage an der Seite. »Ihre Spurensicherer sind schon bei der Arbeit.« Er ließ sie passieren, half beiden über die Fahrradständer hinweg, die hier nebeneinander aufgereiht waren.

»Was sind jetzt des für zwoi?«, schallte es von oben.

»Journaliste. Die erlaubet sich doch älles.«

Überrascht schaute Braig in die Höhe. Ein runder, an seinem Sockel von einem Drahtzaun geschützter, etwa 20 Meter hoher, bewachsener Hügel erhob sich vor ihm, von einem doppelten Säulenring auf der Spitze gekrönt. Eine große Gruppe Schaulustiger drängte sich in und um das einem antiken griechischen Rundtempel nachgeahmte Bauwerk und gaffte zu ihnen herunter. Einige mit Fotoapparaten, andere mit Handys, mit denen sie das Geschehen unter sich ablichteten, einer sogar mit einem Fernglas.

»Mein Gott, sind wir denn hier im Theater?«, schimpfte Braig. Er verfolgte das Treiben der Neugierigen in der Höhe, stolperte über eine in einen hellgrünen Plastiküberzug gehüllte Gestalt.

Helmut Rössle, der sich gemeinsam mit seinem Kollegen Markus Schöffler auf dem Boden zu schaffen machte, schoss in die Höhe, stellte sich ihnen abwehrend, mit ausgestreckten Händen in den Weg. »Alle Idiote von Sindelfinge, Elefante hents net nötig, uff Spure zu achte, wie?«

Braig blieb stehen, entschuldigte sich. Er wusste um die Sorge des Kollegen, durch unbedachtes Betreten des Umfelds der Leiche eventuell Spuren zu zerstören, hoffte, dass sich der Staatsanwalt ebenfalls an die notwendigen Spielregeln halten würde. Oft genug war es in den letzten Monaten zu heftigen Auseinandersetzungen zwischen den beiden Männern gekommen. Söderhofers Verhalten, manchmal tatsächlich mehr an das Bild eines Elefanten im Porzellanladen als an das eines ernsthaft um Aufklärung bemühten Ermittlers erinnernd, hatte den ohnehin nicht gerade zu diplomatischem Auftreten neigenden Spurensicherer mehrfach derart provoziert, dass dieser nicht länger an sich gehalten hatte, seine Aversionen gegen den Staatsanwalt unverblümt zum

Ausdruck zu bringen. Zum Glück in ausgeprägtem Dialekt. Zwar hatte Rössle das an derben Formulierungen bekanntermaßen nicht gerade arme schwäbische Idiom bis weit unterhalb der Gürtellinie ausgeschöpft, doch war dem Ganzen durch den Gebrauch des Dialekts ein erheblicher Teil der Schärfe genommen worden. So sehr der Spurensicherer sich echauffiert hatte, das schwäbische Idiom hatte den Auseinandersetzungen fast einen Hauch von Volkstheater vermittelt – so jedenfalls hatte Braig es zeitweise empfunden.

Heute allerdings schien es nicht notwendig, dass der Spurensicherer seine Dialektkenntnisse bemühte. Der Staatsanwalt verharrte steif und fast ohne jedes Anzeichen von Leben auf der Stelle und wies auf eine schmale, längliche Plane, die umrahmt von unzähligen Büscheln violett und samtig rot blühender Herbstastern und Dahlien mitten auf dem immer noch kräftig grünen Rasen lag. »Ist er … dort?«, stammelte er.

Rössle musterte erstaunt die massige Gestalt Söderhofers. »Was isch los?«, fragte er irritiert. »Wird heut net evaluiert, investigiert, koitiert oder wenigschtens onaniert?«

Der Staatsanwalt schien die Provokation überhaupt nicht wahrgenommen zu haben, zeigte jedenfalls keine Reaktion. Er starrte zu der Plane. »Wenn Sie vielleicht …«

»Alle achtzig Deifel von Sindelfinge, isch ja scho gut, ja. Aber ihr bleibet stande, koin Schritt!« Rössle stakste auf Zehenspitzen zu der Plane, zog sie vorsichtig hoch.

Im selben Moment scholl tumultartiger Lärm von der Spitze des Hügels.

»Den Foto her! Die Leich isch zu sehe!!«

»Was, die Dote?«

»S'isch bloß oiner, du Säckel!«

»Nur oiner? Wieso schwätzet die dann von zwoi?«

»Was wois i? Glotz halt selber! Der sieht gut aus, besser als im Fernsehe!«

Braig musste an sich halten, nicht loszubrüllen. Er versuchte, sich auf seine berufliche Aufgabe zu konzentrieren, wies mit einer Kopfbewegung in Söderhofers Richtung. »Er kennt ihn vielleicht.«

»Alle achtzig Deifel von Sindelfinge, no isch älles klar«, brummte Rössle.

Braig starrte an ihm vorbei auf den Boden, sah sich einer absurden, deplatziert wirkenden Szenerie gegenüber. Umringt von einem fast unübersehbaren Heer samtig rot und violett blühender Herbstastern und Dahlien lag die verkrümmte, auf die rechte Körperseite gebettete Leiche eines Mannes. Das Gesicht im Blattwerk der Blumen verborgen, war von seinem Kopf nur der rückwärtige, von kurz geschnittenen, dunklen Haaren bedeckte Teil zu sehen. Er trug einen hellgrauen Anzug, dazu ein weißes, auf der linken Brust von zwei dunklen Flecken verschmutztes Hemd und eine deutlich in Mitleidenschaft gezogene, blaue Krawatte. Die schwarzen Schuhe an seinen Füßen glänzten frisch poliert.

Braig starrte auf den linken Arm des Mannes, der im spitzen Winkel vom Körper zur Seite ragte, betrachtete die breite, von fleischigen Fingern gezeichnete Hand, um die herum mehrere samtrote Blüten üppig ausgewachsener Dahlienstauden in die Höhe ragten. Eine völlig deplatzierte, unwirkliche Kombination, ins Absurde gesteigert vom Geschrei der Meute auf der Spitze des Hügels.

»Wie isch denn der umkomme? I ka des gar net erkenne.«

»Des wisset die doch selbst net, du Rindvieh. Do isch nix zu sehe!«

Ein leichter Windhauch kam auf, wehte die Plane zur Seite. Braig wusste nicht, ob er sich täuschte, glaubte, einen zarten Blütenduft zu erspüren. Was für ein makabrer Gedanke, schoss es ihm durch den Kopf.

»I denk, des isch genug.« Rössle deutete auf den Boden, schaute fragend zu Braig. »Mir hent ihn fotografiert, von alle Seite. Okay?«

Der Kommissar bemerkte die starre Haltung Söderhofers, der immer noch nicht reagierte, nickte. »Wenn wir die Aufnahmen sehen könnten ...« Der Spurensicherer deckte die Leiche sorgfältig ab, stakste vorsichtig zur Seite, zog einen Laptop aus seinem Koffer, baute ihn vor den Männern auf. Die Kommentare aus der Höhe gewannen an Schärfe.

»Hätt der Idiot net no a Weile warte könne – die gönnet oim doch gar nix!«

»Wieso deckt der die Loich scho wieder zu? I han erscht oi Foto!«

Rössle ließ sich nicht beirren, konzentrierte sich auf den Laptop. Er öffnete die gewünschte Datei, präsentierte zuerst den Leichnam, dann Teile des Körpers auf dem Bildschirm.

»Ihr seid schon lange hier?«, fragte Braig.

»Seit einer halben Stunde etwa.« Markus Schöffler, wie sein Kollege in einen grünen Plastiküberzug gehüllt, klopfte dem Kommissar auf die Schulter. »Gleichzeitig mit dem Arzt. Er bestand darauf, ihn genauer zu untersuchen, auch wenn du noch nicht dabei warst. Wir haben alles dokumentiert, keine Angst. Er liegt wieder im ursprünglichen Zustand.«

»Wer hat die Leiche gefunden?«

»Ein Herr Reizle. Der wohnt glei um die Eck. I han sei Aschrift notiert.«

Rössle betätigte die Tastatur, konfrontierte sie mit einer Frontalaufnahme des Gesichts des Toten.

Söderhofer schnappte nach Luft. »Himmelherrgottsakrament«, stöhnte er laut. Er stampfte mit dem rechten Fuß auf den Boden, trat zwei Schritte zurück, griff in seine Tasche.

»Sie haben ihn erkannt?«, fragte Braig.

Söderhofer fingerte in seiner Manteltasche, zog eine zerknitterte Zigarettenpackung daraus hervor.

»Wo isch der Dode?«, kreischte eine Stimme in der Höhe.

»Den siehsch nemme, die Granatedackel hent ihn wieder zudeckt.«

Braig sah, wie der Staatsanwalt eine Zigarette in den Mund schob, den Glimmstengel dann zwischen seinen Lippen hin und her bewegte.

»Mr kennet jetzt älles brauche bloß koi Zigaretteasch«, knurrte Rössle.

Söderhofer reagierte nicht auf die Bemerkung. »Sackzement, Sie können die Investigation aufnehmen, Braig«, schnaufte er. »Rolf Grobe, ja.« Er schob die Zigarette zwischen seinen Lippen hin und her, machte keinerlei Anzeichen, nach einem Feuerzeug zu suchen.

Der Kommissar hatte schon das gewohnte: »Ohne Zweifel?« auf den Lippen, ersparte es sich aber. Die Körpersprache des Mannes war eindeutig.

Er verfolgte die weitere Präsentation der Bilder, verschiedene Ansichten des Körpers des Toten, sah die beiden Einschüsse im Herzbereich des Mannes.

»Zwei Mal, von vorne, Entfernung etwa zwei Meter. Jeder für sich tödlich, meinte der Arzt.«

»Wo?«, fragte Braig. »Hier im Park?«

»An Ort und Stell'«, bestätigte Rössle, »oine von dene Kugle han i scho entdeckt. Dort vorne in dem Stamm.« Er wies auf den Baum, der keine zehn Meter von ihnen entfernt aufragte. »Nach der zwoite suchet mr noch.«

»Welches Kaliber?«

»Neun Millimeter würd i mol sage.«

»Wann etwa ist es passiert? Was meinte der Arzt?«

»Am frühe Morge. Mehr wollt er net sage.«

»Am frühen Morgen? Welche Zeit soll das sein?«

»Was wois i. Der Kerle hot sei Gosche net uffkriegt. I han den net kennt. A Krankheitsvertretung, hot er gmoint.«

»Ihr habt seinen Namen?«

Rössle wies auf seinen Kollegen.

»Ein Doktor Stambler«, erklärte Schöffler. »Ich habe seine Nummer. Moment.« Er zupfte sich den Plastiküberzug von der Hand, suchte nach seinem Handy.

Braig wandte sich von dem Spurensicherer ab, musterte die Umgebung. Wenn der Mann hier an Ort und Stelle mit zwei Schüssen getötet worden war, musste das weit zu hören gewesen sein. Die kleine Grünfläche war zwar auf drei Seiten von der weitläufigen Fassade der Schule, der Rückwand der Doppelgarage und dem von dem Tempelimitat gekrönten Hügel eingefasst, mündete jedoch im Norden in den von vielen hohen Bäumen bewachsenen Exotengarten des Hohenheimer Schlossparks. Die Lage inmitten dieser Erhöhungen hatte garantiert schallverstärkend gewirkt. Zudem führte wenige Meter von der Fundstelle des Toten der asphaltierte Dietrich-von-Plieningen-Weg vorbei, dessen Verlängerung direkt zum Schloss und den Universitätsgebäuden verlief, wie Braig von etlichen Besuchen des Geländes wusste. Sollte der Mord erst nach dem Ende der Nacht passiert sein, konnten erste Jogger zumindest akustisch Zeuge des Geschehens geworden sein. Vielleicht hatte irgendjemand in diesem Zusammenhang auch eine oder mehrere Personen beobachtet.

Er schaute sich um, überlegte, zu welcher Uhrzeit wohl die ersten Frühsportler unterwegs gewesen sein mochten. Gut, die Temperaturen am Ausgang der Nacht lagen jahreszeitlich bedingt nicht allzu weit über dem Nullpunkt, dafür befand er sich hier aber in unmittelbarer Nähe einer Universität. Einer Hochschule, die Biologie, Garten- und Agrarwirtschaft zum Gegenstand hatte, also wohl Studenten beheimatete, die quasi berufsmäßig mit unwirtlichen Naturbedingungen umzugehen wussten. Sollte es da nicht möglich sein …?

»Hier. Dr. Stambler. Seine Nummer.« Schöffler las die Ziffern von seinem Display ab, wartete, bis Braig sie seinem Handy eingegeben hatte. »Wir haben den Ausweis und die Geldbörse des Toten. Sie steckten in seiner Jackentasche. Ein Rolf Grobe, wie Sie bereits bestätigt haben«, sagte er mit Blick auf den Staatsanwalt.

»Sein Wagen, ein Daimler, parkt dort vorne. Nehmt ihr ihn euch nachher bitte vor?« Braig deutete zur Straße, sah Schöfflers Nicken. »Dort müssen wir auch die Anwohner fragen, ob jemand gesehen hat, wer mit dem Auto kam.«

Er streifte sich Plastikhandschuhe über, nahm den Geldbeutel, eine dunkelbraune Lederausführung im mittleren Format entgegen. Er enthielt zwei 50-Euro-Scheine, eine Menge Münzen, zwei Scheck- und eine Kreditkarte, den Personalausweis und Führerschein, ferner zwei Plastikkarten, die die Mitgliedschaft Grobes in einem Sportstudio und einer privaten Krankenkasse belegten. Das Übliche, überlegte Braig, was ein normaler Mensch mit sich führte. Nicht gerade berauschend, was etwaige Hinweise auf den Täter betraf. »Das ist alles?«, fragte er.

»Nicht ganz.« Schöffler nahm die Geldbörse samt den Ausweisen wieder an sich, bückte sich zu seinem Arbeitskoffer, zog eine durchsichtige Kladde daraus hervor. »Ich glaube, das wird dich interessieren.« Er machte ein bedeutungsvolles Gesicht, streckte Braig die Plastikhülle entgegen.

Der Kommissar betrachtete den Inhalt der Kladde. Darin befand sich ein zusammengefaltetes, weißes Blatt Papier im Format DIN A4, auf das ein offensichtlich talentierter Zeichner ein großes, lustig anzuschauendes Schwein mit einem Ringelschwanz gemalt hatte. Doch so lustig die Zeichnung im ersten Moment auch wirkte, die mit einem dicken schwarzen Filzstift in den Leib des Tieres eingefügten beiden Sätze ließen Braig jeden heiteren Gedanken auf der Stelle vergessen.

Ich bin das zweite Schwein, das büßen muss! Die anderen folgen!

Er musterte die Schrift, die per Hand in drei untereinander folgenden Zeilen in der Mitte der Zeichnung zentriert worden war. »Wo habt ihr das her?«, fragte er.

Schöffler hatte seine Stirn in Falten gelegt, betrachtete ihn mit ernster Miene. »Aus der äußeren Jackentasche des Toten.« Er zeigte in die Richtung der Leiche, versuchte seinem Kollegen zu verdeutlichen, wovon er sprach. »Die Tasche, die auch nach dem Tod des Mannes noch zugänglich war.«

»Ihr glaubt, der Täter hat den Mann erschossen und danach ...«

»Wäre doch möglich, oder?«

»Aber das würde bedeuten, dass es sich um keine im Affekt begangene Tat, sondern um einen geplanten Mord handelt.«

»Um *einen*?«, fragte Schöffler, das Wort besonders betonend.

Braig starrte auf die Zeichnung, begriff auf der Stelle, was der Spurensicherer andeutete. *Ich bin das zweite Schwein, das büßen muss! Die anderen folgen!* Er spürte das Blut hinter seinen Schläfen hämmern, hatte Mühe, sich geradezuhalten. Das zweite Opfer, überlegte er. Die anderen würden folgen! Ein leichter Schwindel machte ihm zu schaffen, ließ ihn einen Schritt zur Seite treten.

In was für eine Sache waren sie da geraten? Spielte da irgendjemand einen Streich mit ihnen?

»Wenn du mich fragst«, hörte er die Stimme Schöfflers, »mit meinen bescheidenen 15 Jahren Berufserfahrung: Ich würde die Sache ernst nehmen. Zwei Schweine und die anderen folgen. Das ist kein Witz mehr. Da ist einer dabei, auszurasten.«

Braig wusste nicht, was er dagegen einwenden sollte. So sehr er sich bemühte, Argumente gegen die Schlussfolgerung seines Kollegen zu finden, er blieb ohne Erfolg.

6. Kapitel

Natürlich war Neundorf im unmittelbaren Anschluss an das Gespräch mit Dr. Renck die Problematik bewusst, den Aussagen des Mannes einen substantiellen Hinweis auf den Mörder der in Götz Hellners Garten aufgefundenen Frau entnehmen zu wollen. Einer dermaßen von kleinbürgerlichen Vorurteilen verblendeten Person Glauben zu schenken, kam dem Offenbarungseid jedes Ermittlers nahe, Doktortitel hin oder her. Nach den Aussagen Dr. Schäfflers war der Tod mitten in der Nacht, spätestens gegen fünf Uhr eingetreten – was der alte Mann am frühen Morgen gesehen haben wollte, lag also am äußersten zeitlichen Rand, den der Gerichtsmediziner vorgegeben hatte. Vielleicht aber war Renck, falls man noch auf ihn hören wollte, nicht Zeuge des Verbrechens, sondern des Versuchs der Beseitigung von Spuren oder dem Transport der Leiche weg vom Tatort geworden. Dass die Unbekannte am Fundort getötet worden war, hielten die Spurensicherer ihren kurz nach zehn Uhr an diesem Morgen beendeten Untersuchungen des Außengeländes nach für kaum möglich; sie musste also irgendwann in der späten Nacht oder am frühen Morgen an der Fundstelle abgelegt worden sein. Von Hellner, nachdem er sie in der Nacht in seinem Haus ermordet hatte? War er von dem alten Mann zufällig dabei beobachtet worden, wie er sich der Leiche hatte entledigen wollen, oder wurzelte diese Behauptung komplett in Dr. Rencks dumpfen Vorurteilen?

Ausschließen konnte man das nicht, wusste die Kommissarin, auch wenn die Überlegung einen entscheidenden logischen Bruch beinhaltete: Wenn Hellner wirklich der Täter war, warum hatte er die Frau dann mitten im seinem Garten abgelegt, anstatt sie von seinem Grundstück zu schaffen? Weil er genau bei diesem Vorhaben von seinem Nachbarn ertappt worden war?

Neundorf wusste keine Antwort. Die Hoffnung, wenigstens etwas mehr Klarheit zu erlangen, war der einzige Grund, weswegen sie sich auf ein ausführliches Gespräch mit Dr. Renck eingelassen hatte.

»Der ist schwul, hat ständig irgendwelche Typen bei sich, auch jetzt wieder. Ich will nicht wissen, was die da alles treiben. Pfui Teufel! Zwei Schwule unter einem Dach. Das konnte nicht gutgehen, was soll ich da noch sagen?«

Sprachlos hatte sie seine Worte vernommen, sich dann wider alle Höflichkeit ohne ihre Tasse zu leeren kurz und knapp von dem Mann verabschiedet, um einem Erstickungsanfall vorzubeugen und frische Luft in ihre Lungen zu pumpen. Wer solche Nachbarn hatte, brauchte keine Feinde mehr. War die Zeit des Mittelalters, der Kreuzzüge, der Inquisition, der Hexenverbrennungen denn immer noch nicht passé?

Was sie unbedingt überprüfen musste, war die angebliche Anwesenheit eines anderen Mannes in Hellners Haus, gleichgültig, ob das mit der sexuellen Ausrichtung des Mannes zu tun hatte oder nicht. Falls die Person in dieser Nacht wirklich in dem Anwesen übernachtet hatte, kam er als Beobachter, genauso aber auch als potentieller Täter infrage. Ja, die Existenz eines weiteren Mannes in dem Haus eröffnete gar die Möglichkeit, dass dieser die Frau gemeinsam mit Hellner getötet hatte. Sie musste dem genauso nachgehen wie den angeblichen Aktivitäten des Verdächtigen im Zusammenhang mit den Auseinandersetzungen um *Stuttgart 21*, allen Vorurteilen Rencks zum Trotz. Der Mann hatte diese zwar abgestritten, doch was bedeutete das schon? Das scheußliche T-Shirt der Toten in Erinnerung, durfte sie keinen auch noch so abwegigen Verdacht von vornherein ausschließen.

Mit großen Schritten war sie wieder in die Richtung von Hellners Anwesen aufgebrochen, hatte dann, in angemessener Entfernung von der das Gelände immer noch belagernden, neugierigen Meute ihr Handy aus der Tasche gezogen und sich bei Stöhr über das Gerichtsverfahren gegen den Mann erkundigt.

»Hellner war also tatsächlich angeklagt, seinen eigenen Vater getötet zu haben?«

»Hm, so ist es. Er wurde aber freigesprochen. Dem Urteil nach war es seine Mutter. Notwehr, entschieden die Richter. Der Mann war alkoholabhängig und deshalb ohne Arbeit. Er soll seine Familie jahrelang misshandelt haben. Seine Frau und sein Sohn seien ständig von ihm verprügelt worden. Als er wieder einmal betrunken war und in diesem Zustand auf seinen Sohn einschlug, soll die Mutter dazwischengegangen sein. Dabei soll es passiert sein.«

»Götz Hellner war damals also noch nicht erwachsen.«

»Hm, es ist so, er war sechzehn.«

»Sechzehn und ein ständig prügelnder Vater.«

Neundorf war sich darüber im Klaren, welche Hypothek diese Erfahrung für das gesamte spätere Leben eines Menschen bedeuten konnte. Von der wichtigsten Bezugsperson misshandelt statt geliebt zu werden, und das über Jahre hinweg – niemand war fähig, das von sich abzustreifen wie ein altes, zu klein gewordenes Kleidungsstück. Im Verlauf ihrer beruflichen Tätigkeit waren ihr zu viele, durch traumatische Erlebnisse ihrer Kindheit aus der Bahn geworfene Menschen begegnet, als dass sie den Punkt achtlos zur Seite legen konnte.

So borniert viele Behauptungen des alten, von Vorurteilen triefenden Nachbarn auch waren, über die Tatsache, dass das Opfer im Garten Hellners entdeckt worden war, konnte sie nicht hinwegsehen. Sie musste sich den Mann eingehender vornehmen.

»Erlauben Sie, dass wir Ihr Haus daraufhin überprüfen, dass die Frau nicht hier bei Ihnen war?«, fragte sie deshalb, als sie den Pulk der Neugierigen passiert und Hellners Wohnung wieder betreten hatte. Polizeiobermeister Reule leistete dem Mann immer noch Gesellschaft.

»Was tun Sie, wenn ich nein sage?«, erwiderte Hellner.

Sie hörte den aggressiven Unterton, blieb dennoch hart. »Dann besorge ich mir den richterlichen Durchsuchungsbeschluss. Das dauert nur wenige Minuten, Sie können mir glauben.«

Hellner fuhr sich über seine immer noch verstrubbelten Haare. »Das bezweifle ich nicht. Die Willkür und die Gewalt von Bullen haben wir zur Genüge erlebt. Sie können sich alles erlauben, das ist mir bekannt.«

Neundorf sah seine von purer Abscheu geprägte Miene, schüttelte den Kopf. »Warum sind Sie so aggressiv? In Ihrem Garten wurde eine Leiche entdeckt, Sie selbst wurden beobachtet, wie Sie sich daran zu schaffen machten. Die Frau trägt ein T-Shirt, das sie als Befürworterin des Bahnhofsneubaus in Stuttgart ausweist, Sie selbst gelten als Gegner. Finden Sie es wirklich so absurd, wenn wir uns fragen, wie die Tote auf Ihr Grundstück kommt und ob Sie etwas mit ihr zu tun haben?«

»Sie haben Ihr Urteil doch längst gefällt: Für Sie bin ich der blutrünstige Killer. So wie Sie ohne jeden Anlass auf Unschuldige einprügeln, gehen Sie auch mit Ihren Anschuldigungen vor.«

»Ich weiß nicht, woher Ihre Aggressionen stammen. Ich schlage prinzipiell niemanden, es sei denn, ich werde angegriffen und muss mich wehren. Und für meine Kollegen gilt das genauso.« Sie zeigte auf Reule, sah dessen zustimmendes Nicken. »Außerdem möchte ich mit dem Mann sprechen, der zur Zeit bei Ihnen wohnt. Wenn Sie wirklich so unschuldig sind, wie Sie behaupten, kann er das ja vielleicht bezeugen.«

Hellner reagierte anders, als sie erwartet hatte. Er erbleichte sichtbar, verlor seine aggressive Selbstsicherheit, mit der er ihr gegenüber bisher aufgetreten war. »Der Mann, der bei mir wohnt?«, fragte er. Seine Überraschung war offensichtlich.

»Sie haben gedacht, Sie können ihn vor uns verheimlichen?«

»Verheimlichen?« Ihr Gegenüber rang um Beherrschung. »Da gibt es nichts zu verheimlichen. Ich weiß nur nicht, was Sie mein Besuch überhaupt angeht.«

»Normalerweise nichts, da haben Sie recht«, stimmte sie ihm zu. »Sie können Besuch empfangen, so viel Sie wollen. Aber in dem Fall bin ich doch verpflichtet, mich nach ihm zu erkundigen und sei es nur, dass er Sie entlastet.«

»Renck, der alte Stasi-Offizier. Daher weht der Wind.«

»Stasi-Offizier?«

»Der überwacht doch das ganze Viertel. So muss es in der DDR gewesen sein. Ich will nicht wissen, mit was der Sie alles vollgelabert hat. Was für eine unmoralische Existenz ich sei und so. Da ist er bei solchen Schnüfflern wie Ihnen ja genau an der richtigen Adresse.«

»Ihr Privatleben interessiert mich nicht, das habe ich doch deutlich zum Ausdruck gebracht.«

»Hier ist kein Platz für Schwule. Hier leben nur ordentliche Menschen«, äffte Hellner den Nachbarn nach. »Solche zum Beispiel, die mit 80 oder 82 Jahren die Nacht mit einer jungen Frau verbringen, die gut und gerne ihre Enkelin sein könnte.«

»Sie sprechen von Renck?«

Ihr Gesprächspartner ließ ein verächtliches Zischen hören. »Was glauben Sie, weshalb der so früh unterwegs war?«

»Frühsport, um sich fit zu halten«, warf sie ein.

»Frühsport? So lässt sich das nennen, ja.« Er klopfte mit der Faust an die Wand. »Mich geht es nichts an, aber fragen Sie doch einen Nachbarn. Renck treibt in der Tat seinen Frühsport, Viagra macht's möglich. Der vögelt mit der jungen Schmitt, dort ein paar Häuser weiter, die ist gerade 28. Seit sie von ihrem Mann verlassen wurde, ist sie auf jeden Cent angewiesen. Sie hat ein krankes Kind, kann nicht arbeiten. Renck hat Geld zu fressen, der hilft seiner jungen Nachbarin gern. Und morgens schleicht er sich dann nach Hause, damit es niemand mitbekommt, wo er die Nacht verbracht hat. Dabei wissen es alle. Die ganze Nachbarschaft ist informiert. Zwei-, dreimal die Woche treibt der es mit ihr, Viagra sei Dank.«

»Wenn es beiden hilft.« Neundorf versuchte, sich wieder auf ihr Anliegen zu konzentrieren. »Der Mann, der bei Ihnen wohnt.« Sie deutete zu dem rückwärtigen Raum. »Kann ich mit ihm reden?«

Hellner ließ ein lautes Seufzen hören. »Sie geben keine Ruhe, was?«

»Ich denke, ich handle in Ihrem Interesse, oder nicht?«

»Er ist bei einer wichtigen Besprechung. Keine Ahnung, ob er gerade Zeit hat.«

»Wie, bei einer Besprechung? Er ist nicht hier?«

»Nein, er ist nicht hier. Verstehen Sie kein Deutsch?«

»Wann hat er Ihr Haus verlassen? Meine Kollegen sind doch schon den ganzen Morgen anwesend.«

»Was soll das jetzt?«, maulte ihr Gesprächspartner. »Wollen Sie die totale Überwachung einführen? George Orwell, ja? Er ging, kurz bevor die ersten ...« Er zögerte, hatte wohl schon das Wort »Bullen« auf den Lippen, überlegte es sich dann doch anders. »Kurz bevor die Ersten von Ihnen aufkreuzten, ja.«

»Was für ein Zufall«, sagte sie. »Eine Besprechung frühmorgens um sechs. Minuten, bevor die Polizei erscheint.« Der Mann scheute vor nichts zurück. So dreist war sie schon lange nicht mehr belogen worden. Offensichtlich hatte er fest damit gerechnet, dass ihr die Anwesenheit seines Besuchers verborgen bleiben würde. Jetzt, wo diese Absicht nicht in Erfüllung gegangen war, hatte er zu einer Notlüge greifen müssen. Einer Notlüge, die so plump war, dass sie keine Sekunde Bestand hatte. Somit war das Gespräch mit Renck, so abstoßend sie den bornierten Nachbarn empfunden hatte, dennoch nicht ohne Resultat geblieben. Dem Alten schließlich war es zu verdanken, dass sie dem Mann auf die Spur gekommen war, der nichts Eiligeres zu tun gehabt hatte, als sich vor dem Auftauchen der ersten Polizeibeamten vom Fundort der Leiche davonzuschleichen. Blockwartmentalität hin oder her – manchmal waren selbst dieser unsympathischen Lebensart erfreuliche Konsequenzen zu verdanken.

Sie musterte Hellners verbissen wirkende Miene, nahm ihn voll ins Visier. »Name und Adresse des Mannes, dazu sein derzeitiger Aufenthaltsort. Sie haben genau eine Minute, sonst lasse ich Sie festnehmen.«

7. Kapitel

Ruhig bleiben, emotionale Aufwallungen möglichst weit zur Seite schieben, nur nicht die Nerven verlieren.

Braig wusste nur allzu gut, wie wichtig es war, diese Leitsätze im Auge zu behalten, türmten sich seine beruflichen Aufgaben doch wie ein weit in den Himmel ragendes, gewaltiges Gebirge vor ihm auf.

Ich bin das zweite Schwein, das büßen muss. Die anderen folgen.

Braig erinnerte sich an den Moment, als Söderhofer, wenige Schritte neben ihm stehend, das Blatt mit dem aufgemalten Schwein und den beiden Sätzen zu Gesicht bekommen hatte. Die Physiognomie des Mannes hatte genau gespiegelt, was in ihm vorgegangen war: ungläubige Kenntnisnahme gepaart mit dem Versuch, das Papier als Pamphlet eines Verrückten abzutun; zögernd einsetzende Überlegung, dass die Angelegenheit möglicherweise doch ernsterer Natur sein könnte; immer stärker anwachsende Befürchtung, dass das Schreiben tatsächlich vom Mörder stammte.

Minutenlang hatte er auf die angesichts der Gaffer oben auf dem Hügel längst wieder mit der Plane bedeckte Leiche gestarrt, unfähig, zu seiner sonst so sprachgewandten Aussagekraft zu finden. Erst die unaufhörlich auf sie einprasselnden Bemerkungen der Neugierigen hatten ihn langsam wieder in die Realität eintauchen lassen.

»A Leich im Schlosspark. Wahnsinn! Wenn i des hoit Abend moinere Alte erzähl, die glaubt mir koi Wort.«

»Wann schaffet die Granatedackel endlich die Plane weg? I will den Dote fotografiere!«

Söderhofer hatte empört in die Höhe gestarrt, sich dann dem Kommissar zugewandt. »Diese Investigation, Braig …«, er hatte kurz den Faden verloren, nach Worten gesucht, sie nur zögernd gefunden. »Wir müssen unseren gesamten Brain mobilisieren. Das ist kein Jux, das ist erst der Anfang.«

Braig hatte sofort verstanden, weshalb der Mann das Bekennerschreiben so ernst nahm. Söderhofer kannte die Drohungen, die gegen Grobe ausgesprochen worden waren, er wusste um ihren Inhalt, wahrscheinlich auch bis ins Detail genau um die Person und den Anlass, von der und aus dem heraus sie formuliert worden waren. Der Staatsanwalt hatte offensichtlich keine Zweifel, dass sie nicht auf die leichte Schulter genommen werden durften, zudem eventuell weitere Personen davon betroffen waren, sonst hätte er dem bei der Leiche gefundenen Schreiben nicht diese Bedeutung beigemessen. Braig war sich darüber im Klaren, dass er diese Haltung Söderhofers respektieren musste, auch wenn das Blatt des aufgemalten Schweins wegen auf den ersten Blick lustig wirken mochte. Er durfte es nicht leichtfertig als dummes Pamphlet eines irregeleiteten Verrückten, der sich wichtig machen wollte, abtun. Wenn es wirklich vom Mörder stammte – und davon mussten sie bis zum Beweis des Gegenteils ausgehen – dann war mit seiner Aussage nicht zu spaßen: Er hatte deutlich genug, auf Kosten des Lebens Rolf Grobes, gezeigt, dass er zu allem fähig war und keine Grenzen kannte. Keine Grenzen, auch was das Leben anderer Menschen betraf?

»Das zweite Schwein«, hatte Schöffler aus den beiden Sätzen zitiert, »heißt das, es gibt schon ein erstes Opfer?«

Braig war ratlos, musste sich zuerst um eine Strategie bemühen, die Ermittlungen in die Wege zu leiten. »Ich lasse alle ungeklärten Todesfälle der letzten Zeit überprüfen, um eine Antwort zu finden. Zuerst werde ich mich aber detailliert über die Drohungen gegen Grobe informieren, was deren Anlass war und ob da eventuell noch andere Personen beteiligt sind. Dann muss ich mit dem Mann sprechen, von dem sie stammen. Das hat absoluten Vorrang. Was wir weiterhin angehen müssen, ist die Frage, ob Grobe wirklich gestern Abend mit diesem Schmeisser zusammensaß, sich dann aber gegen 23.15 Uhr von ihm verabschiedete. Wenn er das Lokal tatsächlich allein verließ, müssen wir dahinterkommen, was er anschließend unternahm, wohin er ging und ob er eventuell vorhatte, noch jemand anderen zu treffen.« Er zog einen Block und einen Stift aus der Tasche, brachte seine Gedanken in Stichworten zu Papier.

»Der genaue Todeszeitpunkt«, ergänzte Schöffler. »Du musst dich bei dem Gerichtsmediziner informieren.«

Braig bedankte sich für den Hinweis des Spurensicherers, sah die zerfurchte Miene des Staatsanwalts.

»Sonja«, murmelte der Mann. »Wer sagt es ihr?«

Der Kommissar betrachtete die hünenhafte Gestalt neben sich, hatte Mühe, nicht zu einer ironischen Replik zu greifen. Der sonst so wortgewaltige, niemals um eine aufgeblasene, seine angebliche Tatkraft spiegelnde Phrase verlegene Mensch fürchtete sich offensichtlich davor, seiner Bekannten die Wahrheit über den Verbleib ihres Ehepartners mitzuteilen. Der selbstgerechte, Tag um Tag seine persönliche Umgebung schikanierende Staatsanwalt bettelte um Hilfe.

Braig sah keine Notwendigkeit, den Mann so schnell aus seiner Verantwortung zu entlassen. »Das übernehmen am besten Sie«, antwortete er in beiläufigem Tonfall. »Sie sind der Einzige, der die Frau kennt. Deshalb können Sie es ihr bestimmt besonderes einfühlsam beibringen.«

8. Kapitel

Natürlich war es kein Zufall, dass der Mann, der zur Zeit bei Hellner wohnte, noch vor dem Eintreffen der ersten Polizeibeamten verschwunden war. Er hatte Gründe gehabt, vor ihnen abzutauchen und seine Identität zu verschleiern, das war Neundorf von Anfang an klar. Gegen 5.45 Uhr am frühen Morgen war das erste Team der Schutzpolizei am Fundort der Leiche erschienen, zu einem Zeitpunkt also, zu dem kaum ein normaler Mensch sein Haus oder seine Wohnung bereits verlassen hatte.

»Weissmann heißt er, Gerd Weissmann«, hatte Hellner widerstrebend auf ihr hartnäckiges Fragen geantwortet und als Wohnort des Mannes Berlin angegeben.

»Berlin?« Fällt dir keine bessere Ausrede ein, hatte ihr misstrauischer Blick unterschwellig signalisiert.

»Beruflich bedingt«, hatte er ohne besondere Aufforderung hinzugefügt.

»Was arbeitet er?«

»Bei der Deutschen Bahn. Als Ingenieur.«

»In welchem Verhältnis stehen Sie zu Herrn Weissmann?«

»Was geht Sie das an?«

Neundorf hatte sich nicht aus der Ruhe bringen lassen. »Welchen Grund hatte er, meinen Kollegen aus dem Weg zu gehen?«

»Ihren Kollegen? Weshalb sollte er irgendjemand aus dem Weg gehen wollen?«

»Das frage ich Sie.«

Dolde und Rauleder hatten unter den misstrauischen Blicken des Mannes damit begonnen, den Raum zu untersuchen. Nur langsam und mit spürbarem Widerwillen hatte er sich von ihnen ab- und ihr wieder zugewandt.

»Gerd hatte heute Morgen eine wichtige Besprechung, das habe ich Ihnen vorhin erzählt.«

»Eine wichtige Besprechung morgens um sechs? Das glauben Sie doch selbst nicht.«

»Wer redet denn von morgens um sechs? Schon mal was von Anfahrt gehört? Die Besprechung findet nicht auf dem Bürgersteig vor meinem Grundstück statt.«

»Wo dann?«

»In Stuttgart. Acht Uhr, soviel ich weiß.«

Neundorf hatte einen Blick auf ihr Zifferblatt geworfen und dabei festgestellt, dass seither über zwei Stunden vergangen waren. »Wo soll das gewesen sein und wie lange?«

»Wie lange? Wissen Sie vorher auf die Sekunde genau, wie lange Sie benötigen, einem Unschuldigen eine Straftat unterzujubeln?«

»Wo das stattfinden sollte, habe ich gefragt«, hatte sie wiederholt, ihre Aggressionen mühsam unterdrückend.

»Bei *Sun and Gold*. Falls Ihnen das etwas sagt.«

»Was soll das sein?«

»Ein Ingenieurbüro. Gerd will sich beruflich neu orientieren.«

»Dann geht es um eine Art Bewerbungsgespräch?« Neundorfs Skepsis war nicht gewichen. Sie hatte mit sich gekämpft, inwieweit sie den Worten des Mannes Glauben schenken konnte.

»Wenn Ihnen der Ausdruck gefällt – bitte.«

Sie hatte sich Weissmanns Mobilnummer geben lassen, den Mann nach kurzem Warten erreicht, sich dann mit ihrem Namen und ihrem Beruf vorgestellt.

»Landeskriminalamt?«, hatte er gefragt, in einem Tonfall, als ob er längst mit ihrem Anruf gerechnet hätte. »Wie kann ich Ihnen behilflich sein?«

Neundorf hatte nicht direkt geantwortet, stattdessen auf ein sofortiges persönliches Gespräch gedrängt.

Weissmanns Reaktion war weitaus freundlicher ausgefallen, als sie befürchtet hatte.

»Ein persönliches Gespräch? Mit einer leibhaftigen Kriminalkommissarin? Aber gerne doch, jederzeit. Wann wollen wir uns treffen und wo?« Er hatte ihr erklärt, dass er gerade auf dem Weg in die Stuttgarter Innenstadt war, um sich dort verschiedene Bücher anzuschauen, dann das Café gegenüber von Lindemanns Buchhandlung als Treffpunkt vereinbart.

»11.30 Uhr«, hatte Neundorf vorgeschlagen. »Okay?«

Weissmanns Zustimmung war ohne Zögern erfolgt.

»Und? Zufrieden?«, hatte Hellner gelästert, nachdem sie das Gespräch beendet und das Handy weggesteckt hatte. »Haben Sie ihn jetzt endlich, den Killer?«

Sie hatte nicht reagiert, stattdessen Dolde und Rauleder gebeten, die Untersuchung fortzusetzen und sie über das Ergebnis zu informieren, hatte das Haus dann verlassen. Draußen war Ruhe eingekehrt. Die Leiche war längst abgeholt. Das Interesse der Schaulustigen hatte deutlich nachgelassen. Nur noch eine Handvoll Frauen und Männer standen auf dem Gehweg und verfolgten ihre Schritte, von Polizeiobermeisterin Kürzinger und ihrem Kollegen Reule aufmerksam beobachtet.

Neundorf schob sich an den Holzstapeln vorbei zur Gartentür, sah die junge Beamtin mit vor der Brust verschränkten Armen vor dem Zaun stehen. Ein mit einer blauen Arbeitsmontur bekleideter Mann löste sich aus der Gruppe, öffnete die Gartentür des Anwesens, das Hellners Grundstück unmittelbar benachbart war, und lief auf das kleine, zitronengelb gestrichene Haus zu. Die Kommissarin sah den dicken Schriftzug auf der Jacke des Mannes *BACH BAU*, winkte ihm, nur durch einen Maschendrahtzaun von ihm getrennt, zu. »Herr Bach?«

Der Angesprochene blieb stehen. »Ja?«

Neundorf lief zur Gartentür und auf den Gehweg, betrat dann das Grundstück des Nachbarn. »Ich komme vom Landeskriminalamt«, erklärte sie und nannte ihren Namen. »Sie wohnen hier neben Herrn Hellner?«

Bach nickte, deutete auf das Haus hinter ihm, das aufgrund seiner Größe und der Farbgebung seiner Fassade so auffallend aus der Umgebung stach. Die Büsche und Bäume des Vorgartens zeigten sich zwar über und über von herbstlich buntem Rot, Gelb und Braun geprägt, keine dieser Farben fiel jedoch dermaßen ins Auge wie das grelle Gelb der Mauern dahinter. Von der Größe her ähnelte das Haus dem seines unmittelbaren Nachbarn; eineinhalb Stockwerke unter einem spitzgieblig zulaufenden Dach, kleiner Grundriss, ein schmaler, betonierter Vorplatz. Ein typisches Bauwerk der Fünfziger oder Sechziger Jahre des vergangenen Jahrhunderts, überlegte die Kommissarin, der pure Anachronismus im Vergleich mit den Eigentumswohnungsbunkern der Umgebung.

»Sie wissen, weshalb wir hier sind?«

»Die Leiche, die gefunden wurde, nehme ich an. Die Leute hier haben kein anderes Thema mehr.« Er deutete zur Straße.

»Sie waren heute Nacht zu Hause?«

Neundorf musterte die Miene des Mannes, nahm dessen Kopfnicken wahr. Er schien Mitte vierzig, von mittelgroßer, kräftiger Statur, zeigte eine gesunde, leicht gebräunte Gesichtsfarbe wie ein Mensch, der viel an der frischen Luft war. Trotz der immer noch recht kühlen Temperaturen hatte er die Ärmel seiner Arbeitsjacke hochgekrempelt, kräftige Arme präsentierend. Er blickte ihr erwartungsvoll entgegen, schien auf weitere Fragen zu warten. Ein kontaktfreudiger, jovialer Mensch, überlegte sie.

»Ihre Familie war ebenfalls zu Hause?«, fragte Neundorf.

»Meine Familie?« Bach winkte mit seiner Rechten ab. »Wir leben getrennt. Meine Frau ist …« Er ließ ein kurzes, abfälliges Pfeifen hören.

»Was haben Sie mitbekommen heute Nacht?« Neundorf bemerkte, wie ihr Gegenüber erschrocken zurückzuckte, dann mit energischem Kopfschütteln reagierte.

»Ich? Überhaupt nichts.«

»Sie haben nicht aus dem Fenster geschaut?«

»Wieso sollte ich?«

»Weil Sie seltsame Geräusche gehört haben, zum Beispiel.«

Bach hob erneut seine rechte Hand in die Höhe, lachte. »Sie müssen entschuldigen, aber ich habe meistens einen gesunden Schlaf.« Er schüttelte den Kopf, wich ihrem Blick nicht aus.

»Schade«, erklärte sie. »Wir können jeden Hinweis brauchen.«

»Haben Sie die schon gefragt?« Der Mann wies auf das etwa 15 Meter entfernt aufragende mehrstöckige Wohngebäude. »Vielleicht hat dort jemand zufällig …«

Neundorf nickte. »Wir sind dabei.« Vor ihrem Gespräch mit Dr. Renck hatte sie die örtlichen Kollegen darum gebeten, sämtliche Nachbarn auf eventuelle nächtliche Beobachtungen zu befragen. Erfahrungsgemäß konnte sich diese Prozedur über mehrere Tage hinziehen, waren die meisten Bewohner berufsbedingt doch nur zeitweise in ihren Wohnungen anzutreffen.

»Niemand wohnt so nahe wie Sie«, sagte sie.

»Ja, schon, aber wie gesagt …« Bach gestikulierte mit beiden Händen, gab sein Bedauern zu erkennen.

»Sie haben einen gesunden Schlaf«, ergänzte die Kommissarin. Sie erinnerte sich an die Ausführungen Rencks bezüglich des Verhältnisses der beiden Nachbarn, wusste nicht, inwieweit sie den Behauptungen des Mannes Glauben schenken konnte. Bach wolle seit Jahren sein und Hellners alte Häuser abreißen und einen größeren Komplex mit Wohnungen errichten, aber der sturköpfige Nachbar verweigere sein Einverständnis. Bachs Grundstück allein sei zu klein, das lohne keinen Neubau, jedenfalls keinen größeren, wirklich Gewinn bringenden.

Neundorf musterte das Areal um sie herum, stimmte Rencks Ausführungen insgeheim zu. Bachs Grundstück allein schien ihr in der Tat zu beengt, mit Hellners Haus und Garten zusammen ließ sich dagegen eine weitere dieser Eigentumswohnungsburgen, wie sie in der Umgebung so zahlreich zu finden waren, verwirklichen. Sie wollte gar nicht daran denken, welche Gewinne damit zu realisieren waren. Und für Bach als eigenständigen Bauunternehmer erwiese sich dieses Vorhaben wahrscheinlich noch lukrativer. Eine wahre Goldgrube. Der Mann hätte ausgesorgt fürs ganze Leben – wenn nur Hellner mit seiner Verweigerungshaltung nicht wäre. Nicht gerade eine Einstellung, die dem nachbarschaftlichen Verhältnis der beiden Herren dienlich war …

Sie sah Bachs energisches Kopfnicken, deutete auf Hellners Besitz. »Die beiden Grundstücke zusammen, für wie viele Eigentumswohnungen würde das reichen? Zwanzig, dreißig?«

Der Mann reagierte anders, als sie erwartet hatte. Er legte seine Stirn in Falten, winkte ab. »Oh nein, wieso denn? Finden Sie das reizvoll?« Er drehte sich zur Seite, zeigte auf den nahen Komplex. »Überall das Gleiche?«

»Na ja, aber der Verdienst! Ich meine, pro Eigentumswohnung 50.000 oder was weiß ich wie viele Euro verdient?« Neundorf pfiff laut vor sich hin. »50.000 mal 30 geteilt durch zwei: Das ergibt 750.000 Euro. Für jeden. Für Sie und Ihren Nachbarn.« Sie zeigte zu Hellners Haus.

Bach ließ sich nicht beeindrucken. »Sie glauben, die Kohle fliegt Ihnen einfach so zu?« Er schüttelte den Kopf. »50.000

pro Wohnung müssen Sie erst mal verdienen. Wenn Sie nämlich Pech haben, werden es nur 5.000 oder noch weniger. Und wenn Sie noch mehr Pech haben, holen Sie überhaupt nichts raus. Da machen Sie Miese, verstehen Sie, richtig schöne Miese. Für jede einzelne Wohnung. Nein, so einfach ist das nicht. Und der Stress und der Ärger die ganze Zeit. Unfähige Arbeiter, faule Handwerker, an allem herumnörgelnde Kunden. Das tue ich mir nicht mehr an. Wozu, für wen?«

»Sie fürchten Verluste? Bei der Nachfrage, die wir zur Zeit haben?«

Ihr Gesprächspartner war nicht bereit, seine Auffassung zu ändern. »Darf ich fragen, wie lange Sie im Baugewerbe tätig sind?«

»Ich?«, antwortete Neundorf überrascht. »Überhaupt nicht. Aber wieso stehen hier so viele neue große Häuser, wenn ...«

»Da konnten einige den Hals nicht voll kriegen«, fiel Bach ihr ins Wort. »Aber das ist nicht mein Stil. Bauen ja, aber nicht auf diese Tour. Mir genügt mein Haus, überhaupt, seit ich allein lebe. Und Aufträge habe ich genug. Warum soll ich das Risiko eingehen, hier einen weiteren Betonbunker hinzuklotzen? Und nachher muss ich die Wohnungen unter Wert verkaufen? Das ist nicht mein Stil, nein.«

Neundorf musterte den Mann eingehend, wunderte sich mehr und mehr über dessen Antwort. Sie schien von Vernunft und solidem Geschäftsgebaren geprägt, entsprach so gar nicht dem Bild, das Dr. Renck von Bach und Hellner und deren nachbarschaftlichem Verhältnis gezeichnet hatte. Das von Vorurteilen geprägte Denken des Alten kam also nicht nur in dessen bornierten Einlässen zum sexuellen Verhalten, sondern in allen Äußerungen seine Nachbarn betreffend zum Ausdruck. Sie musste Vorsicht walten lassen, was dessen Geschwafel anging. »Ihr Verhältnis zu Herrn Hellner ist gut?«, fragte sie.

Bach musste nicht lange überlegen, zu einer Antwort zu finden. »Wir sehen uns sehr selten. Herr Hellner ist nur ab und an hier, da gibt es nicht viel Kontakt.«

»Aber dieser seltene Kontakt …«

»Ist ganz normal«, sagte der Mann. »Wie unter Nachbarn eben üblich.«

»Und was sagen Sie zu dem Mann, der zur Zeit bei ihm wohnt?«

»Bei Herrn Hellner?« Bach wusste offensichtlich nicht, wovon sie sprach. Er schaute ihr mit fragender Miene ins Gesicht, schüttelte den Kopf. »Keine Ahnung. Da bin ich überfragt. Aber wieso fragen Sie nach einem Mann? Ich dachte, die Tote …« Er kam ins Stottern. »Ich dachte, es handelt sich um eine Frau?«

Neundorf nickte wortlos, verabschiedete sich von dem Mann, lief zur Straße.

9. Kapitel

Der Vorfall, dessentwegen Markus Ruppich 2008 zu dreieinhalb Jahren Gefängnis verurteilt worden war, hatte sich bereits im Spätherbst 2006 ereignet. Während einer feucht-fröhlichen Feier in einer am Rand der Alb gelegenen Jagdhütte hatte Ruppich eine junge Frau belästigt und sie zu vergewaltigen versucht. In letzter Sekunde waren andere Teilnehmer des Festes auf das Geschehen aufmerksam geworden. Sie hatten Ruppich in einem Nebenraum der Jagdhütte mit seinem Opfer überrascht, die junge Frau aus seiner Gewalt befreit und ihn dann in der Vorratskammer eingesperrt, um ihn der Polizei zu übergeben. Einer dieser Männer war Rolf Grobe, wie Braig aus den Unterlagen ersah, die Söderhofer ihm zur Verfügung gestellt hatte. Grobe war vor Gericht mit zwei weiteren Männern als Zeuge aufgetreten und hatte somit dazu beigetragen, dass Ruppich zu dreieinhalb Jahren Gefängnis verurteilt worden war. Das Opfer selbst, die 17-jährige Julia Riestler, war dermaßen alkoholisiert gewesen, dass sie zu den Vorkommnissen keine Angaben hatte machen können. Die Strafe war nach Ausführung des Vorsitzenden Richters nur deswegen nicht höher ausgefallen, weil der Angeklagte sich von Anfang an geständig und voller Reue gezeigt hatte. Zu Ruppichs Glück war ihm zudem die Untersuchungshaft voll angerechnet worden.

Braig wunderte sich über diese Ausführungen, war doch bisher nirgendwo von Drohungen die Rede, die Ruppich gegen Grobe vorgebracht haben sollte. Er war in sein Büro zurückgekehrt, hatte sich in der Kantine eine Portion Milchreis geholt und Kaffee getrunken, danach die Gerichtsprotokolle zur Hand genommen.

Wieder und wieder blätterte er die Papiere durch, konnte keinen Anhaltspunkt erkennen, etwas übersehen zu haben. Erst in den zusätzlich beigefügten Unterlagen tauchten Hinweise auf die seltsame Verhaltensänderung des Mannes auf. Ruppich war nach mehreren Monaten seines Gefängnisaufenthaltes dadurch aufgefallen, dass er heftige Drohungen gegen verschiedene Personen ausgesprochen hatte. Nicht nur andere Häftlinge waren bereit, das zu bezeugen, sondern auch verschiedene Beamte des Wachpersonals. Seine Äußerungen hatten im Verlauf der folgenden Monate solche aggressiven Züge angenommen, dass sich der Direktor des Gefängnisses persönlich darum gekümmert und schließlich – in Zusammenarbeit mit dem Gericht – jede Chance auf eine frühere Haftentlassung Ruppichs vereitelt hatte. Somit war der Mann erst vor fünf Wochen, nach insgesamt dreieinhalb Jahren Gefängnisaufenthalt entlassen worden.

Die Adressaten seiner Drohungen zu ermitteln, war kein Problem. Söderhofers Papiere verzeichneten die Namen im unmittelbaren Anschluss. Karl Neuber, Rolf Grobe, Gerald Robel. Es handelte sich exakt um die drei Männer, die vor Gericht als Zeugen aufgetreten waren.

Der konkrete Inhalt der Drohungen war den Ausführungen dagegen nicht zu entnehmen. Braig las nur von Vorhaltungen Ruppichs, die drei Benannten hätten ihn übel betrogen und ausgenutzt, die Schuld liege nicht bei ihm, sondern bei diesen Männern.

Die Schuld wofür, überlegte der Kommissar. Er wurde aus den ihm vorliegenden Zeilen nicht schlau, las von der Vermutung des Gefängnisdirektors, Ruppichs Verbitterung resultiere aus der Tatsache, dass dessen Freundin ihn während seines Haftaufenthaltes verlassen habe – etwa zu dem Zeitpunkt, an dem der Mann seine ersten Drohungen und Beschuldigungen formuliert hatte.

Das war durchaus verständlich, überlegte Braig. In den ersten Monaten nach seiner Tat hatte sich Ruppich den Ausführungen zufolge reuevoll und geständig gezeigt, wahrscheinlich auf Anraten seines Rechtsbeistands, um das Gericht milde zu stimmen – durchaus mit Erfolg, wie das Urteil bestätigte. Je mehr Zeit er jedoch im Gefängnis verbracht hatte, desto stärker war die Entfremdung von seiner gewohnten Umgebung und von den ihm vertrauten Menschen spürbar geworden. Unter dem Zwang der Trennung hatte sich auch das Verhältnis zwischen ihm und seiner Freundin mehr und mehr gelockert, einsame Nächte hatten ewigen Treueschwüren ihr angeblich unverrückbares Fundament entzogen. Irgendwann war wohl ein anderer Mann in ihr Leben getreten, ohne dass Ruppich irgendetwas dagegen hatte unternehmen können. So war die Verbitterung über sein Schicksal entstanden, die Wut und die Aggressionen gegen diejenigen, die ihn ans Messer geliefert, seine Verfehlung öffentlich gemacht hatten. Nicht er selbst war mehr der Schuldige, wie er bisher selbst zugegeben hatte, sondern diejenigen, die ihn bei seiner üblen Tat ertappt hatten.

Eine nachvollziehbare Entwicklung, dachte Braig. Nachvollziehbar bis zum Mord an Rolf Grobe?

Er musste nicht lange überlegen, war zu lange als Kriminalkommissar tätig, um auch nur einen Zweifel an dieser Konsequenz zu hegen. Zu oft hatte er bei den verschiedensten Ermittlungen erleben müssen, dass Menschen in bestimmten Situationen fähig waren, sich in irrationalen Hass zu steigern, in dessen Rausch sie andere zum Sündenbock ihrer Verbrechen stempelten und ihre eigene Verantwortung vollkommen vergaßen.

Den Verlust seiner Freundin nicht seiner eigenen Verfehlung, der versuchten Vergewaltigung der jungen Frau in der Jagdhütte zuzuschreiben, ihn vielmehr den Männern in die

Schuhe zu schieben, deren Aussage ihn – seiner Meinung nach – dreieinhalb Jahre lang hinter Gitter gebracht hatte, ließ Ruppichs Leben um vieles erträglicher erscheinen: Es befreite ihn von seiner Schuld, schenkte ihm zugleich eine neue Lebensaufgabe, deren Verwirklichung er sich jetzt hingeben konnte: die eigentlich Schuldigen zu bestrafen. Hatte er mit Grobes Ermordung den ersten Schritt bereits erfolgreich vollzogen?

Braig blätterte den Rest der Unterlagen durch, die Ruppichs Biographie enthielten. Das Leben eines schnell zupackenden Selfmade-Mannes mit all seinen Höhen und Tiefen, so kam es ihm vor, je mehr er sich mit dem Mann beschäftigte. In Stuttgart als Sohn eines Arbeiters geboren; eine jüngere Schwester; die Eltern früh, während seiner Grundschulzeit geschieden; zwei Kinder in ärmlichen Verhältnissen ohne Vater aufgewachsen. Mit 14 am Gymnasium gescheitert, drei Jahre später der Hauptschulabschluss. Die Lehre als Mechaniker abgebrochen, aber die Mittlere Reife nachgeholt und dann erfolgreich die Ausbildung zum Maurermeister absolviert. Mit 23 eine eigene Baufirma gegründet und diese innerhalb kürzester Zeit zu einem stattlichen Unternehmen mit 35 Beschäftigten hochgetrimmt. In den folgenden Jahren mehrere erfolgreich verwirklichte Bauprojekte. Dann, im Alter von 34 Jahren, die versuchte Gewalttat an der 17 Jahre jüngeren Julia Riestler in einer am Rand der Alb gelegenen Jagdhütte Gerald Robels, danach eineinhalb Jahre Untersuchungshaft und weitere zwei Jahre Gefängnisaufenthalt.

Und jetzt, vor genau fünf Wochen wieder freigekommen – und das erste zentrale Ziel seines restlichen Lebens realisiert, überlegte Braig. Er suchte nach dem Namen und der Telefonnummer des Kollegen, der die Untersuchungen damals geleitet hatte, nahm sein Telefon her, gab die Ziffern ein. Ein Reinhard Brahn von der Polizeidirektion Göppingen war als verantwortlicher Kriminalhauptkommissar aufgeführt. Braig erinnerte sich, irgendwann schon einmal mit dem Mann zusammengearbeitet zu haben.

»Brahn.« Ein sonorer Bass war am Apparat.

Braig stellte sich vor, sah seine Erinnerung bestätigt.

»Waren wir nicht schon einmal gemeinsam auf der Pirsch?«, überlegte Brahn. »Der Name und die Stimme kommen mir bekannt vor.«

Sie suchten nach dem konkreten Anlass ihrer Zusammenarbeit, wurden auf die Schnelle nicht fündig.

»Und was verschafft mir heute die Ehre?«

»Markus Ruppich«, erklärte Braig, »versuchte Vergewaltigung in einer Jagdhütte.«

Brahn schien zu überlegen. »Die junge Frau, die dermaßen mit Alkohol abgefüllt war, dass sie sich an nichts mehr erinnerte. Wie hieß sie noch gleich?«

Braig stöberte in seinen Unterlagen. »Julia Riestler.«

»Julia Riestler, genau. Die brachte wirklich überhaupt nichts mehr auf die Reihe.«

»Hatte sie selbst so viel getrunken oder wurde ihr das Zeug irgendwie ...«

»Das konnten wir, wenn ich mich richtig erinnere, nie genau klären. Sie gab zwar an, ein oder zwei Gläser Wein oder Likör, tut mir leid, das kriege ich jetzt so schnell nicht mehr auf die Reihe ... Also, getrunken hatte sie wohl schon, aber nicht in diesen Mengen. Na ja, aber das spielte letztendlich keine große Rolle, denn dieser Ruppich war ja sehr schnell geständig.«

»Ihr hattet nicht viel Arbeit mit ihm?«

Die Antwort des Kollegen kam ohne langes Überlegen. »Nein, das weiß ich noch genau. Der gab schnell zu, über sie hergefallen zu sein ...« Brahn wurde mitten im Satz unterbrochen, weil eine laute Stimme hektisch auf ihn einredete. »Ja, ich komme«, sagte er dann. »Einen Augenblick.«

»Ihr habt einen Einsatz?«, fragte Braig.

»Ein Unfall«, bestätigte sein Gesprächspartner. »Aber das will ich noch sagen: Dieser Ruppich tat mir damals fast leid, daran erinnere ich mich noch genau. Einerseits war ich froh, dass er so schnell geständig war und wir unsere Ermittlungen zum Abschluss bringen konnten, andererseits ...« Er überlegte einen Moment, schien nebenbei etwas zu erledigen, sprach dann weiter. »Der Typ war ja selbst so besoffen, dass es einen halben Tag dauerte, bis er einigermaßen normal reden konnte. Der saß erst mal ewig in der Ausnüchterungszelle, bevor er vernehmungsfähig war.«

»Und trotzdem konnte er später detaillierte Angaben zu dem Geschehen machen?«

»Na ja, so war es eben nicht. Erst nachdem ich ihn mit den Aussagen der Zeugen konfrontiert hatte und wir eine Faserspur an der Kleidung des Mädchens seiner Hose zuordnen konnten, schien er selbst von seiner Schuld überzeugt. Das war das merkwürdigste Geständnis, das ich in den letzten Jahren zu hören bekam. Aber, sagen Sie, warum interessieren Sie sich für den Mann?«

»Er steht im Verdacht, einen der Männer, die ihn damals überwältigt hatten, ermordet zu haben«, antwortete Braig.

»Ach – und Sie glauben, das hat mit dem Vorfall in der Jagdhütte damals zu tun?«

»So weit bin ich noch nicht. Wir stehen erst am Anfang unserer Ermittlungen.«

»Dann wünsche ich Ihnen viel Erfolg. Falls noch Fragen auftauchen sollten, Sie haben ja meine Nummer.«

Braig verabschiedete sich von dem Kollegen, wandte sich wieder seinen Unterlagen zu. Er suchte nach einer Adresse, unter der Ruppich nach der Verbüßung der Strafe zu erreichen war, fand nur die Anschrift des ihm zugeordneten Sozialarbeiters Patrick Heckle in Tübingen.

Der Mann war kurz darauf in der Leitung. »Heckle, ja?«

Braig stellte sich vor, erkundigte sich nach Markus Ruppich. »Sie betreuen ihn seit seiner Entlassung. Ist das korrekt?«

Heckle zog deutlich hörbar an einer Zigarette, blies den Rauch von sich. »Nicht ganz«, erklärte er dann. »Unser neues Programm beinhaltet ausdrücklich die Kontaktaufnahme spätestens drei Monate vor der Entlassung. Ich betreue ihn also bereits seit vier Monaten, wenn Sie diese Ausdrucksweise bevorzugen.«

»Dann kennen Sie ihn schon etwas besser.«

Diesmal kam die Antwort postwendend. »So würde ich das nicht bezeichnen. Ich betreue«, er betonte das Wort Buchstabe für Buchstabe, »zur Zeit etwa ...« Braig hörte das Rascheln von Papier, hatte dann wieder Heckles Stimme am Ohr. »Zur Zeit betreue ich, um es genau zu sagen, 58 Haftentlassene beziehungsweise Häftlinge, die die Vollzugsanstalt in wenigen Wochen oder Tagen verlassen dürfen. 58, alles klar?«

»Sie können mir also nicht viel zu Ruppich sagen, oder?«

Der Mann zog erneut an seiner Zigarette, schien jetzt aber damit zu warten, den Rauch von sich zu blasen. Stattdessen verfiel er in ein kräftiges Husten. »Ach, so würde ich das nicht unbedingt formulieren«, sagte er dann, nachdem er seine Sprache wiedergefunden hatte. »Kommt ganz darauf an, was Sie wissen wollen.«

»Wann hatten Sie zuletzt Kontakt mit ihm?«

»Moment, das haben wir gleich.« Heckle blätterte in Papieren, hatte die Antwort kurz darauf parat. »Vor sechs Tagen. Am letzten Freitag.«

»Sie haben ihn persönlich getroffen?«

»Persönlich? Nein. Am Freitag haben wir telefoniert. Getroffen habe ich ihn zwei Tage vorher, am Mittwoch vergangener Woche.«

»Darf ich wissen, worum es dabei ging?«

Heckle hustete erneut. »Gegenfrage: Warum wollen Sie das wissen? Ich meine, wenn ein Kripo-Mann anruft und sich nach einem entlassenen Strafgefangenen erkundigt, stellt sich nur eine Frage: Was wollen Sie Ruppich in die Schuhe schieben?«

»Warum soll ich ihm …«

Der Mann unterbrach ihn mitten im Satz. »Ach, jetzt tun Sie doch nicht so unschuldig. Einmal Verbrecher, immer Verbrecher. Das kennen wir doch!«

»Sie meinen, ich sei ein von Vorurteilen geprägter Idiot, der mit einem Brett vor dem Hirn durchs Land stolpert und vom realen Leben keine Ahnung hat.«

»Liabs Herrgöttle von Biberach, was denn no älles?« Heckle blies Rauch von sich, ließ ein lautes Lachen hören. »Also, was wellet Sie höre?« Er war offensichtlich in Dialekt übergegangen, um die Situation zu entkrampfen.

»Ich gebe zu, dass manche Leute meiner Profession vielleicht etwas zu voreilig Schlüsse in die von Ihnen angedeutete Richtung ziehen.« Braig ärgerte sich über seine eigene, zu scharf geratene Reaktion, versuchte, wieder auf Konsens zu schalten. »Ich bemühe mich normalerweise, nicht so eindimensional zu denken, obwohl es manchmal, zugegebenermaßen, nicht immer leicht fällt.«

»Okay, lassen wir das Geplänkel«, lenkte sein Gesprächspartner ein. »Markus Ruppich. Weshalb rufen Sie an?«

»Er soll mehrere Leute bedroht haben.«

Braig erwartete eine heftige Replik Heckles, nahm dessen Antwort überrascht wahr.

»Das war der Anlass für mehrere intensive Gespräche, die wir miteinander führten. Einmal sogar unter der Beteiligung einer eigens von mir mit hinzugezogenen Psychologin.«

»Sie sprachen mit Ruppich, weil Sie von seinen Drohungen wussten?«

»Allerdings. Die Drohungen waren schließlich die Ursache, dass ihm keinerlei Haftverschonung zuteil wurde. Er hätte sonst weit über ein Jahr früher freikommen können.«

»Wie beurteilen Sie diese Drohungen?«

Braig musste eine Weile auf eine Antwort warten, weil sein Gesprächspartner den Geräuschen nach mit dem Anzünden einer neuen Zigarette beschäftigt war, hatte dann dessen kräftiges Husten am Ohr.

»Ruppich ist total verbittert«, meinte Heckle. »Die Psychologin sprach von einem Trennungstrauma, weil ihn seine Partnerin während seiner Haft verlassen hat. Die ersten Drohungen stammen aus genau dieser Phase. Und in der Zeit ging auch noch seine Baufirma bankrott.«

»Das auch noch. Hat die Psychologin seine Drohungen ernst genommen?«

»Wie meinen Sie das?«

»Na ja, dass Ruppich sie nach seiner Entlassung wirklich ausführen könnte?«

Heckles Reaktion erfolgte sofort. »Was wollen Sie damit andeuten?«

»Rolf Grobe, einer der von Ruppich bedrohten Männer, ist tot.«

»Wie bitte? Doch nicht …«

»Doch«, antwortete Braig. »Genau das. Ermordet.«

Am anderen Ende der Leitung blieb es sekundenlang ruhig. Nicht einmal das inzwischen gewohnte Inhalieren des Zigarettenrauchs war mehr zu vernehmen.

»Sind Sie noch dran?«, erkundigte sich der Kommissar.

Die Antwort kam zögernd. »Verdammt noch mal, da kann einem schon die Sprache wegbleiben.« Heckle nahm einen kräftigen Zug aus seiner Zigarette. »Ruppich hat gestanden?«

»Sie trauen es ihm also zu.«

Die Antwort ließ erneut auf sich warten. Der Mann schien intensiv mit seiner Nikotinzufuhr beschäftigt. Seine Bemühungen, den inhalierten Rauch wieder von sich zu geben, wollten kein Ende nehmen. »Wir haben doch wohl ähnliche berufliche Erfahrungen«, erklärte er dann. »Gibt es eine einzige Person auf dieser Welt, für die Sie die Hand ins Feuer legen?«

»Nein«, antwortete Braig.

»Liabs Herrgöttle von Biberach, so isch es halt mal, genau.«

»Für wie ernst halten Sie seine Drohungen?«

»Soll ich Ihnen die Strafgefangenen aufzählen, die sich trotz ihrer Verbitterung nicht irgendwann zu einer Drohung hinreißen ließen?«

»Das ist keine Antwort auf meine …«

»Nicht eine Handvoll«, fiel Heckle ihm ins Wort. »Aber das wissen Sie selbst. Sie sind schließlich vom Fach, oder?«

Braig ging nicht auf sein Ablenkungsmanöver ein. »Für wie ernst …«

»Mein Gott«, schimpfte der Sozialarbeiter. »Was soll ich jetzt sagen? Ruppich musste seine Strafe komplett absitzen, ist das nicht Antwort genug?«

»Doch«, sagte Braig.

»Sie haben ihn festgenommen?«

»Noch nicht. Wir suchen nach seiner Adresse. Deshalb rufe ich an.«

Heckle musste nicht lange überlegen. »Stuttgart«, sagte er. Er nannte Braig die Straße samt Hausnummer, fügte hinzu: »Es handelt sich um die Wohnung seiner Schwester. Sie stellte ihm bei der Entlassung ein Zimmer zur Verfügung. Nach dem Bankrott blieb ihm ja nichts mehr. Hier haben Sie ihre Telefonnummer, unter der er zu erreichen ist.«

Der Kommissar notierte die Ziffern. »Er hält sich bei ihr auf?«

»Letzten Freitag hatte ich ihn unter der Nummer an der Strippe, ja. Und vor vierzehn Tagen war ich dort, um die

Wohnung persönlich in Augenschein zu nehmen. Lange kann er nicht bleiben. Da ist kaum Platz. Zwei kleine Zimmer, Küche, Bad. Die Schwester lebt allein, sehr bescheiden. Ich bin froh, dass sie ihn vorerst aufgenommen hat, bis …« Heckle brach ab, schimpfte. »Verdammt, hoffentlich haben Sie unrecht.«

»Ihre Hoffnung in Ehren, aber …« Braig überlegte, wie sie Ruppich am schnellsten festnehmen konnten. »In welchem Stadtteil von Stuttgart ist das?«, fragte er. »Bevor ich auf den Plan schaue …«

»Plieningen«, erklärte der Sozialarbeiter.

»Plieningen?« Der Kommissar musste an sich halten, nicht vom Stuhl zu springen.

»Ganz in der Nähe ist er aufgewachsen. Ein paar Straßen weiter, hat er mir erzählt, als ich dort war. Genau so arm und beschissen wie jetzt bei seiner Schwester. Mit direktem Blick auf den Schlosspark von Hohenheim, wenn Ihnen das etwas sagt. Ruppich war völlig verbittert, als er das erwähnte. Die Welt war schon immer so ungerecht, schimpfte er. Hier die von ihrem Mann verlassene, sich von früh bis spät für ihre Kinder abschuftende Frau in einem winzigen, unter dem Dach gelegenen Verschlag, den nur ein Verrückter als Wohnung bezeichnen konnte. Und unmittelbar davor der gepflegte Park mit exotischen Pflanzen aus aller Welt und dem Schloss, in dem zu studieren er angesichts seiner Herkunft und miserablen Schulabschlüsse nie die Chance bekam.« Heckle nahm einen Zug von seiner Zigarette, blies den Rauch, von einem Hustenanfall unterbrochen, stakkatoartig von sich. »Manchmal frage ich mich, ob sich die Zeiten wirklich grundlegend geändert haben.«

Braig war zu sehr mit seinen eigenen Gedanken beschäftigt, um sich auf die Überlegungen des Mannes einzulassen. Die Welt mochte noch so ungerecht sein, die meisten Menschen von grenzenloser Egomanie besessen, das Schicksal gerade den Bösen gut gesinnt – aller philosophische Weltschmerz half ihm jetzt nicht weiter. Rolf Grobe war am Rand des Hohenheimer Schlossparks ermordet worden, genau dort, wo die ersten Gebäude Plieningens standen, die Zusammenhänge waren nicht zu übersehen. Ruppich musste dingfest gemacht werden, so schnell als möglich. Die Verhaftung, überlegte er, konnte er es allein, mit ein, zwei Kollegen riskieren? Oder war das angesichts der Verbitterung des Mannes nicht zu gefährlich? Ein Sondereinsatzkommando …?

Er spürte seine Anspannung, hörte Heckles Bemerkung.

»Dabei hat der Kerl so viel Talent.«

Talent? Er wusste nicht, wovon der Sozialarbeiter sprach. »Was meinen Sie?«

»Na, seine künstlerische Ader. Der Kerl kann zeichnen, Sie fassen es nicht. Ich bin auf der Suche nach einem Job für ihn, irgendwo bei einem Grafiker. Bis jetzt leider vergeblich. Sie sollten seine Tier-Karikaturen sehen, seine urigen Schweine-Darstellungen, mit drei, vier Strichen …«

10. Kapitel

Gerd Weissmann ausfindig zu machen, war nicht schwer. Der mit einem gut geschnittenen, dunkelblauen Anzug bekleidete Mann saß an einem Tisch mitten im Café in der Nähe von Lindemanns Buchhandlung, nippte an einem Weißwein und blätterte in einem Buch. Neben seinem Glas thronte ein Papier mit der mit einem dicken Filzstift aufgetragenen, weithin lesbaren Aufschrift *Neundorf*.

Die Kommissarin schob sich an den fast vollständig besetzten Stühlen vorbei, musterte den Mann, der hier offensichtlich auf sie wartete. Ein großer, blonder, athletisch wirkender Typ um die Vierzig. Ihn als blendend aussehend zu beschreiben war keine Übertreibung; das schmale, von knochigen Wangen und einem männlich-markanten Kinn geprägte Gesicht ging vielen Frauen wohl nicht so schnell aus dem Sinn, überlegte sie.

Sie blieb unmittelbar vor ihm stehen, bemerkte, wie er von dem Buch aufsah. *Mit Kanonen auf Spatzen*. Sie wusste sofort, wovon es handelte, hatte es selbst gelesen. 30. September 2010, der schwarze Donnerstag. Polizeigewalt im Stuttgarter Schlossgarten.

»Interessante Lektüre«, kam sie direkt darauf zu sprechen. »Aber um es gleich zu sagen: Ich war nicht dabei.« Sie beglückwünschte sich insgeheim zu ihrem forschen Einstieg, als sie die Reaktion des Mannes bemerkte.

Er schoss von seinem Stuhl in die Höhe, versuchte, das Buch hinter seinem Körper zu verstecken. Verlegen wie ein bei einem bösen Lausbubenstreich ertappter, junger Bengel stand er vor ihr, sicher an die 1,90 Meter groß. Dass er nicht auch noch rot anlief, war alles. Dafür war er der Pubertät wohl doch schon zu lange entfleucht.

»Neundorf«, stellte sie sich vor, »wir haben miteinander telefoniert.«

Er benötigte zwei weitere Sekunden, vollends zu sich zu finden, reichte ihr die Hand. »Gerd Weissmann. Das haben wir, ja.« Er nahm den einzig noch freien Stuhl, platzierte ihn so nahe bei ihr, dass sie sich unmittelbar darauf niederlassen konnte.

Neundorf bedankte sich, wartete, bis er selbst wieder Platz genommen hatte, sah, dass er das Buch mit der Rückseite nach oben an den Rand des Tisches schob. Offensichtlich war es ihm peinlich, dass sie mitbekommen hatte, womit er sich gerade beschäftigte. Sie beschloss, seine Verlegenheit auszunützen und sofort zur Sache zu kommen. »Darf ich fragen, weshalb Sie heute Morgen so früh aus Herrn Hellners Haus verschwunden sind?«

Sie sah, dass er mit dem Kopf nickte, musterte ihn eingehend. Veilchenblaue Augen, wie ein Darsteller aus einer Seifenoper. Nicht irgendeiner, überlegte sie, sondern genau derjenige, der alle seine zahlreichen Nebenbuhler mit seinem Charme und seinem Aussehen mühelos aussticht und am Schluss die Prinzessin zum Traualtar führt.

»Ich hatte einen wichtigen Termin«, erklärte er, noch etwas unsicher, aber ohne ihrem Blick auszuweichen. »Den wollte und durfte ich durch nichts in Gefahr bringen.«

»Auch nicht durch eine Leiche.«

»Ich bin gerade dabei, mich beruflich neu zu orientieren und es scheint zu klappen. Außerdem blieb Götz im Haus. Ich dachte, das genügt vorerst. Sollte mich jemand sprechen wollen, er weiß, wo ich bin.«

»Herr Hellner hat uns aber Ihre Anwesenheit verschwiegen.«

Ihr Gegenüber rutschte unruhig auf seinem Stuhl hin und her. »Ach, das dürfen Sie nicht überbewerten. Götz ist in einer etwas schwierigen Situation. Beruflich, meine ich. Das ist alles etwas zu viel im Moment. Und dann auch noch ein toter Mensch vor der Haustür!«

»Wo waren Sie heute Nacht?«

»Bei Götz, also Herrn Hellner. Hat er Ihnen das nicht erzählt?«

»Sie waren die ganze Nacht mit ihm zusammen?« Irgendwie konnte sie sich das nicht vorstellen. Dieser blonde, Frauen zu den verwegensten Träumen hinreißende Beau …

»Die ganze Nacht, ja«, antwortete er ohne jedes Zögern. So hatte er es mit seinem Freund abgesprochen, dabei blieb es.

»Wie kam die Tote in Herrn Hellners Garten?«

Weissmann ließ ein kurzes Lachen hören, zeigte strahlend weiße Zähne. Wie in der Zahnpastawerbung, überlegte Neundorf, ohne jeden Makel.

»Das können weder Götz noch ich Ihnen sagen. Wir haben damit nichts zu tun.«

»Sie haben sie sich angesehen?«

Seine Antwort ließ einen Moment auf sich warten. »Ja, schon«, sagte er zögernd. »Götz war völlig von den Socken. Er stand vor ihr, unbeweglich wie eine Salzsäule. Natürlich rannte ich da ebenfalls aus dem Haus und versuchte festzustellen, was im Garten lag.«

Die junge Bedienung kam, verschlang Weissmann mit ihren Augen, fand kaum zu der Konzentration, Neundorf nach ihrem Wunsch zu fragen.

Sie bestellte einen Latte Macchiato, wartete, dass sich die hübsche Brünette endlich vom Anblick des Märchenprinzen löste, hörte deren stotternd vorgebrachte Vergewisserung: »Einen, einen … Macchiato, ja?«

»Ja«, gab sie in energischem Tonfall zur Antwort, das unterschwellige *Mach jetzt endlich den Abflug* mühsam unterdrückend.

Die junge Frau schnappte nach Luft, drehte sich zur Seite, verließ kampflos den Tisch.

Neundorf wandte sich wieder ihrem Gesprächspartner zu, musterte ihn aufmerksam. »Herr Hellner stand vor der Leiche? Um wie viel Uhr war das?«

»Es muss kurz nach fünf gewesen sein. Wir wurden beide wach. So ein seltsames Geräusch.«

»Was für ein Geräusch?«

»Der Wind, wenn er in die Büsche fuhr. Die Äste, die durch die Luft schwangen oder irgendwo entlangscharrten. Und dann wohl auch die Plane, in der die Frau lag. Sie klatschte auf und zu.«

Neundorf sah das freundliche Lächeln in der Miene des Mannes, wunderte sich, dass er nicht Schauspieler geworden war. Schauspieler mit Dauerabonnement auf Liebhaberrollen. Weissmann hatte offensichtlich seine Selbstsicherheit wiedergewonnen, schien sich wohl zu fühlen als heißbegehrter Berichterstatter. Oder verstand er sich weniger als Berichterstatter, sondern vielmehr als Erzähler? Als Märchenerzähler, um es auf den Punkt zu bringen? »Dieses seltsame Geräusch – davon wurden Sie beide wach?«, hakte sie nach.

Ihr Gesprächspartner musste nicht lange überlegen: »Der Wind – er rumorte ganz schön heftig. Und das alte Haus seiner verstorbenen Tante, in dem Götz ab und an lebt, da scheppert es an allen Ecken und Enden.«

Der Wind, der Wind, das himmlische Kind. Neundorf spürte, wie es in ihr arbeitete. Für wie dumm hielt der Typ sie eigentlich? Lebte er in dem Wahn, sie mit seiner Erscheinung, seiner körperlichen Extraklasse betören, sämtliche Hormone in ihr in Aufruhr bringen zu können? Die Antworten, die er ihr präsentierte, waren abgesprochen, von Hellner und ihm gemeinsam zurechtgelegt, das war nicht zu überhören. Sie durfte sich das nicht länger bieten lassen. »Wo haben Sie geschlafen?«, fragte sie.

»Heute Nacht?«

»Ja, worüber sprechen wir gerade?«

Die Bedienung kam, himmelte Weissmann an, klatschte den Macchiato etwas zu kräftig auf den Tisch. Neundorf sah, dass der Milchschaum um ein Haar über den Tassenrand hinübergeschwappt wäre, warf der Frau einen wütenden Blick zu. Die Brünette gab irgendwelche seltsamen Laute von sich, die man mit viel gutem Willen als »Lassen Sie es sich gut schmecken!« interpretieren konnte, stolperte dann rückwärts davon, das Objekt ihrer Träume erst in allerletzter Sekunde, bevor sie beinahe mit einem anderen Gast zusammenprallte, aus den Augen lassend.

»Ich hoffe, Sie können den guten Latte genießen«, beeilte sich der Charming-Boy zu schmeicheln. Er schien zu spüren, dass sich der Wind langsam gegen ihn drehte, so sehr er sich auch bemühte, genau das zu verhindern.

Neundorf würdigte den Kaffee nicht eines weiteren Blicks. »Sie haben meine Frage noch nicht beantwortet.«

»Wo ich geschlafen habe heute Nacht?«

»Genau.«

»Ich nehme an, Sie haben die Inneneinrichtung des Hauses gesehen?«

»Wo?«, wiederholte sie. »Wo?«

»Im kleinen Zimmer, wie Götz es nennt. Dort steht ein Bett.«

»Ja«, sagte sie, die Räume in ihrer Erinnerung vor Augen. »Und Herr Hellner?«

»Auf dem Sofa im großen Zimmer.«

Sie musterte ihn mit zusammengekniffenen Augen, hatte eine andere Antwort erwartet. *Bei mir natürlich*, zum Beispiel.

»Auf dem Sofa?«

»Er wollte es so. Ich habe ihm angeboten, dass ich das Sofa nehme, damit er in das Bett kann, aber er bestand darauf. Ich im Bett und er auf dem Sofa.«

Das konnte stimmen, musste sie insgeheim zugeben, falls es nicht von den Männern im Nachhinein so abgesprochen und entsprechend arrangiert worden war. Beide, das Bett wie das Sofa, hatten benutzt ausgesehen. »Die Tür zwischen den Räumen war geschlossen?«

»Nein, die war offen«, erklärte ihr Gesprächspartner. »Wir wollten schließlich noch miteinander reden vor dem Einschlafen gestern Abend. Wir haben uns länger nicht gesehen.«

Neundorf betrachtete ihn skeptisch, hörte das Scharren von Stuhlbeinen. Zwei junge Frauen am Nachbartisch erhoben sich von ihren Plätzen, schauten zu ihnen her, blieben mit ihren Blicken an Weissmann haften. Beide schienen zu Salzsäulen zu erstarren.

»Und dann wachten Sie irgendwann von dem seltsamen Geräusch auf und stellten fest, dass Herr Hellner nicht im Haus war. Sie liefen zur Tür oder zum Fenster und sahen ihn bei der Toten draußen.«

»Langsam!« Weissmann wedelte mit ernster Miene mit seinem rechten Zeigefinger durch die Luft. Jeder Ansatz eines Lächelns war aus seinem Gesicht verschwunden. »So war es nicht«, betonte er.

»Wie dann?«, fragte sie. *Wie habt ihr es abgesprochen?*

»Wir lagen beide in unseren Betten beziehungsweise auf dem Sofa, als der Wind diese heftigen Geräusche verursachte. Ich wollte gerade aufstehen, um ans Fenster zu gehen und nachzuschauen, was los war, als Götz irgendetwas vor sich hinbrabbelte. »Junge, was geht da draußen ab? Hörst du das auch?« Wir liefen fast gleichzeitig ans Fenster und sahen dieses seltsame Bündel da liegen. Fast gleichzeitig, verstehen Sie?«

»Fast gleichzeitig, aha.« Neundorf rümpfte die Nase. »Sie halten mich für ziemlich bescheuert.«

Ihr Gegenüber blieb ruhig, verzog keine Miene. »Sie müssen verzeihen, aber ich kann beim besten Willen nicht nachvollziehen, wie Sie zu diesem Urteil gelangen. Ich versuche im Moment nur, Ihnen zu erklären, wie wir heute Morgen auf diese tote Frau aufmerksam wurden.« Er schaute ihr voll in die Augen, wandte seinen Blick nicht eine Sekunde von ihr ab.

»Gut, dann lassen wir das mal so stehen. Wie ging es weiter?« Sie spürte einen leichten Schlag gegen ihren Kopf, drehte sich um. Eine der beiden zu Salzsäulen erstarrten Frauen hatte wieder zum Leben zurückgefunden, dabei ihren Kopf berührt. Sie entschuldigte sich aufgeregt, schien noch etwas wacklig auf den Beinen.

»Ja ja, die Hormone«, erklärte Neundorf laut.

Die Frau starrte sie entgeistert an, wurde rot wie eine Tomate. Ohne ein weiteres Wort von sich zu geben, stöckelte sie samt ihrer Begleiterin davon.

»Götz lief zur Tür. Er wollte nachschauen, was da liegt«, sagte Weissmann.

»Und Sie?«

»Ich lief mit ihm, drei, vier Meter etwa, blieb dann aber stehen, weil es mir zu kalt war, und schaute von der geöffneten Tür aus zu. Götz kniete sich nieder, schob die Plane ein Stück zur Seite, richtete sich dann ruckartig wieder auf. Er blieb unbeweglich stehen, starrte auf den Boden. Irgendetwas war nicht in Ordnung, das spürte ich. Da rannte ich ebenfalls aus dem Haus und schaute mir das seltsame Paket an.«

»Das wissen Sie alles noch so genau?«, fragte sie skeptisch.

»Tut mir leid, auch wenn Sie das nicht nachvollziehen können, ja. Vielleicht deswegen, weil ich nicht so oft mit toten Menschen zu tun habe wie Sie. Den Moment, als wir bemerkten, was da vor uns liegt, werde ich so schnell nicht vergessen. Das bleibt wohl eine Weile in meinem Gedächtnis haften, fürchte ich. Sie müssen entschuldigen, aber ich bin nicht so abgebrüht wie Sie anscheinend glauben.«

»Wieso hat dann einer der Nachbarn nur Herrn Hellner an der Leiche gesehen?«

»Wieso? Ganz einfach: Weil ich zurückrannte ins Haus, um mir was überzuziehen. Ich fröstelte, bin schon etwas angeschlagen. Götz blieb für einen Moment zurück. Die Frau war tot, das war uns beiden klar. In dem Moment, als ich das Haus nach meinem Mantel absuchte, hörte ich draußen das Gekeife des Mannes. Ich zog den Mantel über, lief wieder ins Freie, da war er schon weg. »Jetzt brauchen wir nicht einmal die Polizei rufen«, meinte Götz, »das besorgt schon der alte Faschist von nebenan. Die kommen garantiert in wenigen Minuten mit ihrem Überfallkommando, nach dem, was der Idiot ihnen auftischt.« Und so war es dann ja auch.«

»Aber Sie selbst stürmten vorher noch aus dem Haus.«

Weissmann beugte den Kopf nach vorne, nickte ihr lächelnd zu. »Ich bitte um Verzeihung, aber ich hatte Panik wegen meines Termins. Die Sache bedeutet mir sehr viel, ich wollte meine aktuellen Chancen testen. Und viel Zeit blieb mir wirklich nicht. So nahm ich den Zug eine Stunde früher als geplant.«

Neundorf versuchte, ihre Aggressionen zu zügeln, verzichtete auf weitere Vorwürfe. »Sie kennen die Frau?«, fragte sie stattdessen.

»Die Tote?«

Sie nickte wortlos.

»Tut mir leid, nein. Wobei ich gestehen muss, dass ich sie mir nur kurz angesehen habe. Selbst das ist eigentlich zu viel gesagt. Ein toter Mensch … nein.« Weissmann schüttelte den Kopf. »Ich bin nicht besonders mutig, was solche Dinge angeht. Eher ein Feigling, wenn ich ehrlich bin.«

»Aber jetzt wären Sie bereit, kurz einen Blick auf sie zu werfen?« Sie zog ihr Handy vor, rief eines der Fotos der Toten auf, die Dr. Dolde aufgenommen hatte.

Weissmann ließ ein etwas theatralisches Seufzen hören. »Wenn es unbedingt sein muss und Sie wollen, dass mir mein Wein überhaupt nicht mehr schmeckt.«

»Es muss sein.« Sie schob ihm das Handy zu, verfolgte seine Reaktion.

Er schien sich voll auf das Bild zu konzentrieren, wandte kurz den Kopf zur Seite, weil sich das Außenlicht auf dem Monitor spiegelte, schüttelte dann den Kopf. »Nein, wirklich. Die Frau kenne ich nicht.«

»Sie sind sich absolut sicher?«

Er musterte das Foto erneut, blieb bei seiner Aussage. »Tut mir leid. Die Frau ist mir nicht bekannt.«

Neundorf fuhr sich durch die Haare, nahm ihr Mobiltelefon wieder an sich.

»Jetzt sollten Sie aber wirklich von Ihrem Kaffee versuchen, sonst ist er kalt«, warf er ein. »Das wäre doch wirklich schade.«

Du unverschämter Charming-Boy, dachte sie, folgte aber seinem Rat. Schon beim ersten Schluck spürte sie, dass er recht hatte. Die Temperatur des Macchiato war beinahe an die gerade noch akzeptable Grenze herabgesunken. Sie trank von der Tasse, erinnerte sich daran, dass sie einen Aspekt ihrer Untersuchung noch nicht angesprochen hatte. »Sie haben die seltsame Kleidung der Frau bemerkt?«, fragte sie.

Weissmann wusste sofort, worauf sie hinaus wollte. »Das T-Shirt mit dem geschmacklosen Aufdruck?« Er schüttelte den Kopf, brachte seine Abscheu deutlich zum Ausdruck. »Es hing um ihren Hals. Das war nicht zu übersehen. Als hätte man es ihr nach ihrem Tod noch gewaltsam übergezogen.«

Neundorf sah überrascht auf. Derselbe Gedanke war ihr ebenfalls schon gekommen. »Woher wollen Sie das wissen?« Sie musterte ihn mit kritischem Blick.

»Woher ich das wissen will? Ich weiß überhaupt nichts. Das war nur ein Gedanke, der mir im Nachhinein kam. Als ich heute Morgen im Zug saß und mir der Anblick der Frau, so kurz er auch war, nicht mehr aus dem Sinn gehen wollte. Ich versuchte, mich auf das mir bevorstehende Gespräch zu konzentrieren und hatte nur das Gesicht und den Körper der Frau im Kopf. Eigentlich kann ich es bleiben lassen, dachte ich, ich werde kein vernünftiges Wort zustande bringen nach diesem Schock. So war das, ja.«

»Und? Waren Sie imstande, ein vernünftiges Wort zu formulieren?«

Weissmann nippte an seinem Wein, stellte das Glas zurück auf den Tisch. »Doch, ja. Es lief besser, als ich befürchtete. Wenn man nach einer Weile wieder in sein gewohntes Metier zurückfindet … So lief das wohl. Aber die tote Frau, Sie können mir glauben, die steckt noch lange hier drin.« Er klopfte mit seiner zur Faust geballten Rechten auf seinen Kopf. »Und was dieses seltsame T-Shirt betrifft, darauf wollen Sie doch wohl hinaus, oder?«

Neundorf nickte schweigend.

»Würden Sie das freiwillig anziehen?« Seine zweifelnde Miene verriet deutlich die Antwort, die er erwartete.

Sie schüttelte den Kopf.

»Sehen Sie«, sagte er. »Die wollten die Frau noch zusätzlich demütigen. Zusätzlich zu dem Mord.«

Oder bewusst den Verdacht in eine bestimmte Richtung lenken, dachte Neundorf. Beide Varianten waren ihr bereits durch den Kopf gegangen. Sie musterte den Mann, musste insgeheim zugeben, dass sie ihn nicht durchschaute. Nach außen hin die allzu wohlgefällige Schale und dann solche

Gedanken … War sie von ihren Vorurteilen blockiert? Musste eine so gut aussehende Person automatisch verdächtig sein?

»Pfui Teufel«, erklärte Weissmann. »Wenn das Absicht war … Hoffentlich finden Sie den Kerl bald. Ehrlich.«

Oder war er einfach nur ein sehr guter Schauspieler? Eine laute Stimme riss sie aus ihren Gedanken.

»Mensch Gerd, was machst du hier? Ich dachte, du bist in Berlin?« Eine rassige Blondine im ultrakurzen, weißen Rock und schwarz gemusterten Netzstrümpfen hatte vor dem Tisch Stellung bezogen, den Mann an Neundorfs Seite enthusiastisch mit den Augen verschlingend. Sie trug eine hautenge, weiße Bluse, demonstrierte mehr als deutlich, dass sie kein Milligramm Fett zu viel am Körper hatte.

Mein Gott, wirf dich doch gleich hier an Ort und Stelle auf ihn, arbeitete es in Neundorf, bis heute Abend sind es noch lange sieben, acht Stunden, das hältst du niemals durch, du läufige Zicke.

Weissmann konnte kaum reagieren, so schnell hatte die junge, aufgetakelte Frau die Regie übernommen. Sie warf sich dem in die Höhe schießenden Mann an die Brust, küsste ihn rechts und links, kniff ihm dann vertraulich in die Seite. »Du hast Sehnsucht nach mir, deswegen bist du gekommen, gib es zu, ja?«, stöhnte sie ihm lasziv in einer Lautstärke ins Ohr, dass sämtliche Gäste des Cafés jedes Wort mitbekamen, ob sie wollten oder nicht. »Oder hast du Lust auf eines der anderen Mädels?« Sie löste sich laut kichernd von ihm, ließ ein paar gurrende Laute hören, winkte ihre Begleiterinnen zum Tisch.

Wenige Sekunden später war Weissmann von einer ganzen Traube lachender und kichernder, junger Frauen umringt, deren Aufmachung sich bezüglich ihrer Figuren wie ihrer Kleidung verblüffend ähnelte. Neundorf nippte an ihrer Tasse, hatte keine Lust mehr, den Rest zu sich zu nehmen. Die

Szene neben ihr kam ihr nur allzu bekannt vor. Das Geschmatze, Gekirre, Gegurre.

Wie bei den Hühnern im Stall ihrer Tante, die sich gackernd und aufgeregt scharrend um ihren laut krähenden Herrn und Meister scharten. Mit dem Unterschied, dass Weissmann überhaupt keine Anstalten machte, zu krähen. Weder laut noch leise. Die Hühner um ihn herum waren auch so schon in purer Ekstase.

11. Kapitel

Einzig die Frage, wie die Festnahme Markus Ruppichs am gefahrlosesten für alle Beteiligten zu bewerkstelligen war, beschäftigte Braig, als er kurz nach 14 Uhr zum zweiten Mal an diesem Tag in Plieningen vorstellig wurde. Felsentretter, der einzige zum gegenwärtigen Zeitpunkt verfügbare Kollege, hatte nach ausführlicher Kenntnisnahme des Sachverhalts darauf gedrängt, die Verhaftung sofort und ohne die relativ zeitaufwändige Beteiligung eines Sondereinsatzkommandos vorzunehmen, um Ruppich möglichst wenig Zeit zur Flucht zu lassen. Sie hatten die Lage der Wohnung in Plieningen gegoogelt, eventuelle Hintereingänge und Fluchtmöglichkeiten überprüft, waren dann gemeinsam aufgebrochen.

»Den Kerl nehme ich mir persönlich zur Brust. Kaum in Freiheit und gleich wieder um sich ballern – die Typen sind mir besonders sympathisch.« Felsentretters Drohung schwebte wie eine Hypothek über dem Einsatz.

Braig kannte das ungestüme, oft jedes Recht und Gesetz missachtende Verhalten des Kollegen zur Genüge, versuchte, seine Aggressionen zu mäßigen. »Eines dürfen wir nicht vergessen: Wir besitzen keinerlei Beweis, dass Ruppich wirklich der gesuchte Mörder ist.«

»Ohne Grund saß der garantiert nicht im Gefängnis. Oder willst du mir erzählen, dass wir es mit dem heiligen Christkind zu tun haben?«

»Das habe ich nie behauptet. Ich wollte nur darauf hinweisen, dass wir bisher nur einen Verdacht gegen den Mann hegen, mehr nicht.«

»Danke für die Belehrung. Ich weiß, dass es nur um einen Verdacht geht. Den Verdacht, dass das Aas einen oder vielleicht sogar schon zwei Menschen vorsätzlich massakrierte und genau dasselbe mit weiteren Leuten plant. Vielleicht jetzt in dem Moment, wenn wir Pech haben. Ich werde deine weisen Worte im Gedächtnis bewahren, wenn der Dreckskerl mit entsicherter Knarre auf mich anlegt.«

Das Haus am Rand Plieningens war von mehreren Autos zugeparkt, als sie mit gebremstem Tempo darauf zurollten.

»Der Fluchtwagen steht bereit«, knurrte Felsentretter. »Fragt sich nur, welche Schrottlaube dafür vorgesehen ist.« Er riss das Steuer scharf nach rechts, schob den Wagen in die schmale Lücke zwischen einem verbeulten Corsa und einem uralten Golf, ließ ihn mit der Front zum Haus stehen. »So, jetzt kann er schon mal nicht abhauen.«

Braig fand kaum Platz, die Tür zu öffnen, drückte sich durch den schmalen Spalt auf die Straße. »Marianne Heun«, äußerte er mit gedämpfter Stimme, die Haustür vor Augen.

Der Name von Ruppichs Schwester prangte in vergilbten, nur noch schwer zu entziffernden Großbuchstaben neben einem der beiden Klingelknöpfe im ersten Obergeschoss. Er hatte auf Felsentretters Drängen hin darauf verzichtet, die Begleitung eines Technikers abzuwarten, gab dem Kollegen Gelegenheit, die Haustür mit einem reich bestückten Schlüsselbund zu öffnen. Das Schloss gab schneller nach, als er erwartet hatte. Felsentretter schob sich ins Innere, wartete, bis Braig zu ihm aufgeschlossen hatte. Sie standen in einem schmuddeligen Treppenhaus mit von unzähligen Flecken übersäten Wänden. Der Geruch von angebranntem Essen lag in der Luft.

»Pfui Teufel.« Der stämmige Kriminalbeamte rümpfte angeekelt die Nase.

Sie eilten mit großen Schritten die ausgetretenen Holztreppen nach oben, entdeckten den gesuchten Namen auf einem kleinen Schild mitten auf der linken Tür. Mehrere nebeneinander aufgereihte, mit leeren Plastikflaschen gefüllte Kunststoffsäcke erschwerten die Passage. Der Geruch angebrannten Essens mischte sich mit dem schalen Gestank ausgelaufenen Biers.

Felsentretter drückte sich an dem Plastikmüll vorbei zur Tür, zog seine Waffe, entsicherte sie. Aus der Wohnung war das Gedudel eines Radios zu hören, die aufgekratzt lärmende Stimme eines Moderators unterlegt von Musik. Er drückte auf die Glocke, hatte lautes Schimpfen im Ohr.

Die Tür wurde aufgerissen, eine große, schlanke, mit einem grellroten Sweatshirt und dunklen Hosen bekleidete Frau starrte mit erhitzter Miene ins Treppenhaus. »Was ist los?« Strähnen ihres blondierten Haares ragten ihr mitten ins Gesicht.

Felsentretter schnellte nach vorne, schob die Frau zur Seite, stürmte mit entsicherter Pistole in die Wohnung. Der Essensgeruch stach ihnen mit betäubender Intensität in die Nase.

Braig sah seinen Kollegen in eines der Zimmer verschwinden, hörte das aufgeregte Schreien der Frau. »Was soll das? Hilfe, Einbrecher …«

Er streckte ihr seinen Ausweis entgegen, wiederholte mehrfach das Wort »Polizei«, wartete, dass sie sich langsam beruhigte. Felsentretters Verhalten war unverzeihlich, auch ein noch so dringender Verdacht gegen Ruppich rechtfertigte nicht dieses abrupte Vorgehen. Kein Wunder, dass die Frau so schockiert reagierte.

»Wir sind von der Polizei«, erklärte er schließlich, die nervös um sich stierende Frau im Blick. »Sie müssen entschuldigen …«

Felsentretter preschte hinter ihr aus dem Zimmer, durchquerte die Diele, starrte in den Nachbarraum, öffnete eine weitere Tür. Er schob sich ins Innere, kehrte kurz darauf kopfschüttelnd und laut vor sich hinfluchend wieder zurück. »Verdammte Kacke, der Saukerl ist weg!«

»Was, was suchen Sie?«, stotterte die Frau.

»Markus Ruppich«, erklärte Braig, »er ist Ihr Bruder, richtig?«

Sie verfolgte Felsentretters massige Gestalt mit ängstlichem Blick, wandte sich erst nach kurzem Zögern wieder Braig zu.

»Ihr Bruder, oder?«, wiederholte er.

»Markus?«, fragte sie.

Braig nickte.

»Markus, ja. Was wollen Sie ...«

»Wir hätten gern mit ihm gesprochen.«

Die Musik aus dem Radio verstummte, plärrende Werbung setzte ein.

»Markus ist nicht da.« Ihre Stimme war kaum zu verstehen.

»Aber Sie wissen, wo er sich ...«

Marianne Heun schüttelte den Kopf. »Er macht, was er will. Ich bin nur die kleine Schwester ...«

Braig sah, wie die Tür der Nachbarwohnung einen Spaltbreit geöffnet wurde und eine ältere Frau vorsichtig herauslugte. Er nickte ihr freundlich zu, bemerkte ihren fragenden Blick.

»Sie sind wirklich von der Polizei?«, krächzte sie mit heiserer Stimme.

Er roch den Qualm unzähliger Zigaretten, der aus ihrer Wohnung strömte, streckte ihr seinen Ausweis entgegen. »Wir sind wirklich von der Polizei, ja«, bestätigte er, »es gibt keinen Anlass zur Beunruhigung, keine Angst. Wir möchten nur mit Frau Heun sprechen.«

»Dann ist es ja mal gut«, sagte sie. »Ihr Bruder Markus. Kaum ist er aus dem Gefängnis, hat er schon wieder was angestellt.«

Er wartete, bis sie ihre Tür schloss, wandte sich Marianne Heun zu. »Vielleicht könnten wir uns kurz über Ihren Bruder unterhalten?«, fragte er, in die Wohnung deutend.

Die Frau zögerte, warf einen zweifelnden Blick auf die massige Gestalt hinter sich.

»Wenn Sie möchten, auch nur allein mit mir«, fügte Braig hinzu, »mein Kollege wartet gerne unten im Auto.« Er bemerkte Felsentretters verkniffene Miene, hoffte darauf, dass der Mann nicht erneut ausfällig wurde.

Seit sie sich vor ein paar Monaten wegen seines und Neundorfs Engagements gegen den geplanten Bau des unterirdischen Bahnhofs und des unverzeihlichen Verhaltens verschiedener Polizisten im Rahmen der Demonstrationen in die Haare bekommen hatten, ähnelte der Kollege einer lebenden Zeitbombe. »Richtig so«, hatte er seine Zustimmung zu dem gewalttätigen Vorgehen mehrerer Polizeieinheiten zum Ausdruck gebracht, »ich hätte das Demonstrantengesindel abgeknallt.« Mit hochroter Miene war er davongestürmt, jede Geste der Versöhnung oder Entschuldigung seither vermeidend. Braig hoffte nur, dass ihre Zusammenarbeit heute nicht in ein ähnliches Fiasko mündete.

»Leck mich doch am Arsch!« Heftig auf den Boden stampfend marschierte Felsentretter aus der Wohnung.

Braig sah den misstrauischen Blick, mit dem Marianne Heun seinen Kollegen musterte, deutete fragend ins Innere. Wortlos nickte sie ihm zu.

Er folgte ihr in die Diele, bemerkte ihre verlegene Miene.

»Sie dürfen sich nicht umsehen«, bat sie, »im Moment kann ich nur in die Küche. Das Wohnzimmer …« Sie schüttelte den Kopf. »Markus hat sich da eingerichtet. Vorübergehend. Ich weiß nicht, wann er wiederkommt.«

Er betrat hinter ihr die mit einem Tisch, mehreren Stühlen und etlichen Pappkartons vollgestellte Küche, wartete, bis sie das Radio leiser gedreht und zwei Stühle vorgezogen hatte. Der Geruch des angebrannten Essens hing intensiv in der Luft. Braig schaute zum Herd, sah die angekohlten Reste einer Masse Schinkennudeln auf dem Boden einer offenen Pfanne. Er nahm auf einem der Stühle Platz, versuchte, seine Beine unter dem viel zu niedrigen Tisch zu verstauen. »Wo ist Ihr Bruder?«, fragte er. »Sie wissen, wo er sich aufhält?«

Marianne Heun zog ihren Stuhl bis an den Herd, setzte sich dann ebenfalls. »Markus hält es nicht für nötig, mir das zu erzählen. Die kleine Schwester kapiert sowieso nichts.«

Braig musterte das verhärmte Gesicht seines Gegenüber, überlegte, dass es sich eigentlich um eine ausgesprochen hübsche, junge Frau handelte, der im Moment allerdings jedes Selbstwertgefühl abging. Psychische Verwahrlosung, ging es ihm durch den Kopf, gab es diesen Begriff? Marianne Heun schien im Moment auf jeden Fall nicht einmal über einen Hauch von Selbstbewusstsein zu verfügen. Weil sie eine schwere, an die Substanz gehende Enttäuschung erlitten oder von einem bösen Schicksalsschlag getroffen worden war? »Wann haben Sie ihn zum letzten Mal gesehen?«, fragte er.

Sie wagte nicht, ihn direkt anzusehen, schaute mit flackernden Augen und nervösen Kopfbewegungen an ihm vorbei. »Das war, das war …« Sie kam ins Stottern, verschluckte sich vor Aufregung, hustete. »Vor ein paar Tagen«, sagte sie dann. »Ich glaube, am Freitag.«

»Und seither …?«

Die Frau öffnete ihre Hände, hielt sie zum Zeichen ihrer Ahnungslosigkeit in die Höhe.

»Er hat nichts hören lassen?«

Sie schüttelte den Kopf.

»Wo kann er sein?«

Marianne Heun ließ ein abschätziges Zischen hören. »Bei einem seiner Freunde wahrscheinlich.«

»Sie kennen sie mit Namen?«

»Ich?« Sie lachte kurz auf. »Die kleine Schwester? Was geht die das an?«

»Irgendeinen werden Sie doch kennen.«

»Buddha«, sagte sie.

»Buddha?«

»Den hat er mal erwähnt.«

»Und wo wohnt dieser Buddha?«

Die Frau hielt erneut ihre geöffneten Hände in die Höhe.

»Der korrekte Name, seine Adresse, die Telefonnummer?«, setzte Braig hinzu.

»Ich kenne den nicht.« Marianne Heun schüttelte den Kopf.

Er musterte ihr immer noch deutlich gerötetes Gesicht, sah ihren unstet flackernden Blick, die ganze Unsicherheit, die ihre leicht nach vorne gebeugte Körperhaltung zum Ausdruck brachte. Die Frau schien selbst von ihrem eigenen Bruder wie ein unmündiges Kind behandelt zu werden. Er atmete tief durch, versuchte, sich auf seine eigentliche Fragestellung zu konzentrieren. »Wie lange wohnt Herr Ruppich, ich meine, Ihr Bruder jetzt schon bei Ihnen?«

Sie starrte mit weit aufgerissenen Augen an ihm vorbei. »Seit, seit ...«

»Seit seiner Entlassung aus dem Gefängnis«, kam er ihr zu Hilfe.

Sie nickte zustimmend.

»Ganz schön dumm, so lange hinter Gittern zu sitzen«, meinte er.

Ihre Antwort kam postwendend. »Die haben ihn reingelegt.«

»Wer?« Braig sah überrascht auf.

»Die in der Hütte.« Zur Bekräftigung ihrer Worte klopfte sie mit den Fingern ihrer rechten Hand auf den Tisch.

»In der Hütte, wo er die junge Frau vergewaltigen wollte?«

Marianne Heun schüttelte aufgeregt ihren Kopf. »Markus war es nicht. Die haben es getan, nicht er.«

»Was haben die getan?«, fragte Braig.

»Die sind über das Mädchen hergefallen. Markus war es nicht.«

»Wer sagt das?«

»Markus. Er hat mir alles erzählt. Alles ganz genau.« Zum ersten Mal im Verlauf ihrer Begegnung schaute sie ihm direkt in die Augen, hielt seinem Blick für einen Moment stand. »Die haben ihn reingelegt. Die sind schuld.«

»Das hat er Ihnen erzählt?« Braig konnte seine Skepsis nicht verbergen. »Ich dachte, er behandelt Sie wie seine kleine Schwester?«

Marianne Heun schien seinen Einwand nicht wahrzunehmen. »Er war betrunken. Genau wie die. Die sind über das Mädchen hergefallen, wie sie es immer tun in der Hütte. Sie bestellen sich Straßenmädchen, käufliche, verstehen Sie?«

Er nahm verwundert den altertümlichen Ausdruck wahr, mit dem sie den Sachverhalt der Prostitution beschrieb. »Woher wollen Sie das wissen?«, fragte er.

»Das tun die fast immer, wenn sie auf der Hütte feiern. Markus war oft dabei. Die waren betrunken, haben vergessen, dass das Mädchen kein käufliches von der Straße war. Später haben sie Geld bezahlt, viel Geld. Und Markus einen riesigen Bauauftrag versprochen, wenn er alle Schuld auf sich nimmt. Die haben ihn reingelegt.«

Er wandte seinen Blick nicht von ihr ab, suchte in ihrer Körperhaltung zu lesen, ob sie sich das selbst überlegt, in den Jahren der Enttäuschung über das kriminelle Verhalten des Bruders zurechtfantasiert hatte, um den Schock der Verurteilung besser bewältigen zu können, oder ob sie das von Ruppich selbst gehört hatte.

»Wenn Markus trinkt, ist er zu allem fähig«, sagte sie unvermittelt. »Das ist seine schwache Stelle. Die haben das genau gewusst. So kamen sie selbst davon. Die haben ihn abgefüllt und zum Täter gemacht. Und er hat es erst später begriffen.«

»Wann?«

»Im Gefängnis. Da war alles zu spät.«

Braigs Skepsis schwand mehr und mehr, je länger er die Frau betrachtete und ihren Worten folgte. Er traute es diesem verängstigten, von so wenig Selbstwertgefühl beseelten Wesen einfach nicht zu, dass sie ihm alle diese Worte nur aus reiner Fantasie vorspiegelte. Ein Mensch, dem jeglicher eigenständige Behauptungswille fehlte, würde es nicht wagen, einem ihm leibhaftig gegenübersitzenden Polizeibeamten das Blaue vom Himmel zu erzählen. Er sah ihren unstet an ihm vorbeihuschenden Blick, bemerkte, wie es in ihr arbeitete.

»Und dann haben sie ihm nicht einmal geholfen, seine Firma zu retten. Obwohl sie es ihm versprochen hatten.«

»Er musste Konkurs anmelden, als er im Gefängnis saß.«

Sie legte ihre Stirn in Falten, schien ihn nicht zu verstehen. »Seine Firma. Er war stolz auf die Häuser, die er gebaut hatte. Aber dann, im Gefängnis … Sie hatten ihm versprochen, für neue Aufträge zu sorgen. Über ein Jahr ging das gut. Aber dann ließen sie ihn fallen. Er hat alles verloren.«

»Und jetzt will er sich rächen«, sagte er.

»Weil die sonst niemand bestraft«, erklärte Marianne Heun. »Sollen die gerade so davonkommen?«

12. Kapitel

Welchen Wahrheitsgehalt auch immer man der Verschwörungstheorie Markus Ruppichs zubilligen wollte, eine Tatsache schien unumstößlich: Der Mann war offensichtlich vollkommen davon überzeugt, Opfer einer üblen Verleumdung seiner Freunde beziehungsweise Geschäftspartner geworden zu sein. Jahrelang – fast die gesamte Zeit seines Aufenthaltes im Gefängnis – hatte er auf die Möglichkeit der Abrechnung gewartet, jetzt endlich war es soweit, zur Rache zu schreiten. Einer nach dem anderen von den Halunken, die ihn zur Vertuschung ihrer eigenen Schandtat der Verfolgung der Strafbehörden ausgeliefert hatten, sollte dafür bluten. Rache durch seiner eigenen Hände Werk, das war sein Ziel für die nächsten Wochen, vielleicht das Einzige, was er in seinem Leben überhaupt noch tun wollte. Deshalb hatte er sich zurückgezogen in irgendein anonymes Versteck, an einen Ort, der wohl kaum einem seiner Bekannten geläufig war, darauf lauernd, sein nächstes Opfer zur Strecke zu bringen.

Ein durchaus nachvollziehbares, von archaischen Trieben geprägtes Geschehen, hatte Braig überlegt, eine Theorie, die er als Ermittler angesichts der Leiche und des vorgefundenen Drohschreibens wie auch der Worte Marianne Heuns ernst nehmen und auf keinen Fall einfach zur Seite schieben durfte.

So offen die junge Frau letztendlich auf alle seine Fragen eingegangen war, den Aufenthaltsort ihres Bruders hatte sie ihm nicht nennen können. Er hatte sie mehrfach gebeten, darüber nachzudenken, hatte sie immer wieder an den von ihr erwähnten *Buddha* angesprochen – ohne Erfolg. Die wenigen Wochen, die Markus Ruppich nach dem Ende seines Gefängnisaufenthaltes bei seiner Schwester verbracht hatte, schienen nicht zu einem innigeren Verhältnis der beiden Geschwister geführt zu haben, im Gegenteil.

»Ich bin die kleine, dumme Schwester, das lässt er mich auch jetzt wieder spüren«, hatte die junge Frau immer wieder betont.

Braig war überzeugt davon, dass sie ihm nichts vorspielte; ihr naives Gebaren entbehrte jedes schauspielerischen Talents. Ihre Wohnung diskret überwachen zu lassen, hatte deshalb nichts mit Misstrauen ihr gegenüber zu tun; er sah darin nur eine – wenn auch geringe – Chance, Ruppichs doch noch habhaft zu werden. Nach dem Gespräch mit ihr hatte er die wenigen Habseligkeiten, die der Mann bei seiner Schwester hinterlassen hatte, durchsucht – vergeblich. Er war auf keinerlei Anhaltspunkte gestoßen, die ihnen weiterhelfen konnten.

Braig hatte sich von Marianne Heun verabschiedet, war unten vor dem Haus auf den gelangweilt den Rauch einer Zigarette inhalierenden Kollegen gestoßen. Felsentretter hatte irgendeine bissige Bemerkung von sich gegeben, die im Aufheulen eines in der Nähe startenden Motors untergegangen war. Braig hatte nicht darauf reagiert, stattdessen auf ihren Wagen gezeigt und dann neben dem Kollegen Platz genommen.

»Und? Wo steckt das Aas?«

»Keine Ahnung. Die Frau weiß es nicht.«

»Das kaufst du der Tussi ab?« Felsentretters geringschätziger Blick war deutlich genug ausgefallen. Hättest du mich mal machen lassen, ich hätte die schon weichgekocht, war darin zu lesen.

»Davon bin ich überzeugt, ja.«

»Verdammte Kacke, dann ist es ja mal gut.« Er war mit überhöhter Geschwindigkeit die Filderhauptstraße entlanggejagt, hatte in waghalsiger Manier einen breiten Lastwagen überholt.

Braig hatte sich von der schlechten Laune seines Kollegen nicht anstecken lassen. »Ich benötige deine Hilfe«, hatte er ihm erklärt. »Ruppichs Gefängniskumpel. Irgendeiner weiß vielleicht, wo er einen Unterschlupf gefunden hat. Der ein oder andere Hinweis, irgendein Tipp, vielleicht kommen wir ihm so auf die Schliche. Könntest du dir die Leute mal vornehmen?«

Felsentretter hatte ihn missmutig von der Seite gemustert.

»Die Liste liegt in meinem Büro. Das sind etwa eine Handvoll Personen.«

»Aber nur auf meine Methode, das muss klar sein.«

Braig hatte keinerlei Einwände vorgebracht.

Um 16.40 Uhr war er in seinem Büro angelangt. Die Kanne der Kaffeemaschine war drei Finger hoch mit der gewohnt dunklen Flüssigkeit gefüllt. Er nahm seine Tasse, schenkte ein, trank die kalte Brühe. Kalter, abgestandener Kaffee. War es möglich, dass es sich bei dem frisch gebrühten, wohl schmeckenden Getränk um dieselbe Flüssigkeit handelte wie bei dieser eklig-öligen Masse?

Er lief zum Schreibtisch, sah die Mitteilung der Gerichtsmedizin in der Fax-Ablage. Ein Herr Dr. Stambler bestätigte darin die Untersuchung der Leiche Rolf Grobes, gab als Todesursache die Schussverletzung im linken Brustbereich an, die unmittelbar von vorne im Abstand von maximal zwei Metern ausgeführt worden war. Braig überflog die weiteren Ausführungen, konzentrierte sich auf die Passage zum Todeszeitpunkt zwischen zwei und vier Uhr in der Nacht, so der vorläufige Befund des Mediziners, eine genauere Festlegung sei ihm leider nicht möglich.

Der Kommissar notierte sich das Zeitfenster, wusste im Moment keine neue Erkenntnis daraus zu ziehen. Höchstens die, dass das Verbrechen auf jeden Fall im Dunkeln geschehen war und dass die Möglichkeit, dass ein Jogger oder eine andere Person entfernt davon mitbekommen haben könnte, deshalb ziemlich gering war.

Er schob das Blatt in die vorgesehene Kladde, seufzte laut. Die Dunkelheit als Schutzschild des Täters … Wenn Ruppich jetzt jede Nacht so vorging, hatten sie keine Chance, ihn zu erwischen. Er musste nur versuchen, sein Opfer am Abend zuvor in seine Gewalt zu bringen, so wie er es vor nicht einmal zwanzig Stunden wohl getan hatte und schon …

Das Läuten des Telefons riss ihn aus seinen Gedanken.

»Braig, wie fakturiert sich der Progress der Investigation?«

Söderhofers Stimme sorgte für einen großen Aufstand auf seinem Rücken. Nicht ein Nackenhaar, das sich nicht blitzschnell wie auf Befehl aufgerichtet hätte, so jedenfalls fühlte es sich an. »Ich bin gerade dabei, diesen Ruppich zur Fahndung auszuschreiben. Selbst seine Schwester traut es ihm zu. Ich lasse die Frau überwachen, vielleicht kommen wir ihm so auf die Spur.«

»Sie haben sein soziales Milieu evaluiert?«

»Bis ins letzte Detail. Jetzt muss ich mich um zwei Männer kümmern, auf die es Ruppich vielleicht abgesehen haben könnte. Ich werde versuchen, sie zu warnen.«

»Es sind bedeutende Persönlichkeiten involviert?«

Braig hatte Mühe, zu verhindern, dass sich auch noch seine Haupthaare sträubten. Wie zum Schutz fuhr er sich über den Kopf. »Ich bin gerade dabei, das zu überprüfen. Wie geht es Frau Grobe?«

»Wie soll es ihr schon gehen? Sie ist am Ende, untröstlich. Ich musste einen Arzt rufen, so sehr hat es sie mitgenommen. Sie führten eine ausgesprochen harmonische Beziehung.«

Mit Söderhofer als fünftem Rad am Wagen, überlegte der Kommissar.

»Braig, Ihren Bericht. Wann lassen Sie ihn mir zukommen?«

»Ich bin schon dabei«, antwortete er. »Jetzt muss ich mich aber um die beiden Männer kümmern, sofort.«

Er beendete das Gespräch, suchte in der elektronischen Ablage nach den Adressen von Karl Neuber und Gerald Robel, um die er Stöhr heute Mittag ersucht hatte, fand beide.

Ein Karl Neuber war unter drei verschiedenen Nummern zu erreichen. Der Mann besaß den Ausführungen nach eine Spedition und ein Omnibusunternehmen, zudem war er seit fast zwanzig Jahren Abgeordneter im Landtag, den er auch als Adresse nutzte.

Der Kommissar ahnte, was das bedeutete. Ein Politiker der Karrierepartei, die der Aufstand allzu vieler mündiger Bürger im Moment zwar scheinbar von der Macht weggespült hatte, deren gut vernetzte Strippenzieher aber hinter den Kulissen nach wie vor die entscheidenden Weichen im Land stellten. Ein falsches Wort im Umgang mit diesen Typen, wusste Braig, und er hatte deren gesamte Seilschaft am Hals.

Er klickte weiter, hatte einen Gerald Robel vor sich. Zwei Telefonnummern, eine private und eine berufliche, beide mit Stuttgarter Vorwahl, dazu die Beschreibung der Tätigkeit des Mannes, die ihn als Abteilungsleiter einer Bank auswies.

Braig druckte sämtliche Daten aus, zog das Telefon her, beauftragte seinen Kollegen Weisshaar mit der Fahndung nach Markus Ruppich. Anschließend gab er die erste der bei Karl Neuber aufgeführten Nummern ein. Er musste nicht lange warten, hatte schnell die sonore Stimme eines älteren Herrn auf einem Anrufbeantworter im Ohr, die ihm mitteilte, dass er, Karl Neuber, im Moment leider nicht zu sprechen sei, den Anrufer jedoch darum bitte, ihm eine Meldung zu hinterlassen, auf die er auf jeden Fall reagieren werde. Der Kommissar wartete auf den Piepton, stellte sich dann in aller Kürze vor, bat schnellstmöglich um einen Rückruf.

Zehn Minuten später hatte er alle drei Nummern durch, drei Mal den gleichen Wortlaut gehört, beim letzten Versuch nur durch die Bemerkung ergänzt, dass es sich um einen Anruf beim Abgeordneten des Landtags Karl Neuber handelte. Er schimpfte leise vor sich hin, weil er den Mann nicht erreicht hatte, wandte sich dem zweiten Namen zu, Gerald Robel, gab dessen erste Nummer ein.

»Robel«, dröhnte eine kräftige Stimme aus dem Lautsprecher, kaum dass er den Finger von der Tastatur genommen hatte.

»Herr Gerald Robel?« Braig konnte seine Überraschung über die schnelle Reaktion nicht verbergen.

»Jawohl. Sie wünschen?«

»Hier ist Braig vom Landeskriminalamt. Ich muss kurz mit Ihnen sprechen.«

»Moment. Landeskriminalamt?« Die Power des Mannes schien mit Händen zu greifen. »Was wollen Sie von mir?«

Braig schwenkte den Hörer von seinem Ohr weg, um sein Trommelfell zu schonen, kam sofort zum Thema. »Sie kennen einen Markus Ruppich?«

»Markus Ruppich? Wieso wollen Sie das wissen? Sind Sie wirklich vom Landeskriminal...?«

»Rufen Sie zurück«, fiel ihm der Kommissar ins Wort. Er hatte jetzt wirklich keine Lust auf ewig lange Diskussionen. »Hier ist die Nummer der Zentrale, die verbinden Sie dann weiter.«

»Moment«, donnerte sein Gesprächspartner. »Warum denn gleich beleidigt? Man wird doch mal fragen dürfen. Allerdings kenne ich Ruppich. Was ist mit ihm?«

»Er wurde entlassen. Aus dem Gefängnis, meine ich.«

»Das ist doch schon ein paar Wochen her, oder?«

»Richtig, ja. Aber heute ist ...« Braig brach mitten im Satz ab. War die Meldung noch nicht in den Nachrichten? Hatte

Söderhofer die Presse nicht informiert? »Ich muss mit Ihnen sprechen. Wo kann ich Sie treffen? So schnell wie möglich!«

»Mit mir sprechen? Geht das nicht am Telefon?«

»Ich würde mich gerne persönlich mit Ihnen unterhalten. Darf ich wissen, wo ich Sie in den nächsten Stunden erreiche?«

»Zu Hause in Heslach.«

»Den ganzen Abend?«

»Ja. Aber ab 19.30 Uhr etwa erwarte ich Besuch.«

»Gut, dann schaue ich innerhalb der nächsten Stunde vorbei. Ich möchte Sie aber bitten, die Wohnung nicht zu verlassen und keine fremde Person zu empfangen, bevor wir miteinander gesprochen haben.«

»Moment«, dröhnte der Mann. »Was reden Sie da?«

Das ist sein Lieblingswort, überlegte Braig. Moment, Moment, Moment.

»Was wollen Sie von mir? Was ist mit Ruppich?«

»Ich fürchte, Sie sind in Gefahr.«

»Wer ist in Gefahr?«

»Ich fürchte, Sie«, wiederholte Braig.

Der Mann reagierte anders, als er erwartet hatte. »Sie sind gut«, polterte er. »Ich in Gefahr?« Er ließ ein kräftiges Lachen hören, bellte mit voller Kraft ins Telefon. »Und Sie sind wirklich Polizeibeamter?«

»Braig ist mein Name. Ich bin Hauptkommissar beim LKA, ja.«

»Moment. Das ist gut.« Robel lachte erneut, hatte Mühe, sich zu beruhigen. »Wegen Ruppich, ja?«

»Markus Ruppich, ja. Ich weiß nicht, wie gut Sie ihn kennen. Er war einige Zeit im Gefängnis …«

»Ja, ja«, polterte sein Gesprächspartner. »Ich habe es gehört, der Kerl spinnt seit einiger Zeit. Hat sich da etwas verrannt, weil seine Firma über den Nesenbach ging. Aber

Sie werden doch sein dämliches Gelaber von wegen die ganze Welt sei schuld an seinem Bankrott nicht ernst nehmen.«

»Die ganze Welt? Nein, nicht die ganze Welt. Wohl aber drei Männer, die ihn seiner Auffassung nach zu Unrecht eines Verbrechens beschuldigten. Unter anderem Sie.«

»Ach was! Das können Sie nicht ernst nehmen. Wenn ich auf alle diese Labersäcke hören würde...«

»Rolf Grobe ist tot«, sagte Braig.

»Moment. Wer?«

»Rolf Grobe.«

Zum ersten Mal im Verlauf ihres Gesprächs herrschte für einen Augenblick Ruhe. Robel benötigte zwei, drei Sekunden, zu begreifen. »Aber doch nicht ...«

»Doch«, gab Braig zur Antwort, »genau das. Er starb keinen natürlichen Tod, wenn Sie das meinen.«

Robel war nun endgültig verstummt.

Keine fünfzig Minuten später saß Braig dem Mann gegenüber. Er hatte die Hilfe eines weiteren Kollegen angefordert, Stefan Aupperle dann beauftragt, alles daranzusetzen, den gegenwärtigen Aufenthaltsort Karl Neubers zu ermitteln. Danach hatte er auf dem Stadtplan festgestellt, dass die Wirtschaft *Zur Traube*, in der Rolf Grobe am Vorabend eingekehrt war, fußläufig in nur wenigen Minuten von Gerald Robels Wohnung aus zu erreichen war. Er beschloss, beide Besuche miteinander zu verbinden, lief vom Amt zum *Uff-Kirchhof*, um dort in die Stadtbahn zu wechseln.

»Ich versuche, gegen sieben zu Hause zu sein«, läutete er unterwegs seine Partnerin an.

»In zwei Stunden? Du glaubst, das schaffst du?«

»Ich hoffe es. Du hast den Tag überlebt?«

Ann-Katrin lachte. »Deine Tochter schläft und deine Mutter steht am Herd.«

Seit einer Woche hatten sie seine Mutter zu Gast, in einem geräumigen, eigens von ihrem Vermieter zur Verfügung gestellten Zimmer im Dachgeschoss, das von einer kleinen Küchenzeile, einem Bad und einer Toilette komplettiert wurde.

»Sie sind jederzeit als mein persönlicher Gast willkommen«, hatte Dr. Genkinger vor Monaten schon bekundet, als er zum ersten Mal in den Genuss ihrer Kochkünste gekommen war.

Braigs Mutter hatte den Tierarzt beim Wort genommen. Zwar sah sie sich im Gegensatz zu ihrer Enkelin angesichts des gemeinsamen Lebens mit einem Hund, mehreren Katzen sowie von Zeit zu Zeit wechselnden weiteren Vierbeinern keineswegs zu ekstatischer Begeisterung veranlasst, doch ließen das Zusammensein mit Ann-Sophie, dem eigenen Sohn und dessen Lebensgefährtin die tierischen Mitbewohner als erträglich erscheinen. Fast jeden Monat war sie inzwischen für zehn bis vierzehn Tage Gast des Hauses, was den Leibesumfang nicht nur des Tierarztes deutlich hatte anschwellen lassen. Viel Freizeit konnte sie daher nicht genießen, allzu sehr war sie damit beschäftigt, immer neue kulinarische Kreationen auf die Teller zu zaubern.

»Was gibt es heute Abend?«, erkundigte sich Braig deshalb bei seiner Partnerin.

»Da musst du Dr. Genkinger fragen«, antwortete sie, »er war schon zwei Mal da, um sich darüber zu informieren. Der kann es kaum erwarten, bis sie soweit ist.«

»Immerhin wird es so etwas wie ein Abschiedsessen«, meinte er, auf die geplante Fahrt seiner Mutter am übernächsten Tag nach Hamburg anspielend.

»Du glaubst doch nicht, dass sie den Tag morgen ohne Schufterei am Herd verbringen will?«

Er hatte Ann-Katrin lachend zugestimmt, das Gespräch dann beendet. Mit Einkaufstüten bepackte Mitreisende waren zugestiegen, die letzten freien Sitzplätze in Beschlag nehmend.

Braig hatte die Stadtbahn am Heslacher Bihlplatz verlassen, war mit zügigen Schritten den steilen Hang zu Robels Haus hinaufmarschiert. Es war leicht zu finden, stach mit seiner frisch verputzten Fassade und den großen Panoramafenstern deutlich aus seiner Umgebung vor. Der gesuchte Name prangte in schwarzen Druckbuchstaben auf einem großen Briefkasten. Eine dunkel gekleidete Frau war gerade damit beschäftigt, Werbung darin zu verstauen. Er trat auf sie zu, grüßte, nahm ihr Kopfnicken wahr. Sie steckte die Blätter vollends in den Kasten, lief zum Nachbarhaus.

Braig hatte den Finger noch nicht von der Klingel genommen, als die Tür schon aufgerissen wurde. Der Mann stürmte ihm mit Riesenschritten entgegen, machte erst unmittelbar vor ihm halt. Die Neugier in seinen Augen war nicht zu übersehen.

»Sie sind also der Kriminalbeamte?«, dröhnte seine Stimme.

Der Kommissar nickte, zeigte ihm seinen Ausweis. »Braig, wir haben miteinander telefoniert.« Er musterte die Miene seines Gegenüber, reichte ihm die Hand. Irgendwoher glaubte er ihn zu kennen. Von Bildern in der Zeitung oder irgendwelchen Werbeblättern her.

»Robel. Das haben wir, ja.«

Er war von eher kleiner, gedrungener Gestalt, hatte einen runden, von einer weit fortgeschrittenen Glatze gezeichneten Kopf. Die wenigen verbliebenen Haare standen wie widerborstige Stacheln weißgrau in die Höhe.

»Was ist das mit Grobe? Vor ein paar Minuten kam es in den Nachrichten. In Hohenheim. Was wollte er dort?« Er schaute fragend zu ihm auf, schien auf eine Antwort zu warten.

»Grobe? Tut mir leid. Das kann ich Ihnen nicht sagen. So weit sind wir noch nicht.« Braig deutete ins Innere des Hauses. »Aber vielleicht ...«

Robel schien zu verstehen. »Moment. Treten Sie ein.« Er schob die Tür vollends zurück, reichte dem Besucher einen Kleiderbügel, nahm den Mantel entgegen.

Braig wartete, bis er das Kleidungsstück versorgt und die Tür geschlossen hatte, folgte ihm dann durch die hell erleuchtete, mit dicken Teppichen ausgelegte Diele in einen großen, von einem weitläufigen Panoramafenster gezeichneten Raum. Gedämpftes, von mehreren indirekten Strahlern emittiertes Licht verlieh dem Zimmer eine angenehme Atmosphäre. Er nahm auf einem dunklen Mehrsitzersofa Platz, sah den von der angebrochenen Nacht ins Dunkel getauchten Ortskern Heslachs wie auf einer Modellbahnanlage vor sich liegen. Unzählige, winzige Lichtquellen erhellten das Tal.

»Was darf ich Ihnen anbieten?«, riss Robels Stimme ihn aus seiner Betrachtung. »Weilheimer Kirschwasser?« Der Mann wies mit verzückter Miene auf eine auffallend schlanke Flasche mit einem eng beschriebenen Etikett.

Braig lehnte dankend ab, griff nach der Karaffe Wasser, die der Gastgeber alternativ zur Verfügung stellte, schenkte sich ein Glas voll.

»Sie wissen nicht, welchen Genuss Sie sich da entgehen lassen«, verkündete Robel lauthals. Er öffnete die Schnapsflasche mit einem kräftigen Plopp, füllte sich großzügig ein. Im gleichen Moment hatte Braig das würzige Aroma in der Nase. Ein in der Tat verlockender Duft nach fruchtigen Kirschen.

»Zum Wohl«, dröhnte Robels Stimme. Der Mann schwenkte sein randvoll gefülltes Glas durch die Luft, setzte es an die Lippen, leerte es dann fast bis zur Hälfte. »Weilheimer«, summte er dann mit entrücktem Gesichtsausdruck, mindestens 15 Dezibel gedämpfter als vorher, der Blick im Nirwana versinkend.

Braig ließ ihm Zeit. Er wusste aus Erfahrung, wie wichtig eine aufgelockerte Atmosphäre für ein Gespräch war, erhoffte sich von der gelösten Stimmung des Mannes weit über das normale Maß hinausreichende Informationen über die Hintergründe des Geschehens in der Jagdhütte.

»Ich besorge mir jedes Jahr zehn Flaschen«, flötete Robel in gemäßigter Tonlage, »die gibt es aber nur mit besonderen Beziehungen.« Er hielt das Glas vorsichtig vor seine Nase, sog den Duft genießerisch ein. »Und ich wiederhole hiermit ausdrücklich: Sie wissen nicht, was Sie versäumen.« Er nickte seinem Besucher freundlich zu, leerte das Glas vollends.

»Wie gut kennen Sie Markus Ruppich?«, fragte Braig. Er sah, wie Robel nach Luft schnappte, führte es auf die große Menge des Hochprozentigen zurück.

»Wie gut, wie gut?« Robel suchte sein Glas mit starrem Blick nach Überresten der Flüssigkeit ab, stellte es dann auf den Tisch zurück. »Wir waren Geschäftspartner, das ist alles«, erklärte er.

»Wie sah Ihre Zusammenarbeit aus?«

»Moment, was ist daran so interessant? Wir kümmern uns um die Finanzierung, und Ruppich baut. So läuft das.«

»Sie hatten keine privaten Kontakte?«, fragte Braig.

Robel schüttelte den Kopf. »Privat, weshalb? Natürlich trafen wir uns ab und zu mal bei dem einen oder anderen Termin, einem Geschäftsessen, einer Party oder ähnlichem Schnickschnack, aber das sind keine privaten Veranstaltungen, da muss man hin, der Geschäfte wegen.«

»So wie in Ihrer Jagdhütte am Rand der Alb?« Braig bemerkte den veränderten Gesichtsausdruck des Mannes, der seine Überraschung deutlich zum Ausdruck brachte.

»Moment. Sie glauben doch nicht allen Ernstes, dass Ruppich deswegen …«

»Was ist in der Hütte passiert?«

»Das wurde doch alles bei dem Prozess geklärt. Bis ins Detail.«

»Aus Ihrer Sicht. Wie haben Sie es erlebt?«

»Wie ich es erlebt habe? Das ist ganz einfach. Wir saßen zusammen, aßen und tranken, ließen es uns gut gehen. Plötzlich rastete Ruppich aus. Wir hatten alle schon eine Menge getankt, alkmäßig meine ich, aber er hatte es an dem Abend besonders übel getrieben. Der wusste offensichtlich überhaupt nicht mehr, was er tat. Dass er über das Mädchen herfiel, Mensch, die war ja noch ein halbes Kind …« Er schwieg, legte seine Stirn in Falten, schüttelte den Kopf.

»Sie haben ihn selbst dabei überrascht?«

»Moment, nur mal langsam.« Robel reckte seinen rechten Zeigefinger in die Luft, wedelte damit hin und her. »Ruppich war weg, aus dem Raum verschwunden. Ich weiß nicht, wie lange schon. Der ist auf der Toilette, dachten wir. Plötzlich hörten wir ein Geräusch. Wir standen auf, na ja, zugegeben, das dauerte eine Weile, wir waren ja nicht mehr die Schnellsten, Sie verstehen? Auf jeden Fall fanden wir ihn in einem der anderen Zimmer, wie er sich an dem Mädchen zu schaffen machte …«

»In eindeutiger Position?«

»Eindeutig, wie es eindeutiger gar nicht geht«, dröhnte Robel, der wieder zu seiner alten Lautstärke zurückgefunden hatte.

»Wer außer Ihnen war dabei?«

»Moment, das wissen Sie doch! Grobe und irgendwann dann auch noch Neuber.«

»Was heißt ›irgendwann dann auch noch‹?«

»Das müssen Sie ihn selbst fragen. Ich weiß nur noch, dass ich gleichzeitig mit Grobe das Zimmer betrat. Wann Neuber dazukam, keine Ahnung. Der war wohl gerade draußen.«

»Angeblich war Ruppich nicht der Einzige, der sich an dem Mädchen vergangen hat.«

»Moment. Wer behauptet so einen Quatsch?«

»Ruppich«, sagte Braig.

»Der Kerl lügt. Seit er den Bankrott erklären musste, ist der nicht mehr normal«, konterte Robel, ohne lange zu überlegen. »Außer uns war niemand in der Hütte. Und Grobe und ich kamen gleichzeitig in den Raum, in dem wir Ruppich mit dem Mädchen erwischten. Der lügt, das ist alles!«

Braig sah, wie sein Gegenüber sich ereiferte, ihm dabei offen in die Augen blickte.

»Diese Treffen in der Jagdhütte«, fragte er, »veranstalten Sie die öfter?«

»Öfter? Moment, so können Sie das nicht sagen. Je nachdem, was gerade ansteht. Geschäfte, die man in Ruhe besprechen oder deren Abschluss man gemeinsam feiern will, so etwa.«

»Geschäfte welcher Art?«

»Bauprojekte natürlich. Ich bin Abteilungsleiter der Kreditabteilung unserer Bank.«

»Und bei diesen Treffen geht es meist sehr lustig zu«, sagte Braig in beiläufigem Ton, seinen Gesprächspartner aufmerksam musternd. »Wein, Weib und Gesang, ja?«

Robels zustimmendes Nicken erfolgte ohne jeden Vorbehalt.

»Viel Alkohol, gutes Essen, willige Mädchen.«

»Je nachdem, ja«, erklärte sein Gesprächspartner. »Aber an dem Abend nicht.«

»Was ›an dem Abend nicht‹?«

»Mädchen. Es gab keine Mädchen. Jedenfalls nicht für das Übliche … Als Bedienung, ja. Da hatte ich diese junge Frau beauftragt, diese Julia Riestler, na, Sie wissen ja, mit der das dann passierte. Die wurde mir von irgendjemand als Bedienung vermittelt. Dass die erst 17 war, habe ich erst bei der polizeilichen Befragung erfahren. Mir wurde erklärt, sie sei 20. Das sieht man diesen jungen Dingern ja nicht an. Meine Herren, ich konnte doch nicht wissen …«

Braig trank von seinem Wasser, sah unten im Tal eine hell erleuchtete Stadtbahn. Sie passierte eine ihre Umgebung weit überragende Kirche, verlangsamte ihre Fahrt. Am Rand einer schmalen, freien Fläche kam sie zum Stehen. Er sah die Umrisse einer Gruppe junger Leute, die in die Stadtbahn drängten, überlegte, dass es sich wohl um den Bihlplatz handelte. »Warum gab es an diesem Abend keine Mädchen?«, fragte er. Er betonte das letzte Wort, verlieh ihm einen leicht anzüglichen Ton.

»Moment, warum?« Robel hob beide Hände abwehrend in die Höhe. »Neuber«, sagte er dann. »Bei dem läuft das nicht.«

»Wieso? Ist er …?« Braig ließ die Frage offen, bemerkte am gequälten Gesichtsausdruck seines Gastgebers, dass er ihn genau verstand.

»Nein«, antwortete Robel. »Neuber will das nicht. Ich glaube, der hat Angst, dass seine Frau …«

»Dass sie sich das nicht bieten lässt, wenn sie erfährt, dass ihr Mann mit Nutten …«

»Moment, also ich kann Ihnen nur sagen, dass das mit Neuber nicht läuft. Das weiß jeder. Ein Geschäft auf diese Tour anzubahnen, können Sie bei ihm vergessen.«

»Um welches Geschäft ging es an jenem Abend?«

»Den Bau einer neuen Straße in Oberweihingen.«

»Ich nehme an, Grobe hatte die notwendigen Grundstücke dazu gekauft«, überlegte Braig. »Ruppich wollte bauen, und Sie waren für die Finanzierung verantwortlich. Was hat Neuber mit der Sache zu tun?«

»Na ja, ohne ihn lief überhaupt nichts. Seine Leute haben die Mehrheit im Gemeinderat und er ist ihr Vorsitzender.«

»Und? Was wollte er anstatt der Mädchen?«

»Was wohl?« Robel musterte seinen Gesprächspartner mit süffisantem Grinsen. »Das wollen Sie doch nicht wirklich wissen.« Er rieb den Daumen und den Zeigefinger seiner rechten Hand aneinander, lachte schallend.

Die Stadtbahn im Tal hatte sich längst wieder in Bewegung gesetzt, war im dichten Gewirr der Häuser verschwunden.

»Die Ausgaben für die Mädchen haben Sie damals immerhin gespart.«

»Neuber zuliebe, ja. Auf den Spaß haben wir an dem Abend eben verzichtet.«

Nur Ruppich nicht, überlegte Braig. Der war nicht bereit gewesen, auf diesen Spaß zu verzichten. Wirklich nur Ruppich? »Warum trachtet Ruppich Ihnen nach dem Leben?«, fragte er.

»Moment. Sie sprechen von mir?« Robel starrte ihn mit großen Augen an.

»Sie haben doch in den Nachrichten gehört, was mit Grobe passiert ist.«

»Ruppich ist der Täter?«

»Alles spricht dafür, ja.«

Robel schüttelte den Kopf. »Aber, aber …«

»Wir haben deutliche Hinweise, dass Sie als Nächster an der Reihe sind.«

»Moment. Was reden Sie da?« Die Stimme des Mannes drohte sich zu überschlagen. Er sprang von seinem Sessel in die Höhe, baute sich breitbeinig vor seinem Gesprächspartner auf. »Aber weshalb denn, wieso?« Eine kräftig pulsierende Ader wölbte sich quer über seine rechte Schläfe.

»Das würde ich gerne von Ihnen wissen«, antwortete Braig.

13. Kapitel

Neundorf war an diesem Freitagmorgen erst vor wenigen Minuten in ihrem Büro eingetroffen, als der Anruf einer Frau Dr. Welser zu ihr durchgestellt wurde. Sie hatte zwar schon zwei Tassen kräftigen, schwarzen Kaffee getrunken und ein Brot mit dem würzig duftenden Honig ihrer Freundin genossen, fühlte sich dennoch müde und noch lange nicht im neuen Tag angekommen.

»Hooligan-Honig, der aktiviert besonders intensiv«, hatte Vera Schöllner geäußert, als sie ihr das Glas mit dem goldgelben Extrakt ihrer eigenen Bienenvölker geschenkt hatte.

»Hooligan-Honig?«

»Das aggressivste von meinen Völkern. Die stechen sehr schnell.«

»Die gibt es auch unter Bienen? Und ich dachte, ich sei die Einzige, die beruflich mit dieser Klientel zu tun hat«, hatte sie gescherzt.

Ihren Sohn Johannes an diesem Morgen aus dem Bett zu bewegen und ihn mittels Kamm, Wasser, Duschgel und frischer Kleidung in einen halbwegs ausgehfähigen Zustand zu versetzen, hatte mehr Kraft und Nerven gekostet, als der Hooligan-Honig ihr zu so früher Stunde hatte vermitteln können. Sie hatte versucht, ihm ein halbes Brot mit Schokoladenaufstrich und ein Glas Milch einzuflößen, hatte dann nach den fast über die gesamte Wohnung verstreuten Heften und Büchern Ausschau gehalten und sie in seinem Schulrucksack verstaut. Ihre lauthals geäußerte Bemerkung: »Wieso ist mein Sohn ein solcher Riesenschlamper?«, zu späterer Tageszeit oft Ursache heftiger Auseinandersetzungen, war auf keinerlei Resonanz gestoßen. Dem Sprössling ein mit Käse belegtes Brötchen mitzugeben, war erst nach minutenlangem, mürrischem Gemotze gelungen. Zwölf Minuten vor Schulbeginn – exakt die Zeit, die bis auf die Sekunde genau notwendig war, um in zügigem Tempo das Waiblinger Bahnhofsgelände zu durchqueren und ins Staufer-Schulzentrum zu gelangen – hatte sie ihn endlich aus der Wohnung bugsiert. In höchster Eile hatte sie sich dann selbst hergerichtet, um rechtzeitig ins Amt zu kommen.

»Was ist mit der Frau?«, gähnte sie in den Hörer.

»Es geht um die Tote«, erklärte der Beamte am anderen Ende der Leitung. »Das Bild in den Zeitungen. Sie scheint sie zu kennen.«

Die Nachricht wirkte aufmunternder als das Koffein der dunklen Brühe. Blitzschnell war Neundorfs Neugier geweckt. »Ah, das ist ja prima. Dann stellen Sie sie bitte durch.«

Dr. Margaretha Welser arbeitete als Ärztin im Stuttgarter Westen. »Wir betreiben die Praxis gemeinsam«, erklärte sie, nachdem sie sich vorgestellt hatte. »Meike und ich.«

»Meike?«

»Meike Kleemann.« Die Nervosität in ihrer Stimme war nicht zu überhören.

»Sie vermissen Ihre Kollegin?«

»Ja. Wir haben gestern schon auf sie gewartet. Vergeblich. Wir haben mehrfach bei ihr angerufen, da kam aber keine Reaktion. Das Wartezimmer war den ganzen Tag voll. Ich habe versucht, ihre Patienten mit zu übernehmen und war dann am Abend völlig fertig. Deswegen kam ich auch nicht mehr dazu, bei ihr vorbeizuschauen, obwohl ich das tun wollte. Und jetzt, heute Morgen, zeigt mir Christina, eine unserer Mitarbeiterinnen, dieses Foto in der Zeitung. Wir sind wahnsinnig erschrocken, das wird doch nicht Meike sein?«

»Die Frau auf dem Foto sieht ihr ähnlich?«

»Allerdings, ja. Natürlich irgendwie verzerrt, aber das ist wohl kein Kriterium. Die Person in der Zeitung ist ja tot, nicht wahr?«

»Die ist tot«, bestätigte die Kommissarin. »Sie wurde gestern am frühen Morgen gefunden.«

»Oh nein, das darf nicht Meike sein!« Die Stimme der Ärztin erstarb in trockenem Husten.

Neundorf gönnte ihr eine kurze Atempause, erkundigte sich dann nach der Anzahl der Mitarbeiterinnen in der Praxis.

»Wir sind sechs Frauen. Zwei Ärztinnen, drei MTAs und eine Azubi. Weshalb fragen Sie?«

»Haben Sie alle das Foto in der Zeitung gesehen?«

»Alle? Nein«, erwiderte Dr. Welser. »Außer mir sind nur noch zwei MTAs da.«

»Dann sind Sie im Moment zu dritt.«

»Ja. Worauf wollen Sie hinaus?«

»Was meinen Sie zu dem Foto? Ist jede von Ihnen überzeugt, dass es sich um Frau Kleemann handelt?«

Die Antwort ließ einen Moment auf sich warten. Neundorf hörte, wie sich die Frauen unterhielten, hatte dann die zögernd formulierten Worte der Ärztin in der Leitung. »Also, Tanja wollte es zuerst nicht … Aber jetzt nickt sie auch mit dem Kopf. Moment, ich geb sie Ihnen mal.« Sie verstummte, machte einer anderen weiblichen Stimme Platz.

»Ich, ich, ich kann es nicht glauben, aber …« Die Frau schien noch sehr jung, höchstens Mitte zwanzig. »Aber ich fürchte, doch …«

Neundorf war sich darüber im Klaren, welches Ausmaß an psychischem Stress sie ihren Gesprächspartnerinnen abverlangte. Das Foto eines toten Menschen daraufhin zu überprüfen, ob es eine bekannte Person darstellte, war umso schmerzhafter, je enger die Beziehung zu dem verblichenen Menschen war. Handelte es sich allein um einen beruflichen Kontakt, ließ sich die Situation im Allgemeinen leichter ertragen als wenn ein engeres persönliches Verhältnis zu der Person existierte. Der Reaktion der Frauen nach zu urteilen, schien ihre Beziehung zu Meike Kleemann über die normalen beruflichen Kontakte hinauszureichen.

»Ja, wir glauben, dass es sich um Meike handelt«, meldete sich Dr. Welser wieder zu Wort.

»Sie wissen, wo Frau Kleemann wohnt?«

»Ja, aber sicher, wir sind gute Freundinnen.«

»Sie hat Familie?«

»Meike? Nein, sie lebt allein. In der Weingärtner Vorstadt in Waiblingen.«

»In Waiblingen?« Neundorf konnte ihre Überraschung nicht verbergen.

»Ja, die Straße liegt in der Altstadt. An der Stadtmauer.«

»Danke, ich weiß Bescheid. Ich wohne selbst in Waiblingen. Wo leben die nächsten Verwandten von Frau Kleemann?«

»Die nächsten Verwandten?« Dr. Welser schien zu überlegen. »Ihr Bruder. Er wohnt in Wuppertal. In Oberbarmen, wenn ich das richtig weiß.«

»Sie hat keine Verwandten in der Nähe?«

»Hier bei uns? Nein, jedenfalls nicht, soweit ich informiert bin. Ein Onkel vielleicht, aber … Nein, das kann ich Ihnen nicht sagen, tut mir leid.«

»Und Ihre Praxis. Wo finde ich die?«

Neundorf notierte sich die Straße und die Hausnummer, bat die Ärztin darum, für weitere Fragen und eventuell auch die Identifizierung der Toten zur Verfügung zu stehen. Sie wollte sich gerade für den Anruf bedanken und das Gespräch beenden, als ihr noch etwas einfiel. »Eine Frage noch: Hat Frau Kleemann Beziehungen zu Reutlingen?«

»Weshalb wollen Sie das wissen?«

»Na ja, weil die in der Zeitung abgebildete Frau dort entdeckt wurde.«

»Ach so, ja, das hätte ich mir denken können. Nein, mir ist nicht bekannt, dass sie dorthin Beziehungen hätte.«

»Kein Freund, eine Kurzbekanntschaft, ein früherer Partner? Sofern Sie über die privaten Verhältnisse von Frau Kleemann Bescheid wissen?«

»Na ja, über ihre privaten Beziehungen bin ich teilweise schon informiert. Ich sagte Ihnen ja, wir sind gute Freundinnen. Wir kennen uns seit dem Studium. Das ist einige Jahre her. Aber dass Meike Beziehungen nach Reutlingen hätte, nein, tut mir leid, da ist mir nichts bekannt.«

»Sagt Ihnen der Name Hellner etwas? Götz Hellner?«

»Götz Hellner?«

Für einen Augenblick herrschte Ruhe, dann meldete sich eine der anderen Frauen zu Wort. »Götz Hellner? Ja. Das war ein Patient von Frau Dr. Kleemann. Der war bei uns in Behandlung.«

»Götz Hellner? Sie sind sich sicher?«

»Ja, natürlich«, antwortete die Frau. »Das ist zwar schon mehrere Monate, vielleicht sogar ein, zwei Jahre her, aber der war bei uns. An den erinnere ich mich noch. Der hatte gleich vor unserer Praxis einen Unfall. Er war mit seinem Fahrrad unterwegs und wurde von einem Auto angefahren. Nichts Schlimmes zum Glück. Der hatte nur eine Schürfwunde an der Hand, wenn ich mich richtig erinnere, ging aber wie ein Wilder auf alle los, die ihm helfen wollten. Wir hörten das Geschrei hier bis in unsere Praxis …«

»Ach, der war das?« Dr. Welser war ihrer Mitarbeiterin ins Wort gefallen. »Dieser aggressive Typ, der sich nicht behandeln lassen wollte?«

»Genau, ja. Ich erinnere mich noch an ihn, weil wir auf die Straße liefen, um nachzusehen, was da los war. Der Mann lag auf dem Boden und brüllte. Wir hatten richtig Angst vor dem, so wie der sich aufführte. Alle standen betreten an der Seite und rührten sich nicht von der Stelle, weil jeder Schiss hatte, dass er ihm an den Kragen geht. Frau Dr. Kleemann war die Einzige, die sich traute. Sie lief direkt zu ihm hin, ergriff seinen Arm und rief ihm zu, er solle sich beruhigen. Da sprang er auf und ging auf sie los. Er packte sie an der Schulter, mein Gott, ich sehe das noch vor mir und weiß genau, welche Angst ich hatte … Der schüttelte sie hin und her, der hatte eine Bärenkraft. Um Himmels willen, der bringt unsere Doktorin um, dachte ich, hilft denn überhaupt niemand? Und genau in dem Moment kamen zwei Polizeibeamte vorbei und gingen sofort dazwischen. Ich glaube, die fuhren zufällig die Straße lang und sahen den Streit. Frau Dr. Kleemann hatte großes Glück.«

Großes Glück für den Moment, überlegte Neundorf. Und Hellner, was war mit dem? Fühlte der sich vor allen Leuten bloßgestellt und blamiert, weil eine Frau ihm mit Hilfe der Polizei seine Grenzen aufgezeigt hatte? Ein Mann, dessen Ehre verletzt war und der jetzt nur noch auf Rache sann? Auf Rache an der Frau, die ihm öffentlich Contra geboten hatte? Sie musste ihn sich noch einmal vornehmen, so schnell als möglich. »Und? Wie ging die Sache weiter?«, fragte sie.

»Ihre Kollegen notierten sich seinen Namen. Sie zwangen ihn, sich von einer unserer Ärztinnen untersuchen zu lassen. Die redeten ununterbrochen auf den ein, aber der wollte partout nicht«, erklärte die Mitarbeiterin. »Ich weiß noch genau, wie sie seinen Ausweis kontrollierten und dabei laut seinen Vornamen nannten. Götz. Ich war total baff, weil ich den Namen noch nie gehört hatte. Was sind das für Leute, die ihr Kind Götz nennen, dachte ich. Das ist doch mega out. Deshalb erinnere ich mich auch noch so gut an den Mann.«

»Die Ärztinnen haben ihn dann untersucht?«

»Irgendwann ließ er es zu. Die Beamten hatten ausdrücklich erklärt, dass der unbekannte Autofahrer die alleinige Schuld an dem Unfall trage, da hatte sich Hellner dann etwas beruhigt. Frau Dr. Kleemann legte ihm einen kleinen Verband. Die war aber selbst noch völlig fertig, so wie der sie gepackt hatte. Ich glaube, die konnte an dem Tag keinen anderen Patienten mehr behandeln. Die musste alle Frau Dr. Welser übernehmen.«

»Ich erinnere mich, ja«, bestätigte die Ärztin. »Meike war am Ende. Die konnte nicht mehr.«

»Und dann? Kam er noch einmal in die Praxis? Zu einer Nachbehandlung, oder so?«

»Tut mir leid. Da muss ich nachschauen. Haben Sie einen Moment Zeit?«, fragte die junge Frau.

»Ja, klar.«

Neundorf musste keine zwanzig Sekunden warten, dann war sie schon wieder in der Leitung.

»Hier habe ich ihn. Hellner, Götz. Letztes Jahr am 13. Juli war er hier. Handverband nach Unfall und Überprüfung seiner Reaktionsfähigkeit. Kein Verdacht auf Gehirnerschütterung. Das ist alles. Nein, der war nicht mehr da. Ich glaube aber nicht, dass das irgendjemand von uns bedauerte. Götz Hellner, nein danke, auf solche Patienten können wir gern verzichten.«

14. Kapitel

Gerald Robel ist verschwunden.«

Die Bedeutung der Worte war unmissverständlich. Braig starrte entgeistert auf den Telefonhörer in seiner Hand, als könne der ihm Auskunft darüber geben, was da im Moment falsch lief. »Was heißt das: Der Mann ist verschwunden?«

Vor wenigen Minuten erst war er ins Büro gekommen, hatte die in der Nacht und am frühen Morgen eingegangenen Mails und Papiere durchgesehen, dazu ein paar Worte mit Aupperle gewechselt. Karl Neuber, hatte der Kollege erklärt, wurde am Mittag von einer Dienstreise zurückkehrend wieder in Oberweihingen erwartet.

Der Beamte am anderen Ende der Leitung kam ins Stottern. »Hier, also direkt vor mir, steht eine Frau Robel. Sie sei seine Frau, behauptet sie.«

Braig hörte eine laut keifende, weibliche Stimme, die mehrere deftige Schimpfworte von sich gab und nur langsam wieder zur Ruhe fand.

»Und? Was ist mit ihr?«

»Sie ist gerade nach Hause gekommen. Von ihrer Mutter in Göppingen. Sie war über Nacht bei ihr, weil die alte Dame erkrankt ist und ihre Hilfe benötigt.«

»Ja«, sagte Braig, »das ist mir bekannt.« Robel hatte es ihm gestern Abend bei seinem Besuch in Heslach erklärt. Meine Frau ist über Nacht bei ihrer Mutter. Sturmfreie Bude. Deshalb treffen wir uns heute Abend bei mir. Ein alter Kumpel. Auf ein Kirschwasser und ein paar Bier oder umgekehrt, hatte er augenzwinkernd erzählt. Und wenn er anschließend nicht mehr gerade gehen kann, steht das Gästebett bereit. Er selbst habe am nächsten Morgen keinen Termin, es reiche vollkommen, wenn er gegen 12 Uhr im Büro auftauche. Wir werden sehen.

»Ein alter Bekannter also?«, hatte Braig sich vergewissert.

»Ein guter Freund, ja. Aus Ludwigsburg.«

Noch von Robels Wohnung aus hatte er Polizeischutz angefordert, den Mann dazu dringend gebeten, beim Kontakt mit fremden Personen vorsichtig zu sein.

»Das Haus ist leer, behauptet die Frau.«

»Was heißt leer?«, fragte Braig. »Haben Sie oder die Kollegen Robel weggehen sehen?«

»Nein, eben nicht«, antwortete der Beamte. »Und um es gleich zu sagen: Ich habe nicht geschlafen oder mich anderweitig beschäftigt. An mir liegt es nicht. Ich habe das Haus den ganzen Morgen im Auge behalten.«

»Dann muss er in einem der Zimmer sein. Oder im Keller, was weiß ich. Haben Sie alles durchsucht?«

»Nein, ich nicht. Aber seine Frau. Das behauptet die jedenfalls.«

»Seine Frau! Mann oh Mann, überzeugen Sie sich mit eigenen Augen. Jetzt, sofort. Und geben Sie mir umgehend Bescheid!«

Braig hörte, wie der Kollege irgendwelche unflätigen Verwünschungen vor sich hinbrabbelte, dann war die Verbindung unterbrochen.

Robel verschwunden, das konnte nicht sein. Wenige Minuten, nachdem er gestern Abend das Haus des Mannes verlassen hatte, war der erste Beamte eingetroffen und hatte keinen Steinwurf entfernt in seinem Privatwagen Position bezogen, Braig hatte sich von der Wirtschaft *Zur Traube* aus, die er im Anschluss aufgesucht hatte, davon überzeugt. Kurz nach 20 Uhr war der Freund Robels aufgetaucht, hatte der Kollege ihn per Handy informiert, etwa eine Stunde später war er dann wieder gegangen.

Braig hatte die im Herzen Heslachs unmittelbar an der Stadtbahn-Haltestelle Bihlplatz gelegene Weinstube *Zur Traube* besucht, dabei überrascht deren urige Einrichtung wahrgenommen. Das Lokal verfügte über zwei gemütliche, an den Wänden und den Decken in rustikaler Eiche getäfelte Räume, die bei seinem Eintreffen fast bis auf den letzten Platz besetzt waren. Er hatte den unverkennbaren Duft kräftig gewürzten Rostbratens in der Nase, musste die ganze Zeit mit sich kämpfen, der Verlockung nicht nachzugeben, sondern sich seinen Hunger für das von seiner Mutter angekündigte Abendessen aufzubewahren.

Den Wirt des Lokals hatte er in der hinteren Stube entdeckt. Der jovial wirkende Mann war gerade dabei gewesen, große Salatteller aufzutragen. Braig hatte die zünftige Einrichtung des kleinen Raumes mit seiner großen Eckbank und dem von einer hölzernen Säule flankierten, von einem Kunstmaler gefertigten Junge-Mädchen-Porträt der früheren Wirtin bewundert, war dann mit dem Gastgeber ins Gespräch gekommen. Ja, die Anwesenheit Rolf Grobes am Vorabend hatte der Wirt bestätigen können, auch die Tatsache, dass sich der Mann mit einem Freund oder Bekannten hier getroffen und ausgiebig diniert hatte. Wann genau Grobe die Weinstube verlassen und wohin er anschließend gegangen war, hatte er nicht sagen können. Er war sich aber absolut sicher, dass der Bekannte Grobes die Gaststube weiter mit seiner Anwesenheit beehrt hatte, jetzt allerdings in Gesellschaft eines anderen Mannes und mehrerer sehr attraktiver, junger Frauen. Dass Grobe das Lokal in leicht angeheitertem Zustand verlassen hatte, war nicht zu übersehen gewesen. Das sei aber kein größeres Problem, hatte der Wirt erklärt, schließlich befinde sich die Stadtbahn-Haltestelle Bihlplatz, von der fast alle Stadtteile Stuttgarts in kurzer Zeit zu erreichen waren, fast unmittelbar vor der Haustür.

Er hatte sich bei dem Wirt für dessen Auskunftsbereitschaft bedankt und ihm versprochen, sein Lokal in den nächsten Wochen gemeinsam mit Ann-Katrin zu besuchen, war dann mit der U14 direkt nach Hause gefahren. Die Lage der Weinstube war wirklich optimal: Obwohl in einem völlig anderen Stadtteil Stuttgarts gelegen, war sie für ihn ohne Umsteigen in weniger als einer viertel Stunde direkt zu erreichen.

Zu Hause war er auf eine ausgelassen das Abendessen zelebrierende Gesellschaft gestoßen. Schon beim Öffnen der Haustür hatte er die fröhlichen Stimmen seiner Mutter und Dr. Genkingers vernommen. Beide schienen nicht nur dem Essen, sondern vor allem dem Wein bereits reichlich zugesprochen zu haben. Sie hatte Lammbraten mit Rosmarinkartoffeln, geschmorte Artischocken und eine Mangold-Käse-Pastete zubereitet, alles in einer solchen Menge, dass sie sich noch mehrere Tage daran erfreuen konnten. Natürlich musste Braig auch noch vom Nachtisch, pochierten Birnen in Rotwein, mit Mascarpone serviert probieren.

Abgekämpft und müde war er kurz vor Mitternacht ins Bett gefallen.

Und jetzt am frühen Morgen diese Nachricht!

Braig hörte das Telefon läuten, nahm ab. Die aufgeregte Stimme des Kollegen aus Heslach war in der Leitung.

»So ein verdammter Mist!«, schimpfte der Mann. »So eine elende Scheiße!«

»Was ist los?«, rief er mit lauter Stimme, als könne es ihm so gelingen, das Gejammer des Beamten zu übertönen. »Waren Sie im Haus?«

»Ich weiß nicht, wie das passieren konnte, ich habe wirklich keine Ahnung.«

»Was ist mit Robel? Ist er immer noch verschwunden? Jetzt kommen Sie doch endlich zur Sache!«

»Robel«, jammerte der Beamte. »Robel. Er ist tot.«

»Wie bitte?« Braigs Stimme drohte sich zu überschlagen. »Wie kommen Sie ...«

»Wir haben ihn gefunden. Seine Leiche liegt im Keller. Er ist es. Seine Frau hat ihn ...« Er verstummte, hatte Mühe, die passenden Worte zu finden. »Sie war direkt hinter mir, als ich ihn fand. Ich konnte doch nicht ahnen, dass er da im Keller auf dem Boden liegt. Sie war kaum zu beruhigen, wollte sich auf ihn stürzen. Ich konnte sie nur mit Mühe und Not davon abhalten. Die Spurensicherer werden toben. Aber es ging nicht anders. Die Frau aus dem Keller zu schaffen, war fast nicht möglich. Jetzt liegt sie oben auf dem Sofa und heult. Ihren Arzt habe ich verständigt. Er will gleich vorbeikommen. Kümmern Sie sich um die Untersuchung?«

15. Kapitel

Wenige Minuten nach ihrem Gespräch mit Dr. Welser und deren Angestellten hatte Neundorf telefonisch Verbindung mit Hellner aufgenommen und ihm erklärt, dass sie ihn umgehend unter vier Augen zu sprechen wünsche. So sehr sie angesichts der relativ schnellen Identifizierung der Ermordeten Erleichterung spürte, der Bericht über Hellners Behandlung durch Dr. Kleemann und die Beschreibung des aggressiven Verhaltens des Mannes hatten sie auf der Stelle elektrisiert. Das konnte doch kein Zufall sein! Warum hatte Hellner diesen Tatbestand verschwiegen und darauf bestanden, die Frau nicht zu kennen?

»Mein Gott, was ist denn jetzt schon wieder?« Der Seufzer des Mannes war nicht zu überhören gewesen.

»Ich muss sofort mit Ihnen sprechen. Wo finde ich Sie?«

»Wo wohl? Da, wo Sie mich gestern schon schikaniert haben.«

»In Ihrem Haus in Reutlingen?«

»Den ganzen Vormittag. Ich muss aufräumen.«

Ohne Zeit zu versäumen, hatte sie sich auf den Weg gemacht, das Anwesen des Mannes knapp 50 Minuten später erreicht. Jetzt, bei vollem Tageslicht, wirkten die beiden Grundstücke Hellners und das seines Nachbarn Bach mit dem Übermaß an herbstlich bunten Blättern und dem kleinen, grell gelb angestrichenen Haus wie bunte Farbtupfer in einer eher sterilen, von allzu großzügig ausgebauten Wohnkomplexen geprägten Gegend.

Sie läutete an der Pforte, schob sie zurück. Im gleichen Moment öffnete Hellner die Haustür.

»Mein Gott, Sie sind vielleicht hartnäckig«, maulte er.

Neundorf lief quer durch den Garten. »Ich werde wohl meine Gründe haben«, erwiderte sie.

Sie betrat das Haus, folgte dem Mann in das große Zimmer. Er schien fleißig am Werk gewesen zu sein, alles aufgeräumt und den Boden geputzt zu haben.

»Warum schaffen Sie so gründlich Ordnung? Sie behaupten doch, unschuldig zu sein. Wieso wollen Sie alle Spuren beseitigen?«

Er nahm eine gebrauchte Tasse vom Tisch, brachte sie in die Küche, kehrte mit einem feuchten Tuch zurück. »Sie haben wohl nichts gelernt, als Leute zu provozieren, wie?«

Neundorf ließ sich nicht beirren. »Warum haben Sie mir nicht erzählt, dass Sie Patient von Frau Dr. Kleemann waren?«

Hellner unternahm keinerlei Versuch, den Sachverhalt abzustreiten. »Weil ich das selbst erst heute Morgen realisiert habe, ob Sie mir das glauben oder nicht. Als ich ihr Bild im Internet sah.«

»Ach ja? Aber Sie erinnern sich schon noch daran, dass Sie Frau Dr. Kleemann bedroht und handgreiflich traktiert haben?«

»Mein Gott!« Hellner nahm das feuchte Tuch, ballte es zu einem festen Knäuel, warf es auf den Tisch. »Ich bin ausgerastet, weil mich die Ärztin unbedingt behandeln wollte und ich dafür keine Notwendigkeit sah. Zugegeben, mein Verhalten damals ist unverzeihlich. Aber ich war in Rage, leider, ja.«

»So wie gestern Nacht?«

»Ach, jetzt hören Sie doch auf! Sie haben doch mit Gerd gesprochen. Er hat Ihnen bestätigt, dass wir die ganze Nacht hier im Haus waren. Damals, das mit der Ärztin, verdammter Mist, das war nur, weil so ein Saukerl mit viel zu hohem Tempo an mir vorbeigerast war und mich zur Seite geschleudert hatte.«

»Wer soll das gewesen sein?«

»Irgend so ein Autohaus-Fatzke. Ich war mit meinem Fahrrad unterwegs, da drückte mich dieses Schwein mit seinem Karren an den Rand der Fahrbahn, sodass ich auf den Asphalt knallte. Einer dieser taffen Herren, die einen dicken Schlitten brauchen, um ihre Persönlichkeit erst wahrnehmbar werden zu lassen. Ich hatte den Aufdruck *Autohaus* genau gesehen, als er davonpreschte. Deshalb war ich so in Rage und genau in dem Moment kamen die Frauen aus dieser Arztpraxis und wollten mir unbedingt helfen. Dabei war es zum Glück nur eine kleine Schürfwunde.«

Neundorf betrachtete ihr Gegenüber skeptisch. »Warum haben Sie den Kerl nicht angezeigt, wenn er Sie wirklich angefahren hat?«

»Wen sollte ich denn anzeigen? Ich hatte weder den Namen der Firma erkannt noch das Auto-Kennzeichen. Nur der Aufdruck auf der Beifahrertür *Autohaus* fiel mir reflexartig ins Auge. Glauben Sie, in dem Moment, wenn Sie auf den Asphalt knallen, haben Sie noch lange Zeit, sich um die Identifizierung des Dreckschweins zu kümmern?«

»Meine Kollegen hätten versuchen können, den Kerl ausfindig zu machen. Der gehört hinter Gitter, wenn er sich so verhalten hat, wie Sie es beschreiben.«

»Ihre Kollegen?« Hellner lachte laut auf. »Oh ja, genau die!« Er wandte sich wieder dem Tisch zu, wischte ihn mit dem feuchten Tuch vollends sauber.

»Meine Herren, welche Spuren wollen Sie denn unbedingt beseitigen?«

»Es ist wegen meiner Frau. Sie kommt heute Mittag. Ich will sie nicht im Schmutz der letzten Tage empfangen.«

»Ihre Frau?«

»Ja. Wieso?« Er bemerkte die Verwunderung in ihrer Miene, begriff, woher sie rührte. »Ach du Schande, ja. Der alte Fascho von nebenan. Hat er wieder erzählt …«

»Tut mir leid«, fiel Neundorf ihm ins Wort. »Das ist ohne Belang.«

»Dass der alte Kerl damit hausieren geht, ich sei schwul? Ach ja, und dann haben Sie mitbekommen, dass Gerd bei mir übernachtete und schon … Was soll's, kann mir ja gleichgültig sein. Aber genau deshalb habe ich Ihnen nichts von ihm erzählt, weil ich dachte, wenn Sie mich auch noch als Schwulen sehen, dann verdächtigen Sie mich erst recht. Minderheiten sind ja an allem schuld, so einfach ist das Leben, ist es nicht so?«

»Sie müssen mich für einzigartig dämlich halten.«

»Ausgerechnet Gerd! Den umschwärmen die Frauen wie Motten das Licht. Aber er ist wirklich mein bester Freund. Er hat mir in brutal schweren Zeiten geholfen wie sonst niemand. Ich weiß, das klingt theatralisch. Ist aber so.«

»Sie wurden als Kind von Ihrem Vater misshandelt?«

Hellner legte das Tuch zur Seite, ließ sich auf einem der Stühle nieder. Er schien seine Aggressivität verloren zu haben. »Meine Mutter war das Opfer Nummer eins. Ich bekam nur einen Teil davon ab, aber das reichte vollauf. Mein Alter wurde zur Bestie, wenn er getrunken hatte. Und in seinen letzten Jahren soff er fast ununterbrochen.«

»Sie haben Weissmann damals schon gekannt?«

»In der Tat. Er bekam einiges ab, wenn er bei uns war.«

»Ihre Mutter konnte Sie nicht vor den Schlägen schützen?«

Hellner ließ ein bitteres Lachen hören. »Meine Mutter? Die war doch selbst das leibhaftige Opfer. Dass die den Alten überlebte …« Er verstummte, winkte ab. »Lassen wir das. Gerd hat uns auf jeden Fall sehr geholfen. Er ist um einiges kräftiger und mutiger als ich.«

Hatte Weissmann dem Wüten des Alten mit ein paar gezielten Schlägen für immer ein Ende gesetzt? Neundorf musterte die Miene ihres Gegenübers, sah seinen versonnenen Gesichtsausdruck. Er schien in ferne, längst vergangene Zeiten entrückt. Und wenn der Freund auf diese Weise geholfen haben sollte, überlegte sie. Vielleicht war das die beste Lösung gewesen, wer konnte das familiäre Martyrium vieler Gewaltopfer schon als Außenstehender beurteilen? »Sind diese schlimmen Jahre der Grund Ihrer Verbitterung?«, fragte sie. »Ihre Aggressionen gegen Polizeibeamte ... Weil meine Kollegen Ihnen damals nicht geholfen haben, Ihnen und Ihrer Mutter?«

Hellner benötigte mehrere Sekunden, ihre Worte zu verstehen. Er starrte mit großen Augen zu ihr her, schüttelte dann energisch den Kopf. »Meine Verbitterung? Sie ist so deutlich zu bemerken, ja?«

Neundorf nickte zustimmend.

»Nein«, erwiderte er. »Die Schrecken meiner Kindheit habe ich überwunden. Zum Glück, da bin ich mir sicher. Mein Frust ist allein beruflicher Natur. Wenn Sie sich über mehrere Jahre hineinknien, in ihrer Arbeit versinken und alles dafür tun, ein großes Projekt zum Erfolg zu führen, nur um sich dann am Ende von einer Bande korrupter Politiker und Manager verarscht zu sehen, die nicht einmal im Ansatz das Gemeinwohl der Gesellschaft, sondern nur die materiellen Interessen ihrer eigenen Klientel im Sinn haben, dann kann es schon sein, dass man verbittert wird. Vor allem, wenn man dann auch noch mitansehen muss, wie unser Rechtssystem ausgchöhlt wird und die Polizei sich dazu benutzen lässt, die Machenschaften dieser Halunken zu verteidigen.«

»Wovon sprechen Sie?«

»Wollen Sie das wirklich wissen?« Er musterte sie mit zweifelnder Miene.

»Bei allem Verständnis für Ihre negativen Erfahrungen mit einigen von meinen Kollegen, aber glauben Sie allen Ernstes, ich sei nur eine willfährige Marionette, die ihre Anweisungen befolgt, ohne den Verstand einzuschalten? Ich fürchte, Sie sollten sich selbst hinsichtlich gewisser Vorurteile hinterfragen. Meinen Sie, nur weil ich als Kriminalbeamtin arbeite, sei es mir nicht möglich, die Realitäten in diesem Land korrekt zu beurteilen?«

Hellner atmete tief durch, kratzte sich an der Wange. »Ich muss zugeben, dass ich Schwierigkeiten mit der Vorstellung habe, eine Polizeibeamtin könne sich eine kritische Sicht auf die Verhältnisse bei uns leisten.«

»Dann sollten Sie Ihre Vorstellungen schnell revidieren. Ich denke, die Mehrheit meiner Kollegen hat längst begriffen, dass wir oft den Falschen hinterherjagen und gegen die eigentlichen Drahtzieher viel zu wenig tun. Aber Sie wollten mir erzählen, woher Ihr Frust rührt.«

Sie sah deutlich, wie es in ihm arbeitete. Er betrachtete sie angespannt, benötigte mehrere Sekunden, ihre Worte zu verarbeiten.

»Vor vier Jahren machte ich den Fehler meines Lebens. Ich gab meine Tätigkeit als Dozent an der ESB Business School hier in Reutlingen auf, falls Ihnen das etwas sagt.«

»An der ESB? Allerdings sagt mir das etwas.« Die Kommissarin nickte zustimmend. »Wir hatten in den letzten Jahren mehrfach mit der Hochschule zu tun.«

Hellner warf seiner Gesprächspartnerin einen überraschten Blick zu. »Sie waren auf Mörderjagd an der ESB?«

»Im Rahmen verschiedener Ermittlungen«, berichtigte Neundorf. »Und, falls Sie das beruhigt: Mörder fanden wir keine. Dafür aber erstaunlich kreative Leute mit verblüffend guten Ideen für neue Betriebskonzepte und Arbeitsplätze.«

Sie dachte an Kerstin Svedholm, eine bildhübsche, junge Frau, die sie im letzten Jahr kennen gelernt hatte. Auf der Suche nach dem Mörder eines Maultaschenfabrikanten war sie gemeinsam mit ihrem Kollegen Braig der schwedischen

Studentin begegnet. Kerstin Svedholm hatte im Rahmen ihres Betriebswirtschaftsstudiums an der ESB mit einer Kommilitonin einen unglaublich cleveren Plan zur Rettung des kleinen Teigwarenbetriebs entwickelt und ihn im Einvernehmen mit dem Besitzer in die Tat umgesetzt. Das Konzept war genial. Es umfasste die Herstellung und Geschmacksrichtung der Produkte wie deren Bewerbung. *Fitterlings Liebestäschle,* Neundorf erinnerte sich noch gut daran. Die von den beiden Studentinnen ausgearbeitete Strategie hatte die in sie gesetzten Hoffnungen bei Weitem übertroffen. Innerhalb weniger Wochen war es gelungen, den stagnierenden Verkauf der Maultaschen deutlich in die Höhe zu katapultieren und die Übernahme der kleinen Fabrik durch einen fremden Konzern zu verhindern. Die an der ESB geschulten, jungen Frauen hatten so im Rahmen ihres Studiums weit über dreißig Arbeitsplätze in einem strukturschwachen Gebiet auf der Alb gerettet.

Dass diese segensreiche Wirkung der betriebswirtschaftlichen Fakultät der Reutlinger Hochschule kein Einzelfall war, hatte Neundorf bereits während einer anderen Ermittlung gelernt. An der ESB tätige Wissenschaftler hatten einer unter fehlenden Aufträgen leidenden, mittelständischen Firma ein neues, sämtliche Beschäftigten betreffendes Arbeitszeit- und Lohnmodell auf den Leib geschneidert. Trotz vieler Widerstände war das Programm realisiert worden. Auf diese Weise war es gelungen, mehrere hundert Arbeitsplätze langfristig zu erhalten.

Der Ruf der ESB Business School der Hochschule Reutlingen war, wie Neundorf wusste, nicht allein deswegen legendär. Dass die Stadt eine der weltweit führenden betriebswirtschaftlichen Fakultäten, ein Juwel wissenschaftlicher Forschung und Lehre, beherbergte, die in sämtlichen Rankings stets aufs Neue Spitzenplätze belegte, war längst auch in

Übersee bekannt, man musste sich nur die Gesichter und die Namen der an der ESB eingeschriebenen Studentinnen und Studenten ansehen, um das zu verstehen. Die Mehrzahl internationaler Auszeichnungen und Preise war in den vergangenen Jahrzehnten in aufsehenerregender Regelmäßigkeit nicht den betriebswirtschaftlichen Fakultäten in Hamburg, Köln oder Berlin, sondern der ESB an der staatlichen Hochschule Reutlingen zuteil geworden. Die Reutlinger Denkfabrik profitierte in besonderem Maße von ihrer Zusammenarbeit mit Hochschulpartnern in vielen Ländern der Welt sowie ihrer intensiv gepflegten Ausbildungskooperation mit unzähligen international tätigen Firmen. Dass sich diese Bemühungen auch in einem stetig wachsenden Zustrom studierwilliger, junger Menschen aus aller Herren Länder niederschlug, hatte Neundorf bei jedem ihrer Besuche der Hochschule selbst bemerkt.

»Sie haben Betriebswirtschaft studiert?«, fragte sie.

»Ich bin promovierter Ökonom, ja. Meine Jahre als Dozent an der ESB waren mit Abstand die schönste Zeit in meinem Leben. Junge, wissbegierige Leute aus allen Teilen der Welt als Gesprächspartner, Diskussionen mit Experten aus sämtlichen Kontinenten, ich habe Woche für Woche genossen. Aber dann erhielt ich vor vier Jahren ein verlockendes Angebot für eine Tätigkeit beim Umweltbundesamt. Die Sache klang faszinierend: Vier Jahre konzentrierte Arbeit in einem Team ausgewählter Spezialisten an einem konkreten Projekt. *Möglichkeiten der Optimierung des Bahnverkehrs in Deutschland.* Bahnexperten, Ingenieure, Verkehrswissenschaftler, Ökologen, Volks- und Betriebswirte, darunter etliche Koryphäen der jeweiligen Fachrichtung und dazu eine Aufgabe, die nach der Ausarbeitung in die Realität umgesetzt werden sollte – so etwas hatte ich mir schon immer gewünscht. Meine Frau, sie ist Ingenieurin, hatte kurz zuvor eine Stelle beim Eisenbahnbundesamt angetreten, das traf sich wunderbar. Ich überlegte nicht lange und sagte zu.«

»Aber der Job entsprach nicht Ihren Erwartungen«, meinte Neundorf.

»Im Gegenteil. Die Arbeit war ein einziger Traum. Wie können wir mit dem Einsatz von möglichst wenig Geld – der Staat als Finanzier der Infrastruktur ist ja ziemlich klamm – die Transportkapazität dennoch deutlich steigern? Diese Fragestellung kristallisierte sich bald als zentrale Zielsetzung unserer Arbeit heraus. Genau das hatte Jahre zuvor schon die weltweit im Ausbau der Bahn führende Schweiz getan und danach ihr Eisenbahnnetz optimiert, und genau das sollten wir jetzt auch tun. Fast ein ganzes Jahr waren wir im Land unterwegs. Wir besichtigten Strecke um Strecke, begutachteten ihre Führung, die Topographie, den Ausbauzustand, überprüften Verbesserungschancen, loteten deren günstigste Finanzierungspotentiale aus. Anschließend machten wir uns an die Verknüpfung der einzelnen Linien, schließlich hat das Ganze nur dann einen Sinn, wenn alle Bahnstrecken unmittelbar ineinander übergehen. Anhand der bereits existierenden Strecken erstellten wir für ganz Deutschland ein optimiertes Netz, das sowohl dem Güter- als auch dem Personenverkehr beste Entfaltungschancen eröffnet. Wir prüften Variante auf Variante, erarbeiteten vom äußersten Norden bis in den Süden des Landes eine detaillierte Planung für die nächsten Jahre: Hier ein zweites Gleis, dort eine begradigte Linienführung, in der einen Region völliger Neubau der Gleise, in der anderen die Elektrifizierung wichtiger Anschlussstrecken. Kein einziger von all den beteiligten Wissenschaftlern gönnte sich in den vier Jahren einen längeren Urlaub, so sehr hatte uns die Aufgabe gepackt. Und heute können wir eindeutig sagen: Die Arbeit hat sich gelohnt und lässt sich sofort ohne jeden weiteren Aufwand in die Tat umsetzen. Das zeigen nicht nur die teilweise überraschenden Ergebnisse, sondern auch die Resonanz, die wir von Bahnexperten, Verkehrswissenschaftlern, Planern und Politikern aus aller Welt erhielten. In Japan, China, Indien und anderen Ländern wurde unsere Studie sofort übernommen, um sie für die eigenen Erfordernisse umzuarbeiten. Und wissen Sie, zu welch sensationellem, vom Eisenbahnbundesamt geprüften und bestätigten Ergebnis wir jetzt nach vier Jahren intensiver Arbeit kamen?«

Neundorf warf ihrem Gesprächspartner einen erwartungsvollen Blick zu.

»Für gerade einmal elf Milliarden Euro können wir die Transportkapazität der Bahn in Deutschland verdoppeln. Elf Milliarden Euro im ganzen Land sinnvoll investiert und wir erhalten 100 Prozent mehr Leistung. Wissen Sie, wie viele Lastwagenfahrten wir dadurch einsparen?«

»Mehrere Tausend, denke ich.«

Hellner schüttelte den Kopf. »Mehrere Millionen, Jahr für Jahr. Verdoppelung der Bahnkapazitäten, das bedeutet Millionen von eingesparten Lastwagenfahrten jedes Jahr. Überlegen Sie, wie das unsere Straßen und Städte entlastet, wie viele Menschenleben durch weniger Verkehrstote und reduzierte Abgasmengen wir dadurch retten!«

Neundorf sah die begeisterte Miene des Mannes, begann, seinen Enthusiasmus zu verstehen. »Respekt«, sagte sie, »das wird die Verkehrssituation im Land umkrempeln.«

»Wird es nicht«, erwiderte der Mann.

»Wieso?«

»Weil unsere Arbeit nicht berücksichtigt wird, sondern im Müll landete.«

»Wie bitte? Sie sagten doch selbst, dass mehrere Länder die Studie übernommen haben ...«

»Andere Länder ja, aber wir nicht. Unseren Politikern passt sie nicht in den Kram, ganz einfach.«

Neundorf hatte es die Sprache verschlagen.

»Millionen weniger Lastwagenfahrten jedes Jahr – das darf nicht sein. Schließlich werden dann weniger Lastwagen verkauft und einige Herren Spediteure verdienen weniger. Deshalb darf unsere Arbeit in Deutschland nicht realisiert werden. Und deshalb sorgen die Herren auch dafür, dass der Bahn das Geld fehlt, unsere Pläne zu verwirklichen.«

»Wie meinen Sie das?«

»Ganz einfach. Die Bahn steckt ihre Milliarden nicht in sinnvolle Netzergänzungen, sondern in verkehrspolitisch völlig sinnlose, dem Bahnverkehr sogar hinderliche Großprojekte wie *Stuttgart 21*. Neun, zehn oder am Schluss vielleicht auch elf Milliarden Euro für einen unterirdischen Bahnhof, von dem alle Experten wissen, dass er keinerlei Vorteile, sondern nur Nachteile für den Bahnverkehr bringt – und schon ist genau die Summe, die wir für unsere Netzoptimierung benötigen, sinnlos vergraben und die Spediteure können weiter ihre Gewinne machen. Dabei haben wir in unserer Studie ausdrücklich vor solchen Schwachsinnsprojekten wie *Stuttgart 21* gewarnt.«

»Aber wenn irgendein Verkehrspolitiker eine Kamera auf sich gerichtet fühlt, fängt er doch an, von weniger Lastwagen zu labern.«

»Weil die Leute das erwarten, ja. Aber kennen Sie noch viele etablierte Politiker, die die Interessen des Volkes und nicht die einzelner Lobbygruppen vertreten?«

»Nein«, antwortete Neundorf, »die müssen Sie mit der Lupe suchen.«

»Genau das ist unser Problem. Nur so ist zu erklären, dass ein gegen so viele Vorschriften verstoßendes Projekt wie *Stuttgart 21* realisiert werden soll.«

»Was meinen Sie konkret?«

»Das Gefälle der geplanten unterirdischen Station zum Beispiel. Bahnhöfe dürfen aus Sicherheitsgründen kein großes Gefälle aufweisen, maximal erlaubt sind 2,5 Promille. Es gibt in ganz Zentraleuropa, nicht einmal in der vom Hochgebirge geprägten Schweiz auch nur einen einzigen Bahnhof, der ein größeres Gefälle als 2,5 Promille aufweist. *Stuttgart 21* dagegen soll diese Grenze überschreiten. Aber nicht um 0,1 oder 0,2 Promille, wie Sie jetzt vielleicht glauben, auch nicht um 10, 20 oder 30 Prozent. Wissen Sie, um wie viel?« Hellner gab selbst die Antwort. »*Stuttgart 21* soll diesen vorgeschriebenen Grenzwert um 600 Prozent überschreiten. Um 600 Prozent, verstehen Sie? Der Bahnhof soll mit einem Gefälle von 15,0 Promille gebaut werden.«

»Aber der Gesetzgeber …«

»Richtig. Das Eisenbahnbundesamt, meine Frau ist dort als Abteilungsleiterin tätig, hat den Bau daher untersagt. Klarer Verstoß gegen die Vorschriften, die Sache ist eindeutig.« Er machte eine kurze Pause, holte tief Luft. »Nur, was kümmert das unsere Politiker? Die Anordnung des Amtes wird einfach außer Kraft gesetzt, es darf gebaut werden. Die Fachleute im Amt protestierten, aber die haben ihr Maul zu halten. Ist Ihnen klar, was das bedeutet? Nehmen Sie einen Autofahrer, der von der Polizei mit einer erhöhten Blutalkoholmenge ertappt wird. Maximal 0,8 Promille sind erlaubt. Bei diesem Fahrer aber werden nicht 0,9 oder 1,0 Promille festgestellt, sondern der sechsfache Wert des erlaubten Grenzwertes, also 4,8 Promille. Ob das biologisch möglich ist, kann ich nicht beurteilen. Was geschieht mit dem Mann? Der muss ins Gefängnis, sagen Sie?« Hellner riss seine Arme in die Höhe. »Aber nein! Sie haben seinen Freund vergessen, den Herrn im Verkehrsministerium. Der sorgt dafür, dass sein Kumpel straffrei ausgeht, so einfach ist das!«

Neundorf fuhr sich über die Haare, betrachtete ihren Gesprächspartner.

»Genauso verhält es sich mit der Fähigkeit des geplanten Tunnelbahnhofs, Anschlüsse von Zug zu Zug zu ermöglichen. Überall auf der Welt versuchen Verkehrsexperten die Strecken und Stationen so zu gestalten, dass prinzipiell Umsteigemöglichkeiten in alle Richtungen zur Verfügung stehen, um alle Orte schnell erreichen zu können. Nur hier in Stuttgart soll mit Milliardenaufwand ein untauglicher Mist verwirklicht werden, der genau dies nur in völlig unzureichendem Maß erlaubt. Kommt ein Zug an, ist der andere gerade weg. Geht nicht anders. Pech gehabt. Dabei bewältigt der bestehende Bahnhof all diese Anschlüsse auf hervorragende Weise. Eine bestens funktionierende Infrastruktur soll mit irrsinnigem Einsatz von Steuergeldern zerstört werden, um untauglichem Murks Platz zu machen. Sämtliche Bahnexperten, alle die Bahn fördernden Organisationen wie *Pro Bahn* oder der *Verkehrsclub Deutschland* warnen vor der Verwirklichung, Städte wie München und Frankfurt, die ähnliche Projekte planten, haben die katastrophalen Folgen für die Bahn erkannt und die Pläne verworfen. Nur hier bei uns regiert der Filz – schließlich will man seinen Freunden riesige Gewinne ermöglichen. Da nimmt man es sogar in Kauf, Verträge zu brechen und zu manipulieren.«

»Wovon sprechen Sie?«, fragte Neundorf.

»Hat die Bahn bei den Kosten ehrlich gerechnet? Interne Dokumente legen nahe, dass der Konzern die Öffentlichkeit getäuscht hat, schreibt das Nachrichtenmagazin *Der Spiegel*. Können Sie mir erklären, wieso Sie als Kriminalbeamtin nicht gegen die Verantwortlichen ermitteln? Oder der Staatsvertrag mit der Schweiz, in dem wir uns verpflichtet haben, die Bahnstrecke von Basel nach Karlsruhe mit zwei neuen Gleisen auszubauen, um die Güterzüge aufzunehmen, die ab 2016 durch den neuen Gotthard-Tunnel rollen. *Stuttgart 21* frisst die ganzen Gelder, die dafür nötig sind. Wissen Sie, welche zusätzliche

LKW-Lawine deshalb bald auf die Leute im Rheintal zurollen wird? Wieso gehen Sie als Kriminalbeamtin nicht gegen die Politiker und die Manager vor, die den Menschen das zumuten? Sie stehen auf der falschen Seite, Frau Kommissarin, Sie schützen die, gegen die Sie tätig werden müssten! Verstehen Sie jetzt meine Verbitterung?«

16. Kapitel

Gerald Robel war im Keller seines Hauses ermordet worden. »Zwei Schüsse aus nächster Nähe. Von einer Person abgefeuert, die vor ihm stand. Vor mindestens zehn, zwölf Stunden. Hier im Weinkeller«, erklärte Dr. Holger Schäffler. Der Gerichtsmediziner kniete über der Leiche, sah zu seinem Gesprächspartner auf. Zwei von den Spurensicherern an den Seiten aufgebaute Strahler tauchten den Raum in ein grelles Licht.

Braig hatte keine Chance, ins Innere zu gelangen. Er stand unmittelbar neben der geöffneten Tür, spürte Rössles Hand an seiner Schulter.

»Wenn jedes Rindvieh do sei Duftmarke setzt, brauchet mir os gar koi Müh mehr zu mache. So viele Idiote wie in dem Keller scho romdappt send, gibt's in ganz Sindelfinge net.«

Der Kommissar verharrte auf der Stelle, hatte den intensiven Geruch alten Weins in der Nase. Fast der gesamte, mit dicken Pflastersteinen befestigte Boden war von einer zähen alkoholgesättigten Flüssigkeit bedeckt. Robels Leiche lag im rückwärtigen Teil des Raums, unmittelbar vor das bis zur Decke reichende, zu etwa zwei Dritteln gefüllte, mächtige Weinregal hingestreckt. Unzählige Abdrücke verschiedener Schuhe waren im Morast zu erkennen.

»Eine der beiden Kugeln trat hinten aus dem Körper aus und durchschlug dann auch noch die Flaschen dort.« Dr. Schäffler deutete auf die Rückwand des Raums, wo Dr. Dolde mit der Untersuchung des Weinregals beschäftigt war.

»Sie steckt in der Wand«, ergänzte der Spurensicherer, »gib mir zwanzig Minuten, dann haben wir sie.«

Zwei Schüsse aus nächster Nähe, überlegte Braig, von vorne abgefeuert. Genau wie in Hohenheim. »Vor mindestens zehn, zwölf Stunden?«, fragte er.

Der Gerichtsmediziner war sich sicher. »Gestern Abend, ja. Daran habe ich überhaupt keinen Zweifel. Hier im Keller hat es drei oder vier Grad. Die Tür war zu, wie der Kollege, der ihn entdeckte, berichtete. Der Verwesungsprozess ist also noch nicht weit gediehen. Zehn, zwölf Stunden, ja.«

Braig warf einen Blick auf seine Uhr. Halb zehn am Morgen. »Gestern Abend gegen 22, 23 Uhr?«, hakte er nach.

»Oder noch früher«, bestätigte Dr. Schäffler.

Der alte Bekannte, überlegte der Kommissar, wann hatte er das Haus verlassen? Er blätterte seine Unterlagen durch, entdeckte die Notizen des das Haus überwachenden Beamten. *20.10 Uhr: Angekündigter Bekannter wird von Herrn Robel empfangen. 20.55 Uhr: Der Bekannte verlässt das Haus wieder.*

Keine weiteren Beobachtungen, nicht eine einzige Person, die in den folgenden Stunden im Bereich des Eingangs von Robels Haus beobachtet wurde. Hatte der Kollege geschlafen? Oder war der Täter auf andere Weise ins Haus gelangt?

»Was ist mit den Fenstern in den übrigen Räumen? Habt ihr sie schon auf Einbruchsspuren überprüft?«, fragte er.

Rössle, der auf Zehenspitzen zu dem Toten gestakst war und den Boden in der unmittelbaren Umgebung des Mannes untersuchte, sah kurz auf. »Mei erste Sach, aber nur im Schnelldurchlauf. Alles in Ordnung, soweit i des überprüft han. I müsst mi schwer täusche, wenn i do was übersehe hätt.«

»Und das Türschloss? Was ist mit dem?«

»In Ordnung. Des han i zuerst aguckt. Koi Angst, der Kollege hat net gschlafe.«

Braig musterte erneut die Notizen des Beamten. *20.10 Uhr: Angekündigter Bekannter wird von Herrn Robel empfangen. 20.55 Uhr: Der Bekannte verlässt das Haus wieder.*

45 Minuten, überlegte er, nicht einmal eine einzige Stunde. Was hatte Robel ihm erzählt? *Meine Frau ist weg. Sturmfreie Bude. Ein alter Kumpel kommt. Zu einem Kirschwasser und ein paar Bier. Oder umgekehrt ...*

Ein Kirschwasser und ein paar Bier in 45 Minuten? Nein, das war unmöglich. Nicht, wenn es sich um das Treffen zweier alter Bekannter handelte. Zweier alter Bekannter, die die sturmfreie Bude zu nutzen gedachten, den Konsum des Hoch- und weniger Prozentigen und den Austausch von Erinnerungen in Ruhe zu genießen planten. Was war da schiefgelaufen?

»Alle Idiote von Sindelfinge, do hent mr den Salat«, platzte Rössle mitten in seine Gedanken.

Braig schaute auf, sah den Spurensicherer auf ein kleines Papier starren, das er mit spitzen Fingern vor sich in die Höhe hielt.

»Jetzt isch die Kacke voll am Dampfe«, brummte der Kollege. Er zog eine kleine durchsichtige Kunststoffkladde aus seiner Tasche, schob das Papier in die Hülle, verschloss sie vorsichtig. »Des han i unter dem seinere Jacke entdeckt.«

Braig ahnte, um was es ging, noch bevor er die Kladde samt Inhalt in den Händen hielt. Dieselbe Zeichnung, fast genau der gleiche Text.

Ich bin das dritte Schwein, das büßen muss. Die anderen folgen.

»Verdammter Mist!«, schimpfte er.

»Des kasch laut sage«, kommentierte der Spurensicherer, »wenn ihr den Saukerl net bald krieget, no gut Nacht in ond um Sindelfinge!«

Braig spürte, wie es in ihm arbeitete, hatte Mühe, sich geradezuhalten. Er wusste, was diese Entdeckung bedeutete, fühlte sich kraftlos, müde, verbraucht. Wenn nicht alles täuschte, hatte derselbe Täter wieder gemordet, keine vierundzwanzig Stunden nach seinem ersten – oder zweiten? –

Opfer einen Menschen, den sie in Gefahr gesehen hatten – quasi unter den Augen der Polizei getötet. Wenn das bis zu den Medien vordrang, dann …

»Ihr hent den Kerle doch gwarnt, oder?«, fragte Rössle.

Braig nickte kaum merklich mit dem Kopf. »Ich persönlich. Er hat es nicht ernst genommen«, brachte er seinen Frust zum Ausdruck. »Der hat mich ausgelacht.«

»Aber das Haus wurde überwacht«, meinte Dolde. »Gestern Abend schon, oder?«

»Unmittelbar nach meinem Besuch hier, ja.« Er hörte den Signalton seines Handys, betrachtete das Display, drückte den Anruf weg. Söderhofer, der hatte jetzt gerade noch gefehlt.

»Wie kam der Täter ins Haus?«, fragte der Spurensicherer. Er hatte beide Arme weit in eines der leeren Fächer des Weinregals gesteckt, machte sich an der Rückwand zu schaffen.

»Der alte Kumpel«, murmelte Braig. »Ich muss mich nach ihm erkundigen.« Er trat von der Tür des Weinkellers weg, lief zur Treppe, stieg die Stufen ins Erdgeschoss hoch. Gerhard Brüderle, hatte Robel ihm gestern Abend auf seine Nachfrage hin den Namen seines alten Bekannten genannt, er wohnt in Ludwigsburg.

Braig gab die Nummer des Amtes ein, hatte Stöhr in der Leitung. »Ich benötige den Anschluss eines Gerhard Brüderle in Ludwigsburg, jetzt sofort. Sämtliche Anschlüsse«, präzisierte er.

Der Kollege nuschelte irgendwelche unverständlichen Worte vor sich hin, gab ihm dann zwei verschiedene Nummern durch. »Hm, es ist so, das sind Handy und Festnetz, denke ich.«

Braig gab beide Verbindungen ein, versuchte es zuerst mit dem Mobilfunk. Nach mehrmaligem Läuten hatte er das asthmatisch rasselnde Husten eines älteren Mannes im Ohr.

»Brüderle«, glaubte er nach mehreren vergeblichen Anläufen zu verstehen.

»Herr Gerhard Brüderle in Ludwigsburg?«, versuchte er sich zu vergewissern.

»Ja, mit wem spreche ich?«

»Mein Name ist Braig. Ich bin Kommissar beim Landeskriminalamt.«

»Wie bitte?«, rasselte die hustende Stimme.

»Polizei, Sie verstehen?«

Der Mann rang um Luft. »Was wollen Sie von mir?«, fragte er dann.

»Es geht um Ihren Besuch bei Herrn Robel.«

»Gerald?«, entnahm er dem Dauerhusten.

»Gestern Abend in Heslach.«

»Ja, tut mir leid, aber Sie hören es ja selbst.«

»Was meinen Sie?«

»Was interessiert sich die Polizei für mich? Sind Sie ein Freund von Gerald?«

Braig glaubte zu verstehen, weshalb der Mann so früh wieder gegangen war. »Sie haben gesundheitliche Probleme. Deshalb konnten Sie nicht so lange ...«

Brüderle fiel ihm mitten ins Wort. »Ich habe Gerald doch angerufen und mich entschuldigt. Ich konnte nicht kommen. Er hat alles versucht, mich umzustimmen, es mir doch noch zu überlegen, aber es ging wirklich nicht. Die Erkältung ist zu stark. Tut mir leid. Aber wieso interessiert das die Polizei?«

»Sie waren gestern Abend nicht in Heslach?«

»Was wollen Sie denn ...« Der Rest des Satzes ging in heftigem Husten unter. »Ich wollte Gerald besuchen, wirklich. Ich habe mich ehrlich darauf gefreut. Aber es ging nicht. Sie hören es doch selbst. Ich bekomme kaum Luft.«

War das die Erklärung? Braig fiel es wie Schuppen von den Augen. Nicht der alte Kumpel, den sie erwartet hatten, war gestern Abend bei Robel aufgetaucht, sondern der Verbrecher, vor dem sie ihn hatten schützen wollen. Unter den Augen der Polizei hatte er geläutet und sich vom Hausherrn persönlich – wahrscheinlich schon unter Androhung von Gewalt, was der etwa 15 Meter entfernt in seinem Wagen sitzende Beamte nicht bemerkt hatte – in die Wohnung führen lassen. Robel hatte wohl geglaubt, sein Kumpel habe es sich doch noch überlegt und sich trotz seiner Erkältung zu dem Besuch entschlossen, weshalb er voller Freude die Tür geöffnet hatte. Und während der Kollege draußen in seinem Fahrzeug akribisch das Haus samt Umgebung musterte, um jede verdächtige Bewegung sofort wahrzunehmen, hatte der Täter sein Opfer in den reichbestückten Weinkeller mit seiner optimalen Lärmisolierung gezwungen und ihn dort kaltblütig ermordet. Und buchstäblich unter der Beobachtung der Polizei war er dann wieder gegangen.

Braig schnappte nach Luft, als ihm klar wurde, wie die Tat wohl abgelaufen war. Sie hatten sich vorführen lassen wie naive Anfänger. Der auf Hochtouren laufende Polizeiapparat war ausgetrickst worden, als würde er von dämlichen Dilettanten geführt. Wenn erst die Öffentlichkeit von den genauen Begleitumständen dieses Verbrechens erfuhr …

Wie Weihnachten und Ostern zugleich musste dieser Tag der Boulevard-Journaille vorkommen.

17. Kapitel

Das Areal um Meike Kleemanns Haus in der Weingärtner Vorstadt in Waiblingen war Neundorf sofort bekannt vorgekommen. »Menschenskind, hier haben wir doch während des Altstadtfestes schon halbe Nächte verbracht«, erinnerte sie sich, kaum dass sie das kleine Gebäude unmittelbar an der Stadtmauer erreicht hatte. »Hatten nicht die Spanier und die Serben hier in der Nähe ihre Stände?«

Das drei Tage von Freitag bis Sonntag währende Fest in den lauschigen Gassen und Plätzen der stimmungsvollen Waiblinger Altstadt war einer der angesagtesten Termine der gesamten Umgebung. Tausende von Besuchern tummelten sich Jahr für Jahr Ende Juni in der mittelalterlich anmutenden Szenerie des städtebaulichen Juwels der Stadt an der Rems, lauschten den musikalischen Darbietungen unzähliger Bands und Kapellen und genossen die kulinarischen Angebote der verschiedensten Vereine. Wann immer Neundorf und ihr Partner es einrichten konnten, genehmigten sie sich eine kurze berufliche Auszeit, um das besondere Flair dieser Tage wahrzunehmen.

»Verehrte Frau Kommissarin, Ihre Gedanken an leckere Cevapcici, Slivovitz und Paella in Ehren, aber im Moment sind die etwas fehl am Platz«, frotzelte Schöffler, der gemeinsam mit Rauleder seit mehreren Stunden mit der Durchsuchung der über zwei Stockwerke verteilten Räume beschäftigt war. »Wir erbitten Ihre Aufmerksamkeit für viele, viele Mails, Briefe und Fotos.« Er deutete auf einen Berg an Papieren und Kuverts, die sie auf dem rechteckigen Glastisch im Wohnzimmer der Ermordeten aufgehäuft hatten. »Wir schreiben übrigens Anfang November und nicht Juni oder Juli, wenn ich darauf hinweisen darf.«

Nach dem Gespräch mit Hellner hatte Neundorf zu Hause einen von Thomas Weiss vorbereiteten griechischen Salat mit vielen Oliven genossen. Die Worte des Mannes waren ihr nicht aus dem Kopf gegangen. Mit einer Überarbeitung des Kopfbahnhofs ließen sich fast genauso viele Flächen für den Städtebau freistellen wie mit dem unterirdischen Murks, hatte er betont, nur für weit weniger Geld. Es dürfe nicht länger einfach so hingenommen werden, wie skrupellos diese Leute Steuermilliarden für ihre Zwecke missbrauchten. Und dann hatte er noch etwas erwähnt, was sie endgültig aufhorchen ließ.

»Eine Sache aber ist jetzt schon klar: Der alte Bahnhof wird mit einem großen Teil seiner Zufahrten bestehen bleiben, gleich ob gebaut wird oder nicht. Private Bahnen werden nämlich gegen den Abriss der alten Anlagen klagen, weil sie mit ihren Dieselloks die neuen Tunnel nicht befahren können. Und sie werden gewinnen. Bisher wurden nämlich alle Prozesse, bei denen Bahninfrastruktur einfach aufgegeben werden sollte, bis in die letzte Instanz gewonnen. Deshalb werden sie nie mehr Flächen für den Städtebau freistellen können wie mit einer Überarbeitung des Kopfbahnhofs. Nur wird das dann viele Milliarden mehr erfordern.«

Sie hatte sich mit ihrem Partner darüber unterhalten, anschließend dann mit Frau Dr. Welser telefoniert und sie auf weitere Personen oder Beobachtungen befragt, die ihrer Auffassung nach in irgendeiner Weise im Zusammenhang mit der Gewalttat an ihrer Kollegin stehen konnten.

»Wissen Sie, was Sie da von mir verlangen?«, hatte die Ärztin erklärt. »Ich soll Ihnen Leute aus unserem Patienten- und Bekanntenkreis nennen, denen ich zutraue, Meike …« Mitten im Satz war sie verstummt und in ein lang anhaltendes Schluchzen verfallen.

Neundorf war die Situation nur allzu bekannt, hatte sie doch oft genug damit zu tun, Menschen aus dem Umfeld eines Verbrechensopfers auf ihre Beobachtungen zu befragen, die mit der jeweiligen Tat zu tun haben konnten. »Ein böses Wort, Wut, Enttäuschungen, Drohungen, Verletzungen«, hatte sie zu helfen versucht, »gab es Patienten, die sich so oder ähnlich verhalten haben?«

»Patienten? Ja gut, natürlich gibt es hin und wieder Leute, die mit uns, der Zeit, die wir uns mit ihnen beschäftigen, den Medikamenten, die wir verschreiben, auch der Anzahl der Tage, die wir sie krank schreiben, nicht zufrieden sind. Das bleibt nicht aus, bei dem Stress, unter dem wir oft arbeiten, auch wenn wir uns noch so sehr bemühen, auf den Einzelnen einzugehen. Aber dass einer dann so wütend wird, dass er …«

»Ich weiß, das klingt absurd, vollkommen absurd. Ist es vielleicht auch. Aber ich möchte Sie und Ihre Mitarbeiterinnen trotzdem bitten, darüber nachzudenken. Solange wir keine genaueren Anhaltspunkte haben, sind wir auf die kleinsten Nebensächlichkeiten angewiesen. Unbedachte Worte, zornige Mails, unkontrollierte Wutausbrüche in der Praxis oder am Telefon. Wenn Sie die letzten Wochen und Monate Revue passieren lassen – vielleicht fällt Ihnen etwas ein.«

»Ich werde mich bemühen und es auch meinen Mitarbeiterinnen ans Herz legen. Mit diesem Herrn Hellner hat sich nichts ergeben?«

»Nein«, hatte Neundorf geantwortet, »der hat sich für sein Verhalten bei Ihnen mehrfach entschuldigt. Wenn ich ihn richtig verstanden habe, will er das bei Ihnen beziehungsweise Ihren Angestellten auch noch persönlich tun.«

»Das ist nicht nötig. Ich hatte das längst vergessen.«

»Wie steht es mit dem Privatleben Frau Dr. Kleemanns? Gab es da Probleme? Soweit Ihnen das bekannt ist, versteht sich.«

»Probleme?« Dr. Welser hatte nach Luft geschnappt. »Wo gibt es die nicht? Meike ist ...« Sie hatte nicht weiter gesprochen, sich dann nach einer Weile berichtigt. »Meike war eine attraktive Frau. Als ihre letzte Beziehung in die Brüche ging …«

»Im Streit?«

»Na ja, böse Worte gab es da schon. Von beiden Seiten.«

»Wie heißt der Mann? Sie kennen ihn?«

»Thomas Salier. Er wohnt in … Oh, wo war das jetzt gleich? Ja, jetzt fällt es mir wieder ein. Er ist weggezogen, gerade in der Zeit, als sie sich trennten. Früher lebte er in Marbach und jetzt in Schwieberdingen. Aber die genaue Adresse … Vielleicht finden Sie sie in ihrer Wohnung. Die werden Sie sich doch anschauen, oder?«

»Meine Kollegen sind schon dabei, ja«, hatte Neundorf geantwortet, war dann noch auf die seltsame Kleidung der Toten zu sprechen gekommen. »Eine Frage hätte ich noch: Ist Frau Dr. Kleemann irgendwie in die Auseinandersetzungen um den Tunnelbahnhof involviert? Ich meine, engagierte sie sich für dieses Projekt?«

»Für dieses Projekt?« Die Ärztin hatte hörbar um Luft gerungen. »Wir sind engagiert, unser ganzes Praxisteam, aber doch nicht dafür, sondern dagegen.«

»Dagegen? Das ist seltsam.«

»Was soll daran seltsam sein? Sie haben sich mit der Sache wohl noch nicht befasst, sonst wären Sie garantiert anderer Auffassung.«

»Sie verstehen mich falsch«, hatte Neundorf erwidert. »Es geht nicht darum, dass ich mich nicht damit befasst hätte, es geht um die Kleidung, die Frau Dr. Kleemann trug, als wir sie fanden.«

»Wieso?«

»Sie hatte ein T-Shirt, wie soll ich sagen, über den Kopf gezogen… Es trug die Aufschrift: *Tu ihn unten …*«

Neundorf war mitten im Satz vom Schreien der Ärztin unterbrochen worden. »Nein, um Himmels willen, sind Sie ruhig! Das kann nicht sein!« Dr. Welser war für ein paar Sekunden verstummt, hatte versucht, ihre unüberhörbare Empörung zu dämpfen. »Wer hat ihr das angetan? Welches Schwein war da am Werk? Sie glauben gar nicht, wie wir uns über dieses sexistische Machwerk aufgeregt haben! Und das soll Meike getragen haben? Nie und nimmer!«

»Dann gibt es nur eine Erklärung: Ihr Mörder muss es ihr nach dem Tod …«

»Pfui Teufel! Wer tut so etwas? Wie pervers sind solche Existenzen? Der hat Meike nicht nur ermordet, der will auch noch ihre Ehre zerstören, jetzt, wo sie sich nicht mehr wehren kann. Der will sie noch im Tod demütigen. Mit was für einem Schwein haben wir es da zu tun? Mein Gott, das darf doch nicht wahr sein! Bitte, versprechen Sie mir, dass Sie alles tun werden, diesen Verbrecher zu finden!«

Neundorf hatte einen lauten Seufzer hören lassen. Das Bild der Toten vor Augen, das Shirt mit dem widerlichen Aufdruck, die seltsame Art, wie es ihr über dem Kopf hing, hatte sie sich mehr und mehr der Auffassung angeschlossen, die ihre Gesprächspartnerin eben zum Ausdruck gebracht hatte. Der Mörder oder eine weitere an dem Verbrechen beteiligte Person hatten ihrem Opfer das Kleidungsstück kurz vor oder unmittelbar nach der Tat übergezogen. Um die Ärztin noch zusätzlich zu demütigen, wie es von Dr. Welser vermutet worden war.

Hatte diese Erkenntnis Konsequenzen für ihre Ermittlungen? War sie gezwungen, den oder die Täter in einem anderen Personenkreis zu suchen, als sie bisher gedacht hatte? »Wie sieht das aus mit Ihrem Engagement gegen *Stuttgart 21*? Hat das irgendwelche Folgen für Sie und Ihr Team?«, hatte sie sich deshalb erkundigt. »Ich meine, gab es Drohungen oder Ähnliches, speziell auch gegen Frau Dr. Kleemann?«

Ihre Gesprächspartnerin hatte ein heiseres Lachen hören lassen. »Drohungen? Sie sind gut. In welcher Welt leben Sie?

Natürlich hat unser Engagement Folgen für uns, genau wie für viele andere. Wie oft wir bedroht wurden, kann ich schon gar nicht mehr zählen. Schriftlich in Briefen, auf Karten und per Mail, versteht sich. Direkt ins Gesicht natürlich nicht, das ist nicht die Methode dieser feinen Herren. Die arbeiten im Hintergrund, mit subtilen Strategien. *Sie als im öffentlichen Leben stehende Ärztinnen beteiligen sich an diesen Aktionen von Unruhestiftern und Gewalttätern*, formulierten deren vornehmere Vertreter. Die meisten anderen kamen wesentlich deutlicher zur Sache. Primitivste Kloakensprüche. Was sie alles mit uns anstellen, damit wir endlich in die richtige Spur kommen. *Ihr vertrockneten Weiber gehört mal ordentlich flachgelegt und durchgevögelt. Eine Nacht mit mir und meinem besten Stück und du kommst auf andere Gedanken. Du wirst so geil, dass du deinen Bahnhof für immer vergisst …* Sie kennen das bestimmt.«

»Sie haben die Mails gespeichert?«

»Nein. Aus Prinzip nicht. Der Dreck ist es nicht wert, dessen Absender noch viel weniger. Außerdem haben uns die ganz konkreten Drohungen auch weit mehr beeinflusst als dieser Mist.«

»Konkrete Drohungen?«

»Na ja, unsere Bank wurde vorstellig, den Kredit für die neue Einrichtung unserer Praxis nicht zu verlängern. Und dann tauchte plötzlich ein Makler bei uns auf, der ungeniert erklärte, unsere Räume ansehen zu wollen, damit er sie Nachmietern besser vorstellen könne. Zudem haben wir mehrere Patienten verloren, fast ausnahmslos Banker und Angestellte von Immobilienfirmen. Zwei von ihnen teilten uns im Vertrauen mit, dass sie von ihren Arbeitgebern gezwungen wurden, nicht länger zu uns zu gehen. Dem einen hatte sein Arbeitgeber unverhohlen mit Kündigung gedroht, wenn er uns treu bliebe. Aber so ist das ja überall in der Stadt. Unzählige wurden bedroht, wenn sie sich in ihrer

Freizeit an den Demonstrationen beteiligten. Der größte Teil der Medien verlor darüber kein Wort. Als Ärzte aber haben wir unsere Ohren ganz nahe an den Menschen und den Sorgen, die sie drücken.«

Sie hatte einen Moment eine Pause eingelegt, um tief durchzuatmen. »So viele Patienten, deren Erkrankungen letztendlich auf psychische Probleme zurückzuführen sind, wie in den letzten Monaten hatten wir noch nie. Menschen aus dem ganz normalen Volk, Angehörige der Mittelschicht, die anhand des Beispiels von *Stuttgart 21* zum ersten Mal in ihrem Leben mitbekommen haben, wie bei uns politische Entscheidungsprozesse laufen. Dass nicht vernünftige Fakten zählen, sondern allein die Profite, die sich korrupte Seilschaften in Politik und Wirtschaft erhoffen. Dass du hundert oder auch tausend Argumente für eine Sache bringen kannst, die allesamt sinnvoll sind – dass das alles aber nichts, überhaupt nichts zählt, wenn es den Gewinnerwartungen mächtiger Lobbygruppen widerspricht. Allein deren Wünsche werden knallhart durchgezogen – wer sich ihnen in den Weg stellt, gerät unter die Räder. Was *Stuttgart 21* hunderttausenden von ums Gemeinwohl besorgten, für die Demokratie und eine humane Gesellschaftsordnung engagierten Bürgern – sprich: den wertvollsten Menschen, die wir haben – klar vor Augen geführt hat, ist die wichtige Erkenntnis: Jawohl, die Politik bei uns ist durch und durch korrupt. Glauben Sie allen Ernstes, diese Erfahrung kann ohne Folgen bleiben?«

Betroffen von den Informationen der Ärztin hatte Neundorf das Gespräch beendet. Sie hatte sich zwar den Namen der Bank und des Maklerbüros notiert, die Dr. Welser und Dr. Kleemann unter Druck zu setzen versucht hatten, einen Anhaltspunkt für ihre Ermittlungen konnte sie darin jedoch nicht erkennen. Es handelte sich zwar schlicht und einfach um den Tatbestand hinterhältiger Erpressung, doch das war

– Neundorf kannte die Erfahrungen der Kollegen der Abteilung Wirtschaftskriminalität – gang und gäbe in diesem Metier. Und wie wollte sie es beweisen und Zusammenhänge mit dem Mord an der jungen Ärztin herstellen?

Sie hatte ihren Sohn angerufen und sich von ihm berichten lassen, wie sein Vormittag in der Schule verlaufen war, dann seine begeisterte Schilderung des bei seinem Freund dargebotenen Mittagessens gehört. »Currywurst mit Ketchup, Majonäse und Pommes. Drei große Currywürste für jeden«, hatte er betont, den unterschwelligen Vorwurf »Warum gibt es zu Hause immer nur eine einzige?« zwischen den Zeilen versteckend.

»Und heute Mittag?«

»Badminton-Training, ehrlich.«

Sie hatte sich von ihm verabschiedet, dann das Haus der Ermordeten in der Waiblinger Altstadt aufgesucht.

Der Berg an Papieren und Kuverts auf dem Glastisch in Meike Kleemanns Wohnzimmer bestand aus persönlichen Briefen, ausgedruckten Mails, Zeitungsartikeln der verschiedensten Inhalte, unzähligen Schriften zu Atomenergie, Klimaerwärmung und *Stuttgart 21* sowie einigen Fotos.

»Wo habt ihr das entdeckt?«

Rauleder wies auf die Schubladen der hellen Schrankwand. »Das Meiste stammt aus diesen Fächern. Links die persönlichen Sachen, rechts der andere Kram. Vielleicht kannst du was damit anfangen. Vor allem mit den Fotos, Briefen und Mails vielleicht.«

»Was ist mit ihren anderen Medien: Computer, Laptop, Sticks, CD-Roms?«

»Wir sind dabei. Du erhältst eine Übersicht über alles, was wir finden.«

Neundorf nickte, erkundigte sich nach dem Handy der Frau.

»Nein, wir haben es noch nicht gefunden, obwohl wir die Wohnung grob durch sind. Anpeilen können wir es auch nicht, entweder es ist ausgeschaltet oder …«

»… der Täter hat es absichtlich zerstört«, ergänzte sie.

»Genau. In der Praxis liegt es ebenfalls nicht, wir haben dort angerufen. Und was ihre letzten Gespräche betrifft, die Liste ist angefordert, vor einer Stunde etwa.« Er warf einen kurzen Blick auf seine Uhr. »Dummerweise ist heute Freitag. Ob das noch reicht, keine Ahnung. Du weißt ja, wie die arbeiten.«

Neundorf bedankte sich, arbeitete sich stichprobenartig durch den Papierberg. Die ausgedruckten Mails hatten fast ausnahmslos beabsichtigte Aktivitäten und Kommentare zu Demonstrationen und Veranstaltungen gegen Atomkraftwerke und den unterirdischen Bahnhof zum Inhalt, mehrere Briefe dagegen waren persönlicher Natur. Zwei Namen tauchten immer wieder auf: Günther Ohlinger aus Freinsheim und Dr. Claudia Ohlrogge aus Aschaffenburg. Es schien sich um einen ehemaligen Patienten und eine Studienkollegin zu handeln, wenn sie die Inhalte der Briefe richtig analysierte. Dr. Claudia Ohlrogge. Irgendwo hatte Neundorf den Namen schon einmal gehört.

Sie schob die handschriftlichen Seiten an den Rand des Tisches, wandte sich den in unzähligen Kuverts verstauten Fotos zu. Meike Kleemann, sie glaubte sie jedenfalls zu erkennen, im Kreis verschiedener etwa gleichaltriger Frauen und Männer, dazu Aufnahmen aus früheren Jahren: Die Ermordete, jetzt deutlich jünger, in und vor irgendwie gleichförmigen, mehrstöckigen Gebäuden, dem Anschein nach einem großen Krankenhaus. Plötzlich hatte Neundorf eine Art Traueranzeige in der Hand.

IHRE HOCHWOHLGEBOREN DR. MEIKE KLEEMANN GIBT SICH DIE EHRE, THOMAS SALIER AUF DEN MÜLL ZU WERFEN.

Dazu eine Adresse in Schwieberdingen samt Mobilnummer, alles in Großbuchstaben. Das klang nicht gerade besonders freundlich.

Sie erinnerte sich an die Aussage Dr. Welsers, bei dem Mann handele es sich um den ehemaligen Partner Meike Kleemanns, von dem sie sich nicht gerade im Frieden getrennt habe, nahm ihr Telefon zur Hand, gab die aufgeführte Nummer ein. Sie musste nicht lange warten; es knisterte und knackte, dann hatte sie die abgehackt klingende Stimme eines Mannes am Ohr.

»Herr Salier?«, erkundigte sie sich.

»Ja, hallo«, gab er zur Antwort, »genau. Und mit wem habe ich das Vergnügen?« Er schien gut gelaunt, war den Hintergrundgeräuschen nach zu urteilen gerade unterwegs.

»Katrin Neundorf, ich würde gerne mit Ihnen reden.«

»Oh, das klingt gut. Ich fahre nämlich gerade von der Arbeit weg und habe den ganzen Abend frei. Worüber wollen wir uns denn unterhalten?«

»Über Frauen im Allgemeinen«, feixte Neundorf, den saloppen Umgangston ihres Gesprächspartners annehmend, »und eine ganz konkret.«

»Eine? Wer soll das sein? Sie?«

»Meike Kleemann.«

»Oh, verdammter Mist! Wer sind Sie? Von der Polizei, ja?«

»Wie kommen Sie darauf?«

»Wie komme ich darauf? Ja, wie? Das Bild im Internet natürlich. Ist sie das?«

»Wer?«

»Na, diese Tote da in … Was weiß ich, wo.«

»Sie haben sie erkannt?«

Der Mann gab keine Antwort.

»Herr Salier, haben Sie Meike Kleemann auf dem Bild erkannt?«

Neundorf hörte nur noch das Besetztzeichen. Er hatte die Verbindung einfach abgebrochen.

18. Kapitel

Karl Neuber war nach eigener Aussage vor nicht einmal zwei Stunden zu Hause eingetroffen, als Braig an der Tür läutete. Er hatte Neubers Ehefrau gebeten, ihn sofort über die Ankunft ihres Mannes zu informieren, war keine dreißig Minuten nach dem Anruf gemeinsam mit seiner Kollegin Stefanie Riedinger nach Oberweihingen aufgebrochen. Das Haus des Mannes thronte einem kleinen Palast ähnlich auf der Spitze einer Anhöhe über dem Neckar, bot schon von seinem Vorgarten aus einen prächtigen Ausblick über das dicht besiedelte Tal beidseits des Flusses wie den unweit dahinter in die Höhe ragenden Steilanstieg der Alb. Kräftig grüner, auf den Millimeter genau geschnittener Rasen rahmte es auf drei Seiten ein, von einer niedrigen Steinmauer begrenzt. Zwei dunkle Daimler-Limousinen der S- und E-Klasse waren vor der offenen Doppelgarage geparkt.

»Landeskriminalamt?«, wunderte sich Neuber über das Erscheinen der beiden Kommissare, »meine Frau hat mich über Ihren Anruf informiert, trotzdem ... Aber kommen Sie doch erstmal ins Haus und nehmen Sie Platz, meine Damen und Herren. Dürfen wir Ihnen etwas aufwarten?« Er wies auf die Thermoskanne und die Wasserflaschen auf einem schmalen Tisch an der Seitenwand des großen Raumes, in den er sie geführt hatte. Bevor Riedinger ablehnen konnte, reichte er ihr schon eine der bereitstehenden Tassen samt Unterteller, schenkte ihr dann Kaffee ein. »Zucker, Milch?«, fragte er, wandte sich dann nach ihrem Kopfschütteln Braig zu, der ebenfalls zu einem Kaffee griff.

»Es macht uns keine Arbeit«, erklärte der Gastgeber in jovialem Ton, »meine Frau weiß genau, wie sehr ich auf das dunkle Gebräu angewiesen bin. Sie bereitet sofort eine ganze Kanne vor, sobald ich nach Hause gekommen bin.«

»Sie waren beruflich unterwegs?«, fragte Braig. Er wartete wie seine Kollegin, bis der Mann an dem großen Tisch in der Mitte des Zimmers Platz genommen hatte, setzte sich dann ebenfalls.

Neuber ging bereitwillig auf die Frage seines Besuchers ein. »Zwei Tage Brüssel, ja. Gespräche mit Referatsleitern und führenden Politikern«, erklärte er mit weit ausholender Geste.

»In Ihrer Funktion als Abgeordneter des Landtags.«

»Sie meinen, ein Austausch unter Kollegen?« Der Mann ließ ein joviales Lachen hören. »Nein, das weniger. Es ging um die Interessen unserer Firma. Lobby-Arbeit als Spediteur, sozusagen. Die Steuern müssen runter. Wir arbeiten Tag und Nacht und kommen trotzdem kaum noch auf einen grünen Zweig. Die Abgaben für unsere Lastwagen sind viel zu hoch. Wir können sie uns kaum noch leisten. Bald lassen wir keinen von ihnen mehr auf die Straße. Das lohnt sich wirklich nicht mehr.«

»Ah ja«, warf Riedinger ein, »deshalb sind die Autobahnen alle so leer.«

Braig musste an sich halten, nicht laut loszulachen, bemerkte Neubers verdutzten Gesichtsausdruck.

Der Mann sah sich mitten aus seinem melodramatischen Gejammer gerissen, hatte Schwierigkeiten, in die Banalität einer konventionellen Unterhaltung zurückzufinden. »Wie soll ich das verstehen?«, fragte er.

»Dass wir uns darüber im Klaren sind, welche verantwortungsvolle Arbeit Sie leisten«, erklärte Braig. »Ich hoffe, Sie hatten Erfolg.« Er warf Neuber einen freundlichen Blick zu, merkte, wie sich der Mann aus seiner Irritation löste.

»Nun ja, das hoffe ich auch«, bestätigte der Unternehmer. »So ganz ist man sich da ja nie sicher.« Er fand wieder zu seiner gewohnten Contenance zurück, nahm einen genießerischen Schluck von seinem Kaffee. »Dabei frage ich mich jeden Tag aufs Neue, warum wir nicht deutlicher zum Ausdruck bringen, wie es in dieser Gesellschaft ohne die Arbeit von uns Spediteuren aussähe: Nichts ginge mehr, buchstäblich gar nichts. Dass jederzeit alle Ihre Wünsche erfüllt werden, haben Sie uns zu verdanken, ganz allein uns. Ohne uns keine Versorgung mit Nahrung, Getränken, Haushaltsutensilien. Ach, was sage ich, keine Kultur, kein Fortschritt, nichts. Wir müssen viel lauter werden, das deutlich zu machen. Wir sind viel zu bescheiden.«

Braig schaute zur Seite, sah Riedingers genervten Blick. Sie hatte offensichtlich Schwierigkeiten, das Geschwätz des Mannes zu ertragen.

Neuber dagegen schien nichts davon zu bemerken. Lag es an der Anwesenheit der bildhübschen, jungen Kommissarin, dass er zu solch theatralischen Worten griff, oder war das einfach seine gewohnte Art? Er hatte es unüberhörbar nötig, den erfolgreichen Mann von Welt zu spielen, eine fast schon pathologische Schwäche, die Braigs Erfahrung nach bei Männern *im besten Alter*, wie man die Vierzig plus oft umschrieb, besorgniserregend um sich griff.

Der typische Vertreter eines Politschwaflers, der sich gern produziert und unbedingt im Mittelpunkt stehen muss, hätte ihm Ann-Katrin wahrscheinlich erklärt, eine der Charakterisierungen des von ihr leidenschaftlich studierten Enneagramms zitierend. Er hört sich gern reden, kommt sich selbst wer weiß wie bedeutend vor und glaubt den Nonsens, den er von sich gibt, auch noch selbst.

Neundorfs Urteil wäre dagegen, so vermutete er jedenfalls, noch kürzer und prägnanter ausgefallen: Das typische Arschloch, hätte sie wohl geäußert, wie es sie in dieser Altersstufe und diesem Geschlecht leider allzu viele gab.

Aber tat er dem Mann damit nicht unrecht? Neuber sah ohne jeden Zweifel sehr gut aus: Leicht gelockte, dunkle Haare bis über die Ohren; nicht ganz korrekt gescheitelt; ein schmales, leicht verkniffen lächelndes, von einem männlich markanten Kinn geprägtes Gesicht. Breitschultrig, groß, sicher über 1,80 Meter, mit weißem Hemd und englisch kariertem Jackett bekleidet, erweckte er den Eindruck eines interessanten, alles in allem seriösen Mannes von Welt. Er sah, wie Neuber seine Tasse absetzte und sich fragend seiner Kollegin zuwandte.

»Aber Sie sind ja nicht gekommen, um sich über die Arbeit eines erfolgreichen Unternehmers zu informieren, nehme ich mal an.«

Braig hatte Mühe, sein süffisantes Lächeln zu ertragen, beschloss, die Gesprächsführung zu übernehmen. »Nein, da haben Sie vollkommen recht«, bestätigte er. »Uns interessiert vielmehr Ihre Beziehung zu Rolf Grobe und Gerald Robel.« Er sah, wie sein Gegenüber mit dem Kopf nickte, fügte hinzu: »Ich nehme an, Sie kennen beide.«

»Herrn Grobe und Herrn Robel? Natürlich kenne ich die Herren. Und es hat mich in der Tat schwer getroffen, als mich meine Frau gestern Abend über den Tod Herrn Grobes informierte. Es ist wirklich unbegreiflich, wozu böse Menschen imstande sind.«

»Böse Menschen?«, fragte Riedinger. »Sie sprechen von Grobe?«

»Grobe?« Neuber schien für einen Moment die Kontrolle über sich zu verlieren. »Was soll das heißen?«, wandte er in scharfem Ton ein. »Sie scheinen da etwas zu verwechseln. Der Mann wurde Opfer eines Verbrechens.«

»Das ist richtig, ja«, versuchte Braig, ihren Gesprächspartner zu beruhigen. Er nickte dem Mann freundlich zu, nahm den Faden, den seine Kollegin ausgelegt hatte, wieder auf. »Wir sind auf der Suche nach dem Täter und fragen uns jetzt, warum. Warum wurde Herr Grobe getötet? Hat die Tat vielleicht mit einem Fehlverhalten des Mannes in der Jagdhütte Herrn Robels zu tun?«

»Ein Fehlverhalten Herrn Grobes? Worauf wollen Sie hinaus?«

Braig musterte sein Gegenüber, überlegte, ob der Mann wirklich so ahnungslos war, wie er tat. »Markus Ruppich wurde nach jenem Abend in der Jagdhütte zu drei Jahren Gefängnis verurteilt. Ich nehme an, Sie wissen, weshalb.«

»Mein Gott, und deswegen belästigen Sie jetzt mich?« Neubers Miene hatte ihren souveränen Ausdruck verloren.

»Belästigen?«, warf Riedinger ein. »Empfinden Sie unseren Besuch als Belästigung?«

Ihr Gegenüber fand blitzschnell wieder zu seiner freundlichen Haltung zurück. »Nein, natürlich nicht, Sie müssen entschuldigen.« Neuber stand von seinem Platz auf, warf einen Blick in ihre Tassen, bot an, nachzuschenken. »Die letzten Nächte«, sagte er dann, nachdem beide abgelehnt hatten, »sie waren etwas kurz.« Er versuchte, seine kurze Unstimmigkeit wiedergutzumachen, fügte hinzu: »Oder darf ich Ihnen etwas anderes anbieten?«

»Vielen Dank«, antwortete Braig. »Wir sind hier, weil wir uns um Ihre Sicherheit sorgen.«

»Um meine Sicherheit?« Der Mann verharrte auf der Stelle, starrte den Kommissar mit ungläubigen Augen an. »Wieso sollte meine Sicherheit bedroht sein?«

Braig wartete, bis Neuber sich wieder etwas beruhigt und Platz genommen hatte. »Gerald Robel wurde gestern Abend ermordet.«

»Robel? Ich dachte, Grobe. Dann hat meine Frau das verwechselt.«

»Ihre Frau hat nichts verwechselt. Beide wurden getötet. Grobe und Robel.«

»Wie bitte?« Neuber schnappte lauthals nach Luft. »Beide …«

»Wir fahnden nach Markus Ruppich«, erklärte Braig. »Der Mann wurde vor wenigen Wochen aus dem Gefängnis entlassen.«

»Mein Gott, Sie glauben doch nicht allen Ernstes …«

»Doch«, gab Riedinger zur Antwort, »genau das.«

»Verstehen Sie jetzt, weshalb wir hier sind?«, fragte Braig. »Ihr gemeinsamer Abend in der Jagdhütte. Ruppich wurde wegen der versuchten Vergewaltigung verurteilt. Aber kaum war er im Gefängnis …«

»Ja, ich weiß, worauf Sie hinaus wollen. Er hat Grobe und Robel beschimpft und ihnen Rache angedroht.«

»Nur Grobe und Robel? Wenn ich die Gerichtsakten richtig gelesen habe, waren Sie an diesem Abend ebenfalls dabei.«

Neuber winkte mit seiner rechten Hand ab. »Langsam. Sie verwechseln da zwei verschiedene Tatbestände. Wir trafen uns an diesem Abend damals in Robels Jagdhütte. Die drei hatten ein Projekt vorbereitet und wollten, dass ich mich bei meinen Parteifreunden dafür verwende. Ich bin im Gemeinderat hier in Oberweihingen, müssen Sie wissen, Fraktionsvorsitzender, und wir haben die absolute Mehrheit. Es ging um den Bau einer Umgehungsstraße. Grobe hatte die meisten dazu notwendigen Grundstücke angekauft, Robel deren Vorfinanzierung organisiert und Ruppich wollte bauen. Wir hatten das Ganze zwei Jahre vorher schon in die Wege geleitet, es ging nur noch um das endgültige Plazet, den Gemeinderatsbeschluss. Die Konditionen dafür sollten an diesem Abend endgültig definiert werden.«

»Und?«, fragte Braig. »Was geschah?«

»Wir wurden uns einig«, erklärte Neuber. »Rundum. Das Geld, die Aufträge, die Termine. Alles hatte erwartungsgemäß geklappt. Bis dann, im Anschluss, wir feierten unsere Abmachungen, Ruppich außer Kontrolle geriet.«

»Was genau ist passiert?«, insistierte der Kommissar.

Sein Gegenüber schüttelte den Kopf. »Das kann ich nicht sagen. Ich war nicht dabei.«

»Wie – Sie waren nicht dabei? Haben Sie sich plötzlich in Luft aufgelöst, oder wie?«

»Das können Sie doch aus den Gerichtsakten genau ersehen. In der Zeit, als das mit dem Mädchen passierte, war ich nicht in der Hütte.«

»Wo waren Sie dann?«

»Ich wiederhole es noch einmal: Schauen Sie in die Akten! Ich war draußen im Wald.«

»Draußen im Wald? Das war doch mitten in der Nacht! Was wollten Sie da im Wald?«

»Auch wenn ich keine Lust habe, das alles zu wiederholen: Ich liebe es, in der Nacht zu jagen. Das tue ich öfter, wann immer es die Zeit erlaubt. Auch in dieser Nacht.« Neubers Miene wirkte angespannt. Er war es offensichtlich nicht gewohnt, so hart angegangen zu werden. »Mit einem Nachtsichtgewehr«, fügte er hörbar gereizt hinzu.

Braig musterte sein Gegenüber, glaubte ihm kein Wort. Natürlich hatte er es in den Gerichtsakten gelesen, genau die Darstellung, die Neuber auch jetzt zum Besten gab. Den ganzen Abend war er in der Hütte anwesend, aber genau in dem Moment, als es zu der Gewalttat kam, wollte er sie verlassen haben. Weil er im Wald unterwegs war, mitten in der Nacht, zum Jagen. Gab es eine dümmere Ausrede?

Braig war vollkommen klar, was den Mann bewegte, dem Gericht diese absurde Version aufzutischen: Weil er um seine Karriere als Politiker fürchtete. Wie hätte er es der Öffentlichkeit auch erklären sollen, dass sich Ruppich vor lauter Begeisterung über die schmierigen Geschäfte, die er mit ihm in der Hütte abgeschlossen hatte, zu der brutalen Gewalttat an dem Mädchen hatte hinreißen lassen?

Nein, das wäre sein politisches Aus, wenn er das zugeben müsste. Deshalb hatte er zu dem absurden Märchen von seiner nächtlichen Jagd gefunden, um sich von jedem Verdacht zu befreien. Gerichte ließen sich täuschen, mit hochdotierten, halbseidenen Rechtsanwälten allemal. In Wirklichkeit war Neuber genauso in der Hütte anwesend wie die beiden Ermordeten, auch in dem Moment, als es passierte. Frage war nur, inwieweit er sich bei dem Verbrechen beteiligt hatte. Waren sie vielleicht zu viert – von übermäßigem Alkoholgenuss völlig enthemmt – über die junge Frau hergefallen?

»Wissen Sie, wenn Sie nachts im Wald unterwegs sind, allein nur mit sich und der Waffe in der Hand, das ist ein unbegreifliches Gefühl.« Neuber starrte mit glasigen Augen an ihm vorbei zu einem imaginären Punkt an der Wand. »Der pure Wahnsinn, sage ich Ihnen, wie ein Leben in einer neuen Existenz. Das ist ein Feeling – wie neu geboren.«

Braig gab keine Antwort, bemerkte die starre Körperhaltung seiner Kollegin. Riedinger fiel es offensichtlich immer schwerer, das Geschwätz des Mannes zu ertragen.

»Allein im Wald, mitten im Unterholz. Es ist dunkel, was sage ich, schwarz, absolut rabenschwarz. Sie können nicht einmal die Umrisse der Zweige unmittelbar vor ihrem Gesicht erkennen, so sehr sie sich auch bemühen. Aber die Welt um sie herum ist nicht tot – im Gegenteil. Überall Geräusche, am Boden, in den Bäumen, der Luft, vor, hinter und neben ihnen. Ein Knistern, Rascheln, Zirpen und Knacken – hunderttausend verschiedene Insekten, Würmer, Raupen, Schlangen und Vögel, aber all das zählt nicht, hat keinen Reiz, denn es geht ja nur darum, den Feind aufzuspüren, ihn ins Visier zu nehmen und zu erledigen, irgendwann nach stundenlangem Warten, mitten in der Nacht. Und wenn es dann endlich soweit ist … Völlige Dunkelheit, nur das Gewehr in der Hand, den Finger am Abzug und dann, für den Augenblick einer Sekunde den

Feind im Nachtsichtgerät vor Augen – das sind die Momente, für die sich das Leben lohnt. In denen Sie all die unerfreulichen Stunden vergessen, den Ärger, den Frust, die Wut des Alltags. Wenn ich dann abdrücke und der Rehbock vor mir zusammenbricht, erlegt mit einem einzigen Schuss, das ist wie ein«, er verstummte, deutete eine kurze Verbeugung in die Richtung Riedingers an, wandte sich dann Braig zu, »wäre Ihre junge Kollegin nicht anwesend, würde ich unter uns Männern sagen, wie ein gewaltiger Orgasmus, ein nicht enden wollender Wahnsinn, verstehen Sie?« Er schien vollends aus seinem tranceähnlichen Zustand zu erwachen, verfiel wieder in sein joviales Lachen.

Braig musste an sich halten, die Schilderungen Neubers zu ertragen, tröstete sich damit, dass es Riedinger offensichtlich nicht besser ging. Sie rutschte unruhig auf ihrem Stuhl hin und her, verdrehte den Kopf in alle Richtungen, nippte an ihrer leeren Tasse, schwenkte sie vor sich durch die Luft.

Und diesen Kotzbrocken sollen wir Tag und Nacht bewachen, mehreren Beamten abverlangen, auf ihr vertrautes Familienleben zu verzichten, überlegte er, nur damit Ruppich den nicht erwischt? Meine Herren, was ist das für eine Welt!

Er nahm all seine Kraft zusammen, versuchte, sich auf ihr eigentliches Anliegen zu konzentrieren. »Sie behaupten also, während der Gewalttat an der jungen Frau nicht in der Hütte anwesend gewesen zu sein«, betonte er.

Neuber ließ keinen Zweifel an seiner Version. »Wenn Sie in die Gerichtsakten schauen, sehen Sie die Aussagen von Grobe, Robel und Ruppich: Alle drei haben bestätigt, dass ich zur Zeit des Vorfalls in der Tat nicht anwesend war.«

»Grobe und Robel haben vor Gericht auch behauptet, Ruppich allein habe der jungen Frau Gewalt angetan und sie hätten ihn dabei überrascht und überwältigt.«

»Zweifeln Sie die Gerichtsakten etwa an?«, fragte Neuber. Er warf Braig einen stechenden Blick zu. Wagst du kleiner Bulle es wirklich, die während des Prozesses ermittelten Fakten infrage zu stellen?

»Grobe und Robel wurden ermordet. Wir nehmen an, dass Ruppich der Täter ist«, gab Braig zu bedenken.

»Dann verhaften Sie ihn doch endlich.« Der spöttische Unterton in der Stimme des Mannes war nicht zu überhören.

»Warum hat er das getan? Was hat Ruppich gegen Grobe, Robel und Sie?«

»Gegen mich? Überhaupt nichts. Der hat mich nie bedroht. Sein Gelaber im Gefängnis richtete sich immer nur gegen Grobe und Robel. Was er gegen die hat oder hatte, weiß ich nicht. Aber mir droht keine Gefahr. Was immer in der Hütte an jenem Abend lief, ich war nicht dabei. Das sage ich Ihnen hier noch einmal genauso deutlich wie vor Gericht.«

»Sie waren an der versuchten Vergewaltigung des Mädchens nicht beteiligt?«, fragte Riedinger.

Für mehrere Sekunden herrschte absolute Stille. Nur das Dröhnen eines Automotors war irgendwo in der Ferne zu vernehmen.

»Was wollen Sie damit andeuten?« Neuber richtete seinen Blick zur Seite, fixierte die Kommissarin mit starren Augen.

»Andeuten? Überhaupt nichts«, mischte sich Braig wieder ins Gespräch. »Aber wir fragen uns, weshalb Ruppich Grobe und Robel ermordet, wenn er angeblich der einzige Täter war. Und wieso wir Sie unter Polizeischutz stellen müssen, wenn Sie mit der Sache überhaupt nichts zu tun haben.«

Ihr Gegenüber ging in die Luft wie ein unverhofft eruptierender Vulkan. Seine Gesichtszüge entgleisten, verkamen zur hasserfüllten Grimasse. Er sprang von seinem Stuhl auf, brüllte sich den Frust aus dem Leib. »Ich war nicht in der Hütte, als es passierte, verdammt noch mal, wie oft soll ich das noch betonen? Es ist unglaublich, was Sie mir da unterschieben wollen. Wenn Sie jetzt keine Ruhe geben, schalte ich meinen Anwalt ein. Und was Ihren Polizeischutz anbelangt – ich pfeife drauf! Ich habe mit der Sache nichts zu tun, ich weiß nicht, wer mich bedrohen soll und warum.«

Braig wartete mehrere Sekunden, bis sich der Mann wieder beruhigt hatte, ging dann auf dessen letzte Sätze ein. »Sie wünschen keinen Polizeischutz, obwohl Grobe und Robel ermordet wurden?«

Neuber zögerte mit seiner Antwort, musterte den Kommissar. »Mein Gott, warum glauben Sie mir nicht?«, schimpfte er, ließ sich dann wieder auf seinen Stuhl fallen. Das Mobiliar ächzte laut.

19. Kapitel

Thomas Salier schien tief und fest geschlafen zu haben. Mit müden Augen lehnte er an der nur einen Spaltbreit geöffneten Wohnungstür, kaum fähig zu erkennen, wer da Einlass begehrte.

»Hallo«, grüßte Neundorf, »tut mir leid, wenn ich Sie geweckt habe.«

»Wer sind Sie?«, nuschelte er vor sich hin, kniff die Augen zusammen, versuchte sie ins Visier zu nehmen.

Kurz nach ihrem Anruf hatte sie Waiblingen verlassen und war nach Schwieberdingen gefahren. Das Haus, in dem er wohnte, zu finden, war nicht einfach gewesen. Schwieberdingen lag nur wenige Kilometer von Ludwigsburg entfernt und war durch mehrere Funde aus der Steinzeit bekannt geworden. Die Fotos der sterblichen Überreste einer jungen Frau, die etwa 4000 vor Christus gelebt hatte und von den Archäologen *Mathilde* genannt wurde, waren um die halbe Welt gegangen. Man hatte ihr Skelett in einem Hockergrab auf der Gemarkung der von moderner Architektur und einem großen Gewerbe- und Industriegebiet geprägten kleinen Stadt gefunden.

Neundorf stellte ihren Wagen ab, kam gleichzeitig mit einer jungen Frau vor dem gesuchten Haus an. Sie grüßte sie, betrat hinter ihr das Treppenhaus, lief die Stufen ins erste Obergeschoss hoch. Sie läutete, musste fast eine halbe Minute auf eine Reaktion warten.

»Ja, ja, ja«, maulte eine männliche Stimme aus dem Inneren, nachdem sie die Glocke ein weiteres Mal betätigt hatte. Ein verschlafen wirkender Mann öffnete die Tür, versuchte, seine Augen auf sie zu fokussieren.

»Neundorf«, stellte sie sich vor, zugleich ihren Ausweis präsentierend. »Landeskriminalamt. Wir haben miteinander telefoniert.«

Langsam schien ihr Gegenüber zu verstehen. »Ja, Sie wollen mit mir reden.«

Sie nickte, wartete, bis er von der Tür zurücktrat und sie passieren ließ, hatte den Geruch sofort in der Nase. Schales Bier und schärfere Kaliber. Jägermeister, wie sie beim ersten Blick ins wenig gepflegte Wohnzimmer sah.

»Sie müssen entschuldigen.« Er kämpfte den Weg durch die schmale Diele vor ihr frei, indem er Schuhe, Unterhosen, Bierdosen und Fertiggerichtebehälter zur Seite kickte, warf den Wäschehaufen aus schmutzigen Hemden und stinkenden Strümpfen hinter das Sofa, um ihr einen Platz anbieten zu können. Mit den Händen das Gesicht massierend befreite er sich von den gröbsten Spuren des Schlafes. Er war vollständig bekleidet, schien in kompletter Kleidung geruht zu haben.

Männer, überlegte Neundorf, es muss Jahrzehnte her sein, dass ein weibliches Wesen diese Wohnung betreten hat. Aber sollte er nicht gerade erst umgezogen sein?

Sie ließ sich vorsichtig nieder, überprüfte mit kritischem Blick, ob das Polster unter ihr einigermaßen sauber war.

»Geht es?«, fragte er unsicher.

»Ja, ja.« Sie winkte mit der rechten Hand ab, signalisierte ihm, ebenfalls Platz zu nehmen. Hauptsache, er bot ihr nichts zu trinken oder zu essen an. So musste die Ausbreitung des EHEC-Virus begonnen haben. In einer nur von einem Mann bewohnten Müllhalde. Von wegen ägyptische Sprossen.

Sie wartete, bis er sich einen der Stühle freigeräumt hatte, versuchte, ihre Augen nicht mit dem Anblick des Tisches zu quälen, auf dem von Essensresten verklebte Töpfe und Teller sowie unzählige leere Bier- und Likörflaschen neben- und ineinander standen, hingen und lagen. Die einzigartige Geruchsmelange, die von den reichlich vorhandenen organischen Materialien ausging, konnte sie ihrer Nase freilich nicht ersparen.

»Meike Kleemann«, erklärte sie, kaum dass er auf dem wackligen Stuhl endlich Halt gefunden hatte. »Wieso haben Sie sich nicht bei uns gemeldet, als Sie ihr Foto im Internet entdeckten?«

»Moment, Moment.« Salier warf seinen Kopf zurück, riss den Mund weit auf. »Moment.«

»Ich will eine Antwort«, maulte sie.

»Das Foto«, sagte er. »Ich sah es heute Mittag. Gegen zwölf. Direkt nach dem Mittagessen.«

»Und? Warum riefen Sie nicht an?«

»Weil ich zwar merkte, dass die Frau ihr ähnlich sieht, ich aber nicht glaubte ...« Er verstummte, suchte nach Worten. »Sie ist es wirklich?« Seine Augen schienen aus ihren Höhlen treten zu wollen, als er fragend zu ihr herstarrte.

»Wieso wussten Sie vorhin sofort, dass ich von der Polizei bin, wenn Sie sie angeblich nicht erkannten?«

»Weil ich die ganze Zeit darüber nachdachte, ob sie es jetzt ist oder ... Verdammt, das Foto ging mir einfach nicht mehr aus dem Sinn. Ist das so schwer zu begreifen?«

»Wo waren Sie Mittwoch- auf Donnerstagnacht?«

»Mittwoch- auf Donnerstagnacht?« Saliers Blick strandete irgendwo an einem imaginären Punkt an der Wand. »Wo schon? Hier natürlich.« Er wies auf den Raum, in dem sie sich aufhielten.

»Allein oder mit jemand zusammen?« Die leeren Likörflaschen, überlegte sie, das waren wahrscheinlich seine Zeugen.

»Mit wem schon?«, fragte er. »Hier?«

Nein, das war niemand zuzumuten. Jedenfalls nicht unter 2.0 Promille Blutalkohol.

»Keine Zeugen?«

»Nein«, beharrte er.

»Wo arbeiten Sie und wie lange?«

»Ich bin Krankenpfleger. Im Ludwigsburger Klinikum.«

»Sie arbeiten Schicht?«

Er nickte. »Diese Woche früh.«

»Das heißt?«

»Von sechs bis 14.30 Uhr.«

»Noch mal. Wo waren Sie Mittwochnacht?«

»Wo soll ich gewesen sein? Hier, sage ich Ihnen doch. Seit Meike davon ist …«

Kein Wunder, dass die Ärztin das nicht aushielt, überlegte Neundorf, es fragte sich nur, wie er überhaupt an die kam … »Sie waren befreundet?«

Salier nickte. »Fast ein Jahr.«

»Wo haben Sie sich kennen gelernt?«

»Am Katharinenhospital, meinem damaligen Arbeitsplatz. Meike besuchte einen ihrer Patienten.«

»Wieso sind Sie nach Ludwigsburg?«

»Die Stelle ist besser dotiert.« Er bemerkte ihren misstrauischen Blick, wies auf das Chaos auf dem Tisch. »Sie trauen mir das nicht zu, was? Sie denken, der Quartalssäufer schafft das doch nicht. Glauben Sie, das war schon immer so?« Er prustete abschätzig, schüttelte den Kopf. »Ich bin etwas verwahrlost, ja, das sehen Sie ja selbst. Wohne erst seit drei Monaten hier in der Wohnung, und schon sieht es so aus. Aber Sie täuschen sich. So bin ich nicht. Jedenfalls nicht immer. Aber das mit Meike, dass sie mich einfach so sitzen lässt, das macht mir einfach zu schaffen. Ob Sie das glauben oder nicht. Einfach den einen sitzen lassen und zum Nächsten wechseln, das hätte ich ihr nie zugetraut. Ich weiß nicht, was mit ihr war.«

»Sie hat Sie sitzen lassen, weil sie einen Neuen hatte?«

»Das ging ziemlich schnell. Ich weiß nicht, woher sie ihn kennt.«

»Wie heißt der Mann?«

Salier warf seine Arme von sich, schaute fragend zu ihr her. »Woher soll ich das wissen? Sie erzählte mir kein Wort, tat immer nur so geheimnisvoll.«

»Sie haben sie mit dem Mann gesehen?«

»Wo denn? Ich weiß doch nicht einmal, wo er wohnt.«

»Aber dass sie einen neuen Freund oder Partner hatte, das wissen Sie genau?«

»Ob ich das genau weiß? Meine Herren, was soll ich da sagen? Ja, ich weiß genau, dass es einen neuen Typ gibt, schließlich hatte sie ja auf einmal keine Zeit mehr für mich, sondern schielte ständig auf ihr Handy. Sie wartete die ganze Zeit auf seine Mail, selbst in meiner Gegenwart. Und ein Geist wird es ja wohl nicht gewesen sein, der ihr die schickte, oder halten Sie das für möglich?«

20. Kapitel

Das waren linke Chaoten. Jetzt ist es endgültig gecheckt.« Auf dem Weg von Oberweihingen zurück ins Amt war Braig dem Kollegen beim Verlassen des Treppenhauses wenige Meter vor seinem Büro begegnet. Vom schnellen Anstieg noch außer Atem sah er sich dem Mann unverhofft gegenüber. Seit Jahren schon hatte er es sich vorgenommen, aktiv Sport zu treiben. Solange das nicht der Fall war, versuchte er, wenigstens die Wege zum Bahnhof oder der jeweiligen Stadtbahnhaltestelle wie auch die Treppen ins oberste Stockwerk des Amtes, wo sein Büro seit Jahren untergebracht war, zu Fuß zu bewältigen. »Was waren linke Chaoten?«, schnaufte er.

Grinsekäser betrachtete ihn mit abschätzigem Blick. »Welchen Fall bearbeite ich gerade? Holger Deimel natürlich.«

»Ach so«, sagte Braig. »Der Bundeswehrtyp, der von seinem Motorrad fast zerquetscht wurde.« Er war von den Ermittlungen gegen Markus Ruppich dermaßen in Beschlag genommen, dass er seine vorherige Untersuchung völlig aus den Augen verloren hatte. Unmittelbar nachdem sie im Hohenheimer Schlosspark auf Grobes Leiche gestoßen waren, hatte er die Sache mit dem aus Afghanistan in den Heimaturlaub zurückgekehrten Bundeswehrsoldaten an Grinsekäser weitergereicht.

»Holger Deimel erlitt bei der hinterhältigen Attacke einen komplizierten Unterschenkelhalsbruch«, berichtigte der Mann.

»Sie haben die Täter ermittelt?«

»So gut wie. Es fehlt nicht mehr viel.«

»Na, dann herzlichen Glückwunsch. Die Staatsanwälte werden sich freuen.«

Braig trat in sein Büro, hörte sein Faxgerät rattern. Die Walze, die das Papier einzog, ächzte und stöhnte dermaßen laut, dass es in den Ohren schmerzte. Seit Tagen schon wollte er es der Haustechnik melden, hatte es jedoch immer wieder vergessen.

Er lief zu dem Gerät, sah, dass es sich um die hausinterne Mitteilung über eine Fortbildungsmaßnahme handelte. Braig las die Überschrift *Professionelles Coaching für den Umgang mit Gewalttätern*, schüttelte den Kopf. Was praktizierte er eigentlich seit vielen Jahren, manchmal Tag für Tag? Was sollte er lernen und vor allem wann? Hatten sie sonst wirklich keine Probleme?

»Wirf die Scheiße in den Müll!« Felsentretters wuchtige Gestalt lehnte an seinem Türrahmen.

Er zerknüllte das Blatt, befolgte den Rat des Kollegen. Einer der hohen Herren hatte offensichtlich wieder einmal nicht gewusst, wie er seine Zeit verwenden sollte.

»Buddha«, erklärte Felsentretter. »Ein Kumpel unseres Killers. Du hast den Namen schon gehört?«

Braig erinnerte sich an sein Gespräch mit Marianne Heun, nickte mit dem Kopf. »Seine Schwester in Plieningen. Sie hat ihn erwähnt.«

»Und?«

»Nichts und. Sie wusste nur, dass ihr Bruder mit ihm Kontakt hatte, mehr nicht. Keine Ahnung, um wen es sich dabei handelt und wo der wohnt.«

»Das trifft sich ja gut. Ich habe mir nämlich drei von den Knastbrüdern unseres Killers zur Brust genommen. Gespräche unter Männern, sozusagen, den ganzen Morgen. Zwei von den Wichsern waren sich absolut einig: Buddha. Wenn das Schwein irgendwo untergetaucht ist, dann bei ihm. Die trafen im Bau aufeinander, saßen über ein Jahr Loch an Loch, bis dieser Buddha freikam. Soll irgendeiner Tussi zu nahe gekommen sein, was immer das heißen mag. Ich konnte es noch nicht abklären. Sogar als Buddha draußen war, riss die Verbindung zwischen den beiden nicht ab. Der soll seinen Ex-Knast-Kumpel ein oder zwei Mal besucht haben, ich hatte keine Zeit, das genau zu überprüfen. Auf jeden Fall: Zwei der Wichser sind sich absolut sicher, dass Ruppich bei Buddha hockt. Und einer der Wärter meinte das ebenfalls. Die waren ganz dick miteinander, behauptete der, best friends, was weiß ich. Der Typ hatte sogar ein Foto Buddhas in seiner Sammlung. Kein Wunder, dass die den Kerl so nennen. Genau wie du ihn dir vorstellst.« Felsentretter kramte in seiner Jackentasche, zog ein kleinformatiges Foto daraus hervor, reichte es Braig. »Ich bestehe nur aus Knochen gegen das Aas, was?«

Das Bild zeigte einen freundlich in die Kamera lächelnden Mann, der seinem Spitznamen in der Tat alle Ehre machte. Dicke, runde Backen, ein Oberkörper, der an allen Ecken und Enden aus seinem Sweatshirt quoll, Oberschenkel, deren jeder dem Umfang zweier kräftiger Männerbeine gleich kam. Allzu groß schien der Mann nicht geraten, nahm man den Stuhl, auf dem er thronte, als Vergleichsmaßstab, kam er kaum über 1,70 Meter hinaus.

»Sieht nicht gerade aus wie der Helfershelfer eines Killers, was?«

»Nein«, bekannte Braig, »aber wem siehst du seine kriminelle Einstellung schon an?«

Felsentretter zuckte mit der Schulter. »Wie einfach wäre unser Job.«

»Was ist mit seinem Namen? Du hast ihn ermittelt?«

»Patrick Stein.«

»Dieser Buddha soll Patrick Stein heißen?«

Felsentretter deutete auf das Foto, signalisierte seinem Kollegen mit einer Handbewegung, auf die Rückseite zu schauen.

Patrick Stein stand dort in sehr gut lesbarer Handschrift.

»Hervorragende Arbeit, Herr Kollege«, bekannte Braig. »Alle Achtung. Seine Schwester wusste nur den Spitznamen. Dann sind wir endlich einen Schritt weiter.« Er lief zur Tür, klopfte Felsentretter anerkennend auf die Schulter. »Bleibt nur noch, diesen Patrick Stein zu finden. Wo er sich im Moment aufhält, meine ich.«

»Verdammte Kacke, das ist es«, knurrte die schwergewichtige Gestalt.

»Du hast es bereits versucht? Vergeblich?«

Felsentretter schüttelte den Kopf. »Natürlich habe ich sofort danach gefragt. ›Der kommt irgendwo aus dem Norden‹, wussten beide Wichser, ›der war nur ein paar Jahre hier, wegen einer Tussi, und das ging prompt schief.‹«

»Aus dem Norden?«

»Lübeck.«

»Lübeck? Das weißt du genau? Die Stadt liegt noch hinter Hamburg. Das sind mehrere hundert Kilometer von hier.«

»Allerdings weiß ich das genau. Der Wärter hatte sogar seine Adresse. Hier, extra für dich, alles komplett.« Er zog sein Handy aus der Tasche, gab einen kurzen Befehl ein, reichte es Braig.

Die Anschrift leuchtete ihm auf dem Display entgegen. *Patrick Stein, Lübeck, Engelsgrube, Bäckergang (privat); Fegefeuer (Arbeitsplatz).* »Engelsgrube und Fegefeuer«, murmelte Braig.

»Klingt lustig, ja. Aber der Typ scheint voll integriert. Behauptete jedenfalls der Wärter. Buddha arbeitet in seinem alten Job, meinte er. Irgendwas mit Krankenhaus oder Ärzten, genauer brachte er es nicht auf die Reihe. Und die Wichser laberten was von Pfleger, Krankenpfleger oder Altenpfleger, den Alten die Scheiße vom Arsch wischen und so.«

»Und bei dem soll Ruppich sich verstecken? 700 oder 800 oder was weiß ich wie viele Kilometer von uns entfernt?«

»Verdammte Kacke, wieso denn nicht? Das ist doch der ideale Rückzugsort. Der Schweinehund schlachtet hier die Typen ab und verzieht sich dann ans andere Ende der Republik. Uns geht der Arsch auf Grundeis, weil wir in unserer Umgebung keine einzige Spur von ihm finden, und der lebt dort derweil völlig unbehelligt in Saus und Braus. So lange, bis wir vor lauter Frust jede Hoffnung aufgegeben haben, ihn doch noch zu erwischen. Und irgendwann taucht der hier wieder auf und knallt den Nächsten ab.« Er donnerte mit seiner Faust gegen die Tür, dass sie zurücksprang und an die Wand knallte. »Meine Fresse, Lübeck. Ich sehe doch, wie du reagierst. Das ist das ideale Versteck. Wer denkt an so was, das andere Ende der Republik? Das ist einfach clever und läuft dem voll rein. Und wir sind die Idioten!«

21. Kapitel

Den Entschluss, Markus Ruppichs Versteck in Lübeck gemeinsam mit den Kollegen vor Ort ausfindig zu machen und den Mann dann persönlich festzunehmen, hatte Braig am frühen Freitagabend gefasst. Er war kurz nach 18 Uhr nach Hause gekommen, hatte Ann-Katrin gemeinsam mit seiner Mutter im Wohnzimmer angetroffen. Die beiden Frauen waren damit beschäftigt gewesen, den Tisch herzurichten. Braig hatte Teller und Besteck für fünf Personen gezählt, sich über den Aufwand gewundert, mit dem sie die Tafel ähnlich wie am Vorabend geschmückt hatten. Blumen und bunte Servietten säumten das Geschirr, Kerzen und winzige Gewürzkissen wechselten einander in der Mitte des Tisches ab.

»Was ist hier los?«, hatte er, Ann-Katrin mit einem Kuss begrüßend, geäußert. »Wir haben doch erst gestern Abend wie die Könige diniert.«

»Dr. Genkinger«, hatte seine Mutter geantwortet. »Er hat es gestern so genossen. Und bevor ich morgen nach Hamburg fahre, dachte ich ...« Zustimmung und Lob erheischend hatte sie zu ihm aufgeblickt.

Ihm war klar, wie sie diesen Tag verbracht hatte, er kannte sie zur Genüge. Ohne jede Ruhepause war sie wahrscheinlich schon seit dem Morgen damit beschäftigt gewesen, ein pompöses, mehrgängiges Essen vorzubereiten und dabei keinerlei Mühe zu scheuen. »Das ist eine sehr gute Idee«, hatte er deshalb geantwortet, die Rüge, die ihm auf der Zunge lag, unterdrückend. »Da wird sich unser Vermieter sehr freuen.«

»Nur euer Vermieter?«

»Nein, natürlich wir alle. Vielen Dank.«

Mit zufriedenem Lächeln war sie in die Küche verschwunden.

»Und was ist mit Ann-Sophie? Sie schläft?«

Seine Partnerin hatte genickt, ihm von der Begeisterung seiner Tochter erzählt, mit der sie den Morgen im Cannstatter Mineralbad verbracht hatte.

»Ihr habt fest geplanscht?«

»Und wie! Deine Tochter wurde zum Schrecken aller älteren Badegäste. Dass die nicht die Polizei gerufen haben …«

Er hatte gelacht, dann von seinen Ermittlungen erzählt.

»Du nimmst an, dass sich der Kerl in Lübeck versteckt?«

»Nach der engen Verbindung, die er mit diesem Buddha pflegen soll, ja.«

»Eine wahnsinnig schöne Stadt«, hatte sie erklärt, »eine der schönsten, die ich kenne.«

»Du warst schon dort?«

»Vier oder fünf Mal. Immer, wenn wir den Sommer in Travemünde verbracht haben. Badeferien an der Ostsee mit Theresa und meinen Eltern. So viele stimmungsvolle Straßen und Gassen an einem Ort gibt es nirgendwo sonst. Du willst die Sache persönlich übernehmen?«

»Morgen ist Samstag und meine Mutter fährt sowieso nach Hamburg …«

Ann-Katrin hatte seine Überlegung sofort verstanden. »Das ist das schönste Geschenk für sie. Du begleitest sie, okay?«

»Dann bist du aber eine Nacht allein. Ich glaube nicht, dass ich noch am selben Tag zurückkomme. Je nachdem, wie der Zugriff auf diesen Ruppich gelingt …«

»Ach, das ist kein Problem. Dr. Genkinger tröstet mich bestimmt sehr gerne.«

Er hatte Ann-Katrin scherzhaft in den Arm gezwickt, später die Kollegen in Lübeck über den Sachverhalt informiert und den nächsten Nachmittag als gemeinsamen Treffpunkt vereinbart. »14.40 Uhr. Lübeck Hauptbahnhof.«

Den größten Teil der Fahrt hatten sie, wie es seine Mutter liebte, im Speisewagen verbracht. Ein kräftiges Frühstück mit zwei Tassen Kaffee, Marmelade, Käse, einem gekochten Ei, Brötchen und Baguette, anschließend ein Orangensaft und ein Wasser in Ruhe genossen, und der Zug hatte Kassel-Wilhelmshöhe erreicht. Natürlich war die Fahrt nicht glatt verlaufen, zuerst eine Langsamfahrstelle südlich von Hannover, dann die Umleitung auf die Strecke Richtung Bremen bis Verden an der Aller und dort ein außerplanmäßiger Halt, weil die folgenden 20 Kilometer bis Rotenburg an der Wümme nur eingleisig ausgebaut waren und zwei entgegenkommende Güterzüge immense Verspätung aufwiesen.

»Die haben kein Geld für ein zweites Gleis, weil sie in Stuttgart zehn Milliarden für ihre unsinnigen Tunnel verbuddeln«, hatte seine Mutter kommentiert.

Braig hatte sich der unzähligen Bahnfahrten seiner Jugend und der darauf folgenden Jahre erinnert. Wann immer er Zeit gefunden hatte, war er quer durch ganz Europa unterwegs gewesen, neue Länder, neue Städte kennen zu lernen. Vom Norden Finnlands bis nach Sizilien, vom äußersten Westen Irlands bis in die Türkei. Natürlich hatte es ab und an Verspätungen gegeben, Zugausfälle, überhitzte oder ungeheizte Wagen. All das aber in einem vertretbaren Ausmaß, in so seltener Anzahl, dass derlei unvorhergesehene Vorfälle die Ausnahme gewesen waren.

Alle reden vom Wetter. Wir nicht. Er erinnerte sich an die großen Plakate, auf denen die Bahn für sich geworben hatte. Glaubwürdig, für alle nachvollziehbar. Ob im Sommer in der größten Hitze oder im Winter bei Tiefschnee, die Züge waren immer – noch dazu pünktlich – an ihr Ziel gelangt. Hatte es tatsächlich eine Störung gegeben, war einer liegen geblieben, hatte man sofort einen Ersatzzug bereit, gleich, in welchem Winkel des Landes. Heute dagegen - Braig wagte nicht daran zu denken. Im Sommer wurden die Herren Manager von hohen Temperaturen überrascht, Klimaanlagen fielen aus, verwandelten Züge in siedende Treibhäuser. Im Herbst wunderte sich das Bahn-Management über seltsame Vorgänge wie fallendes Laub, im Winter über absurde Begebenheiten wie ab und an den Wolken entfleuchende Schneeflocken …

Eine Stunde später als erwartet hatte er sich seinem Lübecker Kollegen vorgestellt.

Klaus Grewe hatte ihn am Treppenaufgang des Bahnsteigs erwartet, die Dienstmütze in der Hand. »Keine Angst, die führe ich sonst nicht mit mir. Das war nur zum besseren Erkennen.«

Sie waren zum Hotel unmittelbar neben dem Bahnhof gegangen, hatten Braigs kleinen Rollkoffer in seinem Zimmer deponiert. Der Kollege schien im gleichen Alter wie er selbst, war groß und breitschultrig, mit einer dunklen Jacke und ausgewaschenen Jeans bekleidet.

»Ihre Mutter wurde in Hamburg abgeholt?«, hatte er ihn gefragt.

»Von einer Freundin direkt am Bahnsteig, ja. Wir haben ihr die Verspätung telefonisch durchgegeben.«

Das Wiedersehen mit Elisabeth Ungemach war kurz ausgefallen, die Begrüßung umso herzlicher. Er hatte seiner früheren Nachbarin versprochen, am nächsten Tag auf dem Rückweg bei ihr vorbeizuschauen.

»Gut, dann steht unserem Besuch bei Herrn Stein nichts mehr im Weg. Es sei denn, Sie wollen sich vorher noch etwas ausruhen?«

Braig wehrte den Vorschlag ab. »Auf keinen Fall. Mir wäre es lieber, wenn wir sofort …«

»Ist gut, ja«, stimmte Grewe ihm zu. »Unseren Beruf können wir nicht verleugnen, was?«

»Wie weit ist es zu dem Mann?«

»Zu Fuß keine zehn Minuten. Er wohnt mitten im Zentrum. Wenn Sie einverstanden sind?«

»Gerne.« Braig nickte, folgte dem Kollegen aus dem Hotel.

»Wir lassen Stein seit Ihrem Telefonat gestern Abend überwachen«, erklärte sein Begleiter. »Ich nehme an, die Kollegen haben es Ihnen vorhin bei Ihrem Anruf mitgeteilt. Von einem anderen Mann in seiner Nähe haben sie nichts bemerkt. Allerdings kann er diesen Ruppich irgendwo versteckt haben.«

»Ich hoffe, wir können ihn so in die Mangel nehmen, dass er es uns verrät.«

»Das müssen wir versuchen, ja. Immerhin sind wir einem mehrfachen Mörder hinterher. Oder?«

»Zwei Opfer bis jetzt«, bestätigte Braig. »Mindestens.«

»Da dürfen wir uns nicht zurückhalten. Auch wenn der Mann auf den ersten Blick nicht so wirkt. Stein, meine ich.«

»Sie haben ihn gesehen?«

»Vor einer Stunde, ja. Er saß vor seiner Wohnung, trank ein Bier. Gemeinsam mit Nachbarn. Er ist nicht zu übersehen.«

»Buddha?«

Grewe lachte. »Buddha, genau.«

Sie hatten eine breite Straßenkreuzung und die von überlebensgroßen, römischen Götterfiguren gesäumte Puppenbrücke überquert, passierten das berühmte Holstentor mit den benachbarten Salzspeichern und tauchten unmittelbar dahinter in die Altstadt ein. Braig glaubte sich in eine andere Zeit versetzt. Ein Gewirr schmaler, von pittoresken Hausfassaden geschmückter Pflastersteingassen tat sich vor ihm auf. Malerisch verschnörkelte Gebäude rechts und links, so weit er sehen konnte, eines schöner als das andere, in einer Vielzahl, wie er das noch nirgends erlebt hatte. Eine Szenerie wie aus dem Mittelalter.

»Mein Gott, das kann ja nicht wahr sein!« Er glaubte zu träumen, blieb mitten in einer der schmalen Gassen stehen. »Wo bin ich hier gelandet? In einem Freilichtmuseum?«

»Lübeck«, sagte Grewe, »die Mutter aller 130 Hanse-Städte. Jahrhundertelang eine der großen Metropolen der Welt. Im Zweiten Weltkrieg total zerstört, aber mustergültig wieder aufgebaut. Mir scheint, Sie sind zum ersten Mal hier.«

Braig nickte, blickte die Straße auf und ab. Rote, gelbe, weiße Fassaden, teilweise mit schiefen, auf der einen Seite ins Erdreich abgesackten Wänden, Fenster in allen Formen und Farben, verschnörkelte Erker, frisch herausgeputzte Giebel, üppig grüne Pflanzen mit prächtigen Blüten. Dazu grob-kantige Pflastersteine und alte, gusseiserne Laternen.

»Weltkulturerbe der UNESCO«, erklärte sein Begleiter. »Über 3000 Bürgerhäuser aus Gotik, Renaissance, Barock und Klassizismus allein hier auf der Insel.« Er zeigte auf die Umgebung. »Mir ging es genauso, als ich hierher kam. Vor über zwanzig Jahren.«

»Sie sind zugezogen?«

Grewe lachte. »Der Liebe wegen. Das Elternhaus meiner Frau, es steht keine fünf Minuten entfernt. Was immer Sie mir bieten mögen, mich bringt niemand mehr aus der Stadt.« Er schaute nach vorn, wies auf einen Passanten, der gemütlich die Gasse entlangschlenderte. »Mein Kollege. Wir sind da.«

Braig löste sich vom Anblick der Umgebung, hatte Mühe, in die Realität der Ermittlung zurückzufinden. »Stein wohnt hier?«

»Im Bäckergang. Er zweigt dort vorne ab.«

Sie folgten der Gasse, tauschten sich mit dem Kollegen, einem jungen, in legerer Zivilkleidung am Gassenrand auf sie wartenden Beamten aus.

»Moin, Moin«, grüßte der Mann. »Alles in Ordnung. Weder Stein noch eine diesem Ruppich ähnliche Person kamen vorbei.« Er wies auf die Zeitung in seiner Hand, blätterte sie auf, zeigte Braig das sorgsam eingeklebte Fahndungsfoto Markus Ruppichs. »Es sei denn, er sieht inzwischen vollkommen anders aus. Dann …«

»Ich hoffe nicht«, erwiderte Braig. »Herzlichen Dank für Ihre Mühe.«

»Da nich' für.« Der Beamte winkte mit der Rechten ab, wandte sich an seinen Kollegen. »Stein sitzt immer noch draußen. Mit irgendwelchen Nachbarn. Wenn ihr ihn in die Mangel nehmen wollt …«

»Die andere Seite ist ebenfalls gesichert?«

»Gerald Steen«, antwortete der Mann. »Und Frauke Carstens ist auch noch dabei.«

»Sehr gut. Dann wollen wir mal.«

»Viel Glück.«

Grewe folgte der Gasse ein paar Meter, bog dann in einen nicht einmal mannshohen Durchgang ab, der in eines der Häuser eingelassen war. Braig glaubte zuerst, es handle sich um einen Nebeneingang, der in den Hof oder in den Garten des Anwesens führte, beugte den Kopf nach unten, um nicht an die Decke zu stoßen, und tauchte ins Dämmerlicht der etwa einen Meter schmalen Passage ab. Nach wenigen Metern hatte er sie, Grewe folgend durchquert, richtete sich wieder auf. Er glaubte, nicht richtig zu sehen. Ein lauschiges Areal voller Anmut, wie er es noch nie im Zentrum einer Großstadt erlebt hatte, lag vor ihm. Im Vordergrund pittoreske, von Sprossenfenstern, Backsteinmauern, spitzwinkligen Giebeln und kleinen Erkern gezeichnete Häuser, von zierlichen Bäumchen, Sträuchern und unzähligen, aus Blumenkübeln mit den üppigsten, herbstlichen Blüten die Fassaden hochrankenden Pflanzen gesäumt. Katzen rekelten sich in den letzten Strahlen der Sonne, Kinder sprangen hin und her, Erwachsene und Jugendliche saßen in Gespräche vertieft oder Bücher lesend vor den Eingangstüren. Braig glaubte sich in die miniaturisierte Welt einer großen Modelleisenbahn versetzt.

Er folgte seinem Kollegen den gepflasterten Gang entlang, nickte den Leuten, die sie passierten, freundlich zu. Nach 30 Metern etwa weitete sich der Weg zu einem kleinen Platz. Büsche und Bäume mit herbstlich bunt gefärbten Blättern bildeten ein lauschiges Dach. Ein Sandkasten voll spielender Kinder, von einer Hüpfburg und einer Rutschbahn flankiert, dazu zwei Bänke mit laut lachenden, aus Flaschen und Gläsern Bier und Saft trinkenden Erwachsenen. Die unförmige, dicke Gestalt in der Mitte fiel Braig sofort ins Auge. Bekleidet mit einem gelben T-Shirt und einer kurzen, blauen Hose, die die feisten Arme und Schenkel ungehindert zur Schau stellten, thronte der Mann mitten zwischen zwei jungen Frauen. Der Kontrast hätte kaum krasser ausfallen können. Links und rechts die beiden spindeldürren Wesen, in der Mitte die buddha-ähnliche Person. Buddha. Woher sonst sollte der Spitzname rühren?

Braig drehte sich zur Seite, sah den Blick seines Begleiters auf den dicken Mann gerichtet, hörte dessen leises: »Da haben wir ihn.« Fast im gleichen Moment tauchten die Kollegen kaum merklich nickend am anderen Ende des Platzes ins Bild.

»So, dann wollen wir mal«, erklärte Grewe. Er vergewisserte sich über Funk, dass jeder Zutritt des Gangs gesichert war, lief vollends zu der Menschengruppe auf den beiden Bänken.

Braig folgte ihm, hörte, wie er die Leute begrüßte.

»Moin, Moin. Schön warm heute hier draußen, was?«

»Schön warm?«, kicherte eine der jungen Frauen. »Wer bist du denn, du schön Warmer?«

Lautes Gelächter. Braig sah, wie sich ein Gesicht nach dem anderen mit breitem Grinsen überzog. Die Leute schienen in ausgelassener Stimmung.

»Ich suche Kontakt«, erklärte Grewe. »Die warme Luft, versteht ihr …«

»Oh, er sucht Kontakt«, kicherte die junge Frau. »Die warme Luft und die Hormone, was?« Sie konnte nicht an sich halten, bog laut lachend ihren Oberkörper nach vorne.

Der Kriminalbeamte stimmte ihr kopfnickend zu. »So kannst du das sagen, ja. Mein Kontaktwunsch richtet sich heute allerdings auf Herrn Stein.«

Braig sah, wie der Dicke überrascht aufschaute.

Die beiden Frauen kreischten vor Vergnügen. »Auf Herrn Stein, so so. So einer bist du also.« Die eine tippte Grewe mit ihrem Zeigefinger auf die Brust, schüttelte sich vor Lachen. »Buddha, die Hormone treiben ihn zu dir, hast du gehört?«

Stein fühlte sich offensichtlich nicht mehr ganz so wohl wie vorher. Den Blick starr auf Grewe gerichtet rutschte er zwischen den beiden jungen Frauen hin und her, soweit der Platz es zuließ.

»Buddha, was ist, willst du deinen neuen Lover nicht begrüßen?«, juxte die Frau. »Mit einem zünftigen Küsschen vielleicht?«

Grewe blieb ruhig, gab Stein mit einer Geste hin zu den Häusern zu verstehen, dass er ihn alleine sprechen wollte. Es dauerte mehrere Augenblicke, bis der Mann endlich reagierte.

»Der will zu mir«, keuchte er etwas atemlos. »Wahrscheinlich wegen meiner neuen Unfallversicherung.«

»Unfallversicherung?«, kreischte die Frau. »Hast du Angst, du baust einen Unfall?«

»Tja, man weiß nie.« Stein drückte sich schwerfällig in die Höhe, wackelte von der Bank weg. »Moin, Moin, bis nachher«, verabschiedete er sich.

Das kleine Haus, in das er sie bat, war von außen genauso wie im Inneren ein besonderes Schmuckstück. Eine kräftig gelbe, nur von der Tür und einem schmalen Fenster gesäumte Fassade, darüber ein spitzgiebliger, kleiner Erker, von einer Blumengirlande mit kräftig lilafarbenen Blüten geschmückt. Die Außentür führte direkt in den großen Wohnraum, dem eine kleine Küche sowie die Garderobe angegliedert war.

»Bullerei, was?«, fragte er übergangslos, kaum, dass er die Tür hinter sich geschlossen hatte. Er wies auf ein riesengroßes, mindestens für fünf bis sechs Personen seines Leibesumfangs geeignetes Sofa, das etwa ein Drittel des ganzen Raums einnahm, ließ sich auf dessen eines Ende plumpsen. Seine Besucher taten es ihm gleich, bewunderten den filigran geschnitzten dunklen Schrank, der sich die Seitenwand entlangzog.

»Was ist der Anlass?«

Braig merkte, dass Grewe bereit war, ihm das Feld zu überlassen, stellte sich dem Mann vor. »Herr Stein, hier ist mein Ausweis. Mein Name ist Steffen Braig, ich komme vom Landeskriminalamt in Stuttgart.«

Die dicke Gestalt warf ihm einen überraschten Blick zu. »Stuttgart?« Er schien Mühe zu haben, das Wort aus sich herauszupressen. »Aber Sie kommen nicht extra wegen mir …?«

»Doch«, erklärte Braig, »nur wegen Ihnen.«

Stein schluckte, versuchte, Boden zu gewinnen. »Lübeck ist einen Besuch allemal wert.«

»Das habe ich schon bemerkt, ja. Mehr als einen Besuch.«

»Mehr als einen, das stimmt. Aber der dicke Stein?«

Braig konstatierte, dass sein Gesprächspartner über eine gesunde Selbsteinschätzung und Humor verfügte, beschloss, sofort zur Sache zu kommen. »Markus Ruppich«, erklärte er, die unförmige Gestalt vor sich keine Sekunde aus den Augen lassend, »wo ist er?«

»Ruppich«, wiederholte sein Gegenüber keuchend, »Markus Ruppich?« Sein Gesichtsausdruck hatte sich dermaßen verändert, dass er kaum noch zu erkennen war. Die Stirn, die Wangen, selbst die Partie zwischen Mund und Kinn in Falten gelegt, ähnelte er einem gewaltigen, breiten Fragezeichen. Der Mann hatte mit allem gerechnet, nur nicht mit Fragen nach Ruppich, das war nicht zu übersehen.

»Sie wissen, von wem ich spreche?«

Die Antwort kam ohne jedes Zögern. »Markus und ich sind gute Freunde. Sehr gute Freunde«, erklärte er. »Wir kennen uns aus dem Bau. Aber das wissen Sie ja, als Bullerei.« Er benutzte den Ausdruck im sachlichen Ton, ließ nicht einmal im Ansatz den Gedanken aufkommen, es könne sich um ein Schimpfwort handeln.

»Genau. Wir müssen mit ihm sprechen. Dringend.«

»Deshalb kommen Sie zu mir?« Die Überraschung blieb ihm ins Gesicht geschrieben.

»Seit wann hält er sich bei Ihnen auf?«

Stein riss den Mund weit auf, kämpfte um Luft. »Bei mir?« Er prustete kräftig, warf die Arme von sich. »Meine Herren, schauen Sie sich um.« Er wies auf die schmale Treppe, die am hinteren Ende des Raums ins nächste Stockwerk führte, keuchte laut. »Bitte, auf!«

Braig folgte seiner Aufforderung, querte das Zimmer, stieg die Stufen hoch. Kleine, abgetretene, knarzende Stufen. Die Treppe führte mitten in den nächsten, auf zwei Seiten von schrägen Wänden gezeichneten Raum. Ein französisches Bett, ein großer Schrank, im Eck die Nasszelle mit Waschbecken und Dusche. Mehr nicht.

»Und?«, hörte er von unten. »Haben Sie ihn?«

Braig lief mit nach vorne gebücktem Kopf zur Nasszelle, sah das spartanische Zubehör. Eine Zahnbürste, ein Rasierapparat, ein einziges Duschgel oder Shampoo. Natürlich, das konnte getürkt sein. Jederzeit mit dem Schlimmsten rechnen. Ein gewarnter Mann ist ein doppelter Mann. Er hatte die dämlichen Sprüche seines Lateinlehrers noch in petto. Sprach das hier für einen gewarnten Mann?

Braig lief quer durchs Zimmer, öffnete die beiden Schranktüren, spürte instinktiv, dass es hier nichts zu holen gab. Decken, Bettbezüge, Unterwäsche, Strümpfe, Hemden, Pullover, Hosen. Nein, so stark hatte ihn sein Gefühl, seine Einschätzung oder wie auch immer man diesen besonderen Sinn bezeichnen mochte, der den Erfolg der Arbeit eines Kriminalbeamten oft entscheidend beeinflusste, noch nie getrogen, als dass er nicht langsam begriff, dass Ruppich in diesem Haus nicht zu finden war. Nicht heute – aber auch nicht vor ein paar Tagen?

Er schloss den Schrank, überflog den Raum mit einem letzten Blick, folgte der Treppe nach unten.

»Und? Was erzählt Markus?« Stein schien ihn kritisch zu mustern. Kein Grinsen, keine Genugtuung im Gesicht, nur die fragende Mimik war verschwunden.

»Wann haben Sie ihn zuletzt gesehen?«

Der dicke Mann überlegte. »Im Mai«, sagte er. »Ich bin extra runtergefahren und habe ihn besucht.«

»Im Gefängnis.«

Stein nickte schwerfällig.

»Vor fünf Wochen kam er frei«, sagte Braig.

»Ich weiß. Wir haben miteinander telefoniert. Ich habe ihn eingeladen, ihm angeboten, die Fahrkarte zu schicken, damit er sie nicht zahlen muss. Komm nach Lübeck, habe ich ihm gesagt, ich suche einen Job für dich.«

»Wann ist er gefahren?«

»Bis jetzt überhaupt nicht. Wir wollten wieder telefonieren. Über seine Schwester in Stuttgart. Ein Vorort. Dort wollte er eine Zeit bleiben. Aber jedes Mal, wenn ich anrufe, ist er nicht da.«

»Sie haben ihn nicht irgendwo versteckt?«

Stein rümpfte die Nase. »Versteckt? Warum soll ich Markus verstecken? Er ist aus dem Bau, oder? Legal, meine ich, ganz korrekt. Warum soll ich ihn verstecken?«

Braig hatte fast jeden Zweifel daran aufgegeben, dass der Mann die Wahrheit sagte. Alles an ihm wirkte echt, authentisch, Vertrauen erweckend. Oder ließ er sich von der äußeren, so gemütlich wirkenden Fassade täuschen? Buddha, der Friedfertige? Er musterte ihn sekundenlang, glaubte es nicht. »Ruppich kam vor wenigen Wochen aus dem Bau. Danach hat er zwei Menschen getötet.«

Stein warf ihm einen misstrauischen Blick zu. »Markus?« Er schüttelte den Kopf. »Nein.«

»Rolf Grobe und Gerald Robel. Sie haben die Namen schon gehört?«

Braig sah genau, wie sein Gegenüber erbleichte. »Grobe und Robel?«, fragte Stein mit gedämpfter Stimme.

Der Kommissar nickte.

»Und die beiden wurden …«

»Genau wie Ruppich es im Gefängnis angekündigt hatte. Einer nach dem anderen.«

»Die Schweine haben es verdient. Die sind schuld, dass Markus in den Bau musste. Die haben sein Leben zerstört.«

»Das war er selbst«, widersprach Braig. »Er wollte dem Mädchen in der Hütte Gewalt antun.«

Steins Gesicht lief rot an. Er schnappte nach Luft, dann platzte es aus ihm heraus. »Aber doch nur, weil die beiden Schweine ihn dazu angestiftet haben«, keuchte er erbost. »Was glaubst du, wie oft wir im Bau darüber geredet haben. Das war keine Lüge, er hat es mir genau erzählt, weil er ein total schlechtes Gewissen deswegen hat. Hundert Mal, tausend Mal. Die füllten ihn mit Alkohol ab, weil sie genau wussten, dass er nur wenig verträgt, und dann laberten sie ihn voll. Das sei eine Nutte, erklärten sie ihm den ganzen Abend, die bekomme ihr Geld nur, wenn sie die entsprechende Dienstleistung erbringt. Und dann, als sie ihn endlich soweit hatten, filmten sie alles durch den Türspalt. Die hatten darauf gewartet, um ihn aufzunehmen und sich später daran zu ergötzen. Die hielten ihre Handys in den Spalt und nahmen alles auf. Markus wollte es nicht. Er wusste nicht, dass das Mädchen keine Nutte war«. Stein verstummte, schnappte nach Luft. »Grobe und Robel wurden gekillt? Die haben es verdient, diese widerlichen Schweine. Aber dass Markus sich dazu hat hinreißen lassen? Vielleicht hätte ich runterfahren sollen und ihn sofort in Empfang nehmen und zu mir holen, als er aus dem Bau kam. Dann wäre es nicht soweit gekommen. Ich hätte hier einen Job für ihn gefunden, ganz bestimmt.«

22. Kapitel

Linksradikale überfallen Afghanistan-Soldaten in der Heimat. Die zentrale Überschrift in fast allen Zeitungen war nicht zu übersehen, als Braig am Montagmorgen im Amt eintraf. Er blieb kurz stehen, griff sich eines der Blätter, erkannte die beiden Männer auf dem großen Foto, noch bevor er den Text unter dem Bild gelesen hatte. *Die erfolgreichen Ermittler Staatsanwalt Söderhofer und Kriminalkommissar Grinsekäser bei der Bekanntgabe ihrer Ergebnisse.*

Das ging aber schnell, überlegte er, die Ausführungen des Journalisten überfliegend. Der Anschlag auf den von seinem Afghanistan-Einsatz zurückgekehrten Holger Deimel sei von langer Hand vorbereitet und als Resultat ausgeklügelter Strategien durchgeführt worden. Die großartige Friedensmission der Bundeswehr sollte ganz bewusst dort getroffen werden, wo niemand damit rechnete. In der Heimat, wohin sich der junge Mann nach unzähligen hochgefährlichen Auseinandersetzungen und hinterhältigen Attacken zum Zweck der Erholung für wenige Wochen zurückgezogen hatte. Ein primitiver Sabotageakt ganz in der Manier der afghanischen Taliban hatte ihn jetzt außer Gefecht gesetzt. Es sei ein wahres Wunder, dass er bei dem Anschlag nicht getötet, sondern nur schwer verwundet worden war. Nur irrsinnig großem Glück sei es zu verdanken, dass die schwere Maschine ihn zwar unter sich begraben, nicht aber völlig zerquetscht hatte. Dies sei aber garantiert das Ziel der feigen Attentäter gewesen. Mit großem Dank müsse man daher konstatieren, dass ihnen das nicht gelungen sei.

Braig las Abschnitt um Abschnitt, suchte vergeblich nach dem Namen des oder der Täter. Erst am Schluss wurde beiläufig erwähnt, dass die erfolgreichen Ermittler bewusst davon abgesehen hatten, die Identität der Tat-Verantwortlichen zu veröffentlichen, weil die entsprechenden Personen seit Tagen unter intensiver Beobachtung der Polizei stünden, um Belege für deren Verstrickung in weitere Straftaten zu sammeln.

Na wunderbar, dachte er, dann sammelt mal schön, damit Söderhofer ein Erfolgserlebnis zu vermelden hat. Wenn es schon nicht gelang, Markus Ruppich aufzuspüren, war der Gerechtigkeit wenigstens im Fall Holger Deimels Genüge getan.

Braig legte die Zeitung zurück, spurtete die Treppe nach oben. Beruflich gesehen war seine Tour nach Lübeck ein Misserfolg, da gab es nichts zu beschönigen. Patrick Stein hatte Ruppich weder bei sich aufgenommen noch ihm irgendwo einen Unterschlupf vermittelt, an diesem Tatbestand hatte er keinerlei Zweifel. Der Mann hatte ihm offen und ehrlich, wie er zu beurteilen glaubte, über die Ursachen seiner Haft – handgreifliche Belästigung einer jungen Frau im stark alkoholisierten Zustand – berichtet, ihm dann von seinem Kontakt zu Ruppich im Gefängnis und der Freundschaft, die sich daraus entwickelt hatte, erzählt.

»Wir sind Freunde«, hatte Stein betont, »ja, Freunde.«

»Und Sie haben wirklich keine Ahnung, wo er sich aufhält?«

»Nein, wirklich nicht. Mein Ehrenwort.« Er hatte die Hand gehoben, wie bei einem Schwur, ihm dabei in die Augen geblickt und langsam den Kopf geschüttelt, dann noch hinzugefügt: »Ja, Markus ist ganz schön verbittert, wie diese beiden Schweine ihn ins Unglück geritten haben.«

Also traute selbst Ruppichs Freund ihm die beiden Morde an Grobe und Robel zu, hatte Braig überlegt.

Erst kurz vor sieben am Abend hatten sie Steins kleines Haus verlassen, waren dann gemeinsam mit Grewes Frau, einer sympathischen, blonden Mittvierzigerin zu einem ausgiebigen Altstadt- und Kneipenbummel aufgebrochen, der Braig den einzigartigen Charme und die außergewöhnliche Schönheit Lübecks vor Augen geführt hatte. Pittoreske Bürgerhäuser, eines beeindruckender als das andere, urtümliche Pflastersteingassen in allen Winkeln der Stadt, schmale, von den Straßen wegführende Gänge mit lauschigen Winkeln mitten im Zentrum, Wasserläufe und Seen mit schon vor Einbruch der Dunkelheit an ihren Ufern um Lagerfeuer versammelte Jugendliche und Erwachsene, dazu eine unübersehbare Anzahl von Kneipen, Cafés, Bistros und Restaurants mit Tischen und Bänken auf belebten Plätzen ebenso wie am grünen Ufer der Trave – die Stadt hatte ihn beeindruckt wie keine andere.

Erst gegen elf Uhr am Sonntagmorgen hatte er das Hotel verlassen und war nach Hamburg gefahren, um seiner Mutter und Elisabeth Ungemach in Nienstedten auf dem Hochufer über der Elbe einen Besuch abzustatten. Dass die Tour in den Norden seine Ermittlungen nicht einen Schritt weitergebracht hatte, war ihm erst auf der Rückfahrt spät am Abend bewusst geworden. Markus Ruppichs Aufenthaltsort – nicht einen Millimeter hatte er sich ihm genähert. Und der Verbrecher selbst – hatte er inzwischen erneut zugeschlagen?

»Was ist mit Neuber? Wir haben ihn im Blick?«, hatte er sich aus dem Zug heraus bei den Kollegen erkundigt.

»Ich befinde mich keine zehn Meter von seiner Haustür entfernt«, hatte der Mann ihn beruhigt. »Er ist vor zwei Stunden gekommen.«

Sein Diensttelefon läutete genau in dem Moment, als er sein Büro betrat. Er eilte zum Schreibtisch, nahm den Hörer ab.

»Henfle ist verschwunden«, erklärte Weisshaar unvermittelt. »Seit Samstag.«

»Henfle?«

»Dieser Metzger.«

»Ein Metzger? Was habe ich mit dem zu tun?«

»Ruppich, Grobe, Robel. Irgendwie hängt er da mit drin. Behauptet jedenfalls seine Frau. Schau in die Mail-Ablage, dort ist es erklärt.«

Braig legte den Hörer zurück, schälte sich aus seiner Jacke. Der Tag fing gut an. Ein Metzger, der mit den beiden getöteten Männern und deren Mörder in Verbindung stand – auch er verschwunden.

Er hatte Schwierigkeiten, die Zusammenhänge zu begreifen, schaltete den Computer ein. Es dauerte eine Weile, bis er die Mail auf dem Bildschirm hatte. Er setzte sich auf den Bürostuhl, begann zu lesen.

Manfred Henfle, Metzgermeister und Besitzer mehrerer Filialen, hatte sich am Samstagmorgen in seinem Haus in Oettingen kurz nach acht Uhr von seiner Ehefrau und seinen beiden Töchtern verabschiedet, um eine lange geplante Geschäftsreise anzutreten. Er war dort aber, wie seine Ehefrau nach mehreren Telefonaten erfahren hatte, nie angekommen, zudem auch auf seinem Handy nicht zu erreichen. Es gebe überhaupt keinen Grund für dieses unerklärliche Verschwinden, keinen Ehekrach, kein Zerwürfnis, keine Geliebte, behauptete die Frau, auch sei ihr Mann ohne ein Lebenszeichen noch nie länger weggeblieben. Sie sei keine besonders ängstliche Person, habe sie eigens betont, und sie hätte normalerweise auch nicht so schnell, also etwa 48 Stunden nach dem Verschwinden des Mannes, die Polizei informiert, wenn nicht …

Der Tod Grobes und Robels und die Fahndung nach Ruppich, von denen sie aus den Nachrichten erfahren hatte, sei der Auslöser und Grund ihrer Besorgnis. *Mein Gott, läuft der jetzt Amok gegen alle, mit denen er in Geschäften verbunden war,* habe ihr Mann vor wenigen Tagen geäußert, unmittelbar nachdem er von Ruppichs Taten gehört hatte, *dann bin ich ebenfalls fällig, genau wie die.*

Frau Henfle bitte dringend um Rückruf.

Braig notierte sich die Festnetz- und Mobilnummer der Frau, überlegte, ob er in den Unterlagen über Ruppich irgendwo auf den Namen Henfle gestoßen war.

Henfle, wie war noch der Vorname?

Manfred Henfle.

So sehr er darüber nachdachte, er konnte sich nicht erinnern. Henfle? Nein.

Das Läuten des Telefons riss ihn aus seinen Gedanken.

»Weisshaar, ja, schon wieder. Ich glaube, das ist wirklich dringend. Eine Kollegin aus Esslingen ist am Apparat, du solltest sofort mit ihr sprechen.«

»Gut. Ich bin bereit.«

»Ich verbinde.«

Es knackte, dann hatte er eine weibliche Stimme in der Leitung. »Ja, hallo, hier ist Silke Baisle. POM vom Revier Esslingen. Sie sind mit den Ermittlungen im Fall Grobe beschäftigt?«

»Steffen Braig hier, genau. Sie haben Informationen?«

»Ich hoffe, Sie können etwas damit anfangen. Eine Frau Funk hat gerade angerufen. Sie wohnt im Nachbarhaus der Grobes. Es geht um den letzten Mittwochabend.«

»Mittwochabend? Das ist die Zeit, seit der sich Grobes Spuren verlieren.«

»Genau. Deshalb könnten ihre Beobachtungen vielleicht weiterhelfen.«

»Und? Worum geht es?«

»Es muss einen heftigen Streit gegeben haben. Direkt vor Grobes Haus.«

»Wann?«

»Mittwoch- auf Donnerstagnacht. Nach Mitternacht, hat die Frau extra betont.«

Braig horchte auf. »Nach Mitternacht? Was hat sie gehört?«

»Herrn und Frau Grobe, dazu eine weitere Person. Sie brüllten wie die Verrückten, behauptet Frau Funk.«

»Wie bitte?« Er sprang von seinem Stuhl, lief, den Hörer am Ohr, vor seinem Schreibtisch auf und ab. »Herr und Frau Grobe – nach Mitternacht? Aber dann …« Er brach mitten im Satz ab, überlegte. Frau Grobe hatte behauptet, ihren Mann gegen 18 Uhr zum letzten Mal gesehen und gesprochen zu haben. Wenn die Aussage dieser Nachbarin stimmte …

»Sind Sie noch in der Leitung?«

Braig fand zu dem Gespräch zurück. »Ja, natürlich, entschuldigen Sie bitte.«

»Frau Funk rief jetzt erst an, weil sie am frühen Donnerstag an den Bodensee fuhren. Sie haben dort ein Boot und blieben bis gestern Abend. Sie hat heute Morgen erst erfahren, was mit Grobe passiert ist.«

»Sie haben ihre Nummer?«

»Ja, sie erwartet Ihren Anruf. Sie sei den ganzen Morgen zu Hause zu erreichen, hat sie erklärt.«

Braig notierte sich die Nummer, bedankte sich für die Information. Er fühlte sich aufgewühlt und verworren, hatte Mühe, sich zu konzentrieren. Wenn die Nachbarin richtig gehört hatte und die Zeit wirklich stimmte …

Er konnte es kaum glauben. Mittwoch- auf Donnerstagnacht nach Mitternacht ein lauter Streit zwischen den Grobes und einer weiteren Person? Grobes Mörder, war ihm augenblicklich klar, Ruppich. Warum hatte Frau Grobe ihm das verschwiegen? Und: Wusste Söderhofer darüber Bescheid?

Er lief vom Schreibtisch zum Waschbecken, füllte seine Hände mit kaltem Wasser, klatschte es sich ins Gesicht.

Er beschloss, sofort mit der Frau zu sprechen, trocknete seine Hände, gab ihre Nummer ein.

»Lilly Funk. Mit wem spreche ich?«

»Steffen Braig vom Landeskriminalamt. Es geht um Ihren Nachbarn, Herrn Grobe.«

»Ja, das ist schrecklich. Ermordet, nicht wahr, im Park von Schloss Hohenheim.«

»Sie wohnen direkt nebeneinander?«

»Uns gehört das an Grobes Stück angrenzende Haus. Wenn Sie von der Stadt hochkommen, das Anwesen davor.«

»Was haben Sie beobachtet?«

»Streit. Schrecklichen Streit. In der Nacht von Mittwoch auf Donnerstag kurz nach Mitternacht. Wir waren schon im Bett und haben geschlafen. Wir wollten ja an den Bodensee zu unserem Boot, deswegen ärgerten wir uns umso mehr, als der Krach losging. Mein Mann wachte als Erster auf. ›Hörst du das?‹, fragte er. Wir gingen raus ans Fenster, da haben wir ihre Einfahrt und die Haustür direkt vor Augen. Und da standen sie mit einer weiteren Person und brüllten sich gegenseitig an.«

»Kurz nach Mitternacht, sind Sie sich sicher?«

»Ja, ich weiß genau, wie spät es war, weil ich auf meinen Wecker schaute. Ausgerechnet heute Nacht müssen die so ein Theater machen, wo wir in Ruhe schlafen und frühmorgens aufbrechen wollen, dachte ich noch.«

»Und es waren zweifelsfrei Frau und Herr Grobe, die da so herumschrien?«

»Ja, beide, mit einer weiteren Person.«

»Sie kennen diese dritte Person?«, fragte Braig.

»Tut mir leid, nein. Wir konnten sie nicht richtig sehen, weil Herr Grobe vor ihr stand und sie verdeckte.«

»Die ganze Zeit?«

»Na ja, jedenfalls so lange, wie wir aus dem Fenster schauten. Zwei, drei Minuten vielleicht. Dann legten wir uns wieder hin.«

»Weil inzwischen Ruhe eingekehrt war.«

»Ruhe?« Die Frau ließ ein kräftiges Lachen hören. »Sie sind gut. Das ging noch mindestens zehn Minuten so weiter. Wir waren nahe dran, uns zu beschweren.«

»Konnten Sie verstehen, um was es ging?«

»Nicht wirklich. Wir wollten die Fenster nicht öffnen, um uns nicht zu verraten. Dass wir den Streit mitbekamen, meine ich.«

»Sie hörten sie schreien, obwohl Ihre Fenster verschlossen waren?«

»Ja«, bestätigte Lilly Funk. »Verstehen Sie jetzt, wie laut die waren?«

»Und Sie haben wirklich kein Wort verstanden?«

»Na ja. Ein paar Worte schon.«

»Nämlich?«

Die Frau äußerte sich erst nach ein paar Sekunden Ruhe. »Elende Fotze, dreckige Schnalle. Reicht es oder wollen Sie noch mehr?«

»Wer rief das?«, fragte Braig überrascht. »Herr Grobe?«

»Ja, natürlich!« Lilly Funk lachte laut. »Oder glauben Sie etwa, sie?«

»Rolf Grobe also kurz nach Mitternacht.«

»Ja.«

Braigs Gehirn war von wirren Gedanken vernebelt. Irgendwie passte das nicht zusammen. »Warf Grobe diese Ausdrücke seiner Frau an den Kopf?«

»Kann sein. Oder der anderen Person. Ich weiß es nicht. Obwohl …«

»Ja?«

»Also, wenn ich ehrlich bin …« Die Frau brach mitten im Satz ab.

»Bitte, vielleicht hilft es uns weiter.«

»Mein Mann und ich, wir sind der Auffassung …«

»Ja, was meinen Sie?«

»Wir hatten den Eindruck, dass Grobe wieder einmal spät nach Hause kam. Das ist bei ihm ja oft der Fall, wenn er getrunken hat. Wahrscheinlich hat er dabei seine Frau mit ihrem Liebhaber überrascht. Vielleicht war er an dem Abend nicht betrunken genug, um den Kerl zu übersehen, und so kam es zu dem Eklat. Aber wie gesagt …«

»Bei der unbekannten Person handelte es sich um einen Mann?«

»Wir konnten das nicht erkennen. Aber mein Mann und ich, wir vermuten das.«

»Herr Grobe kam oft spät nach Hause?«, vergewisserte er sich.

»Auffallend oft, ja.«

»Und oft angetrunken?«

»Na ja, ich will ja nichts sagen, was … Ich meine, Sie sind Polizeibeamter und da …«

»Herr Grobe ist tot. Sie können ehrlich sein. Es hat keinerlei Folgen mehr für ihn.«

»Ja, also gut. Oft angetrunken, ja. Das weiß ich genau. Immerhin hat er drei Mal unser Tor geschrottet. Geschrottet, nicht nur angefahren. Das will etwas heißen. Es ist nämlich ziemlich stabil. Und er legte jedes Mal Wert darauf, die Sache unter der Hand zu regeln. Ohne Ihre Kollegen, wenn Sie verstehen. Wie oft er an unsere Mauer schrammte – ich will gar nicht erst anfangen, nachzuzählen. Wir säßen morgen noch am Apparat. Wir ließen eine zweite Lage Steine hochziehen, weil es zum Dauerzustand wurde.«

»Und Frau Grobe ging derweil fremd.«

»Fragen Sie mich nicht, ich habe keine Ahnung. Ich denke, Grobe bekam es nicht mit, weil er ständig so betrunken war.«

»Diese dritte Person. Sie glauben wirklich, dass es sich um den Liebhaber Ihrer Nachbarin handelte?«

»Na ja, warum sonst hat Grobe denn so gebrüllt, mitten in der Nacht?«

Das klang wirklich überzeugend, überlegte Braig. Grobe kam weniger angetrunken als üblich nach Hause, überraschte seine Frau in flagranti und rastete aus. Er jagte den Konkurrenten aus dem Haus, schrie sich seine Wut aus dem Leib …

Wie aber kam Ruppich ins Spiel? Hatte er das ganze Drama mitbekommen? Als stiller Beobachter, der draußen im Dunkeln auf eine Gelegenheit wartete, sich Grobe zu schnappen? Oder …

Braig spürte einen absolut verrückten Gedanken in sich aufkommen. Nein, das konnte nicht sein. Unmöglich. Oder doch?

Er fürchtete, einem Schwindel zum Opfer zu fallen, klammerte sich an seinem Schreibtisch fest.

Hatte Ruppich, kaum aus dem Gefängnis entlassen, sich heimlich Sonja Grobe genähert und sie zu verführen versucht? Alles mit dem Hintergedanken, Rache an ihrem Ehemann zu üben?

Braig wusste nicht, was er glauben sollte. Der Gedanke war zu abenteuerlich. Eine Tatsache allerdings stand fest: Grobes Frau war weit mehr in das Geschehen involviert, als sie vor ihnen, jedenfalls vor ihm, kundgetan hatte.

Blieb nur die Frage, inwieweit Söderhofer in die Sache eingeweiht war. Hatte seine frühere Geliebte ihm von Anfang an den wahren Sachverhalt anvertraut?

Braig spürte, wie es in ihm arbeitete. Natürlich hatte sie Söderhofer informiert. Wie auch sonst? Das Risiko, ihren Ex zu hintergehen, war der Frau viel zu riskant gewesen. Also hatten die beiden nach dem Mord an ihrem Mann einen Dummen gesucht, dem sie die Ermittlungen anvertrauen konnten, und waren dabei auf ihn gestoßen. Wie hatte der Staatsanwalt am Anfang noch formuliert? *Das ist doch ein optimaler Start dieser Investigation, dass ich mit Ihnen kommuniziere und nicht mit Ihrer impertinenten Kollegin, dieser unzivilisierten Person. Es handelt sich um eine brisante Angelegenheit.* So oder jedenfalls so ähnlich, er erinnerte sich noch genau daran.

Und dann das Gesäusel der Frau, mit dem sie ihn begrüßt hatte. *Sie sind dieser erfolgreiche Kommissar, von dem Teddy uns schon so oft erzählt hat?* Honig ums Maul, jetzt war ihm das vollends klar. Er hatte sich damals schon gewundert, jedoch vor lauter Verlegenheit nicht weiter darüber nachgedacht. Als ob Söderhofer jemals ein einziges lobendes Wort für ihn erübrigt hätte. Das alte Gaunerpaar hatte ihn ganz schön geleimt. Und er war voll auf die beiden hereingefallen.

23. Kapitel

Den halben Samstagnachmittag hatte Neundorf mit der Durchsicht der Briefe, Sticks und Fotos Meike Kleemanns verbracht. Eine nervtötende Angelegenheit, deren Sinn und Ziel im Ungewissen lagen. Wie in all diesem Wust von belanglosen Mitteilungen, emotionalen Freundschaftsbekundungen und ohne tiefere Hintergedanken aufbewahrten Erinnerungen Hinweise auf die Person finden, die mit dem unnatürlichen Tod der Adressatin zu tun hatte? Was musste genauer untersucht, was konnte einfach zur Seite gelegt werden? Gab es überhaupt einen einzigen Anhaltspunkt in dem ganzen Berg, der diese Arbeit lohnte?

Neundorf hatte Brief um Brief, Stick um Stick überflogen, war keinen Schritt weitergekommen. Nach zweieinhalb Stunden mühsamen Sichtens hatte sie den Computer heruntergefahren, die Papiere ad acta gelegt und sich den Fotos zugewandt. Meike Kleemann hatte bisher offensichtlich darauf verzichtet, ihre Bilder digital zu speichern, den Spurensicherern waren jedenfalls keinerlei Speichermedien diesen Inhalts in die Hände gefallen. Die Sticks und CD-Roms, die Neundorf durchgesehen hatte, hatten genauso wenig optische Materialien offenbart wie die Festplatte des Computers.

Dic Menge an ausgedruckten Fotos dagegen war umso größer. Kuverts, Alben, dazu ein erst nachträglich im Kleiderschrank entdeckter Schuhkarton. Neundorf hatte die Landschafts- von den Personenaufnahmen getrennt, sich ganz auf die zweite Kategorie konzentriert. Gruppen junger Menschen, Porträts von Frauen und Männern, Bilder von Paaren. Mehrmals hatte sie Aufnahmen von Meike Kleemann in der Hand, die sie in freundlicher, zuweilen auch intim anmutender Pose mit einem Mann oder einer Frau zeigten. Neundorf hatte nicht eine Person davon erkannt, die Fotos dennoch aussortiert, um sie am Montagmorgen Frau Dr. Welser vorlegen zu können. Die Ärztin hatte ihre Abwesenheit entschuldigt; das ganze Wochenende über war sie mit Mann und Kindern zu einem lange geplanten Familientreffen gefahren.

Umso mehr Zeit hatte sich die Frau am frühen Montagmorgen genommen. Nach zwei dringend erwünschten Hausbesuchen hatte sie Neundorf kurz vor acht Uhr in ihrer Praxis empfangen und gemeinsam mit der Kommissarin einen ganzen Berg von Fotos gesichtet, um die darauf abgelichteten Personen zu identifizieren. Das war in überraschend großem Ausmaß gelungen, wie Neundorf ihr dankend bestätigte. Bis auf einige wenige Frauen und Männer hatte sie die Rückseite der Bilder mit den Namen und dem vermuteten Wohnort der jeweiligen Person beschriftet.

»Sollte jemand dabei sein, von dem oder der Sie wissen oder vermuten, dass es Konflikte mit Frau Dr. Kleemann gab oder gibt, bitte ich Sie, dies zu vermerken. Verstehen Sie das bitte nicht als Denunziation oder üble Nachrede, sondern eher als Hilfe für unsere Ermittlungen. Wenn wir Glück haben, kommen wir dem Täter so vielleicht auf die Spur. Bitte, denken Sie darüber nach.«

Zögernd, mit unübersehbar großen Skrupeln hatte Dr. Welser Neundorfs Drängen nachgegeben. »Hier, dieser Mann: Dieter Rappold. Den hatte ich ganz vergessen. Der fiel mir jetzt erst wieder ein, weil ich sein Bild sah. Er hat Meike mehrfach bedroht.« Sie hatte auf ein Porträt eines etwa 35 Jahre alten Mannes gezeigt, der schnippisch in die Kamera lächelte.

»Weshalb?«

»Weil Meike kein Interesse an ihm hatte. ›Er kapiert es nicht‹, hat sie mehrfach erzählt, ›er will es einfach nicht begreifen.‹«

»Er wurde zudringlich?«

»Na ja, er stand abends vor der Praxis, wollte sie abholen. Und dann wurde er auch noch frech, als er merkte, dass sie definitiv kein Interesse an ihm hat.«

Neundorf hatte sich den Namen und die Anschrift des Mannes und seiner Firma notiert, war dann nach zwei vergeblichen Versuchen, ihn per Handy zu erreichen, ins Amt gefahren. So früh am Montagmorgen war der Herr anscheinend noch nicht ansprechbar.

Die Gestalt, die an der Pforte des Landeskriminalamtes auf sie wartete, kam ihr nur allzu bekannt vor. Vier Mal an diesem Wochenende hatte sie die Stimme des jeweiligen Kollegen vom Dienst in ihrem Handy gehabt, vier Mal die identische Botschaft im Ohr.

»Ein Herr Dr. Renck möchte Sie sprechen. Es sei äußerst dringend, er könne unmöglich warten. Er habe etwas Wichtiges entdeckt.«

Neundorf hatte sich nicht beeindrucken lassen. Der alte Spinner jetzt auch noch am Wochenende, danke, das musste nicht sein. Wollte er ihr neue Beweise für Hellners Homosexualität vorlegen? Um ihm jetzt noch aus dem Weg zu gehen, war es zu spät. Er hatte sie offensichtlich bereits entdeckt, als sie die Eingangshalle betreten und auf die Pforte zugelaufen war.

In einem gut geschnittenen, anthrazitgrauen Anzug, weißem Hemd und dezenter, dunkler Krawatte blickte er ihr erwartungsvoll entgegen, seinen Mantel leger über den linken Arm geworfen. »Sieh an, die Frau Hauptkommissarin persönlich.« Er deutete eine höfliche Verbeugung an, begrüßte sie mit ausgestreckter Hand.

Neundorf blieb nichts übrig, als mitzuspielen. »Sie wollen zu mir?«

Dr. Renck spitzte die Lippen. »Wenn der Prophet nicht zum Berg kommt, eilt der Berg eben zum Propheten«, frotzelte er.

Neundorf hatte keine Lust, den Mann mit in ihr Büro zu nehmen, deutete auf eine der Bänke. »Wenn wir uns einen Moment setzen?«

Er gab sich damit zufrieden, nahm neben ihr Platz. »Ich nehme an, Sie sind noch nicht am Ziel mit Ihren Ermittlungen?«, fragte er.

»Was wollen Sie mir mitteilen?« Sie sah keinen Grund, ihn in irgendwelche dienstlichen Interna einzuweihen, kam unvermittelt zur Sache.

»Ich habe jemand erkannt«, sagte Dr. Renck. »Und ich bin mir, um es von Anfang an klarzustellen, absolut sicher damit.«

So sicher wie mit den diffamierenden Äußerungen zum Sexualleben deines Nachbarn, überlegte sie. Sie reagierte nicht auf seine Worte, wartete auf Erklärungen.

Er nahm seinen Mantel, legte ihn sorgsam auf seinen Schoß, zog dann eine Zeitung aus einer Aktentasche. »Der Mann hier, er ist es.« Er schlug zwei Blätter zurück, hielt ihr ein Foto vors Gesicht.

Immobilienmakler im Hohenheimer Schlosspark ermordet aufgefunden, konnte sie lesen.

»Diesen Fall bearbeitet mein Kollege«, erklärte sie schnell. »Da müssen Sie sich an ihn wenden.« Sie war schon dabei, aufzustehen und sich von ihm zu verabschieden, als sie seine Worte hörte.

»Dieser Mann hatte mehrfach Streit mit meinem Nachbarn. So wahr ich hier sitze.«

»Wie bitte?« Neundorf ließ sich auf die Bank zurückfallen. Was war das jetzt wieder? Eine neue Variante seiner bornierten Weltsicht? »Dieser Mann?« Sie tippte mit ihrem rechten Zeigefinger auf die Zeitung. »Dieser Mann heißt Grobe und wohnt in Esslingen, nicht in Reutlingen. Lesen Sie den Text, hier steht es.«

»Was soll der Quatsch?«, maulte ihr Gesprächspartner. »Halten Sie mich für blöd? Natürlich weiß ich, dass er in Esslingen wohnte. Aber das hinderte ihn nicht daran, ein Verhältnis mit einer Frau in Reutlingen einzugehen. Mit meiner Nachbarin, um es genau zu sagen.«

»Was für eine Nachbarin?« Neundorf war von der Bank aufgesprungen, betrachtete den Mann mit ungläubiger Miene. »Was wollen Sie Hellner denn noch alles andichten? Erst erklären Sie ihn für schwul, jetzt wollen Sie seine Frau mit …«

Dr. Renck fiel ihr mitten ins Wort. »Doch nicht Hellner! Was wollen Sie denn mit dem? Ich rede von Bach, Sie haben doch selbst mit ihm gesprochen! Dieser Mann«, er riss die Zeitung hoch, deutete auf das Bild des Ermordeten, »Grobe, er war der Liebhaber oder wie auch immer Sie das formulieren wollen, von Bachs Frau. Das weiß ich zu hundert Prozent! Ohne jeden Zweifel. Was glauben Sie, wie die sich damals anbrüllten und miteinander stritten. Das ging monatelang so.«

»Die Frau Ihres Nachbarn mit diesem Mann aus Esslingen?«

»Was erkläre ich Ihnen denn die ganze Zeit? Grobe, ich habe ihn sofort erkannt. Erst als Bachs Frau spurlos verschwunden war, hatten die Streitereien ein Ende. Was heißt ein Ende? Grobe stand Abende lang vor Bachs Anwesen, Sie kennen es ja, es liegt unmittelbar neben Hellners Grund, und brüllte die Straße voll von wegen Bach habe seine eigene Frau aus lauter Eifersucht ermordet. Ermordet und auf einer seiner Baustellen einbetoniert. Anfangs hielt ich den noch für verrückt. Auf einer Baustelle einbetoniert! Hatte der zu viele Horrorfilme gesehen? Aber später, da kam es mir dann, was der damit meinte.«

»Und? Was soll der damit gemeint haben?« Neundorf betrachtete ihren Besucher mit einem abschätzigen Blick.

»Keine Woche, nachdem seine Frau spurlos verschwunden war, betonierte Bach den Bereich vor seinem Wohnzimmer.

Mitten im Winter, Anfang Februar! Angeblich als Terrasse, aber es gibt doch gar keine Tür, keinen Zugang zu diesem Bereich. Seine Frau ist spurlos verschwunden und der hat nichts anderes zu tun als ein Stück von seinem Garten zu betonieren. Finden Sie das nicht seltsam?«

»Oh je, es gibt so viele seltsame Dinge auf dieser Welt!«

»Sie sollten sich über das, was ich Ihnen hier berichte, nicht lustig machen. Oder finden Sie die seltsame Sinnesänderung Bachs nicht suspekt: Jahrelang versuchte er, Hellner dazu zu bewegen, ihre beiden Häuser abreißen und durch einen neuen, großen Komplex mit Eigentumswohnungen ersetzen zu lassen. Er tobte und schimpfte auf seinen Nachbarn, weil der sich weigerte, hetzte bei allen Anwohnern gegen den Mann – und plötzlich, als Hellner fast soweit war, einzulenken, begrub Bach von einem Tag auf den anderen seine Pläne. Von einem Tag zum anderen! Und wissen Sie, wann genau diese seltsame Sinnesänderung bei ihm eintrat?«

Neundorf zuckte mit der Schulter.

»Keine zwei Tage, nachdem seine Frau spurlos verschwunden war. Genau in dem Moment, als er den Betonsockel in seinen Garten gelegt hatte.«

»Woher wollen Sie das so genau wissen?«

»Woher? Ich wohne neben dem Mann, spreche mit ihm, fast jeden Tag. Und deswegen kann ich diesen Grobe jetzt nachträglich verstehen und ärgere mich über mich selbst.«

»Wieso?«

»Weil ich es war, der ihn zur Ruhe brachte. Der Streit zwischen den beiden war nicht mehr zu ertragen. Abend für Abend kam es zu handfesten Auseinandersetzungen, bis ich Ihre Kollegen rief und die dann Grobe Aufenthaltsverbot in unserer Straße erteilten. *Ich* rief nach Ihren Kollegen, nicht Bach! Der wusste genau, warum er sich trotz der ständigen Belästigungen die Polizei vom Hals hielt. Und als Ihre Kollegen dann endlich auftauchten und dem spurlosen Verschwinden der Frau nachgingen, oh je!«

»Wie soll ich das verstehen?«

»Man soll ja nicht schlecht über andere reden, Frau Kommissarin, aber, mit Verlaub, Ihr Kollege, der die Sache untersuchte, oh nein!« Er wedelte mit der Hand vor seinem Gesicht hin und her, schüttelte den Kopf. »Zuerst kam ja dieser Kommissar Reimer, ein kluger Mann. Aber der war krank und dann schickten sie den anderen, nein, seinen Namen habe ich zum Glück vergessen. Dass der zu keinem Ergebnis kam, wunderte niemand. Das war sozusagen vorprogrammiert. Der ging Grobes Vorwürfen erst gar nicht nach. Bachs seltsame Sinnesänderung interessierte den überhaupt nicht. Dabei ist der jetzt total stur: Ein Abriss der beiden Häuser kommt nicht infrage – auf keinen Fall. Seit den Tagen, als seine Frau spurlos verschwand. Warum nur, können Sie mir das sagen? Und wundern Sie sich nicht, dass ausgerechnet dieser Grobe, der ihm vorwarf, seine Frau ermordet zu haben, jetzt selbst getötet wurde?«

24. Kapitel

Söderhofers Anruf war genau im richtigen Moment in Braigs Büro eingegangen. Der Kommissar hatte die Nachricht von Sonja Grobes vermeintlicher Lüge noch nicht ganz verdaut, als die Sekretärin des Staatsanwalts mit dem Gesprächswunsch ihres Herrn und Meisters vorstellig geworden war.

»Ja, bitte, ich bin am Apparat«, hatte er in den Hörer geknurrt.

Im gleichen Moment hatte er die Stimme des Mannes am Ohr gehabt. Ein kalter Schauer war ihm über den Rücken gelaufen.

»Braig, wie fakturiert sich der Progress der Investigation?«

Er hatte gespürt, wie sich seine Rückenhaare aufrichteten, war nicht imstande gewesen, noch länger an sich zu halten. »Jawohl«, hatte er geantwortet, »es geht vorwärts. Ich habe eine Frau entlarvt, die uns belügt und die Ermittlung torpediert. Sie heißt Sonja Grobe. Sie dürfte Ihnen bekannt sein.«

Irgendwo in der Leitung hatte es geknackt, sonst war es totenstill geblieben. Erst nach mehreren Sekunden hatte er die bekannte Stimme wieder vernommen. »Braig, äh, was wollen Sie, äh, wie bitte?«

»Sie sind längst darüber informiert, ja?«

Söderhofer hatte Schwierigkeiten gehabt, die passenden Worte zu finden. »Braig, äh, welche Probleme …« Er war mitten im Satz verstummt.

»Sonja Grobe und ihr Liebhaber. Beide wurden von ihrem Ehemann mitten in der Nacht überrascht. Und kurz darauf war Grobe tot. Sie haben das alles gewusst, ja?«

Dem Mann hatte es endgültig die Sprache verschlagen. Nach mehreren vergeblichen Anläufen, sich den Sachverhalt durch gezielte Fragen zu erschließen, hatte er Braigs Bericht widerstandslos über sich ergehen lassen, dann nur noch mit einem resignierten: »Sie wissen wirklich, was Sie da behaupten?« reagiert.

»Ich bin gerade auf dem Weg zu der Nachbarin, die alles beobachtet hat. Wenn sie nicht bewusst lügt …«

»Ich komme mit. Warten Sie auf mich, ich hole Sie ab.«

Keine zwanzig Minuten später war der Staatsanwalt am Haupteingang des Amtes erschienen, um Braig nach Esslingen zu begleiten. Die Fahrt hatten sie fast ohne jedes Wort hinter sich gebracht. Der große, kräftige Mann war kaum mehr zu erkennen gewesen. Gezeichnet vom Schock der Mitteilung schien er hinter dem Steuerrad in seinen Sitz versunken. Ein einziges Mal hatte er versucht, einen Strohhalm der Hoffnung zu finden.

»Braig, hören Sie, es kann nicht sein, dass Sie einer Schimäre hinterherjagen?«

»Wir sprechen jetzt mit Frau Funk, dann werden Sie es selbst hören.«

Noch vom Amt aus hatte Braig zum Telefon gegriffen und beide Frauen unabhängig voneinander über sein Kommen informiert.

Das Grundstück, das die Funks bewohnten, war von einer hohen Steinmauer umgeben, hinter der dichte Hecken in die Höhe ragten. Nur von der Einfahrt aus war das Haus, ein weiß geklinkertes, zweistöckiges Gebäude, durch die dicken Metallstreben des massiven Tors hindurch zu erkennen.

Braig sah die vielfältigen Spuren von Kratzern wie die Dellen an mehreren Stellen des Tors und der linken Pfostenverlängerung, wies seinen Begleiter auf die nachträgliche Verstärkung des Mauerwerks hin. »Hier, die Folgen von Grobes nächtlichen Alkoholfahrten.«

Söderhofer starrte zur Seite, wusste offensichtlich nicht, wie er reagieren sollte.

Lilly Funk empfing sie mit betretener Miene. Sie war eine kleine, zierliche Frau um die Fünfzig, trug einen hellen Hosenanzug und eine schwarzrot gemusterte Bluse. Sie hatte wohl gerade etwas gelesen; eine auffällige, breitrandige Brille hing ihr von einer goldenen Halskette gehalten auf der Brust.

»Ich will ja nicht über meine Nachbarn herziehen«, meinte sie verlegen, nachdem Braig sich und seinen Begleiter vorgestellt und sie die beiden Besucher in einen großen, von dunklem Mobiliar geprägten Raum geführt hatte, »jetzt, wo so viel Schreckliches passiert ist.«

»Sie müssen sich nicht entschuldigen«, versuchte Braig sie zu beruhigen. »Erzählen Sie einfach noch einmal, was Sie in der Nacht von Mittwoch auf Donnerstag vergangener Woche beobachtet haben. Damit helfen Sie uns, dem Täter auf die Spur zu kommen. Und das wollen wir doch alle.«

Sie hatten auf schwarzen Ledermehrsitzern Platz genommen, die auf schlanken, silberglänzenden Metallstreben ruhten und wohl von einem angesagten Designer entworfen worden waren, lauschten den Worten der Frau. Lilly Funks Ausführungen unterschieden sich auch nach mehreren Nachfragen Braigs in keiner Weise von dem, was sie ihm am Telefon berichtet hatte. Wenige Minuten nach Mitternacht hatten Sonja und Rolf Grobe sowie eine weitere Person einen heftigen Streit miteinander ausgefochten, was über mehrere Minuten hinweg von ihren Nachbarn beobachtet worden war.

»Und Sie sind sich absolut sicher, was die Uhrzeit und das Datum betrifft?«, vergewisserte sich Braig abschließend bei ihrer Gesprächspartnerin.

Lilly Funk zeigte keinerlei Zweifel. »Fragen Sie meinen Mann. Es kann sich nur um die Nacht von Mittwoch auf Donnerstag handeln. Wir fuhren an diesem Morgen an den Bodensee und blieben vier Tage dort bis gestern Abend. Und dass es kurz nach Mitternacht war, weiß ich deshalb, weil wir am Abend extra etwas früher ins Bett gegangen waren, um am nächsten Morgen ausgeschlafen zu sein. Und wir schauten auf die Uhr, als wir von dem Theater wach wurden.«

Braig hatte die ganze Zeit über verfolgt, wie Söderhofer bei jedem Satz der Frau tiefer in seinem Sitz versunken war. Das Gesicht des Staatsanwalts verlor mehr und mehr an Farbe, mit bleichem, fast fahlem Teint hockte er schließlich auf dem kalten Leder.

Sogar Lilly Funk war die Veränderung aufgefallen. »Ist Ihnen nicht gut?«, fragte sie, Söderhofer mit besorgter Miene musternd.

Der Mann schüttelte den Kopf, kämpfte sich mühsam in die Höhe. Er überragte ihre Gastgeberin um weit mehr als einen Kopf, blickte schwer atmend zu ihr hinunter. »Danke«, sagte er nur, trottete dann mit schweren Schritten aus dem Haus.

Braig verabschiedete sich von der Frau, bat sie, falls nötig, für weitere Auskünfte zur Verfügung zu stehen, folgte dem Staatsanwalt.

Der wusste nichts von der Sache, überlegte er, den hatte das Ganze genauso überrascht wie ihn selbst. Oder ärgerte er sich nur darüber, dass die Nachbarn den Streit beobachtet hatten und er, Braig, dadurch auf die sexuellen Eskapaden seiner Ex mit Ruppich aufmerksam wurde?

Er war sich nicht sicher, passierte die Gartenmauer der Funks. Söderhofer hatte das Anwesen Grobes bereits erreicht, blieb im Abstand von mehreren Metern stehen.

»Dann werden wir uns die Dame mal vornehmen und sie fragen, weshalb sie uns so dreist angelogen hat«, erklärte Braig.

Er sah, wie der Staatsanwalt seine Rechte erhob und zu einer Antwort ansetzte, dann aber kraftlos abwinkte und außer einem: »Braig, ich bitte Sie« nichts weiter hervorbrachte.

Was sollte er auch sagen? Er konnte sich Braigs Wunsch, Sonja Grobe mit der Aussage ihrer Nachbarin zu konfrontieren, nicht verschließen, musste weitgehend hilflos mitansehen, wie die Frau reagierte.

Der Kommissar öffnete die Gartentür, lief zum Haus. Esslingens Altstadt lag ihnen zu Füßen. Er sah den kanalisierten Lauf des Neckar, dahinter die schmalen Gassen des Zentrums, die grüne Fläche der Maille um den Neckarkanal, die Festungsanlagen der Burg. Als er sich der Klingel zuwandte, wurde die Tür geöffnet. Sonja Grobe trat in gewohnt perfekter Aufmachung aus dem Haus, reichte ihm die Hand.

»Ah, der Herr Kommissar.« Sie trug einen dunkelblauen Pullover und ähnlich dunkle Jeans, war dezent geschminkt. Nichts in ihrer Aufmachung und ihrem Verhalten deutete darauf hin, dass sie vor wenigen Tagen auf solch brutale Weise zur Witwe geworden war.

Braig grüßte, wartete, bis sie dem Staatsanwalt die Hand geschüttelt und ihn kurz an sich gedrückt hatte, folgte ihr dann ins Wohnzimmer, wo sie am vergangenen Donnerstag schon einmal Platz genommen hatten.

»Was darf ich anbieten? Kaffee, Wasser, Tee?«

Das Ritual ähnelte dem der letzten Woche in verblüffender Weise.

Braig wehrte erneut ab. »Frau Grobe, vielen Dank, aber ich möchte schnell zur Sache kommen. Wir haben da nämlich ein Problem.«

»Aber du, Teddy, willst doch sicherlich eine Kleinigkeit?«

»Danke, Sonja, lass gut sein.«

Sie schien sich über den Verzicht ihres Freundes zu wundern, betrachtete ihn mit großen Augen.

Braig verspürte keine Lust auf ein unnötiges Geplänkel, beschloss, direkt zum Thema zu kommen. »Wir stehen bei unseren Ermittlungen vor der Frage, wann genau Ihr Mann verschwunden ist«, sagte er deshalb. »Um wie viel Uhr etwa haben Sie ihn am Mittwoch zuletzt gesehen?«

»Um wie viel Uhr? Aber das habe ich Ihnen doch schon erzählt«, antwortete die Frau. Sie setzte sich, wandte sich dem Kommissar zu.

»Wann war das genau?«

Sie musste nicht lange überlegen. »Gegen 18 Uhr. Er hatte anschließend noch das Geschäftsessen in dieser guten Wirtschaft …«

»Ja, das haben wir überprüft«, sagte Braig, Sonja Grobe aufmerksam musternd. »Am Mittwoch um 18 Uhr haben Sie Ihren Mann also zum letzten Mal gesehen, das ist richtig?«

»Gegen 18 Uhr, kurz vorher oder später, ja. Auf die Minute genau kann ich Ihnen das nicht sagen. Warum wollen Sie das so genau wissen?«

»Weil ich Ihnen persönlich in die Augen schauen will, wenn Sie mich anlügen«, antwortete er.

Sonja Grobe erbleichte auf der Stelle. Verwirrt wandte sie den Blick von ihm ab, starrte zu Söderhofer. Das laute Stöhnen des Mannes war nicht zu überhören gewesen.

»Braig, bitte.«

»Teddy, was soll das?«, fragte sie.

»Teddy kann Ihnen jetzt auch nicht helfen«, beharrte Braig. »Sie lügen, Frau Grobe. Sie haben Ihren Mann nicht um 18 Uhr zum letzten Mal gesehen, sondern mehrere Stunden später. Kurz nach Mitternacht, als Sie sich hier vor Ihrem Haus lauthals miteinander stritten. Im Beisein einer weiteren Person. Und dieser Streit führte zum Tod Ihres Mannes. Er war nicht ganz so betrunken, wie Sie es gewohnt waren, deshalb bekam er genau mit, mit wem Sie den Abend verbracht hatten, und machte Ihnen und der dritten Person eine gewaltige Szene. Gehen wir recht in der Annahme, dass Ihr Mann Sie und Ihren späten Besucher überraschte?«

Sein Gegenüber brachte keinen Ton mehr hervor. Die Frau war vor Schreck zu einer leblosen Statue erstarrt, den Kopf zu Boden gesenkt.

»Sonja, bitte, sag die Wahrheit.« Söderhofers Stimme krächzte erbärmlich.

Irgendwo entfernt war das Läuten einer Glocke zu hören. Braig schob seine Ärmel hoch, sah, dass es elf Uhr war. »Gehen wir also von der Tatsache aus, dass Ihr Mann Sie und Ihren späten Besucher überraschte«, fuhr er dann fort, als er merkte, dass sie nicht reagierte, »jetzt stellt sich für uns die nächste Frage, nämlich wie Ruppich ins Spiel kommt. Stand der Typ draußen im Dunkeln und sah zu, was bei Ihnen vor der Tür ablief oder ... Wer war Ihr Besucher, Frau Grobe?«

Langsam nur, allzu langsam schob die Frau ihren Kopf wieder hoch.

»Sonja, ich weiß, es klingt verrückt, aber bitte verzeih mir«, Söderhofer hatte Mühe, Worte zu finden, »war es ... Markus Ruppich?«

Ihre Gesprächspartnerin schien zu keiner Antwort fähig.

»Sonja«, drängte der Staatsanwalt, »war es Ruppich? Sag es, Sonja.«

Ein kaum merkliches Nicken, dann hörten sie die leise Stimme der Frau. »Ja. Und dann hat er ihn getötet, und ich bin daran schuld.«

Söderhofer wedelte energisch mit der Hand durch die Luft. »Quatsch, das ist doch nicht deine Schuld. Der plante das von Anfang an. Aber du musst die Wahrheit sagen, Sonja. Wie sollen wir den Verbrecher erwischen, wenn wir keine ehrlichen Antworten erhalten?«

»Tut mir leid«, schluchzte die Frau. »Aber nach diesem schrecklichen Streit mitten in der Nacht ... Und dann kam Rolf nicht mehr zurück, und ich hatte solche Angst ...«

25. Kapitel

So sehr Neundorf sich von Renck und seiner Weltsicht genervt fühlte, seine neueste Information einfach achtlos übergehen wollte sie dennoch nicht. Er glaubte, den im Hohenheimer Schlosspark aufgefundenen ermordeten Immobilienmakler Grobe als ehemaligen Liebhaber der seit Jahren untergetauchten oder spurlos verschwundenen Frau Bach identifiziert zu haben, der den Nachbarn in Reutlingen mit seinen Behauptungen, Bach habe seine Frau aus Eifersucht getötet, auf die Nerven gegangen war. Neundorf war sich darüber im Klaren, dass sie zumindest ihren Kollegen Braig, der im Fall Grobe ermittelte, über Rencks Aussage informieren musste. Vielleicht ergaben sich für ihn dadurch neue Erkenntnisse, was den Täter anbelangte.

Was ihr Interesse zusätzlich geweckt hatte, war das Schicksal der angeblich spurlos verschwundenen Frau. Was hatte es damit auf sich? Waren die Ermittlungen dazu etwa schon eingestellt worden? Gab es das heute wirklich noch: Menschen mitten in unserer Gesellschaft, die einfach so verschwanden?

Aus purer Neugier gab sie Bachs Namen in den Computer ein, zog die BKA-Datei zu Rate. Es gab mehrere mit dem Gesetz in Konflikt geratene Personen, die sich so schrieben. Zwei allein in Leipzig, einer in München, einer in Chemnitz und dann eine Jana Bach in Reutlingen.

Neundorf klickte den Namen an, hatte eine attraktiv aussehende Frau auf dem Monitor. Blondgelockte Haare, ein schmales, von tiefblauen Augen geprägtes Gesicht, selbst über das Bildschirm-Porträt pure Lebensfreude ausstrahlend. Zum Zeitpunkt des bis heute ungeklärten Verschwindens 40 Jahre alt, beruflich als Mode-Verkäuferin tätig, in erster Ehe mit Jörg Kehlinger in Weinstadt verheiratet, vor zehn Jahren geschieden, dann, fünf Jahre später, Heirat mit Wolfgang Bach in Reutlingen.

Jana Bach wurde am 2. Februar 2009 um 19 Uhr an ihrer Arbeitsstelle, einem Bekleidungshaus in Metzingen, zum letzten Mal gesehen. Zu diesem Zeitpunkt hatte sie den Laden wie üblich kurz nach Geschäftsschluss verlassen.

Aussage ihrer Kollegin Melina Wehle, die sich als gute Freundin Jana Bachs bezeichnete: Jana sei an diesem Nachmittag nicht bei der Sache gewesen, zudem sehr nervös. Sie habe seit Wochen schlimme Auseinandersetzungen mit ihrem Mann gehabt, unter anderem, weil der hinter ihr Verhältnis mit einem ihm bekannten Makler aus Esslingen gekommen sei. Der Name des Mannes war Frau Wehle nicht bekannt. Sie war sich aber aus mehreren Gesprächen mit Jana Bach sicher, dass diese ihren Mann seit Monaten mit ihrer Esslinger Liaison betrog, weil sie die ständigen Alkoholexzesse ihres Ehemannes nicht mehr ertrug. Jana Bach habe vorgehabt, die Scheidung einzureichen.

Wolfgang Bach meldete seine Frau am 3. Februar morgens gegen zehn Uhr als vermisst, nachdem sie am Vorabend nicht nach Hause gekommen war und sich eine Angestellte des Bekleidungshauses am Morgen gegen neun Uhr telefonisch über ihren Verbleib erkundigt hatte. Bach selbst war am Vortag erst gegen 23 Uhr von einem gemeinsamen Abend mit Freunden, zu dem er direkt von seiner Firma aus gefahren war, nach Hause gekommen. Er hatte nach eigener Aussage viel getrunken, die Abwesenheit seiner Frau daher erst am Morgen bemerkt. Zum letzten Mal gesehen hatte er sie am Morgen des Vortags, als sie kurz vor acht Uhr das Haus verlassen hatte, um zum Bahnhof zu gehen. Er selbst war kurz danach zu seiner Firma gefahren, die er nur zweier Baustellenbesuche wegen kurz verlassen hatte.

Alle Nachforschungen, was Jana Bach nach dem Verlassen ihrer Arbeitsstelle unternommen haben konnte, waren erfolglos. Auch die Befragung ihres angeblichen Geliebten, den Wolfgang Bach als den Immobilienmakler Rolf Grobe aus Esslingen identifizierte, brachte die Ermittlungen nicht weiter. Grobe legte Wert auf die Feststellung, ein langjähriger Freund Jana Bachs zu sein, sie über ihren ersten Ehemann Jörg Kehlinger kennen gelernt, niemals aber ein Verhältnis sexueller Natur mit ihr unterhalten zu haben. Er betonte ausdrücklich, glücklich verheiratet zu sein. Am Abend ihres Verschwindens wie in der Nacht darauf hielt Grobe sich mit seiner Frau nachweislich in Rom auf.

Die Aussage Frau Wehles, Jana Bach habe vorgehabt, die Scheidung einzureichen, wurde von Wolfgang Bach dahingehend korrigiert, seine Frau habe geplant, Ende Februar zu einem Selbstfindungstrip in die Dominikanische Republik reisen zu wollen. Diese Trennung für zehn Tage hätten sie bereits kurz nach Weihnachten vereinbart, um der aufkommenden Langeweile ihrer Ehe zu begegnen. Er nehme an, seine Frau habe dort jemanden kennen gelernt und ein neues Leben begonnen. Kurzfristige Entschlüsse dieser Art entsprächen ihrem Naturell, was sowohl von ihrem ehemaligen Mann als auch von Frau Wehle bestätigt wurde. Jana Bach lebe sehr gerne und intensiv, erklärten beide, und wenn es dazu eine Gelegenheit außerhalb der gewohnten Konventionen gegeben habe, wäre Jana die Erste gewesen, die diese genutzt hätte – ohne Rücksicht auf die Auffassung anderer Menschen.

Neundorf hatte die Ausführungen fast bis zu deren Ende gelesen, als das Telefon läutete. Sie wollte gerade nach dem Hörer greifen, als ihr Blick auf die letzte Zeile des Textes fiel.

Reutlingen, August 2009. Die Ermittlungen wurden verantwortlich geführt von Reimer und Grinsekäser.

Oh nein, dachte sie, dann war es ja kein Wunder, dass keine Ergebnisse vorlagen, wenn diese Null … Sie nahm ab, hatte Weisshaar in der Leitung. »Kommissar auf Probe«, maulte sie, »ohne das richtige Parteibuch hätte diese Null die Probe doch nie bestanden.«

»Wie bitte?«

»Ach nichts. Weniger als das. Nur eine Null. Was gibt es?«

»Dieser Rappold, Dieter, der Frau Kleemann angeblich so nachgestellt und sie bedroht haben soll …«

»Ja. Ich habe den Namen vorhin durchgegeben, weil ich den Mann telefonisch nicht erreichen kann.«

»Jetzt ist klar, wieso. Er liegt im Robert-Bosch-Krankenhaus. Seit letzten Dienstag.«

Neundorf verstand sofort, was das bedeutete. Dr. Welser hatte den Mann heute Morgen auf einem Foto erkannt und ihr seinen Namen genannt, weil sie sich an sein zudringliches Verhalten erinnert hatte. »Seit letzten Dienstag?«, vergewisserte sie sich. »Das wurde überprüft?«

»Laut Stationsleitung hat er das Krankenhaus seit Dienstag nicht verlassen.«

»Dann kommt er für das Verbrechen an Meike Kleemann nicht infrage. Vielen Dank.«

»Noch etwas«, erklärte Weisshaar. »Die Liste mit den Telefonverbindungen Frau Kleemanns ist da. Mit einer freundlichen Entschuldigung der Telefongesellschaft von wegen Wochenende und keine Mitarbeiter im Haus und so. Ich maile sie rüber.«

»Das ist gut. Dann kann ich die sofort überprüfen.«

Neundorf legte den Hörer zurück, druckte den BKA-Bericht über Jana Bach aus. Spurlos verschwunden. Aber doch wohl nur, weil diese Null an den Ermittlungen beteiligt gewesen war. Als ob heute noch jemand einfach so spurlos verschwinden konnte.

Der Signalton, der das Eintreffen der Mail ankündigte, riss sie aus ihren Gedanken. Sie legte die Papiere über die Frau aus Reutlingen zur Seite, konzentrierte sich auf die Liste mit den letzten Telefonaten, die Meike Kleemann vor ihrem Tod noch mit ihrem Handy geführt hatte. Der gesamte Monitor war von Ziffern und Zahlenreihen bedeckt. Sie druckte die letzten vier Tage aus, legte die Blätter auf ihren Schreibtisch.

Datum, Uhrzeit, Länge des Gesprächs, Nummer des angewählten Teilnehmers. Sie musterte die unterste Zeile, sah, dass die Verbindung am Mittwoch um 19.54 Uhr aufgebaut worden war. Die letzte telefonische Unterhaltung ihres Lebens?

Neundorf wandte sich der Tastatur des Computers zu, loggte sich in die Datei des Telefonverzeichnisses ein. Drei, vier Mausklicks, dann konnte sie die Ziffern eingeben. Sie tippte Zahl auf Zahl, wartete auf den Namen des von Meike Kleemann zuletzt angerufenen Teilnehmers. Es dauerte nur wenige Sekunden, dann sah sie ihn vor sich. Schwarz auf Weiß.

Neundorf glaubte nicht richtig zu lesen. Sie blinzelte mit den Augen, wischte sich übers Gesicht, starrte erneut auf den Bildschirm. So absurd es ihr schien, der Name hatte sich nicht verändert. Nicht um einen einzigen Buchstaben.

Sie schnappte nach Luft, klammerte sich an ihrer Stuhllehne fest.

26. Kapitel

Nach und nach hatte Sonja Grobe alles gestanden: Ja, den Mittwochabend der letzten Woche hatte Ruppich bei ihr verbracht. Ja, gegen Mitternacht waren sie von ihrem Ehemann überrascht worden, der sich in dieser Nacht weshalb auch immer nicht den üblichen, alles vernebelnden Alkoholpegel angetrunken hatte. Ja, es war zum Streit zwischen den Männern gekommen, der zuerst im Haus, später dann draußen vor der Tür in Kaskaden von Beschimpfungen und Handgreiflichkeiten ausgeartet war.

Und dann?

»Ich weiß es nicht«, hatte sie, auch nach mehrmaligen Aufforderungen Braigs, endlich auszupacken, gebetsmühlenartig wiederholt. »Ich weiß nicht, was dann passiert ist, auch wenn Sie mich noch hunderttausend Mal fragen.«

»Braig, jetzt lassen Sie es doch bitte gut sein«, war Söderhofer immer wieder dazwischengegangen.

»Sie standen zu dritt draußen vor dem Haus«, hatte Braig beharrt, »Ihr Mann tobte und schrie – und Ruppich, was war mit dem?«

»Er, er …«

»Ja?«

»Ich weiß es nicht.«

»Schlug er ihn schon vor dem Haus, vor Ihren Augen nieder?«

»Nein! Doch nicht hier!« Die Frau schien aus ihrem Tranceähnlichen Zustand erwacht.

»Was dann?«

»Ich weiß es nicht. Ich war völlig fertig. Der Lärm, das Geschrei, dieser schreckliche Hass … Ich konnte es nicht länger anhören, wollte mich dem nicht länger aussetzen … Ich ging ins Haus, hockte mich irgendwo auf einen Stuhl und heulte vor mich hin. Ich muss eingenickt sein, ich weiß es nicht. Als ich wieder zu mir kam und nach draußen lief, waren sie weg, spurlos verschwunden. Die Tür stand offen, aber niemand war mehr da. Das ist alles, mehr kann ich nicht sagen.«

»Das ist alles? Glauben Sie, Sie können sich so einfach aus der Affäre ziehen, nachdem Sie uns so angelogen haben?«

»Aus der Affäre ziehen?«, hatte sie hysterisch geschrien. »Ich kann mich doch nicht aus der Affäre ziehen. Mein Mann wurde ermordet, haben Sie das vergessen? Und ich kann Ihnen sonst nichts sagen. Ich weiß nicht, was danach passierte. Was wollen Sie denn noch?«

Natürlich war Söderhofer dazwischengegangen, hatte seine Ex oder was immer sie war, tröstend in den Arm nehmen wollen, war aber energisch von ihr zurückgewiesen worden.

Sonja Grobe hatte darauf beharrt, mitten in der gröbsten Auseinandersetzung ins Haus zurückgelaufen zu sein, um der Aggression der Männer auszuweichen und darauf zu warten, dass sich die beiden endlich beruhigten. Seither hatte sie, darauf war sie bereit, ihr Ehrenwort zu geben, weder ihren Ehemann noch Ruppich wiedergesehen.

»Lebendig, meine ich«, hatte sie schließlich heulend und nur schwer verständlich kommentiert.

Mehr war ihr trotz aller Versuche Braigs nicht zu entlocken gewesen. Wie die Männer verschwunden waren, womit, wohin – keine Antwort. Wie Ruppich an jenem Abend zu ihr gekommen war, ob mit einem Auto und wo dies dann verblieben war, sie hatte es nicht auf die Reihe bekommen.

»Wahrscheinlich hat er Grobe gezwungen, dessen Wagen zu nehmen und nach Hohenheim zu fahren«, hatte Braig spekuliert, »und was dann passierte, wissen wir ja.«

Er hatte dem Staatsanwalt die Erlaubnis abgerungen, Grobes Grundstück auf Hinweise eines Kampfes zwischen den beiden Männern und eventuelle Blutspuren untersuchen zu lassen, direkt im Anschluss die Spurensicherer damit beauftragt. Er hatte das Mobiltelefon noch in der Hand, als Weisshaar sich meldete.

»Diese Frau Henfle, sie gibt keine Ruhe. Sie hockt zu Hause und wartet, dass wir endlich nach ihrem Mann suchen.«

»Okay, ich kümmere mich darum. Ihren Anschluss und die Adresse habe ich mir ja notiert.«

Er war vor das Haus getreten und hatte die Nummer der Frau eingegeben, sich dann kurz vorgestellt.

»Nehmen Sie die Suche nach meinem Mann jetzt endlich auf?«, hatte sie mit weinerlicher Stimme gefleht.

»Wir werden alles tun, ihn schnellstmöglich zu finden«, hatte er versprochen. »Damit wir aber genau wissen, wo wir mit der Suche ansetzen müssen, möchte ich kurz persönlich mit Ihnen sprechen. Wo sind Sie zu erreichen?«

Sie hatte ihm die genaue Lage ihres Hauses in Oettingen erklärt, ihn abschließend noch einmal ermahnt, die Suche nach ihrem Ehemann sofort aufzunehmen.

Keine halbe Stunde später stand er der Frau gegenüber. Er hatte sich von Söderhofer nach Oettingen fahren lassen, dann an dem von einem schmalen, mit Kieselsteinen ausgelegten Vorgarten gesäumten Einfamilienhaus im Klaus-Röder-Weg geläutet. Die nach dem berühmten Leutkircher Mathematiker und Philosophen benannte Straße war ihm sofort bekannt vorgekommen, hatte er doch vor Jahren mit dem Mord an der Besitzerin der kleinen Nudelfabrik an ihrem anderen Ende zu tun gehabt.

»Miriam Henfle«, stellte sie sich vor.

Sie war auffallend groß, nahezu 1,80 Meter, wie er schätzte, hatte lange, schwarze Haare und einen auffallend dunklen

Teint. Sie trug einen hellgrünen Hosenanzug, hatte kein Gramm Fett zu viel am Leib.

Sonnenstudio, viel Sport, ständiges Hungern, überlegte Braig. Er zeigte ihr seinen Ausweis, merkte, dass sie ihn kaum zur Kenntnis nahm, folgte ihr in einen großen von einem ovalen Glastisch und einer weißen Polstergarnitur dominierten Raum. An der Stirnseite des Zimmers hing auf halber Höhe ein Bildschirm von einem solch gigantischen Ausmaß, wie er es noch nie gesehen hatte.

»Seit Samstagmorgen ist er weg«, begann Miriam Henfle unvermittelt, gerade, als sie das Zimmer betreten hatten.

Braig ließ sich in einem der Sessel nieder, wartete vergeblich, dass die Frau ebenfalls Platz nahm. Sie starrte an die Wand, lief vor der Längsseite des Glastisches hin und her.

»Samstagmorgen«, nahm er ihre Aussage auf. »Um wie viel Uhr?«

»Kurz nach acht. Er musste nach Mailand, das war schon lange geplant.«

»Was wollte er dort?«

»Geschäftsverhandlungen. Von Sonntag bis Dienstag.«

»Geschäftsverhandlungen an einem Sonntag? Ist das nicht etwas ungewöhnlich?«, fragte Braig.

Miriam Henfle war stehen geblieben, schaute zu ihm herunter. »Sie wollen andeuten, Manni kümmere sich nicht um uns, seine Familie? Nein, Sie täuschen sich.«

Er gab keine Antwort, wartete auf weitere Erklärungen.

»Manni lässt sich das nicht nehmen, auch unter der Woche mal zu Hause zu sein. Na ja, sein Job fordert schon einiges von ihm, das ist richtig, und dann hat er auch noch mit unseren Filialen zu tun, aber so viel unterwegs wie früher ist er bei Weitem nicht mehr. Er liebt Kim und Svenja über alles. Und auch unser Verhältnis ist gut, sehr gut sogar. Er liebt mich, das weiß ich genau. Nein, er ist nicht abgehauen von seiner Familie, wenn Sie das meinen, auch nicht mit einer Geliebten, da bin ich mir sicher. Das hätte ich bemerkt, glauben Sie mir. Und dazu gibt es auch überhaupt keinen Grund. Wir lieben uns nach wie vor, Manni und ich. Was den gestrigen Sonntag betrifft, da kam meine Mutter. Da war es mir gerade recht, dass Manni nicht da war. Meine Mutter, das ist nichts für Manni. Das gibt fast jedes Mal Streit. Die Mädchen kriegen das nicht so ab, aber wir beide … Es reicht, wenn es mir an die Nieren geht.«

»Wie kam er nach Mailand? Mit dem Flugzeug?«

»Nein, er nahm den Wagen. Weil er in Freiburg noch in einer unserer Filialen vorbeischauen wollte.«

»Und er hat sich telefonisch seither nicht mehr gemeldet?«

»Nein. Obwohl er das sonst immer macht, wenn er über Nacht weg muss.«

»Sie haben versucht, ihn zu erreichen?«

»Ja, natürlich. Ich weiß gar nicht mehr, wie oft schon. Aber es meldet sich immer nur seine Mailbox, obwohl ich ihn schon mindestens zehn Mal gebeten habe, zurückzurufen. Da stimmt was nicht, verstehen Sie? Manni gibt mir immer Bescheid, wo er sich gerade aufhält.«

»Wo wollte er in Mailand übernachten?«

»Das wusste er noch nicht. In irgendeinem Hotel. Er war schon ein paar Mal dort. Da gibt es kurzfristig immer freie Zimmer.«

»Und was ist mit Ihrer Filiale in Freiburg? Haben Sie …«

»Er war nicht dort!«, fiel sie ihm ins Wort. »Ich habe extra angerufen. Er ist nicht gekommen.«

»Wie sieht die berufliche Situation Ihres Mannes aus?«, fragte er. »Er hat mehrere Metzgerei-Filialen?«

»Metzgerei-Filialen?« Miriam Henfle begann wieder, vor ihm auf und ab zu gehen. »Was wollen Sie denn damit? Manni hat früher mal Metzger gelernt, ja, aber das ist ewig her. Er hat dann auf Autoverkäufer umgesattelt und schon vor zehn Jahren die Autohäuser meines Vaters übernommen, das sind inzwischen immerhin acht Filialen. Und weil sie das in der Partei unbedingt wollten, war er bis vor einem Jahr auch noch Chef der Schwäbischen Bahn.«

»Chef der Schwäbischen Bahn?«

»Ja, aber jetzt ist er nur noch für unsere Autohäuser tätig. Manni hat bei uns gearbeitet, da haben wir uns kennen gelernt. Und sofort ineinander verliebt. Es war Liebe auf den ersten Blick. Das gibt es, ehrlich! Wir wussten sofort, dass wir füreinander bestimmt waren, obwohl meine Mutter ...« Sie blieb einen Moment stehen, winkte mit ihrer Rechten ab. »Aber das ist zum Glück vorbei. Jetzt sind die Kinder da, und Mama ist total glücklich. Manni ist ein wunderbarer Papa, das hat sie verstanden. Und er tut alles für mich und die Mädchen.«

Braig musterte die Frau, schätzte sie auf Mitte bis Ende dreißig. Zu alt eigentlich für ein dermaßen naives, an eine pubertierende Göre erinnerndes Geplapper. Kein blondes, wohl aber ein dunkles Dummchen?

»Ihr Mann ist also am Samstag zu der Geschäftsreise nach Mailand gestartet. Wen genau wollte er aufsuchen?«

Miriam Henfle blickte unwissend an ihm vorbei. »Also, da ...« Sie zuckte mit den Schultern. »Um Mannis Geschäfte kümmere ich mich nie.«

Braig seufzte entnervt, erkundigte sich nach der angeblichen Verbindung zu Ruppich.

»Ruppich? Ja, natürlich kennt er den, deshalb habe ich doch solche Angst, dass sein Verschwinden nicht so harmlos zu erklären ist, wie Sie das anscheinend immer noch glauben. Die Zeitungen sind doch voll mit Berichten über diesen Verbrecher. Wie viele Menschen hat der denn schon auf dem Gewissen?«

»Zwei Männer, nehmen wir an.«

»Alles Leute, mit denen er beruflich zu tun hatte, oder?«

»Es sieht so aus, ja. Woher kennt Ihr Mann Ruppich?«

»Genau das ist es ja. Er hatte beruflich mit ihm zu tun. ›Mein Gott, läuft der jetzt Amok gegen alle, mit denen er in Geschäften verbunden war?‹, hat er mich letzte Woche gefragt, als er die ersten Berichte über Ruppichs Verbrechen hörte.«

»Was hatte er beruflich mit Ruppich zu tun? Könnten Sie mir das bitte etwas genauer erklären?«

»Ich weiß nur, dass Ruppich vor ein paar Jahren die unterirdische Station in Oettingen baute, die Manni als Chef der Schwäbischen Bahn beschlossen hat. Und die anderen beiden, Robel und Grobe oder wie die genau heißen, die vermittelten die Grundstücke und besorgten das Geld. Das hat Manni letzte Woche erzählt. ›Ich kenne die, alle drei‹, teilte er mir aufgeregt mit, als die Berichte über diese schrecklichen Mordfälle kamen.«

»Alle drei waren am Bau dieser Station beteiligt?«

Miriam Henfle blieb unmittelbar vor ihm stehen, klimperte mit ihren kräftig schwarz nachgezogenen Wimpern, betrachtete ihn mit großen Kulleraugen. »Aber ja. Manni hat es mir extra noch erzählt. Ruppich, Grobe und Robel. ›Und wenn er die jetzt gekillt hat, dann bin ich ebenfalls fällig, genau wie die‹, hat er betont. Und er war käsbleich, als er mir das mitteilte, das kann ich Ihnen sagen!«

27. Kapitel

So großen Bedarf nach frischer Luft hatte Braig selten verspürt wie nach seinem Gespräch mit Miriam Henfle. Unschlüssig, wie er die Worte der Frau bewerten sollte, hatte er das Haus verlassen und war zur S-Bahn-Station marschiert, Schritt um Schritt in der freien Umgebung genießend.

»Ich kümmere mich nie um die Geschäfte meines Mannes, das überlasse ich immer ihm«, hatte ihm das gertenschlanke Dummchen erklärt und ihn auf ihren Termin am Nachmittag im Kosmetikstudio hingewiesen, während dem sie keine Gespräche entgegennehmen könne, weil sie eine Gesichtsmaske erhalte, die auch die Ohren und die Mundpartie einschließe. »Wissen Sie, im Fernsehen passiert immer so viel Schlimmes«, hatte sie ihn abschließend genervt, »man sieht dies und das. Aber meinem Manni hat der Verbrecher doch nichts getan, oder?«

Braig hatte sich die Handy-Nummer Manfred Henfles geben lassen und Weisshaar umgehend mit der Ortung des Gerätes beauftragt.

»Er hat es nicht ausgeschaltet, hören Sie«, hatte ihm die Frau erklärt und die Verbindung zum Mobiltelefon ihres Mannes hergestellt, wenige Sekunden später tatsächlich dessen Sprachbox in der Leitung gehabt.

Ob es allein das natürliche Bedürfnis der Mittagszeit war oder ob ihn die Konversation mit Miriam Henfle überdurchschnittlich viel Kraft gekostet hatte, Braig verspürte auf jeden Fall einen solchen Heißhunger, dass er beim Umsteigen am Cannstatter Bahnhof in einen der zahlreichen Imbisse einkehrte und sich dort einen Döner und einen Schwarztee bestellte. Die kräftig gewürzte Füllung half ihm Biss auf Biss, die unerfreulichen Gespräche dieses Tages zu vergessen.

Zuerst die verlogenen Tiraden von Söderhofers Ex, dann das pubertäre Geplapper dieses affektierten Luxusgeschöpfs. Was hatte es für seine Ermittlungen letztendlich gebracht? Nichts als neue Verwirrungen. Die eine hatte ein Rendezvous mit dem Mörder ihres Mannes und die andere …

Schon wieder wurde ein Mensch aus dem Umfeld Ruppichs vermisst.

»Wissen Sie, ob Ihr Mann irgendwann an einem Treffen in einer Jagdhütte beteiligt war?«, hatte er die Frau noch gefragt.

Miriam Henfle hatte nur ihre großen Kulleraugen in Stellung gebracht, nicht ein Wort dazu sagen können. Wie auch, wenn er allein für die Geschäfte und sie nur fürs Kosmetik- und Nagelstudio zuständig war.

Kein Wunder, dass der Typ den Sonntag über weggeblieben ist, überlegte er, der benötigt eine wesentlich längere Auszeit, um die Verhältnisse ertragen zu können.

Sein Handy vibrierte, riss ihn aus seinen Gedanken. Er wischte seine linke Hand mit einer Serviette sauber, holte das Gerät auf den Tisch. Neundorf signalisierte ihren Gesprächswunsch. Er nahm das Mobiltelefon auf, drückte die grüne Taste.

»Ich höre Stimmen im Hintergrund«, sagte seine Kollegin. »Wo bist du?«

»In einer Dönerbude am Cannstatter Bahnhof.«

»Das ist gut. Du kommst vorwärts?«

»Nicht wirklich. Jetzt ist schon wieder ein Typ verschwunden, der beruflich mit Ruppich zu tun hatte. Henfle, ihm gehören mehrere Autohäuser.«

»Henfle? Der Name kommt mir bekannt vor.«

»Er hatte beim Bau des unterirdischen Bahnhofs in Oettingen mit Ruppich zu tun.«

»In Oettingen?«

»Das erzählte mir seine Frau, ja.«

»Der war doch jahrelang in den Schlagzeilen. Die drückten den Bau dieser unterirdischen Station gegen den Willen der Bevölkerung durch, um ihrer Klientel Riesenprofite zu verschaffen.«

»Ich kann mich nicht erinnern. Obwohl wir mehrfach in Oettingen waren. Wegen der Ermittlungen um den Mord in der kleinen Nudelfabrik.«

»Ich weiß«, erklärte Neundorf. »Oder glaubst du, ich hätte vergessen, was dir damals passiert ist? Der Verbrecher, der dich dann in Reutlingen mit seinem Karren …«

»Lass gut sein. Es ist vorbei. Zum Glück.« Über ein Jahr lang hatte er anschließend in verschiedenen Kliniken zugebracht, bis er sich wieder bewegen konnte. Er dachte nicht gerne daran zurück, es hätte auch ganz anders ausgehen können. Monat für Monat hatte er sich damals abgequält …

»Das muss in der Zeit deiner Krankenhausaufenthalte gewesen sein«, meinte Neundorf. »In Oettingen ging es damals rund. Und dieser Henfle war daran beteiligt, daran erinnere ich mich jetzt wieder genau. Ein verkommener Halunke.«

»Warum rufst du an?«

»Weil ich dich unbedingt sprechen muss.«

»Um was geht es?«

»Der Mord an Frau Dr. Kleemann in Reutlingen.«

»Du bist weitergekommen?«

»Ich fürchte, ja.«

»Du fürchtest?«

»Ja. Gerade habe ich die Liste ihrer letzten Handy-Gespräche erhalten. Was glaubst du, mit wem sie zuletzt telefonierte?«

»Woher soll ich das wissen?«

»Das kannst du nicht wissen. Aber ich habe es hier vor mir, schwarz auf weiß.«

Braig biss gerade herzhaft in seinen Döner, als sie den Namen nannte. Er glaubte, einer Täuschung unterlegen zu sein, schmatzte ein kaum verständliches: »Wie bitte?« in den Apparat, hörte den Namen erneut. Jetzt konnte es sich nicht mehr um einen Verständnisfehler handeln, jetzt war es real.

Er sprang von seinem klapprigen Stuhl in die Höhe, knallte mit einer jungen Frau zusammen, die mit ihrer Geldbörse in der Hand zur Theke lief, verschluckte sich, hustete. Ein Teil der restlichen Füllung seines Döner klatschte auf den Tisch, zwei Fleischstücke in den Tee. Braig schnappte nach Luft, versuchte, wieder zu sich zu kommen. Was brachten diese Ermittlungen noch alles mit sich, wo führten die ihn noch überall hin?

Er hustete sich den Schock aus dem Leib, schaute auf, sah sämtliche Gesichter des kleinen Imbisses, Verkäufer wie Gäste, auf sich gerichtet.

»Alles klar, Meister?«, fragte der ältere Mann hinter der Theke mit unüberhörbarem Akzent. Seine Miene war von einem besorgten Ausdruck gezeichnet.

»Nein«, antwortete Braig. »Mir ist überhaupt nichts mehr klar.«

28. Kapitel

Vierzig Minuten später stand er zum zweiten Mal an diesem Tag vor Sonja Grobes Haus, diesmal in Begleitung seiner Kollegin Neundorf. Der Eingangsbereich war von rotweißen Plastikbändern abgesperrt, Rössle und Dolde waren damit beschäftigt, den Boden zu untersuchen.

»Gibt es Hinweise auf Auseinandersetzungen oder einen Kampf?«, fragte Braig.

»A zerquetschte Maus«, antwortete Rössle grinsend und hob das Objekt am Schwanz in die Höhe. »Des muss a böse Auseinandersetzung mit re Katz gwese sei!«

»Und sonst?« Braig hatte keine Lust auf Witze.

»Koi Ahnung. Bis jetzt nix.«

Der Kommissar deutete zur Haustür, sah Rössles zustimmendes Nicken. Er hob das Plastikband an, schlüpfte gemeinsam mit seiner Kollegin durch, passierte auf Zehenspitzen den Garten.

»Ihr könnet normal laufe«, rief der Spurensicherer, »net dass ihr euch noch die Füß brechet.«

Braig winkte mit seiner Rechten, schaute zur Seite. Er sah Esslingens Altstadt unter sich liegen, den Lauf des Neckar, die vielen Kirchtürme, den Bahnhof, sogar den Platz mit der Imbissbude, wo Neundorf ihn vor wenigen Minuten abgeholt hatte, drückte auf die Glocke. Jetzt dauerte es etwas länger, bis die Frau die Tür öffnete.

»Ich werde wahnsinnig«, sagte Neundorf laut.

»Sie schon wieder«, meinte Sonja Grobe. »Teddy, also Herr Staatsanwalt Söderhofer, ist vorhin gegangen.«

»Das ist kein Problem«, antwortete Braig. »Wir schaffen es auch ohne Teddy.« Er sah, wie die Frau ihr Gesicht verzog, stellte seine Kollegin vor. Seine Handbewegung wies ins Innere.

Sonja Grobe nickte kurz, führte ihre Besucher ins Wohnzimmer. »Was gibt es?«, fragte sie, ausnahmsweise weder Kaffee noch Wasser oder Tee anbietend.

Ihre Besucher blieben mitten im Raum stehen, zeigten kein Verlangen, Platz zu nehmen.

»Machen wir es kurz«, erklärte Neundorf. Sie zog ein großes Kuvert aus ihrer Tasche, legte es auf den Tisch. »Bitte«, sagte sie. »Die Sache ist eindeutig.«

Ihre Gastgeberin schien irritiert. »Was wollen Sie?«

»Bitte«, wiederholte Neundorf. »Hier.« Sie griff nach dem Kuvert, entnahm ihm ein Foto, streckte es der Frau entgegen.

Sonja Grobe erbleichte. Sie starrte auf das Bild, begann am ganzen Leib zu zittern.

»Meike Kleemann in zärtlicher Umarmung mit einer Frau, die ich erst seit einer Minute mit Namen kenne«, sagte Neundorf. Sie wartete ein paar Sekunden, bis ihr Gegenüber sich leicht beruhigt hatte, redete dann weiter. »Das letzte Handy-Gespräch ihres Lebens führte Meike Kleemann am letzten Mittwoch um 19.54 Uhr mit Ihnen. Drei Mal allein an jenem Mittwoch hat sie Sie angerufen und sich mit Ihnen unterhalten. Drei Mal am Mittwoch, zwei Mal am Dienstag und drei Mal am Montag. So oft meldet man sich nur bei einem Menschen, den man sympathisch findet oder noch mehr, es sei denn, es gibt die Notwendigkeit beruflicher Kontakte. Die können wir in dem Fall aber ausschließen, richtig?«

Neundorf sah, dass die Frau nicht reagierte, sprach trotzdem weiter. »Was immer Sie und Frau Kleemann verbindet, ist Ihrer beider Privatsache. Es geht uns nichts an. Interessant wird es für uns aber in dem Moment, in dem wir feststellen müssen, dass Frau Kleemanns Tod mit Ihnen zu tun hat. Und das ist leider der Fall, und Sie wissen das nur zu gut.«

»Nein«, schnaufte Sonja Grobe. »Nein. Um Gottes willen, ich wollte das doch nicht.« Sie sackte nach hinten ab, konnte sich gerade noch an einem der Sessel festhalten, ließ sich in die Polster sinken.

Neundorf gab ihr mehrere Minuten, nahm dann gemeinsam mit Braig auf einem der anderen Polster Platz.

»Vor zwei Stunden etwa wurde Frau Kleemanns Wagen in einer Parallelstraße hier etwas weiter oben in Esslingen entdeckt, keine 200 Meter Luftlinie von Ihrem Anwesen entfernt«, sagte sie. »Das Fahrzeug steht dort seit mehreren Tagen, behaupten Anwohner. Wir gehen jetzt davon aus, dass Frau Kleemann am Mittwoch bei Ihnen war und den Abend mit Ihnen gemeinsam verbrachte.«

»Frau Kleemann und nicht Herr Ruppich«, übernahm Braig das Gespräch.

Sonja Grobe schluchzte leise auf, zeigte sonst keine Reaktion.

»Fatalerweise wurden sie beide aber gegen Mitternacht von ihrem Mann überrascht, der an diesem Abend leider nicht so betrunken war wie gewohnt, weshalb auch immer. Es kam zu einer schrecklichen Auseinandersetzung, in deren Verlauf Frau Kleemann von Ihrem Mann getötet ...« Braig wurde vom lauten Schreien der Frau überrascht.

»Aber ich wollte das doch nicht. Ich habe alles versucht, ihn zu beruhigen, aber es hatte keinen Sinn. Er war völlig außer sich, schlug auf uns beide ein, brüllte wie ein Verrückter herum ...Ich wollte Meike helfen, sie vor ihm schützen, aber ich konnte es nicht. ›Diese Deckslesbe, der breche ich das Genick‹, brüllte er die ganze Zeit, ›und du kommst anschließend dran!‹ Er rannte hinter mir her, drosch auf mich ein, da flüchtete ich mich ins Haus. Ich dachte, Meike habe sich derweil in Sicherheit gebracht, sei einfach auf und davon gerannt, denn als ich nach einer Weile wieder rauskam, waren beide verschwunden. Ich habe die ganze Nacht kein Auge zugetan, das müssen Sie mir glauben … Ich weiß nicht, was passiert ist, ich weiß überhaupt nichts. Der schreckliche Streit nach Mitternacht, in dem Moment habe ich beide zum letzten Mal gesehen. Sie müssen mir glauben!«

»Ihnen glauben?«, fragte Braig. »Weshalb denn? Wie oft haben Sie mich denn belogen in den letzten Tagen?«

Sonja Grobe schlug ihre Hände vors Gesicht, versank in hemmungslosem Schluchzen.

29. Kapitel

Kurz vor 16 Uhr war es gelungen, Henfles Handy zu orten. Neundorf und Braig waren auf dem Rückweg von Esslingen ins Amt, als Stöhrs Anruf einging.

Die Rolle, die Sonja Grobe in der ganzen Angelegenheit spielte, war wohl endgültig geklärt. Die Frau hatte hoch und heilig geschworen, Meike Kleemann und ihren Ehepartner während der lautstarken Auseinandersetzung vor dem Haus zum letzten Mal lebendig gesehen zu haben. Was anschließend mit den beiden passierte, war ihr nicht bekannt. Ihr Verhältnis mit der Ärztin war erst wenige Wochen alt und mehr oder weniger aus Zufall entstanden.

»Meike und ich? Es ist einfach so gekommen. Und es war schön. Einfach schön. Und was immer Sie jetzt denken, ich stehe dazu. Es war unser Recht.«

Dass Rolf Grobe in jener Nacht im Gegensatz zu seiner sonstigen Gewohnheit nicht sturzbetrunken nach Hause gekommen war, sondern die Lage realistisch hatte einschätzen können, hatte zu der Eskalation geführt.

»Ist Ihnen ein T-Shirt mit dem Aufdruck *Tu ihn unten …*?«

Sonja Grobe war Neundorf mitten ins Wort gefallen. »Pfui Teufel, hören Sie auf! Ich habe ihn gewarnt, wenn er das Zeug nicht aus dem Haus schafft, lasse ich mich scheiden. Diese Geschmacklosigkeit! Er hat es oft verteilt.«

Neundorf war klar, was das bedeutete. Grobe war in seinem grenzenlosen Zorn über das lesbische Verhältnis seiner Frau über Meike Kleemann hergefallen, hatte sie getötet und ihr das Shirt übergestülpt, ihre Leiche dann in die Plane gewickelt und sie in Reutlingen vor Hellners Haus abgelegt.

Mitten in ihr Gespräch mit der Frau war Dolde mit seinem Anruf geplatzt.

»Ihr habt etwas entdeckt?«

»Ich wollte euch nicht allzu sehr stören, deshalb ...«, hatte der Spurensicherer erklärt.

»Um was geht es?«

»Die Plane, in die Frau Kleemann eingehüllt war.«

»Ja, was ist damit?«

»Wir haben in der Garage zwei weitere, ich kann sagen, identische Exemplare entdeckt. Das ist kein hundertprozentiger Beweis, nein, aber das Zeug findest du bei uns sehr selten. Die haben unten nämlich denselben Aufdruck wie die um die Leiche. *SUOMI.* Erkundigt euch doch mal bei der Frau, ob sie irgendwann in Finnland waren.«

Neundorf hatte sich für die schnelle Information bedankt, Sonja Grobe dann direkt gefragt.

»Letztes Jahr, ja. Wieso wollen Sie das wissen?«

»Haben Sie dort zufällig Planen, also solche Kunststoffdecken, wie man sie fürs Auto benutzt, gekauft?«

»Ja, unterwegs, weil Rolf etwas reparieren wollte. Drei Stück, wieso?«

Dann hatte er eine davon in seinem Auto gehabt und sie dazu benutzt, Meike Kleemann nach dem Mord zu verstecken, war der Kommissarin klar. Und wäre er selbst nicht noch in derselben Nacht ums Leben gekommen, hätte er die beiden anderen Planen rechtzeitig weggeschafft, bevor sie mit ihren Ermittlungen auf ihn gestoßen wären. So aber hatten sie einen weiteren Beweis für seine Täterschaft feststellen können.

Warum aber Reutlingen? Weshalb hatte er es riskiert, mit der Frau, ob tot oder lebendig, so weit zu fahren? Weil er irgendeine Rechnung mit Hellner offen hatte?

Neundorf hatte gespürt, dass die Frage nicht so einfach zu beantworten war. Grobe hatte ein Verhältnis mit Bachs Frau, hatte Dr. Renck erklärt. Und später beschuldigte er den Mann, seine Frau umgebracht zu haben.

Hatte der widerliche, alte Blockwart etwa recht? War Grobe mitten in der Nacht voller Aggressionen nach Reutlingen gefahren, um sein Opfer dem Mann vor die Tür zu werfen, den er als Mörder seiner Geliebten verdächtigte, und dann hatte er in seinem Wahn und in der Dunkelheit die beiden unmittelbar aneinandergrenzenden, ziemlich ähnlichen Grundstücke miteinander verwechselt? Sollte Bach des Mordes an Meike Kleemann verdächtigt werden?

Was auch immer dahintersteckte, kurz nach seinem mörderischen Amoklauf war Grobe selbst einem Verbrechen zum Opfer gefallen.

»Ruppich hat ihn vielleicht die ganze Zeit beobachtet und verfolgt«, hatte Braig spekuliert. »Vielleicht wollte er ihn schon in Esslingen töten, aber dann kam ihm die schreckliche Auseinandersetzung Grobes mit Frau Kleemann dazwischen. Danach hat er eben gewartet, bis der Typ zurückkam, irgendwann mitten in der Nacht – und dann zugeschlagen.«

»Oder Grobe gar bis Reutlingen verfolgt und alles mitangesehen«, hatte Neundorf überlegt.

»Möglicherweise, ja. Obwohl …«

»Was meinst du?«

»Na ja, die Gefahr, Grobe in der Nacht aus den Augen zu verlieren …«

»Wie auch immer er es angestellt hat, das Ergebnis ist eindeutig.«

»Das ist es, ja. Und wir wissen immer noch nicht, wo Ruppich steckt.«

Wenige Minuten später war die Meldung mit der Handy-Ortung eingegangen. Braig hatte Stöhrs Stimme am Ohr.

»Wo wurde es lokalisiert?«, fragte er.

»Hm, es ist so, in Waiblingen«, antwortete der Beamte. »Im Gebiet des Bahnhofs.«

»In Waiblingen im Gebiet des Bahnhofs«, wiederholte Braig laut, damit Neundorf die Information ebenfalls mitbekam. »Dann sitzt der Typ in einem Zug?«

»Wer?«, fragte seine Kollegin. »Henfle oder Ruppich?«

»Hoffentlich Henfle«, antwortete Braig, »sonst ...« Er verzichtete darauf, den Gedanken weiterzuspinnen, wusste nur allzu gut, was die Alternative beinhaltete. Ein weiterer Toter. Ruppichs drittes Opfer.

»Eigentlich kann es nur Henfle sein«, sagte Neundorf. »Ruppich wäre doch nicht so bescheuert, Henfle umzubringen, dessen Handy an sich zu nehmen und dann mit dem Ding durchs Land zu fahren, ohne es auszuschalten. Dem ist doch klar, dass wir ihn so orten können.«

»Nicht unbedingt. Vielleicht ist er über Henfles Geschäftsreise informiert und schaltet das Gerät bewusst nicht aus, um dessen Frau nicht zu sehr zu beunruhigen. Solange das Handy noch in Betrieb ist, glaubt die doch, dass ihr Mann lebt. Und genau diesen Eindruck will Ruppich vorerst erwecken. Damit seine Frau gar nicht daran denkt, uns einzuschalten.« Braig wandte sich wieder an Stöhr, bat ihn, den Waiblinger Kollegen Porträts von Henfle und Ruppich zu mailen und die Beamten der dortigen Schutzpolizei damit zu beauftragen, sich im Bereich des Bahnhofs nach den beiden Männern umzusehen, eventuell auch Passanten nach ihnen zu befragen.

»Und wenn der Kerl zufällig in einem Zug saß und Waiblingen nur kurz passierte?«, überlegte er laut. »Sollten wir nicht versuchen ...«

»Wie viele Züge fahren durch Waiblingen?«, erwiderte Neundorf. »Nachmittags gegen 16 Uhr? Alle paar Minuten eine S-Bahn nach Stuttgart, nach Schorndorf und Backnang.

Dazu massenweise Eilzüge nach Stuttgart, Schwäbisch Gmünd, Schwäbisch Hall, Aalen, Crailsheim. Ganz zu schweigen von den Intercitys nach Nürnberg und Karlsruhe. Willst du die alle durchsuchen lassen?«

Braig winkte nur noch ab. »Ist ja schon gut. Es war nur eine Überlegung.«

Wenige Minuten später waren sie im Amt angelangt.

»Heute ist Montag. Du gehst mit auf die Demo?«, fragte Neundorf.

»Ich möchte schon. Ann-Katrin nimmt den Kinderwagen wieder mit für die Kleine, und unser Vermieter will auch kommen. Hier kann ich eh nichts mehr ausrichten. Die Handy-Ortung besorgen die Techniker. Ich möchte mir vorher nur noch die Vorgänge in Oettingen beim Bau dieser unterirdischen Station anschauen, bei dem die ganzen Typen mitmischten. Vielleicht steige ich dann besser durch. Ich habe nämlich immer noch nicht begriffen, weshalb Ruppich auch diesen Henfle umlegen will.«

»Das ist gut«, erklärte Neundorf. »Derweil informiere ich mich über diesen Bach. Mir ist es nach wie vor ein Rätsel, weshalb Grobe Frau Kleemanns Leiche unbedingt in Reutlingen entsorgen musste.«

30. Kapitel

Die erste Hiobsbotschaft des jungen Dienstag erwartete Braig bereits wenige Minuten, nachdem er sein Büro betreten hatte. Er schaltete den Computer ein und überprüfte die in den letzten Stunden eingegangenen Mails.

0.00 Uhr Henfles Handy in Frankfurt geortet.

2.00 Uhr Henfles Handy in Kassel geortet.

3.30 Uhr Henfles Handy in Hannover geortet.

5.00 Uhr Henfles Handy in Hamburg geortet.

Gab es wirklich noch Zweifel, in wessen Besitz sich das Gerät jetzt befand? Ruppich hatte sich in den vergangenen Tagen in Stuttgart aufgehalten, um sich Henfle als nächstes Opfer vorzunehmen. Er hatte den Samstag und den Sonntag genutzt, um den Mann zu ermorden und seine Leiche irgendwo in der Umgebung zu verstecken. Am Montagabend war er dann wieder in den Norden aufgebrochen, wo er bei Stein Zuflucht gefunden hatte. Irgendwo in der Umgebung Lübecks.

Der einzige Punkt, der dabei störte, war die Frage, wieso Ruppich das Handy nicht schon längst abgeschaltet oder weggeworfen hatte. Nur um bei Henfles Frau den Eindruck zu erwecken, ihr Mann sei am Leben, habe aber im Moment keine Zeit, mit ihr in Verbindung zu treten? Der Mann musste strohdumm sein, nicht mit den Ermittlungen der Polizei zu rechnen.

Oder aber, und das war natürlich genauso wenig auszuschließen, Ruppich hatte Henfles Handy nach dessen Ermordung an sich genommen und es dann einem Reisenden auf dem Bahnhof in die Tasche gesteckt, um die Polizei bewusst in die Irre zu führen. Und sie vergeudeten jetzt ihre Zeit damit, das Gerät zu orten, obwohl das überhaupt nichts brachte.

Braig dachte an seinen Aufenthalt in Lübeck, hatte Schwierigkeiten zu begreifen, dass Stein, der angeblich so ehrliche und freundliche Buddha, ihn angelogen hatte. Er war seinem Freund Ruppich entgegen seiner Aussage helfend zur Seite getreten und hatte ihm eine Unterkunft besorgt. Und Ruppich hatte das Versteck genutzt und von dort aus seine mörderischen Rachefeldzüge in den Süden unternommen.

Hatte Braig sich wirklich austricksen lassen wie ein kleines Kind? Wie ein blutjunger Anfänger, dem jede Menschenkenntnis fehlte?

Weisshaars Anruf riss ihn aus seiner trüben Stimmung.

»Wir haben eine neue Handy-Ortung. Ich maile sie rüber.«

Braig konzentrierte sich auf den Bildschirm, hörte den Signalton der Nachricht.

7.30 Uhr Henfles Handy in Husum geortet.

In Husum, überlegte er, wo wollte der Kerl nur hin? Hatte Stein irgendwo im äußersten Norden Freunde oder Verwandte, bei denen er wegen Ruppich vorstellig geworden war? Auf Sylt vielleicht oder an der dänischen Grenze?

Er griff zu seinem Telefon, gab die Dienstnummer Klaus Grewes in Lübeck ein, hoffte, dass der Kollege nicht gerade in schwierigen Untersuchungen steckte. Wenige Sekunden später hatte er ihn am Ohr. »Steffen Braig hier, hallo.«

»Moin Moin, die Stimme klingt vertraut. Kenne ich die nicht aus der *Tomate*?«

Braig musste unwillkürlich lachen, erinnerte sich sofort an den Besuch des urigen, bis auf den letzten Platz gefüllten Lokals am späten Samstagabend. Gemeinsam mit Grewe und dessen Frau war er dort eingekehrt.

Er ging auf den Smalltalk des Kollegen ein, fühlte sich augenblicklich wieder in die stimmungsvolle Atmosphäre Lübecks versetzt.

»Wann treffen wir uns wieder, diesmal mit Familie?«, erkundigte sich der Kollege.

»Sobald ich meine Ermittlungen erfolgreich zu Ende geführt habe«, gab er zur Antwort. »Aber danach sieht es leider überhaupt nicht aus. Ruppich hat wohl schon wieder zugeschlagen.« Er informierte Grewe über den neuesten Stand seiner Untersuchungen, kam auf den unterirdischen Bahnhof in Oettingen zu sprechen, dessen Bau die Männer zusammengeführt hatte. »Henfle als Chef der Schwäbischen Bahn gab in Zusammenarbeit mit der in Oettingen dominierenden Partei den Auftrag, die Station unter die Erde zu verlegen, obwohl das in der Bevölkerung auf erbitterten Widerstand stieß, wie ich den Berichten entnommen habe. Ruppich, Robel und Grobe waren die wichtigsten Nutznießer. Der eine baute, die anderen stellten die Kredite zur Verfügung und vermarkteten die Grundstücke, die dadurch frei wurden. Dummerweise wurde der Bau aber weit teurer als veranschlagt. Deshalb sparten sie das dritte Gleis ein. Jetzt konnten aber die Anschlusszüge nach Oberweihingen nicht mehr erreicht werden. Weil die Leute dann aufs Auto umstiegen, wurde diese Nebenstrecke unrentabel und vor zwei Jahren stillgelegt. Jetzt sind die Straßen noch voller, in der unterirdischen Station herrscht abends dafür tote Hose. Kaum ein Mensch traut sich noch in die Tiefe, zumal es bereits mehrere Überfälle gab. Na ja, dass die Schwäbische Bahn letztes Jahr Konkurs anmelden musste, ist da kein Wunder. Dieser Henfle wurde mit einer großen Summe abgefunden, wie ich gelesen habe. Trotz allem verstehe ich nicht, wieso es zwischen Ruppich und seinen Kompagnons zu einem solchen Zerwürfnis kam, dass der die der Reihe nach abknallt. Die müssen doch irre bei dem Projekt verdient haben.«

»Und jetzt versteckt er sich bei uns im Norden.«

»Über Patrick Stein, nehme ich an«, sagte Braig. »Der hat mich ganz schön gelinkt.«

»Uns«, erklärte Grewe. »Mich genauso. Ich habe dem Mann weitgehend geglaubt.«

»Das tröstet mich dann doch ein wenig. Ich war gerade dabei, an meiner Urteilskraft zu zweifeln.«

»Dafür gibt es keinen Anlass. Wenn er Ruppich wirklich irgendwo versteckt hat, ist es ihm verteufelt gut gelungen, das zu vertuschen. Ein echter Profi.«

»Na ja, vielleicht war er doch nicht ohne Grund im Gefängnis. Möglicherweise hat er uns auch in der Beziehung hinters Licht geführt.«

»Wer weiß, ja. Ihr habt das Handy also heute Morgen in Husum geortet und glaubt, dass Ruppich es mit sich führt.«

»Um 7.30 Uhr. Ich warte jetzt auf aktuellere Daten. Immerhin sind seither fast eineinhalb Stunden vergangen.«

»Und Sie fragen sich natürlich, wo er da in Nordfriesland Unterschlupf gefunden hat?«

»Genau. Und ich denke, Sie könnten mir dabei helfen. Sein Versteck wurde ihm von Stein besorgt, davon gehe ich aus. Das wäre einfach ein zu großer Zufall, wenn der nichts damit zu tun hätte. Von Stuttgart in den hohen Norden, ich weiß nicht, wie Ruppich sonst auf diese Ecke kommen sollte. Deswegen wäre es wichtig, zu erfahren, welche Beziehungen Stein nach Husum oder in dessen Umgebung hat. Wobei ich natürlich noch nicht genau sagen kann, ob Ruppich sich wirklich dort aufhält oder noch weitergefahren ist – aber das wird sich in Kürze herausstellen, sobald die neueste Ortung eingegangen ist. Hat Stein Bekannte oder Verwandte in der Ecke dort, hat er vielleicht sogar mal in der Gegend gewohnt? Wenn Sie sich darum kümmern könnten?«

»Aber sicher. Ich werde mich sofort darüber informieren. Stein erzählte, dass er in einem Seniorenheim im Fegefeuer arbeitet, das liegt beim Dom, nicht weit von uns hier. Dort wird er jetzt wohl zu finden sein. Ich werde ihn mir gleich zur Brust nehmen. Allerdings um einiges schärfer als am Samstag, das verspreche ich Ihnen. Und sobald Sie die neueste Ortung haben, geben Sie mir die bitte durch. Meine Handy-Nummer haben Sie ja.«

Braig bedankte sich für die schnelle und unkomplizierte Zusage des Kollegen, beendete das Gespräch. Die Unterhaltung mit Grewe hatte ihm neuen Mut gemacht, das Gefühl, in seiner Ermittlungsarbeit erbärmlich versagt zu haben, zumindest ein Stück weit gedämpft. Grewe hatte sofort zugegeben, Stein ebenfalls vertraut zu haben. Das war zu schnell gekommen, um es als billigen Trost oder verlogene Höflichkeitsfloskel abzutun. Dem Lübecker Kollegen war es offensichtlich genauso ergangen wie ihm: Stein hatte sie, unterstützt von seinem Buddha-ähnlichen Aussehen und Gehabe, profimäßig gelinkt. Das war ihr Berufsrisiko, es konnte ständig passieren. Es gab kein Hilfsmittel, das auszuschließen, nur die Hoffnung, durch lange berufliche Erfahrung in Zukunft besser dagegen gewappnet zu sein.

Und Henfle? Was war mit dem?

Irgendwann im Lauf des Tages würde die Meldung eingehen, dass seine Leiche gefunden wurde, war Braig sich sicher, irgendwo im Umkreis von Stuttgart.

31. Kapitel

Fünf Minuten nach elf am Dienstagmorgen hatte Neundorf endlich die Baustelle ausfindig gemacht, auf der Wolfgang Bach seiner telefonischen Auskunft nach fast den ganzen Vormittag über zu erreichen war. Sie lag am östlichen Rand Waldenbuchs, war erst unmittelbar von dem Straßenabschnitt aus, der dem Grundstück vorgelagert war, als solche zu erkennen. Es ging um die Aufstockung eines älteren, ursprünglich nur zweigeschossigen Einfamilienhauses.

Wolfgang Bach stand auf der obersten Plattform des rings um das Gebäude errichteten Gerüsts, überprüfte eine frisch hochgezogene Mauer mit einer Art Wasserwaage, als die Kommissarin die Einfahrt zu dem Haus entlangstapfte. Sie erkannte den Mann sofort wieder. Zwei nur mit T-Shirts und Arbeitshosen bekleidete Mitarbeiter wurden von ihm gerade mit einer Kaskade von Schimpfworten bedacht. Neundorf konnte zum Glück nur Bruchteile seiner Äußerungen verstehen; neben dem mehrfach benutzten »Scheißdreck« wiederholt auch das ihr bisher weitgehend unbekannte »Vollärsche«. Man lernte doch immer wieder dazu, überlegte sie.

Sie näherte sich dem Gerüst bis auf wenige Meter, machte dann durch lautes Rufen auf sich aufmerksam. »Herr Bach!«

Der Mann reagierte erst nach drei weiteren »Vollärschen« und einem zweifachen »Scheißdreck«, starrte dann missmutig zu ihr in die Tiefe. Vielleicht nicht gerade der günstigste Zeitpunkt für ein sachliches Gespräch, überlegte sie.

»Ja?« Bach fixierte sie mit funkelnden Augen. Der Mann litt momentan unter einem stark erhöhten Adrenalinspiegel, das war nicht zu übersehen.

»Neundorf. Wir haben miteinander telefoniert. Ich habe meinen Besuch …«

»Scheißdreck noch eins, ja«, donnerte er in die Tiefe. Er überschüttete seine Mitarbeiter noch einmal mit sämtlichen Flüchen und Verwünschungen dieser Welt, deutete auf die Mauer, machte sich dann auf den Weg nach unten.

Neundorf wartete am Fuß der Leiter, streckte ihm die Hand entgegen.

»Arschlöcher«, ließ er nochmals Dampf ab, erwiderte dann mit dem Anflug eines Lächelns ihren Händedruck.

»Sie sind im Stress.«

»Wer solche Vollärsche als Mitarbeiter hat, kann nichts anderes erwarten.«

»Sie haben trotzdem ein paar Minuten Zeit?«

»Mir bleibt ja wohl nichts anderes übrig, wenn Sie extra hierher fahren«, brummte er, fügte dann versöhnlicher hinzu: »Immerhin erspare ich mir dann wenigstens für einen Moment den Anblick dieser Arschlöcher.«

Er führte Neundorf hinter das Haus in den Garten, wo mehrere Berge verschiedenster Arbeitsgeräte lagerten, wies auf zwei Bierbänke, die dort um einen Tisch aufgestellt waren. »Wenn Ihnen das genügt?«

Sie zeigte sich mit einem Kopfnicken einverstanden, nahm ihm gegenüber Platz. »Sie wissen, worum es geht?«

Bach winkte mit seiner Rechten ab. »Als ich gestern Abend das mit Grobe hörte, war mir sofort klar, dass Sie sich noch mal melden.« Er schien sich schnell beruhigt zu haben, sprach sachlich und unaufgeregt. Der eifrige Gebrauch der Schimpfworte hatte ihn offensichtlich vom schlimmsten Druck befreit.

»Grobe hat die Frau mitten in der Nacht vor seiner eigenen Haustür in Esslingen totgeschlagen, das haben die Untersuchungen unserer Spurensicherer inzwischen ergeben. An einem Holzstück in seinem Garten, das für den Kaminofen gedacht war, fanden sie Blut und Kopfhaare seines Opfers. Wir sind uns da inzwischen absolut sicher. Was wir nicht verstehen, ist die Tatsache, dass er die tote Frau dann mitten in der Nacht extra von Esslingen nach Reutlingen fuhr und sie dort Herrn Hellner, Ihrem Nachbarn, in den Garten legte. Wieso ging er das Risiko ein, unterwegs eventuell in eine Polizeikontrolle zu geraten? Aufgrund des widerlichen T-Shirts, das er der Toten überstülpte, dachten wir zuerst, das habe mit Herrn Hellners Engagement gegen *Stuttgart 21* zu tun, aber das haben wir inzwischen verworfen. Wir neigen eher der Auffassung zu, dass sich Grobe in der Dunkelheit und seiner aufgewühlten Stimmung im Grundstück irrte. Ich meine, da gibt es zwei Häuser, die verblüffend ähnlich aussehen, verstehen Sie? Gut, das eine hat einen frischen Verputz, ein kräftiges Gelb, aber bei Nacht nimmt man das nicht wahr. Der Schein der Straßenlampen reicht nur in den Garten. Und die Zugänge zu den Grundstücken liegen unmittelbar nebeneinander. Da kann man im Eifer des Gefechts …« Neundorf brach ab, weil ihr Gegenüber heftig mit seiner Rechten abwinkte.

»Gut, gut, gut«, maulte Bach. »Ich verstehe ja, was Sie meinen. Grobe und meine Ex. Sie haben davon gehört.«

»So wie der sich aufführte, konnte das nicht verborgen bleiben. Immerhin kamen ja sogar meine Kollegen ins Spiel.«

»Das war Renck, der alte Aufpasser, nicht ich. Aber was soll's: Grobe und meine Ex, ja. Der glaubt tatsächlich, ich hätte Jana umgebracht.«

»Haben Sie?« Neundorf musterte die Miene des Mannes, sah dessen breites Grinsen.

»Hätten Sie wohl gern, was?«

»Ich? Um Gottes willen, nein. Mein Beruf zielt eher in die Richtung, Gewalttaten zu verhindern.«

»Gut, dann verhindern Sie mal schön.« Bach hielt inne, starrte zum First des Hauses, wo laute Schläge gegen das Mauerwerk zu hören waren. »Einen Moment, bitte«, bat er. »Diese Vollärsche!«

Er sprang mehrere Meter zur Seite, brüllte ein stakkatoartiges »Vollärsche, Scheißdreck, Schluss!« in die Höhe, sah sich mit prompt einsetzender Ruhe belohnt.

Von oben schauten zwei erstaunt wirkende Gesichter in die Tiefe.

»Macht auf der anderen Seite weiter!«, donnerte Bach. »Aber nehmt die richtigen Steine!« Er gestikulierte mit seinen Händen durch die Luft, als wolle er sämtliche Bauarbeiter der Welt persönlich erwürgen und auf den Mond schießen, kehrte zu Neundorf zurück. »Arschlöcher!«, schimpfte er.

Die Kommissarin wartete, bis er wieder Platz genommen hatte, konfrontierte ihn dann mit dem Vorwurf Dr. Rencks. »Dass Ihre Frau spurlos verschwunden ist, regt die Leute zu den wildesten Fantasien an. Sie glauben nicht, was ich alles gehört habe, seit ich den Tod der Frau untersuche.«

»Ich weiß, worauf Sie anspielen«, sagte Bach ohne jede Gesichtsregung. »Dass ich Jana in einer meiner Baustellen einbetoniert habe. Oder in die Terrasse vor meinem Haus, richtig? Renck. Damit geht der doch hausieren.«

»Was ist dran? Sie wollten Ihr Haus gemeinsam mit dem Ihres Nachbarn Hellner abreißen lassen und einen großen Eigentumswohnungskomplex errichten, wir haben darüber gesprochen. Jahrelang haben Sie Herrn Hellner damit traktiert. Er lehnte immer ab. Plötzlich, genau im Moment des Verschwindens Ihrer Frau, ließen Sie den Plan fallen. Wieso?«

Der Mann blieb ruhig und gelassen. »Das hat mit meiner Ex zu tun, richtig.«

»Wie bitte?«

Bach grinste über beide Ohren. »Nicht so, wie Sie denken, Frau Kommissarin. Nur langsam mit vorschnellen Schlüssen. Jana und ich, das konnte auf Dauer nicht gut gehen. Sie hat nur ihre Kleider im Kopf, neueste Mode und so, und ich … Gut, Sie hören es ja, wie es auf dem Bau zugeht. Mit Modepüppchen und so, da läuft hier nichts. Und zugegeben, ein Stück weit färbt der Umgang hier auch aufs Private ab. Jedenfalls bei mir. So schnell kann ich nicht umschalten. Tut mir leid, aber das ist so. Wir sind manchmal nicht so zimperlich, auch, was das Schlucken anbelangt, verstehen Sie?«

»Sie heben ab und zu mal einen über den Durst.«

Bach lachte. »Sehr höflich ausgedrückt, Frau Kommissarin, vielen Dank. Leider verlieren wir ab und an mal etwas die Kontrolle.«

»Und anschließend wurde das Modepüppchen ordentlich vermöbelt. Grün und blau.«

Die Miene des Mannes wurde augenblicklich ernst. »Nein, das nicht! Niemals! So wahr wir hier ernsthaft miteinander sprechen!« Er hob die rechte Hand, spreizte die Finger wie zum Schwur. »Hoch und heilig: Das nie!«

Neundorf musterte ihn skeptisch. »Machen Sie sich nicht selbst was vor?«

»Nein, wirklich. Geschlagen habe ich Jana nie. Mein Ehrenwort.«

»Aber sie hielt es trotzdem nicht länger bei Ihnen aus.«

Bach beruhigte sich. »Sie ließ sich auf ein Verhältnis ein, weil ich ständig besoffen war.«

»Mit Grobe?« Sie wunderte sich über seine erstaunlich nüchterne Beurteilung.

Ihr Gegenüber nickte. »Er spielte ihr den vornehmen, welterfahrenen Herrn vor. Dabei steht er selbst ständig unter Alkohol.«

»Sie wollte sich von Ihnen trennen und mit ihm zusammenziehen.«

»Nur am Anfang, als er sie noch blenden konnte. Das verging schnell. Vom Regen in die Traufe, wie sagt man?« Er ließ ein lautes Lachen hören. »Vom einen Säufer zum anderen. Und irgendwann hat Jana das kapiert.«

»Woher wollen Sie das wissen?«

»Weil sie mir das selbst sagte. Wir sprachen darüber.«

Sie warf ihm einen skeptischen Blick zu. »Das soll ich glauben?«

Bach hob beide Hände in die Höhe.

»Wie lange vor ihrem spurlosen Verschwinden war das?«, insistierte sie.

Der Mann schüttelte den Kopf. »Sie ist nicht spurlos verschwunden.«

»Wie bitte?« Neundorf starrte ihn verblüfft an. »Was soll das bedeuten?«

»Jetzt, wo Grobe tot ist, müssen wir nicht länger Theater spielen.«

»Wie meinen Sie das?«

»Wie ich das meine?« Der Mann lachte laut. »Jana hatte die Schnauze voll. Nicht nur von mir, auch von Grobe. Von dem ganz besonders. Aber der wollte das nicht glauben.«

»Und?«

»Da kam sie auf die Idee, abzutauchen. Gut, sie wollte schon immer weg. In die große, weite Welt, verstehen Sie?«

»Wollen Sie damit sagen, Ihre Frau lebt und Sie wissen, wo sie ist?«

Bach nickte. »In Berlin. Da ist mehr los als hier in der Provinz«, antwortete er. »Hauptsache, Grobe wusste nichts davon. Der war doch völlig vernarrt in sie, hätte keine Sekunde Ruhe gegeben.«

»Aber Sie haben doch meine Kollegen losgeschickt, sie suchen zu lassen.«

»Ich doch nicht. Das war doch dieser dämliche Renck. Und

wenn sich dieser völlig verrückte Kollege von Ihnen, Verzeihung, wenn ich das so sage, aber das kann ich nicht anders ausdrücken, wenn der sich nicht so angestellt hätte ...«

»Sie sprechen von dem Beamten, der das Verschwinden Ihrer Frau untersuchte?«

»Der Ersatzmann, ja. Der Kommissar selbst, Reimer hieß der wohl, wenn ich mich richtig erinnere, wurde schwer krank, deshalb schickten sie den. Verzeihung, aber ...«

»Grinsekäser«, fiel sie ihm ins Wort.

Bach nickte. »Sie kennen ihn?«

Neundorf machte eine unübersehbar abfällige Handbewegung.

»Ich war nahe dran, den wahren Sachverhalt zu beichten, aber der nahm mich überhaupt nicht ernst. Der laberte immer nur von linken Terrorgruppen, die die Ehefrau eines erfolgreichen Bauunternehmers aus politischen Gründen gekidnappt hätten. Ich hatte einfach die Schnauze voll, noch mit dem zu reden. Der ließ sich einfach nicht von seinem Wahn abbringen.«

»Aber jetzt verlangen Sie von mir, ich soll Ihnen einfach so glauben, dass Ihre Frau lebt.«

Bach griff in seine Tasche, streckte ihr sein Handy entgegen. »Die Fünf. Drücken Sie die Fünf. Wenn wir Glück haben, können Sie sie sprechen.«

»Wer garantiert mir, dass Sie das nicht längst mit einer anderen Frau abgesprochen haben? Wenn jemand von der Polizei anruft, gibst du dich als meine Ex aus?«

»Sie wohnt im Prenzlauer Berg. Schicken Sie Ihre Kollegen hin, die sollen sie überprüfen. Jetzt, wo Grobe nicht mehr lebt, können wir das Versteckspiel beenden.«

»Das werde ich tun.« Sie notierte sich die Nummer und die Anschrift Jana Bachs, erkundigte sich nach seinem Stimmungswandel, den Abriss seines Hauses betreffend. »Darüber haben wir uns ja schon einmal unterhalten«, fügte sie hinzu. »Letzte Woche. Da wollten Sie mir weismachen, das Risiko, beim Verkauf der Eigentumswohnungen Verluste zu machen, sei Ihnen zu groß.«

»Das haben Sie mir nicht geglaubt, wie?«, grinste der Mann.

»Sagen wir so: Ich fand es etwas seltsam«, antwortete sie.

»Zugegeben, das war Kokolores. Natürlich lassen sich damit Gewinne einstreichen. Große Gewinne, wenn es einigermaßen läuft. Aber es erfordert auch viel Arbeit. Mehrere Monate Stress pur. Mit diesen Vollärschen als Mitarbeiter.« Er deutete in die Höhe zu dem Gerüst. »Und damit sind wir wieder bei Jana.« Bachs Gesicht überzog sich mit einem breiten Grinsen.

»Sie sind noch verheiratet«, überlegte Neundorf.

Ihr Gegenüber nickte mit dem Kopf.

»Den Stress hätten Sie allein, die Gewinne müssten Sie mit ihr teilen.«

Bach lachte aus vollem Herzen. »Meine liebe Kommissarin, Sie sind wirklich fit. Ich reiße mir monatelang den Arsch auf, das alte Gemäuer abzureißen und den neuen Bau hinzustellen, dazu die Wohnungen alle für gutes Geld loszuwerden, und die Madame verjubelt die Moneten in Modeshops auf dem Prenzlauer Berg. Nein danke, da verzichte ich lieber.«

»Warum haben Sie dann die Terrasse betoniert? Sie hat, wie ich hörte, nicht mal Zugang vom Haus her?«

»Renck, der mit seiner Fantasie!«, erwiderte ihr Gesprächspartner. »Ich hatte ihr versprochen, eine schöne Terrasse zu bauen, und wollte ihr zeigen, dass ich das ernst meine. Ich dachte, sie kommt noch mal zurück. Und was den fehlenden Zugang vom Haus her betrifft: Ich wollte eine Tür in die Außenmauer einbauen. Von der Statik her ist das kein Problem. Mein Architekt hat längst sein Okay gegeben. Aber jetzt habe ich keine Lust mehr dazu.«

32. Kapitel

Der Einsatz im Norden hatte mehr Zeit in Anspruch genommen, als es von Braig erwartet worden war. Stundenlang hatte er die ihm teils per Mail, teils auch telefonisch übermittelten Informationen über den Fortgang der Ereignisse verfolgt. Kurz vor elf Uhr war die Mitteilung eingegangen, Henfles Handy sei zuerst in Niebüll, dann in Dagebüll geortet worden. Dagebüll, Braig kannte den kleinen Hafen, hier starteten die Fähren zu den Inseln Föhr und Amrum. Wollte Ruppich sich dort verstecken?

Zwei Stunden später hatte ihn Grewe darüber informiert, dass Stein erst am Abend zu erreichen war. Der Mann hatte heute seinen freien Tag und war wohl irgendwo am Wasser unterwegs. Das hatte ihm jedenfalls der Kollege in dem Seniorenheim, in dem Stein arbeitete, erzählt. Solange es so warm ist, hockt der am Meer, garantiert. Grewe hatte bedauert, keine genauere Auskunft geben zu können.

Gegen 16 Uhr war endlich klar gewesen, dass Ruppich weder nach Föhr noch nach Amrum gefahren war.

»Das Handy wurde jetzt zum zweiten Mal hintereinander auf Langeness geortet«, hatte ihm Hauke Friederichsen, der Chefermittler der Husumer Kripo, mitgeteilt, »das ist eine der Halligen im Wattenmeer. Dem Verlauf unserer Aufzeichnungen zufolge marschierte der Mann wohl auf dem Lorendamm von Dagebüll durchs Meer zur Insel. Langeness ist nämlich über die Hallig Oland über einen Schienendamm mit dem Festland verbunden.«

»Es gibt keinen anderen Zugang zu der Insel?«, hatte Braig sich erkundigt.

»Doch, den gibt es. Per Schiff übers Meer. Die haben einen großen und zwei kleine Häfen. Wenn wir sicher gehen wollen, den Mann zu erwischen, müssen wir Langeness komplett abriegeln. Das wird nicht einfach. Die Insel ist etwa zehn Kilometer lang. Der Gesuchte ist gefährlich?«

»Wir fahnden nach ihm wegen zweifachen, inzwischen wohl sogar dreifachen Mordes. Der ist garantiert nicht ohne. Sie müssen vorsichtig sein.«

»Dann machen wir das erst bei Dunkelheit. Bis dorthin haben wir auch die ganze Mannschaft auf der Hallig. Das wird aber eine gewisse Zeit in Anspruch nehmen. Die Häuser auf Langeness liegen weit auseinander, jedes mindestens einen Kilometer vom nächsten entfernt. Wir melden uns wieder, sobald wir wissen, wie wir vorgehen.«

Gegen 18.30 Uhr dann hatte Braig erfahren, dass etwa 20 Beamte die Insel von allen Seiten abgeriegelt hatten.

»Wir haben den Lorendamm von Dagebüll und Oland her unter Kontrolle, genauso den Fähranleger im Westen, den Osterwehlhafen im Osten und den Jelf-Hafen im Nordwesten der Insel. Außerdem schicken wir, sobald es komplett dunkel ist, Patrouillen über die ganze Hallig. Wir können aber nicht ausschließen, dass der Mann versuchen wird, mit einem kleinen Boot direkt ins Wasser zu gehen. Heute Abend ist es hier absolut windstill, zudem haben wir ablaufendes Wasser, das kommt dem Kerl leider entgegen.«

»Dann wünsche ich Ihnen viel Erfolg.«

»Danke, den können wir gebrauchen. Solche Einsätze sind wir hier eigentlich nicht gewohnt. Außer ein paar Dösköppen, die sich ab und an die Hucke volllaufen lassen und dann aufeinander losgehen, haben wir zum Glück nicht allzu viel Zoff.«

Braig hatte Ann-Katrin über den Einsatz informiert und sich nach seiner Tochter erkundigt.

»Die spielt mit Dr. Genkingers neuem Hasen«, hatte seine Partnerin ihm mitgeteilt. »Der mit dem großen, braunen Fleck. Der gefällt ihr doch so gut.«

Er hatte sie um Verständnis für sein verspätetes Nach-Hause-Kommen gebeten, seine Hoffnung auf die Festnahme Ruppichs zum Ausdruck gebracht.

»Wenn ihr den Kerl heute Abend verhaften könnt, ist es das ja wert«, hatte sie sich einsichtig gezeigt. »Vielleicht kannst du dann endlich mal ein paar Tage Urlaub nehmen.«

Braig hatte es ihr hoch und heilig versprochen, kurz darauf wieder die Stimme des Einsatzleiters in Nordfriesland im Ohr gehabt.

»Moin Moin, der Einsatz hat begonnen. Wir klappern Haus um Haus ab. Die Rixwarft, Neupeterswarft, Kirchhofswarft und Maienswarft haben wir bereits überprüft. Ohne Ergebnis. Dort war der Kerl weder anzutreffen, noch haben ihn deren Bewohner irgendwann gesehen. Aber das heißt ja noch nichts. Der größere Teil der Insel kommt jetzt erst.«

Anschließend waren mehr als fünfzig Minuten vergangen, bis der Mann endlich wieder von sich hören ließ. Braig war sich vorgekommen wie auf glühenden Kohlen, hatte unablässig sein Telefon wie den Computerbildschirm angestarrt, unfähig, eine sinnvolle Arbeit zu erledigen. Die Mail, die ihn dann erreichte, fiel kurz und knapp aus.

Schiet! Dat sieht nich gut aus!

Er hatte gerade beschlossen, die Nummer Friederichsens anzuwählen, um sich genauere Auskunft über die Bedeutung der Nachricht einzuholen, als der Anruf des Mannes signalisiert wurde. Hastig griff er nach dem Hörer.

»Schiet, Schiet, Schiet!« Friederichsens Stimme klang erbost und gereizt. »Wir sind durch. Komplett, die ganze Hallig. Da ist kein Ruppich!«

»Wie bitte?«

»Kein Ruppich, kein Henfle. Niemand, auf den die Beschreibung, die Sie uns gemailt haben, passen könnte.«

»Das heißt, der Kerl ist abgehauen?«

»Jau, wann denn? Wir haben alles überwacht.«

»Sie haben doch selbst gesagt, die Insel ist groß und der Seegang sehr ruhig. Gibt es keine Möglichkeit, das Wasser um Langeness abzusuchen?«

»Tun wir doch, was glauben Sie denn? Die Küstenwache fährt alles ab. Die untersuchen jeden Winkel. Vielleicht haben wir Glück, und die erwischen ihn draußen, okay. Wir warten jetzt auf die neue Ortung.«

»Wann war die Letzte?«

»19.30 Uhr. Da war er noch auf der Insel.«

»Und dass sich der Kerl irgendwo anders versteckt? In einem Schuppen, einem leerstehenden Gebäude, vielleicht auch in einem Schiff am Ufer?«

»Jau, das ist natürlich möglich. Aber wir klappern alles ab, keine Angst. Und wenn wir die ganze Nacht dafür benötigen.«

Braig bedankte sich für das Engagement des Kollegen, fühlte sich kraftlos und verbraucht. Auf alles war er gefasst gewesen, nur nicht darauf, dass auch der Einsatz heute Abend fehlschlagen könnte. Er hatte sich felsenfest darauf verlassen, dass es endlich gelingen würde, Ruppich festzunehmen und seinem mörderischen Wüten ein für allemal ein Ende zu setzen. Grobe, Robel, Henfle – es musste doch möglich sein, den Verbrecher zur Rechenschaft zu ziehen und seinem Wahn nach Rache und lebenszerstörender Gewalt nicht noch mehr Menschen zum Opfer fallen zu lassen. Ein Teil der Medien klotzte diese nachvollziehbare Forderung seit Tagen auf ihre Titel. Beileibe nicht nur die üblichen widerlichen Boulevard-Schmierer, wie Braig selbst gesehen und gelesen hatte, nein, auch nachdenkliche, ihrem Berufsethos kritischkonstruktiver Aufklärung verpflichtete Journalistinnen und Journalisten ergingen sich mehr und mehr in besorgten Überlegungen über die Hintergründe des fehlenden Erfolgs der sonst so zielstrebigen Ermittler. Er hatte in den letzten Tagen mehrfach mit einigen von ihnen telefoniert, sie persönlich – zumindest annäherungsweise – über die Schwierigkeiten ihrer Arbeit informiert.

Umso mehr war jetzt die Hoffnung auf den großen Befreiungsschlag in ihm gewachsen, auf die Nachricht, dass es, wenn schon nicht hier in der unmittelbaren Umgebung seines Wütens, so doch wenigstens in der Einsamkeit des nordfriesischen Wattenmeers gelingen würde, Ruppich festzunehmen. Aber, wie es schien, sollte der Verbrecher auch diesmal wieder …

Das Läuten des Telefons riss Braig aus seinen trübseligen Grübeleien. Müde und abgekämpft, wie er war, ließ er den Signalton drei Mal erschallen, bis er die Hand endlich am Hörer hatte.

»Jau, und ich dachte schon, Sie liegen im Bett und träumen von unserem Verbrecher.« Friederichsens Stimme war nicht zu entnehmen, welchen Inhalt seine Botschaft hatte.

»Sie haben ihn?«, fragte Braig.

»Ihn? Mann, Mann, Sie sind gut!«

»Ja oder nein?«

»Jau, das Handy. Wir haben es.«

»Das Handy?«

»Sag ich doch, jau.«

»Und Ruppich?«

»Der steckt wahrscheinlich bei euch im Süden.«

»Wie bitte?«

»Jau, das Handy kam per Post. Der Briefträger brachte es heute mit seiner Lore über den Deich. Adressiert an Frauke Tadix. Nur dass die gute Oma überhaupt nicht weiß, was das soll. Sie ist nämlich schon 83 und hat mit Handys und solchem neumodischen Kram nix an der Backe. Deshalb ließ sie die Sendung einfach liegen und wartete, bis ihr Nachbar vorhin zu ihr kam. Dem zeigte sie das Ding, und der dachte sofort an uns. Jau, das war's. Einen Absender gibt es nämlich nicht. Nur den Poststempel. Und den kann man kaum erkennen. Irgendwas mit 'ner Sieben vorne. Dürfte bei euch unten sein, oder?«

33. Kapitel

Das Läuten des Telefons riss Braig mitten in der Nacht aus dem Schlaf. Er benötigte mehrere Sekunden, zu sich zu kommen, suchte benommen nach dem Gerät. Das Handy vibrierte und ächzte in einem fort, zwang ihn dazu, sich aufzurichten und den Boden neben dem Bett nach der Lärmquelle abzutasten. Ausgerechnet in dieser Nacht mussten sie ihm die Ruhe rauben, wo er doch erst spät am Abend aus dem Büro gekommen war.

Ann-Katrin wälzte sich neben ihm laut stöhnend zur Seite. Er beeilte sich, an das Gerät zu gelangen und es mit seiner rechten Hand zum Schweigen zu bringen. Bis er es endlich ans Ohr bugsiert hatte, waren weitere Sekunden vergangen.

»… von Hohenheim«, hörte er die Stimme eines unbekannten Mannes, »und da ich hier in meiner Liste sehe, dass Sie für diesen Fall zuständig sind, wollte ich Sie ebenfalls informieren.«

»Hohenheim?«, überlegte er mit gedämpfter Stimme. »Was ist los?«

»Ja, das kann ich auch nicht genauer sagen. Ich erhielt nur diesen Anruf der Kollegen aus Plieningen. Sie überwachen das Haus der Schwester dieses Ruppich.«

»Und?«

»Ja, die sahen zwei Personen aus dem Haus schleichen und im Park von Hohenheim verschwinden. Der beginnt nicht weit hinter dem Haus.«

»Ja ja, das ist mir bekannt.« Braig kam mehr und mehr zu klarem Bewusstsein. »Und dann?«

»Ja, die Kollegen nahmen die Verfolgung auf. Und jetzt sind sie mitten im Park und fordern Verstärkung an.«

»Die ist unterwegs?«

»Ja, klar. Vier Mann und Ihre Kollegin, Frau Neundorf. Die hat heute Nacht Bereitschaft. Und weil ich gerade bemerkte, dass Sie für den Fall zuständig sind ...«

»Danke, das ist gut. Haben Sie die Durchwahl des Kollegen, der Sie informierte?«

»Ja. Die können Sie haben. Hier.«

Ja, ja, ja. Hatte der Kerl nichts anderes auf dem Programm? Braig gab die Nummer des Beamten ein, beendete das Gespräch, schälte sich aus dem Bett.

»Was ist jetzt schon wieder los?«, stöhnte Ann-Katrin.

»Irgendwas mit Ruppich«, flüsterte er. »Schlaf weiter.«

»Pass auf, dass die Kleine nicht wach wird.«

Er schlich sich auf Zehenspitzen aus dem Schlafzimmer, zog leise die Tür hinter sich zu, tapste weiter ins Bad. Er schaltete die Deckenlampe ein, kniff die Augen zusammen, versuchte, den Kollegen in Hohenheim zu sprechen. Vergeblich. Nur dessen Mobilbox war zu erreichen.

Was hatte das zu bedeuten? Dass Ruppich seine Schwester besucht hatte, während sie mit der Überwachung des von ihm zur Post gegebenen Handys beschäftigt gewesen waren und dass sich der Kerl jetzt mitten in der Nacht wieder hatte davonschleichen wollen? Und dass endlich einmal das eingetreten war, auf das sie so lange hatten warten müssen: das Glück, den Verbrecher aufzuspüren – und sei es mitten in der Nacht? Das Haus seiner Schwester in Plieningen wurde nach wie vor überwacht, möglichst dezent, wie Braig die jeweiligen Beamten gebeten hatte, um es dem Kerl nicht allzu deutlich zu machen. War er jetzt endlich entdeckt worden und in den Park geflüchtet?

Braig schaute auf seine Uhr, spürte, wie die Aufregung ihn übermannte. Kurz nach zwei. Hatten die Kollegen den Verbrecher tatsächlich entdeckt?

Er wollte nicht länger im Ungewissen bleiben, gab Neundorfs Nummer ein. Der Beamte vom Dienst hatte sie geweckt, also war sie wohl bereits unterwegs.

»Wieso bist du wach? Ich habe Bereitschaft«, meldete sie sich.

»Der Kollege rief an. Irgendwas mit Ruppich, meinte er. Wo bist du?«

»Vor der Haustür. Die Autoschlüssel in der Hand.«

»Was ist passiert?«

»Die Kollegen sahen eine Frau und einen Mann aus dem Haus von Ruppichs Schwester kommen. Als sie aus ihrem Wagen stiegen, verschwanden die beiden in den Park. Es könnte sich um den Kerl handeln, sie waren aber nicht genau zu erkennen.«

»Du fährst hin?«

»Ja. Vielleicht haben wir heute Nacht mehr Glück als gestern Abend.«

»Hoffentlich. Ich komme mit. Holst du mich bitte ab?«

Fünfundvierzig Minuten später hatten sie Hohenheim erreicht. Braig war es erst wenige Augenblicke vorher gelungen, den Kollegen zu sprechen. Der Mann war völlig außer Atem.

»Nein, tut mir leid«, keuchte er in sein Handy, »wir haben sie noch nicht entdeckt. Im Moment sind die spurlos verschwunden. Wir müssen das gesamte Areal des Schlossparks noch einmal durchkämmen, das ist die einzige Chance. Vier Leute sind einfach zu wenig für das Gelände. Wir haben zwar weitere Kollegen angefordert, aber da waren zwei schwere Unfälle mit Lastwagen auf dem Pragsattel und am Flughafen, deshalb dauert es. Wenn Sie helfen könnten?«

»Selbstverständlich. Wo sollen wir uns treffen?«

»Sie sind bewaffnet und haben Taschenlampen dabei?«

»Beide, ja«, bestätigte Braig.

»Am besten, Sie fahren bis zum Schloss und laufen dann abwärts durch den Park. Sie kennen das Gebiet?«

»Einigermaßen. Von Besuchen her und dem Fund eines der Opfer letzte Woche.«

»Besser als noch nie hier gewesen«, erklärte der Mann. »Im Moment sind wir über den Park verteilt. Wir stehen in der Nähe der Paracelsusstraße am Rand des Exotengartens, die Kollegen am östlichen Ende des Botanischen Gartens, also ungefähr einen Kilometer entfernt. Wenn Sie vom Schloss her auf uns zulaufen würden, eine Person eher Richtung Westen, die andere Richtung Osten?«

»Wir versuchen es«, sagte Braig dem Mann zu. »Gerade haben wir das Schloss erreicht.« Er ließ sich die Handy-Nummer der anderen Gruppe geben, teilte dem Kollegen seine eigene und die Nummer des Begleiters mit.

Neundorf stellte den Wagen unmittelbar an der Straßenkreuzung vor der Mensa ab. Die Umgebung lag im Dämmer einzelner Lichter, kein Mensch war zu sehen. Die Luft schien zu stehen, sie war überraschend warm, nicht ein Windhauch zu spüren. Einzelne, unbestimmbare Laute, vielleicht die von Tieren, drangen aus dem Park, unterlegt vom unablässigen Brummen unzähliger Motoren. Die Autobahn drüben am Flughafen, überlegte Braig.

Sie entsicherten ihre Waffen, schauten sich nach allen Seiten um. Nichts, kein einziges Lebewesen war zu sehen. Die Taschenlampe in der linken Hand liefen sie auf das Schloss zu. Braig schwitzte schon nach wenigen Metern. Er öffnete seinen Kragen, sah das Hauptgebäude aus dem Dämmer tauchen. Sie folgten ihm, bogen dann auf den Weg mitten durch den Schlosspark ab. Die Luft war fast unerträglich warm. Was ist nur los, überlegte er, 18 oder noch mehr Grad und das Anfang November mitten in der Nacht?

Ein schrilles Fiepsen vor seinen Füßen riss ihn aus seinen Gedanken. Er leuchtete auf den Boden, sah den Schatten eines kleinen Tieres in die Büsche abtauchen. Wenige Meter weiter das Rascheln von Blättern. Er hielt seine Taschenlampe von sich weg, leuchtete in die Ferne. Irgendein Vogel flatterte erschrocken auf.

Am Übergang zum Botanischen Garten trennten sie sich. Die Augen hatten sich längst an die Dunkelheit gewöhnt. Er sah die Umrisse vieler Büsche, dann, als er sich dem Exotengarten näherte, hohe, anscheinend bis in den Himmel ragende Bäume. Er starrte nach vorne, versuchte das Dunkel vor sich mit seinen Blicken zu durchbohren, erahnte plötzlich einen, nein, zwei davonhuschende Schatten, nur wenige Meter von sich entfernt.

Braig reagierte geistesgegenwärtig. »Halt!«

Er schrie so laut er konnte, schaltete seine Taschenlampe ein, richtete ihren Strahl in die Richtung der erahnten Schatten, sah tatsächlich einen Menschen ins Unterholz der nahen Büsche schnellen. »Halt!«

Ihm blieb keine Zeit, zu überlegen. Für den Moment einer Sekunde blieb er stehen, riss instinktiv seinen rechten Arm hoch, schoss in die Luft. »Polizei! Stehen bleiben oder ich schieße!«

Im gleichen Moment sah er einen zweiten Schatten von rechts auf sich zu jagen. Er fürchtete einen Angriff, warf sich zur Seite, hörte das Echo des Schusses wie Donnergrollen in der Umgebung verhallen. Das Licht seiner Taschenlampe huschte über die Äste der Bäume, beleuchtete das schmale Wiesenstück vor ihm. Er glaubte, zu träumen.

Keine fünf Meter von ihm entfernt standen zwei Menschen, in den Lichtkegel seiner Taschenlampe starrend, die Arme hoch erhoben. Ein Mann und eine Frau.

»Bitte!«, hörte er eine flehende Stimme. »Tun Sie uns nichts. Sind Sie wirklich von der Polizei?«

Bevor er antworten konnte, meldete sich sein Handy.

»Polizei«, sagte er laut, das seltsame Paar vor sich im Scheinwerferlicht seiner Lampe beobachtend, »ja.«

Neundorf war in der Leitung. Er klemmte das Gerät zwischen Schulter und Wange, ließ die beiden vor ihm nicht aus den Augen.

»Wer hat geschossen?«, fragte sie. Ihre Stimme klang gedämpft, leicht außer Atem.

»Ich«, erklärte er, »ich habe eine Frau und einen Mann gestellt.«

»Ruppich?«

»Nein«, sagte er, »soweit ich es im Moment beurteilen kann, nicht. Seine Schwester ist ein ganz anderer Typ.«

»Du schaffst es?«, fragte sie. »Wir sind nämlich selbst hinter zwei Personen her. Ich habe die Kollegen getroffen. Wir sind unten im Tal an der Körsch auf der anderen Seite der Mittleren Filderstraße. Vielleicht haben wir mehr Glück.«

»Ich werde es versuchen. Bis dann.« Er steckte das Handy weg, sah von links her zwei Lichtkegel auf sich zukommen.

»Alles okay?«, rief eine männliche Stimme.

Er hörte die Stimme des Beamten, mit dem er kurz vor ihrer Ankunft telefoniert hatte, gab sich zu erkennen. »Hier. Da sind zwei Leute.«

Die beiden uniformierten Kollegen traten aus dem Dunkel, richteten den Schein ihrer Lampen kurz auf sich selbst, dann ebenfalls auf das Paar vor ihnen.

»Oh, zum Glück stimmt es, Sie sind wirklich von der Polizei. Mein Gott, habe ich eine Angst gehabt«, stöhnte die Frau. Sie hielt ihre Hand vor die Brust, atmete tief durch.

Braig musterte die beiden, bemerkte die Erleichterung in ihren Mienen. Nein, die hatten offensichtlich keinen Grund, sich vor Polizeibeamten davonzustehlen. »Natürlich sind wir von der Polizei«, schimpfte Braig. »Und Sie, was ist mit Ihnen? Was treiben Sie hier mitten in der Nacht?«

Der Mann hielt sich die Hand vors Gesicht, versuchte, sich vor dem intensiven Licht zu schützen. »Wenn Sie die Lampen vielleicht etwas niedriger halten könnten«, bat er mit leichtem Zittern in der Stimme, »wir hauen schon nicht ab. Wir sind erschrocken genug. Mein Gott, dass Sie aber auch gleich um sich ballern müssen …«

»Was wollen Sie hier?«, wiederholte Braig. »Mitten in der Nacht? Irgendwelche Pflanzen stehlen?«

»Stehlen?« Die Frau ließ ein verkrampftes Lachen hören. »Wir wollten doch nichts stehlen! Was denn überhaupt?«

»Was weiß ich. Ruppich«, sagte Braig. »Waren Sie mit dem unterwegs?«

»Mit wem bitte?« Die Frau schielte mit verkniffenen Augen in den Lichtkegel.

»Ruppich.«

»Wer soll das sein?« Die beiden starrten ihm ahnungslos entgegen.

»Der, den wir hier suchen«, sagte er.

»Ich kenne keinen Ruppich«, erklärte die Frau. »Du, Jojo?«

Der Mann schüttelte den Kopf.

»Was wollten Sie dann hier?«

»Mein Gott, heute Nacht ist es so warm …« Die Frau kam ins Stottern.

»Wie im Frühling oder gar im Sommer«, ergänzte ihr Begleiter. »Spüren Sie das nicht?«

»Ja, schon«, gab Braig zu.

»Hm, da riefen uns Tanja und Kevin an und fragten, ob wir nicht …«

»Was?«

»Menschenskind, es ist Anfang November. Vielleicht die letzte warme Nacht in diesem Jahr.«

»Ja, und? Was wollten Sie?«

»Begreifen Sie denn nicht? Gemeinsam in die Pilze …«

Braigs Handy vibrierte. Der Mann brach mitten im Satz ab. Braig trat einen Schritt zurück, bat um Ruhe.

»Wir haben die beiden«, erklärte Neundorf, unüberhörbar außer Atem. Sie kämpfte um Luft. »Wir sind auf der anderen Seite der Körsch, haben sie durchs Wasser verfolgt. Was ist bei dir?«

»Ruppich?«, fragte er.

»Quatsch, Ruppich. Ein junges Paar. Studenten. Angeblich wollten sie sich mit einem anderen Pärchen im Park treffen. Vögeln im Freien, weil es so warm ist.«

»Mit einem anderen Pärchen?«, fragte Braig. Im gleichen Moment war ihm alles klar. »Tanja und Kevin, ja?«

»So heißen sie, genau«, bestätigte Neundorf, »und von Ruppich wieder mal keine Spur. Sie wohnen im Haus seiner Schwester, wussten natürlich nichts von unserer Überwa…« Sie verstummte mitten im Wort, schien sich von ihrem Handy abzuwenden. Braig glaubte eine Stimme im Hintergrund zu hören.

»Was ist los?«, erkundigte er sich.

Plötzlich hatte er Neundorfs Stimme wieder am Ohr.

»Eine Leiche?«, fragte sie aufgeregt.

»Was ist mit einer Leiche?« Er hörte Schritte und das Knacken von Ästen, dann das laute Rufen seiner Kollegin.

»Oh, verdammte Scheiße, da liegt tatsächlich eine Leiche! Der Kollege hat sie zufällig unter einem riesigen Berg von Ästen und Laub entdeckt. Eine männliche Leiche.«

»Wo ist das?«

»Unterhalb des Botanischen Gartens in diesen Sträuchern. Nicht weit über der Straße.«

»Henfle?«

»Woher soll ich das wissen? Glaubst du, der kann noch sprechen?«

34. Kapitel

Zwanzig nach sieben, nur wenige Minuten vor dem Läuten des Weckers, holte der Signalton seines Telefons Braig zum zweiten Mal an diesem Morgen aus dem Schlaf. Sie hatten sich bei den beiden jungen Paaren entschuldigt, sich kurz darauf am Fundort der Leiche unten im Tal getroffen. Ob es sich um Henfle handelte, war nicht zu erkennen gewesen, der Mörder hatte sein Opfer zu tief im Gestrüpp versteckt.

»Wir müssen erst die Spurensicherer ihre Arbeit machen lassen, bevor wir den Toten aus dem Unterholz holen«, hatte Neundorf erklärt, »das kann dauern. Geh du nach Hause und leg dich noch mal hin. Ich bleibe hier.«

Widerstrebend war Braig ihrem Vorschlag gefolgt, das Versprechen im Ohr, ihn sofort nach der Identifizierung der Leiche über das Ergebnis zu unterrichten.

Jetzt aber kam es ihm vor, als habe die Nacht erst begonnen. Müde drehte er sich zur Seite, nahm das Gespräch an.

»Tut mir leid«, gähnte Neundorf, »aber ich bin gerade dabei, mich noch einmal für zwei oder drei Stunden aufs Ohr zu legen. Ich wollte nicht, dass du es als Letzter erfährst.«

»Um was geht es?«

»Die Leiche.«

»Ach so, na klar. Ihr habt sie identifiziert?«

»Es dauerte seine Zeit, ja. Aber jetzt wissen wir Bescheid.«

»Und? Henfle, wer sonst?«

»Wer sonst?« Neundorf ließ ein lautes sarkastisches Lachen hören. »So hätte ich das auch formuliert, ja.«

»Wieso? Eigentlich war es zu befürchten, oder?«

»Eigentlich, ja.« Neundorf lachte erneut. »Aber nur eigentlich.«

»Was ist los?« Braig hatte Schwierigkeiten, ihre seltsame Reaktion zu verstehen. »Du bist übermüdet, ist es das?«
»Übermüdet? Ja, das ist möglich.«
»Und frustriert, weil Ruppich schon wieder zugeschlagen hat und wir es nicht verhindern konnten.«
»Das ist gut, sehr gut sogar.«
»Ruppichs drittes Opfer. Und wir Idioten rennen ihm die ganze Zeit hinterher und kommen jedes Mal zu spät.«
»Nein«, erwiderte sie.
»Was: nein? Sein Bekennerschreiben lag nicht dabei?«
»Doch. Es lag dabei. In einer Tasche seiner Hose.«
»Na, also.«
»Trotzdem.«
»Was willst du mit deinem Trotzdem? Wir haben Ruppichs drittes Opfer. Henfle. Leider war das zu erwarten, machen wir uns nichts vor.«
»Du stehst total daneben«, erklärte Neundorf.
»Wie meinst du das?«
»Wir haben Mist gebaut, ganz großen Mist.«
Braig richtete sich auf, schälte sich aus dem Bett.
Ann-Katrin schlug ihre Augen auf, betrachtete ihn stirnrunzelnd. »Was ist heute nur los?«, brummte sie.
»Katrin«, antwortete er, »sie ist etwas übermüdet.«
»Übermüdet«, gab seine Kollegin zur Antwort, »wenn es nur das wäre.«
»Wieso haben wir Mist gebaut? Wie soll ich das verstehen?«
Neundorf zeigte keine Reaktion.
»He, bist du noch da?«, rief er.
Ann-Katrin schüttelte missbilligend ihren Kopf.
»Der Tote ist …« Der Rest von Neundorfs Worten ging im Läuten seines Weckers unter.
Verärgert brachte er ihn zur Ruhe, fragte nach. »Was wolltest du gerade sagen?«

Sie ließ ihn zwei, drei Sekunden warten, wiederholte dann ihren letzten Satz. »Der Tote ist ... Es ist nicht Henfle. Es ist Ruppich.«

Braig hielt mitten in seiner Bewegung inne, starrte ins Leere. »Wie bitte?«

Neundorf stöhnte laut, verlieh ihrer Sprache eine gestelzte Ausdrucksweise. »Bei dem Toten handelt es sich um Ruppich, und er ist seit mindestens acht Tagen tot.«

Irgendetwas lief schief, er spürte es. Entweder seine Kollegin hatte Probleme, oder …

»Du hast richtig gehört«, beharrte sie.

»Der Tote ist Ruppich?«, flüsterte er. Er spürte einen leichten Schwindel, hatte Mühe, sich aufrecht zu halten, ließ sich rückwärts auf sein Bett fallen.

»Was ist los?« Ann-Katrin musterte ihn mit besorgter Miene.

»Sonst ist alles okay?«, hauchte er ins Handy.

»Sonst ist alles okay«, bestätigte seine Kollegin. »Und ich bin weder völlig übermüdet noch besoffen oder bekifft, wenn du das vielleicht vermutest. Aber, lieber Kollege, vor etwa einer halben Stunde teilte mir Dr. Schäffler, unser allseits bekannter Gerichtsmediziner, verbindlich mit, dass es sich bei der heute Nacht unterhalb des Hohenheimer Schlossparks gefundenen Leiche um den vor etwa acht bis zehn Tagen getöteten Markus Ruppich handelt. Verbindlich, verstehst du? Schalte die Nachrichten an, sie werden es bald bringen.«

»Aber das kann doch nicht wahr sein!« Braig schrie in sein Handy, erschrak über seinen eigenen Tonfall.

»Er ist es, der Befund ist verbindlich. Abgleich der Zähne, Größe des Skeletts und so weiter, es gibt keinen Zweifel. Und auch was den Todeszeitpunkt betrifft. Mindestens acht Tage ist er tot. Du verstehst, was das bedeutet?«

Braig fand keine Kraft mehr zu einer Antwort.

»So, tut mir leid, dass ich nichts Besseres zu melden weiß, aber so ist das Leben nun mal. Und ich benötige jetzt dringend ein paar Stunden Schlaf. Nach der Nacht und dem Schock jetzt danach. Verschone mich bitte mit weiteren Nachfragen, ich schalte mein Gerät ab.«

Sie hatte das Gespräch einfach beendet, ihn mit seinem brummenden, völlig verwirrten Schädel allein gelassen. Braig schaltete das Handy ab, warf es zur Seite. Ruppich war tot, seit acht bis zehn Tagen? Seit acht bis zehn Tagen? Er musste erst verarbeiten, was das bedeutete. Seit acht bis zehn Tagen?

Ruppich war weder der Mörder von Grobe noch der von Robel. Und auch nicht die Person, die für Henfles Verschwinden verantwortlich war. Seit acht Tagen hatten sie ein Phantom verfolgt, die falsche Person gejagt. Ruppich lag, während er und seine Kollegen die Öffentlichkeit mit großen Worten über dessen Verbrechen informiert hatten, längst tot in der Erde, hingestreckt von einer Person, von deren Identität sie nicht einmal den leisesten Schimmer hatten. Sie hatten acht Tage lang Mist gebaut, acht Tage, noch dazu unter den Augen der Öffentlichkeit. Was das bei den Medien bewirken, welcher Orkan der Entrüstung bald über sie hereinbrechen würde – Braig wagte nicht daran zu denken.

»Was ist los?« Ann-Katrin strich ihm zärtlich über die Wange. »Ruppich ist tot, habe ich das richtig verstanden?«

Er fand keine Kraft mehr zu einer Antwort, nickte nur mit dem Kopf.

35. Kapitel

Wohl nur wenige der zahlreichen Studentinnen und Studenten von heute, die sich am außergewöhnlichen Charme der im Stil eines englischen Landschaftsgartens erschaffenen, rings um die Universitätsgebäude des Stuttgarter Vororts Hohenheim gelegenen Grünanlagen delektieren, wissen darüber Bescheid, dass sowohl der Park als auch das gleichnamige Schloss auf einen der übelsten Despoten des Landes zurückgehen. Der württembergische Herzog Carl Eugen (1728-1793) hatte die weitläufigen Gartenlandschaften auf ausdrücklichen Wunsch seiner langjährigen Geliebten und späteren zweiten Ehefrau Franziska von Hohenheim unter deren tatkräftiger Mithilfe ab 1776 errichten lassen.

Der bei seiner Großmutter von Thurn und Taxis in Brüssel aufgewachsene, später zwei Jahre lang am Hof des Preußenkönigs Friedrichs II. in Berlin erzogene Carl Eugen genoss zeitlebens die umfassenden Privilegien eines absolutistischen Fürsten, die in allererster Linie darin bestanden, das Geld seiner bis aufs Blut ausgebeuteten Landeskinder für pompöse Feste, weite Reisen und das Luxusleben mit unzähligen Mätressen zu verprassen. 1744 mit 16 Jahren zum Herzog ernannt, gefiel sich der exaltierte Herrscher über Jahrzehnte hinweg als allmächtiger Jäger, dem nicht nur viele Tiere und die von seinem schießenden Tross niedergetrampelte Ernte unzähliger Felder, sondern auch hunderte Frauen und Töchter seiner Landeskinder zum Opfer fielen. Obwohl bereits mit 20 Jahren mit der als einer der schönsten Prinzessinnen ihrer Zeit beschriebenen, zum Zeitpunkt der Eheschließung gerade 16 Lenze zählenden Elisabeth Friederike Sophie von Brandenburg-Bayreuth verheiratet, verging in den folgenden

Jahrzehnten wohl kaum ein Tag, an dem der Herzog seinen sexuellen Gelüsten nicht anderweitig nachgab. Von Jähzorn und Rachsucht geprägt, schreckte der Despot weder davor zurück, seine Gemahlin zu misshandeln noch sie offen und unverhohlen zu betrügen.

Die Zahl seiner Mätressen schoss in astronomische Höhen. Tänzerinnen, Schauspielerinnen, Opernsängerinnen, Balletteusen wechselten einander als seine Bettgespielinnen ab. Unzählige bürgerliche Frauen kamen – oft auch unfreiwillig – hinzu. Aus Ludwigsburg etwa, wo er zeitweise residierte, wurde berichtet, dass er trotz heftiger Proteste der Mutter ein 16-jähriges Mädchen habe entführen und kurz darauf zu einer seiner neuen Mätressen erklären lassen.

Die Zahl seiner unehelichen Kinder überstieg jede Vorstellungskraft. Dass Carl Eugen sein perverses Sexualleben auch noch stolz zur Schau trug, konnte bei jedem seiner zahlreichen Feste begutachtet werden: Scharen von Frauen und Mädchen erschienen dabei in aus blauem Atlas gefertigten Schuhen, ein Kleidungsstück, das seine Trägerin offen als sexuelle Beute des Herzogs auswies.

Acht Jahre lang hatte Friederike von Brandenburg-Bayreuth diese psychischen und physischen Torturen ertragen, dann war es ihr endgültig zu viel geworden: Sie floh von der Seite ihres Angetrauten, vergrub sich in ihrer ehemaligen Heimat in Bayreuth. Des Despoten Pech: Weil er katholisch war, blieb ihm jede weitere Eheschließung versagt. Somit erübrigte sich auch jeder Gedanke daran, mit einer neuen, offiziell angetrauten Partnerin legale Kinder zu zeugen, die später seine Nachfolge an der Spitze des Landes antreten konnten.

Seinen Spaß am Leben, den Festen und den Frauen ließ sich Carl Eugen deswegen aber nicht nehmen, im Gegenteil: Genau wie die Anzahl seiner Bettgespielinnen stiegen auch die finanziellen Aufwendungen für seine Reisen und die pompösen, an seinem Hof veranstalteten Festivitäten ins Unermessliche. Zur Steigerung des in seiner Residenz zur Schau gestellten Luxus' gründete er die Porzellan-Manufaktur in Ludwigsburg und die Hofoper in Stuttgart, sorgte zudem für den Bau des Neuen Schlosses in Stuttgart, in das er später übersiedelte. Weil ihm das jedoch nicht genügte, ließ er in Ludwigsburg das Schloss Monrepos, hoch über Stuttgart das Schloss Solitude, auf den Fildern das Schloss Scharnhausen und auf der Alb das Schloss Grafeneck errichten. Unzählige Reisen zu Oper- und Ballettaufführungen etwa in Venedig rundeten seinen Lebensstil ab. Giacomo Casanova schrieb 1760: *Der Hof des Herzogs Carl Eugen ist der glänzendste von ganz Europa.*

Mit immer neuen Steuerforderungen versuchte der württembergische Despot, dieses Dasein zu finanzieren. Obwohl er seine Untertanen bis aufs Blut aussaugte, stiegen seine Schulden dermaßen, dass der seit dem Tübinger Vertrag 1514 existierende, aus Vertretern des Adels bestehende württembergische Landtag sich an den Reichshofrat in Wien wandte und Carl Eugen mit einer Klage wegen unaufhörlichen Verfassungsbruchs drohte. 1770 wurde der absolutistische Tyrann in einem Erbvergleich tatsächlich verwarnt und dazu gezwungen, die Machtkontrolle durch die Adligen gemäß dem Tübinger Vertrag zu akzeptieren.

Genau in dieser Zeit trat eine junge Frau in Carl Eugens Leben, der viele Historiker eine Änderung, zumindest eine Mäßigung seines ausschweifenden Lebensstils zuschreiben. 1748 in Adelmannsfelden in der Nähe von Ellwangen als fünftes von 15 Kindern des verarmten Freiherrn Ludwig Wilhelm von Bernerdin zu Pernthurn auf Pregrat geboren, war Franziska von früh auf an einen einfachen, vom Verzicht auf fast alle Annehmlichkeiten des Lebens geprägten Alltag gewöhnt. Weil die Vorfahren der Eltern ihres evangelischen Glaubens wegen aus Kärnten verjagt worden waren, hielt die Familie an ihrer typisch protestantischen Lebensauffassung fest: Nicht die Welt, nicht die Kirche, nicht der Herrscher galten als Richtmaß ihrer Entscheidungen, vielmehr nur Gott und das eigene Gewissen. Dieses Bewusstsein mag Franziska später geholfen haben, dem selbst die primitivsten moralischen Grundregeln im Umgang mit anderen Menschen missachtenden Despoten als eigenständige Persönlichkeit gegenüberzutreten und sich nicht zum Objekt seiner ungezügelten Machtwillkür und Sexbesessenheit degradieren zu lassen.

Die zum Himmel schreiende soziale Ungerechtigkeit in Carl Eugens Land und deren katastrophale Auswirkungen auf das Leben der kleinen Leute hatte Franziska bereits in ihrer frühen Jugend am eigenen Leib erfahren müssen: Mit 16 Jahren war sie mit Baron Friedrich Wilhelm Reinhard von Leutrum, der ihrem Vater sehr viel Geld geliehen hatte, verheiratet worden, einem Mann, der als körperlich übel gestaltet und seelisch nicht weniger missraten beschrieben wurde. Er soll sie mehrfach betrogen und geschlagen haben, zudem oft betrunken gewesen sein. *Heirathen heißt, aus einem freien Menschen ein Leibeigener werden,* urteilte Franziska in ihrem Tagebuch.

Doch dann lernte sie im September 1771, vom herzoglichen Hofstaat zur Jagd nach Kirchheim unter Teck geladen, den württembergischen Despoten kennen. Ihrer *vornehmen und außergewöhnlichen Einfachheit* wegen sei sie aufgefallen – in einem Umfeld aufgeplusterter Hofschmarotzer. Den Aufenthalt am Fuß der Alb nutzte Carl Eugen, um tagsüber mit seinem Tross in den Wäldern der Umgebung Hirsche zu jagen, abends vergnügte sich die Meute mit Opern- oder Ballettaufführungen. Die Schreie der brünftigen Tiere hatten es dem Weiberhelden besonders angetan. Um seine speziellen Ziele zu verdeutlichen, geleitete er die mitgeführten Damen zu einer Lichtung mitten im Forst, an der die Lockrufe des männlichen Wildes besonders gut zu hören waren. Und mitten in diesem wilden Treiben traf der brünstigste Oberhirsch Württembergs auf die junge Franziska von Leutrum.

War es Liebe auf den ersten Blick? Schon auf den den Kirchheimer Jagden unmittelbar folgenden Vergnügungen in den Wäldern um Schorndorf, wo Carl Eugen sich samt seiner Meute der Verfolgung der zahlreich dort vorhandenen Wildschweine widmete, wich der Herzog nicht mehr von Franziskas Seite. Die Fahrt von Kirchheim nach Schorndorf hatte sie im Wagen Carl Eugens zugebracht – ohne ihren Angetrauten. Wenige Wochen später galt Franziska als offizielle Mätresse des württembergischen Herzogs. Ihren Mann fand der Despot mit einer hohen Summe ab, befreite sie zudem mit der gesetzlichen Scheidung aus ihrem Ehemartyrium. Wie sehr der Weiberheld von Franziska beeindruckt war, zeigt die Tatsache, dass er alle seine bisherigen Mätressen binnen kurzer Zeit auszahlte und in ihre Heimat zurückschickte.

Carl Eugen – der durch die Begegnung mit der jungen Frau von Leutrum geläuterte Herrscher? Keineswegs. Wie die Historiker konstatieren, ließ er auch in den folgenden Jahrzehnten nicht davon ab, sich durch fremde Betten zu schlafen, wenn auch bei Weitem nicht mehr in dem Umfang wie früher. Im März 1772 schenkte er Franziska den südöstlich von Stuttgart gelegenen Garbenhof in Hohenheim, zwei Jahre später setzte er es durch, dass sie vom Kaiser zur Reichsgräfin von Hohenheim ernannt wurde. Eine Eheschließung zwischen den beiden so innig Verliebten wurde 1780 mit dem Tod der ersten Ehefrau des Herzogs möglich. Jahrelang bemühte sich der württembergische Herrscher, den Widerstand des Papstes wie seines eigenen erzkatholischen Bruders Ludwig Eugen gegen seine Heirat mit der geschiedenen, noch dazu evangelischen Franziska zu brechen – jahrelang traf er auf entschlossenen Widerstand. Erst im Januar 1785 fand im Geheimen, unter Ausschluss der Öffentlichkeit, im Neuen Schloss in Stuttgart die Vermählung statt, ein Jahr später wurde Franziska offiziell zur Herzogin ernannt.

Das Schloss und der Park von Hohenheim bildeten das Zentrum des immerhin 22 Jahre, bis zum Tod Carl Eugens währenden gemeinsamen Lebens des Paares. Beide erlebten zwar nicht mehr die Vollendung des Hauptgebäudes, benutzten jedoch einen zweigeschossigen Flügelbau als Wohnung. Die Gestaltung des durch Zukäufe auf etwa 500 Hektar vergrößerten Parkgeländes wurde zu einer der wichtigsten Aufgaben von Franziska und Carl Eugen. Die Arbeit in Hohenheim verschaffte beiden Abstand von der künstlich-affektierten Welt des Stuttgarter Hofes, ermöglichte ihnen zudem, sich durch eigener Hände Arbeit – für den Despoten zum ersten Mal im Leben – zu verwirklichen.

Die Anlage des Parks überließen sie nicht dem Zufall, sondern sorgfältiger Planung. 1776 reisten beide nach England, um sich dort die verschiedensten Landschaftsgärten anzusehen, die zum Vorbild für Hohenheim werden sollten. Nicht die französischen Barockanlagen, die die Pflanzen in künstlich gestylte Symmetrien pressten, um dem Auftreten des jeweiligen Herrschers ein möglichst protziges Umfeld zur Verfügung zu stellen, dienten dem schwäbischen Herzogspaar als Ideal, vielmehr das genaue Gegenteil: die Betonung einer möglichst natürlichen Landschaft mit Bäumen, Bächen, Seen und Gärten, in denen – dem Menschen zu Diensten – nicht nur Blumen, sondern auch Gemüse, Obst und Weintrauben wuchsen. Um diesem grünen Naturparadies dennoch einen unverkennbaren Charakterzug zu verleihen, ließ der Herzog exotische Büsche und Bäume aus aller Herren Länder importieren und in Hohenheim einpflanzen. Ein bei

Wissenschaftlern hochgeschätztes, Ende des 18. Jahrhunderts erschienenes botanisches Lexikon bezeichnete den Schlosspark als die reichste und vollständigste Sammlung von ausländischen Bäumen und Sträuchern in Deutschland. Die wertvollsten exotischen Pflanzen wurden in einem großen, aus Glas und Eisen errichteten Gewächshaus, dem »eisernen Haus«, aufbewahrt, in dem das Herzogspaar seinen Kaffee trank.

Dass die beiden dem weitläufigen Garten zudem unzählige miniaturisierte, der Antike nachempfundene Gebäude wie einen »Sibyllentempel«, ein »römisches Gefängnis« sowie ein »Carthäuser-Kloster mit gothischer Kapelle« einverleiben ließen, löste nicht nur Begeisterungsstürme aus. Johann Wolfgang von Goethe etwa urteilte nach seinem Besuch 1797, vier Jahre nach dem Tod Carl Eugens: *Hohenheim selbst, der Garten sowohl als das Schloss, ist eine merkwürdige Erscheinung. Der ganze Garten ist mit kleinen und größeren Gebäuden übersäet … Viele Dinge zusammen machen leider kein großes.*

Die Herzogin von Hohenheim dagegen genoss wie ihr Partner jeden Tag, den sie dort verbrachten: teils mit intensiver, auch körperlich anstrengender Garten- und Feldarbeit, teils mit Aufenthalten in ihrer mit einer großen Bibliothek ausgestatteten »Köhlerhütte« mitten im Park. Voller Stolz vertraute sie die im Herbst erzielten Ernteerträge ihrem Tagebuch an, notierte genau die Mengen an Kartoffeln, Kohlrabi, Johannisbeeren und Feigen, die sie der Erde abgerungen hatten. Und Carl Eugen war sein Schlossgarten seinem eigenen Urteil nach zum *Triumph tugendhaften Landlebens über die Sittenverderbnis des untergegangenen Roms* geworden – eine Bemerkung, mit der er sein eigenes, über Jahrzehnte hinweg praktiziertes Verhalten entlarvte.

Die Wurzeln Hohenheims als Zentrum landwirtschaftlicher und gartenbautechnischer Forschung und Entwicklung gehen ohne jeden Zweifel auf die engagierte Arbeit des Herzogspaars und ihrer Helfer zurück. Der legendäre Ruf, den die Hochschule heute genießt, wurde jedoch erst in späteren Jahren begründet, u. a. vom württembergischen König Wilhelm I. und seiner ersten Ehefrau Katharina, die 1818 in Hohenheim die *Landwirtschaftliche Centralstelle* als Unterrichts- und Versuchsanstalt gründeten, um die Ausbildung der Landwirte zu verbessern und neue Ackergeräte zu entwickeln. 1848 gingen daraus die Akademie Hohenheim, 1904 die Landwirtschaftliche Hochschule und 1967 die Universität Hohenheim hervor.

Gedanken an die historischen Hintergründe der Umgebung hatte Braig allerdings nicht im Sinn, als er den Fundort der Leiche Ruppichs an diesem Dienstagmorgen zum zweiten Mal in Augenschein nahm. Er hatte sich erst vor wenigen Wochen ausführlich mit Neundorf und ihrem Partner über Franziska von Hohenheim und ihren Einfluss auf den in sie vernarrten Despoten unterhalten, weil Weiss gerade an einem Essay über den von Carl Eugen besonders drangsalierten Journalisten Christian Friedrich Daniel Schubart arbeitete, war im Moment aber viel zu intensiv mit den Konsequenzen der Expertise des Gerichtsmediziners beschäftigt. Deprimiert und vom Frust des beruflichen Misserfolgs gezeichnet, betrachtete er die Ansammlung von Zweigen, Ästen und modrigem Laub am Rand eines dicken Dornengestrüpps, unter der die sterblichen Überreste des Mannes gefunden worden waren. Dr. Dolde und Rössle krochen mehrere Meter davon entfernt auf allen Vieren auf dem Boden umher, darum bemüht, Spuren zu entdecken, die im Verlauf der letzten Tage längst von Wind und Wetter zerstört worden waren.

»Des kann i dir jetzt schon sage: Do was Brauchbares zu finde, stoht ois zu oinere Million!«, hatte Rössle Braig sofort bei dessen Ankunft erklärt. »Der isch sechs oder siebe Täg onder dem Holz glege. Zwoi Täg hots gregnet ond oin gschtürmt wie verrückt, do isch älles weg!«

»Aber wieso wurde der nicht früher entdeckt?«

»Wieso? Dätsch du freiwillig in dem Gschtrüpp do am Arsch der Welt romkrieche? Selbscht der größte Halbdackel in Sindelfinge käm net uf die Idee.«

Braig musste sich nicht anstrengen, zu begreifen, dass der Mann recht hatte. Der gesamte Bereich um sie herum bestand nur aus undurchdringlichem, mit unzähligen Stacheln und Dornen bewehrtem Buschwerk. Der Täter musste das Areal gut gekannt haben. Wahrscheinlich hatte er seinen Wagen am Rand des Körschtalsträßles abgestellt und sein Opfer durchs Unterholz hierher geschleppt. Derselbe Verbrecher, der wenige Tage später Grobe und Robel getötet hatte?

Ich bin das erste Schwein, das büßen muss. Die anderen folgen.

»Des Papier war in seiner Jacke. Damit isch doch alles klar, oder? Also gut, was die Munition betrifft, mir hent noch nix gfunde. Aber der Doktor moint, von der Größe der Wunde her, des könnt passe. Luger, Parabellum.«

»Dann können wir davon ausgehen, dass wir es mit einem einzigen Täter zu haben. Ruppich als erstes Opfer, dann die zwei anderen …«

»Zwei?«, hatte Dolde kommentiert. »Was ist mit Henfle?«

»Keine Ahnung. Bisher haben wir noch keinen Hinweis.«

»Des send scho vier Tote«, hatte sich Rössle geäußert, »den Henfle findet mir au no.«

Braig wollte sich gerade von den Kollegen verabschieden, als sein Handy vibrierte. Er zog es vor, sah, dass Ann-Katrins Schwester in der Leitung war, nahm das Gespräch an.

»Ich weiß nicht, ob ich störe.«

»Nein«, sagte er. »Im Gegenteil.«

Sie musste an seiner Stimme bemerkt haben, dass es ihm nicht besonders ging, fragte nach.

»Du wirst es bald in den Nachrichten hören«, erklärte er. »Ruppich, den wir die ganze Zeit als Täter verdächtigt hatten. Wir haben ihn gefunden. Er ist seit mindestens acht Tagen tot.«

»Tot? Seit mindestens acht Tagen? Oh nein!« Sie hatte sofort begriffen, was das bedeutete. »Die Medien werden mal wieder über euch herfallen.«

»Mal wieder? So wie nie zuvor.«

»Das ist zu befürchten, ja. Das tut mir leid für dich.«

»Ich freue mich besonders auf die Boulevard-Schmierer.«

Theresa Räubers Antwort ließ einen Moment auf sich warten. »Ich weiß, das klingt verrückt, aber vielleicht kann ich dir helfen.«

»Du?«

»Wann findet die Pressekonferenz statt?«

»Um 14 Uhr.«

»Das könnte klappen. Katrin ist dabei?«

»Ja. Sie hängt über Grobe mit drin.«

»Und sonst?«

»Na ja, Söderhofer. Katrin will ihn zwar wegen Befangenheit nicht dabei haben, aber … Warum fragst du?«

»Weil ich glaube, dass ich verhindern kann, dass die Pressekonferenz für euch zum Fiasko wird.«

»Wie bitte?«

»Ich weiß, das klingt anmaßend. Aber wirklich, ich habe was für euch. Die werden sich aufregen und euch fressen wegen Ruppich. Aber genau in dem Moment, wo sie über euch herfallen, präsentierst du ihnen eine neue Information. Die werden Ruppich für eine Weile vergessen, das verspreche ich dir.«

»Wovon sprichst du?«

»Euer Polizeiapparat kann sich noch so anstrengen, alle Geheimnisse könnt ihr den Menschen doch nicht entlocken.

Speziell wenn ihr solche Typen losschickt wie deinen neuesten Kollegen. Da ist es doch gut, dass es Pfarrerinnen gibt, denen frau ihr Herz ausschütten kann. Wir haben es besprochen, dass ich mich an dich wende. Sie ist einverstanden. Du willst hören, um was es geht?«

Braig trat ein paar Schritte aus dem Unterholz, ließ sich Theresa Räubers Anliegen erklären. Der Inhalt war in der Tat spektakulär. Er hatte mit allem gerechnet, nur nicht damit. Jeder anderen Person wäre er ins Wort gefallen, hätte sie der Sensationsgier bezichtigt, ihr Vorhaben entrüstet abgelehnt. Bei der Pfarrerin war das anders. Er kannte sie zu lange, um an ihrer Seriosität zu zweifeln, hatte zu großen Respekt vor ihren Worten und ihrer unermüdlichen Aktivität. Sprachlos vor Überraschung hörte er ihr zu.

»Und, was meinst du? Können wir das in dem Sinn regeln, den ich hier vorschlage?«, fragte sie am Schluss ihrer Erklärungen.

»Ohne jeden Einwand«, antwortete er, »und ich garantiere dir jetzt schon, dass Katrin und Rössle mitspielen werden.«

36. Kapitel

Dass die Pressekonferenz, zumindest was den ersten Teil ihrer Ausführungen anbetraf, nicht gerade erfreulich ablaufen würde, war zu erwarten gewesen. Tagelang hatten sie einen frisch aus dem Gefängnis entlassenen Mann als Serienmörder bezichtigt und verfolgt, nur um dann feststellen zu müssen, dass genau dieser Mann dem wahren Täter bereits als Erster zum Opfer gefallen war.

Die Häme, der Hohn und Spott, aber auch die berechtigte Kritik, die ihnen seitens der zahlreich erschienenen Journalisten entgegenschlugen, schien ohne Ende. Nicht nur, dass sie einen völlig Unschuldigen verfolgt hatten – fast noch schlimmer war die Tatsache zu bewerten, dass sie es in der ganzen Zeit auch noch versäumt hatten, nach Alternativen zu Ruppich zu suchen. Alle Bemühungen, die sie unternommen hatten, zielten auf den entlassenen Straftäter, eine andere Option hatten sie nicht einmal erwogen. Einem wehrlosen Opfer im Haifischbecken ähnlich, Braig wusste nur zu gut, vor welchem Schicksal ihn die Pfarrerin bewahrt hatte.

Drei Stunden vor Beginn der Pressekonferenz hatte er sich mit Neundorf und Rössle bei Theresa Räuber getroffen, um sich auf die Pressekonferenz vorzubereiten.

Mitten im Trubel der Anschuldigungen war er darauf zu sprechen gekommen. »Zum Glück darf ich Ihnen heute aber auch einen äußerst erfreulichen Sachverhalt mitteilen.«

»So? Was denn?«, fiel ein schwarzgelockter Breitschultriger ihm ins Wort. »Dass der Killer gerade sein fünftes oder sechstes Opfer abschlachtet?«

Lautes Gelächter folgte. Braig kannte den Kerl, wusste, dass er für einen privaten Schmuddelsender arbeitete.

»Wir konnten endgültig ermitteln, wie es zu der schweren Verletzung Holger Deimels, des jungen Mannes, der als Bundeswehr-Soldat von seinem Afghanistan-Einsatz auf Heimaturlaub weilt, gekommen ist.«

»Linke Terroristen«, rief ein älterer Mann, »Sie haben die Namen?«

Sie hatten Theresa Räuber nicht allein angetroffen, als sie im Pfarrhaus angekommen waren.

Eine junge, etwas verhärmt wirkende Frau um die Zwanzig war sich in ihrem Besucherzimmer unübersehbar nervös fast ohne Unterlass über die Haare gefahren, dazu auf ihrem Stuhl unruhig hin und her gerutscht.

»Darf ich vorstellen: Das ist Carolin Mechle. Die Freundin von Holger Deimel. Und diese Dame und die beiden Herren sind Kommissare, aber auch persönliche Freunde von mir. Niemand unternimmt etwas, was ich nicht gestatte. Okay?«

Sie hatten sich gegenseitig die Hände gereicht, der Pfarrerin dann ihr Versprechen gegeben.

»Ich habe Steffen am Telefon erklärt, was passiert ist. Carolin liebt ihren Holger. Sie hat große Angst um ihn, seit er in Afghanistan dient. Deshalb freute sie sich irrsinnig, als er auf Heimaturlaub kam. Sie will nicht, dass er erneut nach Afghanistan fliegt. Das ist nachvollziehbar, aber nicht so leicht zu bewerkstelligen. Einfach so wegbleiben, geht nicht, das lässt die Bürokratie nicht zu. Es sei denn, Holger hätte eine Verletzung oder ein gesundheitliches Problem. Klar?«

»Ja«, sagte Neundorf. »Alles ist klar. Das Motorrad kippt um, er leidet unter einer starken Prellung und kann deshalb vorerst nicht weg. Wenn die Maschine ihn nicht so unglücklich erwischt hätte …«

»Ich wollte das doch nicht«, war ihr die junge Frau heulend ins Wort gefallen, »es sollte nur ein kleiner Unfall sein, wirklich, Sie müssen mir glauben.«

»Und jetzt ist plötzlich die Polizei im Spiel, und alle labern von linken Terroristen.«

»Nein.« Neundorf hatte heftig protestiert. »Nur Grinsekäser und Söderhofer, diese Vollidioten.« Sie hatte der jungen Frau Zeit gegeben, sich etwas zu beruhigen, dann nach Holger Deimel gefragt. »Er weiß, dass Sie es waren?«

»Nein«, hatte Carolin Mechle erschrocken von sich gegeben. »Der will doch nichts mehr von mir wissen, wenn ich ihm das beichte.«

»Du hast es mir gebeichtet, das reicht«, hatte die Pfarrerin erklärt. »Wir schaffen das, ja? Oder glaubt ihr, euer Staatsanwalt macht Schwierigkeiten?«

»Der soll es nur versuchen«, hatte Neundorf geantwortet. »Dann erzähle ich den Zeitungen von einem gewissen Teddy. Der spielt mit, garantiert.«

Rössle, der für die Untersuchung des Unfallortes verantwortlich war, hatte sich um eine Lösung bemüht.

»Linke Terroristen?« Braig ließ seinen Blick über die vor ihm versammelten Journalisten gleiten. »Tut mir leid. Von mir haben Sie in diese Richtung nie etwas gehört.«

Tumultartiger Lärm hinderte ihn daran, weiterzusprechen. Mehrere Männer waren aufgesprungen, schrien wild durcheinander.

Braig wartete ein paar Sekunden, sah Söderhofers stieren Blick auf sich gerichtet. Der Staatsanwalt hockte an der Seite, versuchte nachzuvollziehen, was der Kommissar gerade von sich gegeben hatte.

»Sie halten sich zurück«, hörte er Neundorfs Stimme, »sonst komme ich auf Ihre Befangenheit zu sprechen. Ich sage nur *Teddy*.«

Söderhofers bleiche Miene vor Augen nutzte Braig das Mikrofon, den gestiegenen Lärmpegel zu übertrumpfen. »Ich betone, weder von Frau Neundorf noch von mir haben Sie im

Zusammenhang mit dieser Angelegenheit je etwas von angeblichen Terroristen gehört. Weil wir von den Ermittlungen zu den Todesfällen der Herren Grobe, Robel und Ruppich sehr in Anspruch genommen sind, konnten wir uns zeitweise nur unzureichend um die Sache mit Herrn Deimel kümmern. Was von anderen dazu behauptet wurde, steht nicht in unserer Verantwortung. Ich denke, meine und Frau Neundorfs absolut seriöse Ermittlungsmethoden sind Ihnen bekannt. Uns ist es heute Morgen in gemeinsamer Arbeit mit unseren Spurensicherern gelungen, die Ursache der schweren Verletzungen Herrn Deimels endgültig zu klären.«

»Ja, und?«

»Die Verletzung des Mannes resultiert aus einer unglücklichen Verkettung widriger Umstände. Um es klar zu sagen: Es liegt kein Fremdverschulden vor.«

Blitzartig aufkommender Lärm hinderte ihn erneut daran, weiterzusprechen. Mehrere Männer waren aufgesprungen, unzählige Stimmen schrien durcheinander. Braig sah, wie Söderhofer mit großen Augen zu ihm herstarrte.

»Der Unfallhergang, denn so müssen wir den Vorfall definieren, wurde von uns heute Morgen nachgestellt. Deshalb können wir Ihnen den Ablauf ziemlich detailgetreu schildern. An dem Tag, als Herr Deimel mit der Inspektion seines Motorrades beschäftigt war, hatten wir zeitweise starke Windböen zu verzeichnen. In den Gesprächen über die Situation, in der sie ihren Freund schwer verletzt unter seiner Maschine fand, erwähnte Frau Mechle einen kleinen, etwa einen Meter langen Teppich. Er lag zerknüllt auf dem Motorrad. Sie packte ihn und warf ihn zur Seite, um ihren Freund aus seiner misslichen Lage zu befreien. Wir waren bisher davon ausgegangen, dass der junge Mann den Teppich als Unterlage zur Inspektion seiner Maschine benutzt hatte. Jetzt, in einem neuen Gespräch, stellte sich jedoch heraus, dass er auf der nahen Metallstange ausgeklopft und zum Auslüften aufgehängt worden war. Unseren Erkenntnissen nach muss eine Windböe den Teppich von der Stange geweht und auf das nur einen Meter davon entfernte Motorrad geschleudert haben. Der Aufprall warf die Maschine um und begrub den jungen Mann unter sich. Wir hoffen auf eine baldige Genesung Herrn Deimels und wünschen ihm alles Gute. Unsere Ermittlungen sind damit abgeschlossen.«

37. Kapitel

Die Pressekonferenz war gerade zu Ende gegangen, als Braig der Eingang einer Mail signalisiert wurde. Er zog sein Handy vor, sah auf das Display.

Dringend! Bitte Rückruf! Ohmstedt

Der Kollege, der lange in Braigs Abteilung tätig gewesen und mit ihm inzwischen gut befreundet war, glaubte wahrscheinlich, die Pressekonferenz finde noch statt, und hatte deshalb auf einen Anruf verzichtet.

Dankbar, auf andere Gedanken zu kommen, löste Braig sich aus der Menge und stieg die Treppen zu seinem Büro hoch. Das Hickhack um die Überlegungen, warum es so lange gedauert hatte, bis der Teppich als Ursache des Unfalls erkannt worden war, sowie die Verwunderung darüber, dass im LKA allem Anschein nach neuerdings verschiedene Ermittlergruppen mit denselben Fällen beschäftigt waren, hatten sich endlos hingezogen.

Braig nahm die letzten Stufen, lief in sein Büro, atmete tief durch. Endlich geschafft!

Er nahm sein Handy, gab Ohmstedts Nummer ein.

»Die Pressefritzen sind gegangen?«

»Zum Glück. Du hast ja wohl gehört, was mit unserem Hauptverdächtigen passiert ist.«

»Deshalb muss ich mit dir reden.«

Braig horchte auf. »Wegen unseren Ermittlungen?«

»Genau. Du bist in deinem Büro?«

»Ja.«

»Ich komme hoch. Jetzt sofort.«

Braig lief zur Kaffeemaschine, füllte Wasser und Pulver ein. Die ersten Tropfen blubberten ins Glas, als Ohmstedt den

Raum betrat. Er klopfte ihm auf die Schulter, setzte sich auf einen Stuhl.

»Eine Neun-Millimeter-Parabellum, auch *Luger* genannt«, sagte Ohmstedt. »Sie macht euch Sorgen, habe ich gelesen. Richtig?«

»Grobe, Robel und jetzt auch Ruppich. Dolde hat mich vorhin informiert. Ruppich wurde doch an seinem Fundort erschossen. In allen Fällen die gleiche Waffe.«

»Ein alter Bekannter hat Muffensausen. Dem geht der Hintern dermaßen auf Grundeis, dass er sich freiwillig bei mir gemeldet hat. Ich betreue ihn seit einiger Zeit, wenn du verstehst.«

Einer der halbseidenen Polizeiinformanten. Spitzel, hatte man die Leute früher genannt. Personen, die sich in einem Umfeld bewegten, dem man problematische Verhaltensweisen zuschrieb. Oft waren es Kleinkriminelle, deren Treiben als Gegenleistung für gelegentliche Hinweise toleriert wurde, wusste Braig. »Er kennt einen Typ, der mit genau diesem Monstrum durch die Lande zieht?«, fragte er.

Ohmstedt nickte. »So etwa, ja.«

»Hat er einen konkreten Verdacht?«

»Es hört sich so an, in der Tat.«

»Und du glaubst, da ist was dran. Mein Gott, weißt du, wie lange ich auf diesen Moment gewartet habe?«

»Noch ist es offen.«

»Ja. Aber wenn du mich extra informierst ...« Braig wusste nur allzu gut, wie akribisch Ohmstedt arbeitete, mit welchem persönlichen Einsatz er sich seinen Ermittlungen hingab, wie klug und erfahren er seine Untersuchungen vorwärtstrieb. »Wo finde ich die Waffe?«

»Mein Informant legt Wert darauf, nicht als Waffendealer tätig zu sein. Es sei eine Ausnahme. Ein Akt puren Mitleids.«

»Wem hat er die Waffe gegeben?«

»Einer Nachbarin. Eine ängstliche, kontaktscheue Person. Vom Schicksal gebeutelt. Ihre Tochter liegt in der Psychiatrie. Der Mann ist einfach davon. Die Frau sei nur noch ein Haufen Elend, glaubte er. Bisher.«

»Und dann hat er ihr einfach so die Waffe gegeben?«, fragte Braig verwundert.

»Mein Informant hatte Mitleid. Das ist alles. Sie hat an ihren lichten Tagen schon für ihn gekocht, ihm ab und zu Essen gebracht. Einfache Sachen, aber immerhin. Smalltalk unter Nachbarn, wenn ich das richtig verstanden habe. Irgendwann kamen sie darauf zu sprechen. Sie fühlt sich bedroht. Lässt die ganze Nacht das Licht brennen, vor lauter Angst. Manchmal heulte sie tagelang. Fängt immer wieder von ihrer Tochter an, hat nur deren Schicksal im Kopf. Da bot er ihr die Waffe an. Nur für die Psyche. Damit sie sich sicherer fühlt. Sie stamme aus einer Erbschaft von seinem Onkel aus dem Zweiten Weltkrieg. Wer's glaubt, wird zehn Mal selig. Na ja. Seither hat er die Nachbarin jedenfalls kaum mehr gesehen. Die sei jetzt plötzlich dauernd unterwegs, meint er.«

»Wann hat er ihr die Waffe gegeben?«

»Vor fünf Wochen.«

»Zu der Zeit kam Ruppich aus dem Gefängnis.«

»Ich weiß. Ich habe dein Protokoll bei Katrin eingesehen.«

»Wie heißt die Frau? Du weißt, wo sie wohnt?«

»Klara Börrisch. Sie wohnt in Stuttgart.«

»Haben wir was über sie?«

»Nein«, sagte Ohmstedt. »Über sie nicht. Aber über eine Silke Börrisch.«

»Und?« Braig hörte die alte Kaffeemaschine in den höchsten Tönen seufzen und den Rest von Dampf ausstoßen, konnte seine Neugier nicht länger zurückhalten.

»Silke ist Klara Börrischs Tochter.«

»Und was haben wir über sie?«

»Ein bis heute nicht aufgeklärter Vorfall. Silke Börrisch verschwand vor sechs Jahren abends von einem Fest. Sie war 16 damals. Der neue Bahnhof von Oettingen wurde eingeweiht. Am nächsten Morgen wurde sie in Ludwigsburg nicht weit vom Krankenhaus am Straßenrand gefunden. Sie lag im Koma. Ursache: Übermäßiger Alkoholkonsum. Die Ärzte stellten zudem fest, dass sie in der Nacht Geschlechtsverkehr gehabt hatte, allerdings ohne Anzeichen von Gewalt. Aber das muss nichts heißen. Der oder die Täter können sie bewusst mit Alkohol abgefüllt haben, um sie wehrlos zu machen.«

»In Oettingen«, überlegte Braig. »Was sagte das Mädchen selbst dazu?«

»Sie erwachte erst mehrere Wochen später aus dem Koma. Die Kollegen konnten sie trotzdem nicht befragen. Die Ärzte lehnten es ab. Seither liegt sie auf der Geschlossenen in der Psychiatrie.«

38. Kapitel

War das wirklich möglich?

Eine Frau, deren Tochter im Alter von 16 Jahren durch einen unglücklichen Vorfall oder ein Verbrechen vollkommen aus der Bahn geworfen worden war, zog los, diejenigen, die sie in der Verantwortung für das Schicksal ihres Kindes sah, zur Rechenschaft zu ziehen? Und wenn ja, wieso Ruppich, Grobe, Robel, Henfle? Wie kam sie auf die Idee, diese Männer hätten Schuld am Elend ihres Kindes?

Braig hatte die Unterlagen, die Ohmstedt ihm gebracht hatte, noch einmal überflogen, anschließend Neundorf über das Schicksal des Mädchens informiert. Die Sache war nie geklärt worden. Die Einweihung hatte man mit großem Pomp und entsprechendem Menschenauflauf ein Wochenende lang gefeiert. Niemand hatte gesehen, wohin oder mit wem Silke Börrisch am Samstagabend verschwunden war.

»Und? Kannst du dir vorstellen, dass eine dermaßen vom Leid ihrer Tochter getroffene Mutter solche Konsequenzen zieht?«, hatte Braig gefragt. »Und weshalb diese vier?«

»Das kann ich mir sehr gut vorstellen.« Neundorf hatte nicht lange nachdenken müssen, zu einer Antwort zu finden. »Die wird ihre Gründe haben.«

»Dann sollten wir uns die Frau möglichst schnell anschauen. Wenn sie mit der Sache zu tun hat, können wir vielleicht noch Henfles Leben retten.«

»Du glaubst, der Typ lebt noch – nach all dem, was schon passiert ist?«

Braigs Kopfschütteln war spontan.

Zwanzig Minuten später waren sie vor dem Mehrfamilienhaus in der Stuttgarter Forststraße angelangt, schusssichere Westen am Leib, die Waffen griffbereit in der Tasche. Es war purer Zufall, dass genau in dem Moment ein junger Mann aus dem Haus trat und ihnen sogar noch freundlich die Haustür offenhielt.

Braig und Neundorf stiegen die Treppen ins zweite Obergeschoss hoch, läuteten an der Wohnungstür. Kein Laut von drinnen, keine Reaktion. Die Kommissarin drückte erneut auf die Glocke. Wieder nichts als Stille.

»Und jetzt?«, flüsterte Braig. »Wer garantiert, dass sie nicht in der Wohnung sitzt und einfach nicht öffnet?«

»Gefahr im Verzug?«, fragte Neundorf. »Ist ja nur eine einfache Frau in einem schäbigen Mehrfamilienhaus, was soll's. Kräht kein Hahn danach. Meinst du das?«

Braig schüttelte den Kopf.

»Ohne mich«, erklärte sie. »Handelte es sich um einen dieser Manager oder Parteibonzen, würden wir nicht mal im Schlaf daran denken, ohne richterliche Erlaubnis reinzugehen. Wir haben keinerlei Beweise gegen die Frau.«

Braig wusste, wie recht sie hatte. Ohne die ausdrückliche Unterschrift eines Richters in ein Haus oder eine Wohnung einzudringen, blieb nur dann ohne Konsequenzen, solange es sich um einfache Leute handelte. Hatten sie es dagegen mit Personen der oberen …

Eine ältere Frau kam schwer atmend die Stufen hoch, direkt auf sie zu.

»Frau Börrisch?«

Die Missbilligung, die seine Frage auslöste, war nicht zu übersehen. Die Miene der Frau überzog sich mit unzähligen Falten, sie musterte ihn mit stechendem Blick.

»Junger Mann«, erwiderte sie entrüstet. »Sie sind noch weit davon entfernt. Aber dennoch sollten Sie wissen, dass man mit 50 im Allgemeinen leichter eine Treppe hochkommt als mit 87.«

»Ich bitte um Verzeihung. Sie haben sich aber jung gehalten. Ihr Alter …«

»Ersparen Sie sich das Geschleime«, fiel ihm die Frau ins Wort. »Was wollen Sie von Frau Börrisch?«

»Wir würden gerne mit ihr sprechen.«

»So?« Ein spitzbübisches Lächeln überzog für einen Moment ihr Gesicht. »Da hätten Sie etwas früher kommen sollen.«

»Wieso?«, fragte Braig überrascht.

»Sie kennen sie wohl nicht gut«, erwiderte sie.

»Was ist mit ihr?«

»Sie hatte wieder einen Anfall. Heute Morgen war die Ärztin da und ließ sie abholen.«

»Sie hat gesundheitliche Probleme?«

»Das ist ihre private Angelegenheit. Warum wollen Sie das überhaupt wissen?«

Braig zog seinen Ausweis vor, zeigte ihn ihr. »Wir sind von der Polizei.«

Das Verhalten der Frau änderte sich binnen einer Sekunde. Sie trat, ihr rechtes Bein schwerfällig nachziehend einen Schritt von ihnen weg, musterte sie mit versteinerter Miene. »Fragen Sie die Ärztin.« Sie schob sich schwer atmend an ihnen vorbei, nahm die nächste Treppe in Angriff.

Braig wunderte sich über ihre Reaktion, war sie doch außergewöhnlich in Anbetracht des Alters der Frau. Gab er sich als Polizeibeamter zu erkennen, stieß er beim Kontakt mit älteren Menschen fast ausnahmslos auf Zustimmung. Reagierten jüngere Leute, vor allem Männer, oft eher ablehnend, ja sogar aggressiv auf sein Erscheinen, verwandelte sich das Verhalten der Leute in fortgeschrittenem Alter eher ins Gegenteil. Je älter die Person, desto größer die offen gezeigte Sympathie. In diesem Fall allerdings …

»Wie heißt Frau Börrischs Ärztin?«, hörte er Neundorfs Stimme.

»Dr. Kleemann«, kam es von oben.

»Dr. Kleemann?«, fragte Neundorf überrascht. »Dr. Meike Kleemann?«

Die Frau blieb mitten auf der Treppe stehen, starrte nach unten. »Um Gottes willen, was rede ich da? Die arme Frau wurde …«

»Dr. Welser«, sagte die Kommissarin, »richtig?«

Die Frau nickte bestätigend, verschwand dann im nächsten Stockwerk.

War das ein Zufall?

»Was hat eine Frau, die angeblich mit einer Knarre unterwegs ist, mit einer Ärztin zu tun, die von dem Verbrecher ermordet wurde, der inzwischen selbst …« Neundorf schaute fragend zu ihrem Kollegen. »Ist das wirklich nur Zufall?«

39. Kapitel

Das Wartezimmer Dr. Welsers war gut besetzt. Neundorf unterhielt sich mit der Sprechstundenhilfe, die sie von der Stimme her kannte, bat um ein kurzes Gespräch mit der Ärztin.

»Wenn es nicht lange dauert.«

»Versprochen. Ich sehe selbst, wie viel Arbeit auf sie wartet.«

Dr. Welsers Miene zeigte deutliches Erstaunen, als sie die Kommissarin vor sich sah. Neundorf stellte ihren Kollegen vor, erläuterte kurz ihr Anliegen.

»Herr Hellner war hier«, berichtete die Ärztin, kaum dass sie in einem ihrer Behandlungsräume Platz genommen hatten, »gestern Morgen. Er wollte sich entschuldigen für sein Benehmen damals, Sie wissen schon.«

Neundorf nickte zustimmend.

»Und sein Beileid aussprechen wegen Meike.« Dr. Welser fiel es sichtbar schwer, weiterzusprechen. »Er war völlig schockiert, als er am frühen Morgen nach Hause kam und Meike, also den toten Menschen, er hatte sie in dem Moment ja nicht erkannt, vor seinem Haus liegen sah.«

»Er war unterwegs in dieser Nacht?«, hatte Neundorf überrascht gefragt.

»Prospekte verteilen. Aber das wissen Sie ja. Weshalb möchten Sie mit mir sprechen?«

»Klara Börrisch«, erklärte die Kommissarin. »Sie ist Ihre Patientin?« Sie beobachtete ihr Gegenüber, nahm das bestätigende Nicken der Ärztin aufmerksam wahr.

»Eigentlich ist sie Meikes Patientin. Aber solange wir noch nicht wissen …«

»Wie gut kennen Sie sie?«

»Sie kommt schon ein paar Jahre zu uns, glaube ich. Genau kann ich es nicht sagen, da müsste ich in unserer Kartei nachschauen. Weshalb fragen Sie?«

»Sie kennen sie nicht näher?«

Dr. Welser schien über die Frage ehrlich überrascht. »Nein. Frau Börrisch war Meikes Patientin, ich erwähnte es bereits. Ich kenne sie nur vom Sehen, wenn sie in unserer Sprechstunde saß. Und von heute Morgen, da musste ich zu ihr. Ein Notfall. Ich musste Frau Börrisch sofort in die Klinik einliefern lassen, leider.«

»Sie leidet unter Anfällen?«

»Unter Anfällen? Nein, so kann man das nicht nennen. Aber, Verzeihung, eigentlich …«

»Ihre ärztliche Schweigepflicht, ich weiß.« Neundorf gab ihr mit einer beruhigenden Geste zu verstehen, dass sie die Zwickmühle, in der sie sich befand, durchaus kannte. »Ich sage es Ihnen ganz offen: Wir haben ein Problem. Wir suchen nach einem Mann, der entführt wurde und in großer Gefahr ist. Wir hoffen, ihn noch lebend finden zu können. In dem Zusammenhang tauchte plötzlich Frau Börrischs Name auf. Vielleicht völlig zu Unrecht, mag sein. Aber wir sind auf jede Information, die wir über sie erhalten können, angewiesen.«

»Frau Börrisch soll einen Mann entführt oder gar …«

»Nein«, fiel Neundorf ihr ins Wort. »Ihr Name tauchte nur plötzlich in unseren Unterlagen auf.«

»Das kann nicht sein«, erklärte Dr. Welser, »die Frau leidet an Schüben von Depressionen. Seit heute Morgen liegt sie wieder in der Klinik.«

»Depressionen? Bedeutet das, sie ist zeitweise nicht mehr fähig, ihr Leben allein auf die Reihe zu kriegen?«

»So kann man das etwas salopp formulieren. Allerdings nur zeitweise. Wie ich heute Morgen aus unseren Unterlagen ersehen habe …«

»Ja?«

»Na gut, der letzte Schub liegt lange zurück. Fast ein ganzes Jahr.«

»Und seither lebte sie, wie soll ich sagen, völlig normal?«

Die Ärztin wog ihren Kopf überlegend hin und her. »Meike war ihre Betreuerin, nicht ich. Wie fit sie war? Ich weiß nur, dass sie ein schreckliches Schicksal erleiden musste. Ihre Tochter liegt in der Psychiatrie. Frau Börrisch muss daran zerbrochen sein. Wahrscheinlich haben die Anfälle damit zu tun. Immerhin haben wir den Schlüssel zu ihrer Wohnung …«

»Sie haben den Schlüssel?« Neundorf sprang überrascht auf.

»Von Patienten, die unter periodisch wiederkehrenden Problemen leiden. Es ist besser, wir kümmern uns darum anstelle des Notarztes. Der hat keine Beziehung zu ihnen, und wenn sie in der Nähe unserer Praxis wohnen …«

»Wie steht es mit Frau Börrisch? Können wir mit ihr sprechen?«

»Heute?« Dr. Welser schüttelte den Kopf. »Unmöglich. Das dauert Tage, mindestens.«

»Sie hat Verwandte? Oder lebt sie allein?«

»Sie lebt allein, ja. Verwandte? Ich weiß es nicht.«

»Dann möchte ich Sie bitten, uns den Schlüssel zu Frau Börrischs Wohnung zu leihen.«

»Den Schlüssel?« Die Ärztin warf ihr einen skeptischen Blick zu.

»Das ist der einfachste Weg. Bevor wir mit einer richterlichen Erlaubnis und zehn Mann unserer Spezialtruppe anrücken, die Tür öffnen lassen und so … Was glauben Sie, was das für ein Aufsehen gibt. Das kann nicht in Frau Börrischs Interesse sein.«

»Müssen Sie wirklich …?«

»Um alle Zweifel zu beseitigen.«

Dr. Welsers Körperhaltung verkrampfte, sie rang mehrere Sekunden mit sich selbst. »Nur unter meiner persönlichen Begleitung«, erklärte sie dann, »und das wird etwas dauern. Mindestens eine halbe Stunde noch.«

»Kein Problem. Wenn wir nicht länger warten müssen ...«

Gegen 18.30 Uhr waren sie gemeinsam mit der Ärztin erneut vor Klara Börrischs Wohnung angelangt. Neundorf steckte den Schlüssel ins Schloss, spürte schon nach der ersten Umdrehung keinen Widerstand mehr. Sie schob die Tür langsam nach innen, lugte vorsichtig durch den Spalt. Der Geruch nach abgestandenem Kaffee lag in der Luft. Neundorf öffnete vollends die Tür, wartete, bis ihre beiden Begleiter ebenfalls eingetreten waren, ließ sie dann wieder ins Schloss fallen.

»Das ist die Küche«, erklärte die Ärztin, »und dort das Schlafzimmer.« Sie zeigte ans Ende des Flurs. »Sie saß weinend auf dem Bett, als ich heute Morgen kam.«

Braig warf einen Blick in die Küche, sah den Filter voll benutztem Kaffeepulver in der Spüle stehen. Auf dem Tisch ein Brotkorb mit einem kleinen, angeschnittenen Laib, daneben ein Marmeladenglas und die Tasse samt Teller. Die Frau hatte offensichtlich keine Zeit mehr gefunden, die Wohnung aufzuräumen.

Braig folgte der Diele, sah die beiden Frauen einen Blick ins Schlafzimmer werfen, öffnete die Tür daneben. Ein kleines, steril eingerichtetes Wohnzimmer mit schmalem Tisch, drei Holzstühlen und einer dunklen Kommode. Ein einziges, schwarz eingerahmtes Bild an der Wand. Das großformatige Porträt zweier Frauen, Mutter und Tochter, überlegte er. Die Ältere kam ihm sofort bekannt vor. Er hatte sie schon mal gesehen, in den letzten Tagen erst. Braig hielt inne, versuchte sich darüber klar zu werden, wo er der Frau begegnet war.

Irgendwo im Umfeld seiner Ermittlungen. Nur wo und wann? Es wollte ihm nicht einfallen.

Er lief zu der Kommode, zog die oberste Schublade vor. Tischdecken, Servietten, Handtücher, Kerzen, ein kleiner Leuchter. Er schob die Schublade zurück, musterte den Inhalt der nächsten. Zeitschriften, ein paar Bücher, alte Hefte. Er blätterte darin, fand Notizen und Rechnungen aus verschiedenen Einkäufen. Kleidung, Schuhe, Reisen. Als er sich dem dritten Fach zuwenden wollte, hörte er Neundorfs Rufen.

»Hier, schau es dir an!«

Braig ließ die Schublade offenstehen, folgte den Frauen ins Schlafzimmer. Neundorf kniete vor dem Bett, einen großen Karton vor sich, die Ärztin mit starren Augen daneben. Er sah die Waffe sofort, eine alte Neun-Millimeter-Parabellum aus dem Zweiten Weltkrieg, genau das Modell, mit dem Ruppich, Grobe und Robel erschossen worden waren. Und wahrscheinlich auch Henfle, war er sich bewusst. Ohmstedts Informant, er hatte die Wahrheit gesagt.

Neundorf und Braig streiften sich Plastikhandschuhe über, steckten die Waffe in eine Tüte, die Munition ebenso. Im gleichen Moment sah er die Zeitungsausschnitte. Grobe, gemeinsam mit Robel, Ruppich und Henfle vor einer Baustelle postiert, gemeinsam in die Kamera lächelnd. *Die Väter des neuen Oettinger Zentrums* als Bildunterschrift.

Weitere Artikel, immer wieder einen oder zwei der Männer porträtierend und in den höchsten Tönen lobend. Und dann drei weiße Blätter im Format DIN A4, jedes mit demselben handgezeichneten Motiv. Ein Motiv, das Braig nur allzu bekannt vorkam. Ein großes, lustig aussehendes Schwein mit Ringelschwanz.

»Von Ruppich gezeichnet«, sagte er, »wahrscheinlich unter vorgehaltener Waffe.« Im selben Moment fiel ihm ein, wo er Klara Börrisch bereits gesehen hatte. Vor Gerald Robels

Haus, als er den Mann abends besucht hatte. Die Frau mit den Werbeblättern an Robels Briefkasten. War er ihr dazwischengekommen, hatte er damit das Leben des Mannes um ein, zwei Stunden verlängert?

Er legte die Papiere zur Seite, sah eine handgeschriebene Liste mit vier Namen und angefügten Zahlen.

Ruppich 31.10.

Grobe 3./4.11.

Robel 4.11.

Henfle

»Die Tage, an denen sie sie ermordete«, überlegte er laut.

»Was ist mit Henfle?«

»Sie kam noch nicht dazu, das Datum einzutragen. Der Anfall hat sie gehindert.«

Dann hatte er den Camcorder in der Hand. Ein kleines, graues Gerät, fast genau die Ausführung, die sie sich kurz nach der Geburt seiner Tochter zugelegt hatten. »Eine Videokamera«, überlegte er laut. »Wieso liegt die in diesem Karton?«

Er drückte auf zwei, drei Knöpfe, hatte den Film plötzlich auf dem etwa zehn auf zehn Zentimeter großen Monitor. Ein verängstigter Mann, völlig verstört in die Kamera blickend. Ruppich, er erkannte ihn sofort.

»Silke hat mir alles erzählt«, polterte eine wütend klingende Frauenstimme, »alle paar Wochen hat sie ein paar lichte Momente, da kommt ihre Erinnerung wieder durch. Sie weiß genau, welches Schwein sie in diese Hütte gebracht hat. ›Ich kenne ihn vom Tennisverein, deshalb habe ich ihm vertraut‹, hat sie mir erzählt. Und jetzt ist es soweit, jetzt habe ich das Schwein vor mir.«

»Ja, das gebe ich ja zu«, jammerte Ruppich in die Kamera. »Silke ist mir damals auf dem Fest zur Bahnhofseinweihung in Oettingen über den Weg gelaufen. Ich kannte sie vom Tennisverein, ja. Es war spätabends und ich wollte weg, noch einen draufmachen in Robels Hütte. Die anderen warteten schon.«

»›Der hat mich dorthin gebracht‹, hat sie mir erzählt, ›ohne den wäre das nie passiert‹«, meldete sich die Frauenstimme wieder zu Wort. »Jahrelang habe ich darauf gewartet, dass du endlich aus dem Gefängnis kommst. Jetzt ist es soweit. Du Schwein, wie konntest du ihr das antun? Sie hat so für dich geschwärmt, und du hast das eiskalt ausgenutzt. Wer waren die anderen?«

Ruppich fuchtelte mit den Händen durch die Luft. »Mein Gott, mit dem, was dann passierte, habe ich nichts zu tun. Das waren Grobe und Robel, die Silke immer neue Ladungen von Likör und Cocktails einflößten. Die hatten ihren Spaß daran, sie betrunken zu machen.«

»Wer war es? Grobe und Robel?«

»Rolf Grobe und Gerald Robel, ja.«

»Und dann?«

»Was?«

»Wer hat Silke Gewalt angetan?«, brüllte die Frauenstimme. Für einen Moment war die Luger zu sehen, direkt vor Ruppichs Gesicht durch die Luft schwenkend. »Wer?«

Der Mann riss schützend seine Arme hoch, warf den Kopf zur Seite. »Ich war doch selbst stockbesoffen in der Nacht, ich konnte doch …«

»Wer?«, kreischte die Frau.

»Henfle. Es war Henfle. Ich weiß es nur, weil ich irgendwann aufs Klo torkelte. Ich öffnete die falsche Tür, da sah ich ihn. Mit Silke …«

»Ihr verdammten Schweine. Dafür werdet ihr jetzt büßen. Einer nach dem anderen.«

»Sie wollen zur Polizei?«

»Polizei?« Die Stimme der Frau drohte sich zu überschlagen. »Dafür brauche ich keine Polizei. Damit du Schwein nach ein paar Wochen wieder draußen bist? Nein, das erledige ich selbst. Ich habe lange genug darauf gewartet. Hier, das ist meine Polizei!«

Mit einem Mal schwenkte die Luger ins Bild, füllte es komplett aus.

40. Kapitel

Außergewöhnliche Schwaben

Von Thomas Weiss

Christian Friedrich Daniel Schubart

Nein, die Zeiten haben sich nicht grundlegend geändert, der Umgang der meisten Mächtigen mit ihren Kritikern hat nichts von seiner menschenverachtenden, kriminellen Energie verloren – wir erleben es neu in diesen Tagen. Was sich verändert hat, sind allein die Methoden: Zeigten die Despoten früher offen ihre hässliche Fratze, versuchen viele diese heute mit allerlei medialen Tricks zu verschleiern. Von einem, der seines unbändigen Freiheitswillens wegen dem Konflikt mit dem Despoten nicht aus dem Weg ging, ist hier die Rede.

Nein, zum typischen Schwaben taugt er nicht: Der 1739 in Obersontheim geborene und in Aalen aufgewachsene Pfarrerssohn kannte nur ein Lebensmotto: »Ich taug in keine Sklavenfabrik.« Frei wollte er sein, niemand untertan. Und das bekamen alle, die mit ihm zu tun hatten, zu spüren, ob einfacher Mensch oder herrschender Despot. Weder in der Ausbildung noch im Beruf und auch nicht in der Ehe hielt er es lange aus: Christian Friedrich Daniel Schubart brach sein Theologiestudium ab, arbeitete als Pfarrer, Lehrer, Kantor, Musikdirektor und kritischer Journalist unter anderem in Geislingen, Ludwigsburg, Augsburg und Ulm und genoss – seiner treuen, in Geislingen angetrauten Ehefrau Helene zum Trotz – Wein, Weib und Gesang in vollen Zügen.

Sein unbändiger Freiheitswille trat unübersehbar in der von ihm ab 1774 in Ulm herausgegebenen, zwei Mal in der Woche erschei-

nenden »Teutsche(n) Chronik« zutage, in der er kein Blatt vor den Mund nahm. Er kritisierte das Treiben Herzog Carl Eugens, der etliche seiner männlichen Untertanen als Soldaten ins Ausland verkaufte und viele seiner weiblichen Schutzbefohlenen als sexuelle Beute missbrauchte, dazu das Geld seines Landes für sein verschwenderisches Leben und unzählige Luxusbauten verprasste.

Wie sich die Zeiten gleichen: Den Mächtigen ins Gewissen reden, gar ihre schmierigen Geschäfte infrage stellen wollen – diesem satanischen Begehren ein schnelles Ende zu setzen, stehen den hohen Herren jederzeit üble Helfershelfer zur Verfügung. Carl Eugen ließ den allzu kritischen Schreiberling 1777 unter einem Vorwand ins württembergische Blaubeuren locken, ihn dort verhaften und auf dem Asperg einsperren. Über zehn Jahre, die ersten drei in Isolationshaft, dazu ohne Buch und ohne Schreibzeug, war Schubart dort gefangen – »zur sittlichen Besserung«, wie der Despot verbreiten ließ. Aus dem unabhängigen Freidenker einen Untertan machen, das war das Ziel, aus dem kritischen Individualisten einen willfährigen Befehlsempfänger. »Wir müssen die Bürger mitnehmen und besser informieren«, klingt dieser Zynismus heute doch viel vornehmer.

Schubart indes blieb standhaft. »Ich will sterben als der alte Schubart«, schrieb er nach fast zehn Jahren Haft aus dem Gefängnis, allen »sittlichen Besserungsversuchen« zum Trotz.

Hunderttausende Schubarts heute – die Mächtigen haben es sich verdient.

41. Kapitel

Doldes Mitteilung erreichte Braig am Donnerstagmorgen, kaum dass er die übrigen Mails überflogen hatte. Auf der Stelle lief er in Neundorfs Büro, um seiner Kollegin die wichtige Information mitzuteilen. *Bei der in Frau Börrischs Wohnung aufgefundenen Luger handelt es sich um die Waffe, mit der Ruppich, Grobe und Robel getötet wurden. Dolde.*

»Dann können wir nur noch darauf warten, dass irgendwann jemand über Henfles Leiche stolpert und uns das mitteilt«, schimpfte Neundorf.

Braig war sich bewusst, dass sie recht hatte. Klara Börrisch zu sprechen, von ihr zu erfahren, wo sie den Mann getötet und seine Leiche versteckt hatte, war aussichtslos. Noch in der Wohnung der Frau hatten sie sich in der Klinik, in die sie am Morgen eingeliefert worden war, nach ihrem Befinden erkundigt. Der Stationsarzt hatte sie jeder Hoffnung beraubt, dass Klara Börrisch in absehbarer Zeit zu ihrer Verfügung stehen würde.

»Das kann Wochen dauern«, hatte der Mediziner ihre Situation beschrieben, »selbst mit hohen Medikamentengaben ist da so schnell nichts zu machen.«

Braig hatte ein persönliches Gespräch mit dem Leiter der Klinik auf diesen Nachmittag vereinbart.

Der Anruf aus dem Norden erreichte ihn genau in dem Moment, als er aus Neundorfs Büro zurückgekehrt war.

»Moin, Moin«, grüßte Friederichsen, »ich hoffe, es geht vorwärts mit den Ermittlungen.«

»Oh, hallo«, seufzte Braig. »Ja, wir haben unseren Täter.«

»Jau, dann mal Glückwunsch! Ist doch prima!«

Braig wusste nicht, was er antworten sollte. »Ja und nein«, sagte er. »Einerseits ja, bis auf den Verbleib von Henfles Leiche ist alles geklärt. Andererseits …« Er fühlte sich nicht wohl, hatte Schwierigkeiten, Worte zu finden. »Nicht einmal den Tod des vierten Opfers konnten wir verhindern. Wir haben keinen Anhaltspunkt, wo er zu finden ist. Irgendwo in unserer Umgebung wahrscheinlich. Und dann noch die Täterin. Es handelt sich um eine Frau.«

»Eine Frau?« Friederichsens Verwunderung war deutlich zu vernehmen. »Junge, Junge. Die muss aber ihre Gründe gehabt haben.«

»Hat sie, ja, in der Tat. Ihre Opfer waren keine besonders erfreulichen Zeitgenossen. Sie wollte das Schicksal ihrer Tochter rächen. Das Mädchen wurde vergewaltigt und liegt seit Jahren in der Psychiatrie. Und die Mutter jetzt ebenfalls.«

»Au weh, das hört sich nicht gut an. Aber trotzdem will ich Ihnen noch etwas mitteilen, was ich gerade erfahren habe. Frau Tadix hat mich angerufen, die Frau auf Langeness, an die das Handy adressiert war.«

Braig nahm nur beiläufig wahr, was der Kollege ihm erzählte. Als ihm die Tragweite von Friederichsens Worten endlich klar geworden war, hatte der Mann das Gespräch bereits beendet.

»Ich habe Frau Tadix erzählt, dass das Handy einem Manfred Henfle aus der Gegend um Stuttgart gehört. Und da ist ihr eingefallen, dass sie jahrelang Feriengäste mit diesem Namen aus der Umgebung von Stuttgart hatten. Da war auch immer ein Sohn dabei. Sie hätte gern gewusst, ob der ihr das Gerät geschickt hat, an den kann sie sich nämlich noch gut erinnern.«

Ob der ihr das Handy geschickt hatte? Braig musste insgeheim lachen. Wenn ja, dann aber garantiert nicht freiwillig. Vielleicht hatte seine Mörderin ihn gezwungen, ihr eine Adresse weitab von Stuttgart zu nennen, weil sie die Ermittler möglichst lange im Ungewissen lassen wollte, und als

Henfle ihr dann mit Langeness kam, hatte sie das Angebot gern genutzt …

Oder musste er sich den Hergang ganz anders vorstellen?

Braig überlegte gerade, Neundorf zu Rate zu ziehen, als es an seiner Tür klopfte. Stefan Herb stand auf der Schwelle, eine DVD in der Hand. Der Kollege war vor Jahren von Braigs Abteilung zur Wirtschaftskriminalität gewechselt.

»Ihr habt euren Killer, höre ich, meinen Glückwunsch.«

»Danke, ja. Aber zu Gratulationen gibt es keinen Anlass. Eine tragische Sache. Und dann konnten wir nicht einmal den Tod des vierten Opfers verhindern.«

»Henfle«, sagte Herb, »ihr seid auf der Suche nach seiner Leiche, richtig?«

»Du bist gut informiert.«

»Ich habe mich gerade mit Katrin unterhalten. Um den Halunken sei es nicht schade, meinte sie. Ein widerliches Schwein wie die anderen auch.«

»Du kennst ihre unverblümte Sprache.«

»Ach ja, wer weiß«, meinte Herb. »Vielleicht hat sie recht.«

Braig sah erstaunt auf. Was war mit dem Kollegen los? So kannte er ihn nicht. Normalerweise war Herb eher ruhig, meist zurückhaltend, selten zu öffentlich geäußerten scharfen Urteilen neigend.

»Was willst du uns zeigen?« Neundorf war in den Raum getreten, die DVD in Herbs Hand im Visier. »Der Herr hier behauptet, die müssten wir uns unbedingt ansehen. Darf ich wissen, weshalb?«

»Kein Kommentar. Überzeugt euch selbst.« Herb schüttelte den Kopf, deutete auf den Computer auf dem Schreibtisch, sah Braigs zustimmende Geste. »Ich hoffe, ihr erkennt eine der Personen.«

Er schob die DVD ins Laufwerk, bearbeitete die Tastatur, wartete, bis sich der Bildschirm mit einer Ansammlung von

Menschen füllte. Reisende, die gerade eincheckten und dabei von einer Überwachungskamera gefilmt wurden.

»Wo ist das?«

»Frankfurt Flughafen«, erläuterte Herb.

Das Datum war am Bildrand eingeblendet, die Uhrzeit ebenso.

»Wir schreiben den 10. November um 12.10 Uhr. Der vergangene Samstag, falls euch das mehr sagt.«

Eine junge Familie stellte ihr Gepäck aufs Band, zeigte ihre Flugscheine, verschwand langsam aus dem Bild.

»Jetzt«, sagte Herb.

Braig erkannte die Person sofort, obwohl er sie bisher nur auf verschiedenen Fotos gesehen hatte. Ein Mann Mitte vierzig, mit dunklen, frisch gegelten Haaren und einer hellen Jacke. Neben ihm eine junge, hyperschlanke Frau in einem blauen Hosenanzug, eine Sonnenbrille in der Hand.

»Ich werd verrückt!« Neundorf schnappte lauthals nach Luft. »Diese verdammte Drecksau!«

»Ihr habt den Herrn erkannt?«, fragte Herb.

»Henfle«, antwortete Braig, »ja?«

Der Kollege nickte.

»Und die Frau?«

»Laut Flugschein eine Angelina Breiter. Wir haben sie noch nicht überprüft. Wahrscheinlich seine Geliebte.«

»Wo flog er hin?«

»Dominikanische Republik. Mehr wissen wir noch nicht.«

»Er macht Urlaub ohne seine Familie?«

»Urlaub?« Herb schüttelte den Kopf. »Urlaub würde ich das nicht nennen. Der ist abgehauen, in letzter Sekunde.«

»Vor Klara Börrisch, meinst du. Er hatte bemerkt, dass sie ihn verfolgt.«

»Klara Börrisch?« Herb lachte leise. »Die Frau dürfte sein kleinstes Problem sein. Wir suchen ihn. Wegen insgesamt …«

Er winkte mit der Hand ab. »Was weiß ich. Mehrere Millionen auf jeden Fall. Euro. Die hat er in den vergangenen Monaten aus seinen Autohäusern abgezogen. Hat einfach die gelieferten Fahrzeuge nicht mehr bezahlt, aber die Erlöse einkassiert und weggeschafft. Vielleicht in Banken in der Karibik. Dorthin, wo wir keinen Zugriff haben. Der sitzt irgendwo an einem tropischen Strand und lässt es sich mitsamt seiner Freundin gut gehen. Von dem werden wir so schnell nichts mehr hören. Nicht dass ihr noch die ganze Umgebung nach seiner Leiche absucht.«

42. Kapitel

Napoleons demütigendste Niederlage. Nein, ich spreche nicht von Waterloo. Ich spreche von einer seiner Jagden. Sämtliche Adelige, alles, was Rang und Namen hatte, war versammelt, als der Despot mit seinem Gewehr um sich zu ballern begann. Groß und stark wollte er sich wieder zeigen, als Herr über Leben und Tod von allem, was existierte. Doch dann geschah etwas, mit dem er nicht gerechnet hatte. Sein engster Mitarbeiter hatte Hunderte von Kaninchen und Hasen, allesamt gezähmt, kaufen und im Revier verteilen lassen, um seinem Herrn und Meister Erfolg bei der Jagd zu garantieren. Und was machte der Großteil der gezähmten Tiere? Anstatt davonzujagen und sich von dem Despoten abschießen zu lassen, sprangen sie auf den Kaiser zu, erhofften sich wohl Futter von dem Herrn. Und Napoleon? Bedrängt von Hunderten zahmer Kaninchen rannte er vor den Tieren davon – beobachtet und verlacht von all seinen Gästen, blamiert wie nie zuvor. Wäre das nicht ein Vorbild für den Umgang mit den Despoten unserer Zeit?«

Braig, Neundorf und Theresa Sommer waren den Worten Dr. Genkingers amüsiert gefolgt.

»Sie versuchen uns aufzumuntern, wie?«, meinte Neundorf.

Der Tierarzt ließ ein verschmitztes Lächeln sehen. »Die zahmen Kaninchen und der vor ihnen davonspringende Despot – das ist Balsam für die Seele. Ganz im Gegensatz zu den Existenzen, mit denen Sie sich in den letzten Wochen beschäftigt haben.«

Sie waren nach der Teilnahme an der 104. Montagsdemonstration in der Heslacher *Zur Traube* eingekehrt, saßen bei einem Glas Wein zusammen. Weit über 10.000 Menschen hatten sich an diesem Abend wieder vor dem Stuttgarter Hauptbahnhof getroffen.

»Ich bedanke mich für den Balsam«, erklärte Neundorf. »Obwohl mir schon die Gesellschaft all dieser vielen Menschen heute Abend wieder neuen Mut verliehen hat. Woche für Woche so viel selbstloses Engagement zu erleben, hilft mir ein Stück weit über den Morast hinweg, in dem dieses Land zu versinken droht.«

»Auch wenn Ihre Mörderin vorerst vor der Strafverfolgung verschont bleibt?«

»Frau Börrisch wird die psychiatrische Klinik so schnell wohl nicht verlassen.« Braig dachte an sein Gespräch mit dem Arzt zurück, den er vor wenigen Tagen aufgesucht hatte. Der Mann hatte ihm erklärt, er sei darüber informiert, was Frau Börrisch vorgeworfen wurde, und das sei natürlich niemals zu rechtfertigen. Er wisse aber auch, was diese Verbrecher ihr und ihrer Tochter angetan hätten. Frau Börrisch benötige Ruhe, und die würde sie bekommen. Sie sei manisch depressiv und stünde unter seiner Obhut.

»Und was ist mit dem übelsten Halunken Ihrer Ermittlungen?«, erkundigte sich Dr. Genkinger. »Er ist entkommen, ja?«

Braig nickte. Henfles Spuren verloren sich irgendwo in der Karibik. Vieles deutete darauf hin, dass sich der Mann mit seiner Begleiterin nach Haiti davongemacht hatte, um sich im Chaos dieses teilweise immer noch zerstörten Landes neue Identitäten zu beschaffen. »Das Geld ist auf unbekannte Konten verschwunden«, hatten sie von Herb erfahren, »macht euch keine Hoffnung, der ist weg.«

»Er hat Silke Börrisch vergewaltigt«, meinte Neundorf, »oder?«

Braig nickte. »Ich zweifle nicht an Ruppichs Aussage. Die Waffe vor Augen war der nicht in der Stimmung, Märchen zu erzählen.«

»Da ist es fast schon Nebensache, dass er die Schwäbische Bahn in den Ruin trieb, um seinen Kumpanen riesige Gewinne zu ermöglichen. Diese unterirdische Station gegen den Willen der Bevölkerung zu bauen, zeugt von seiner Charakterlosigkeit. Aber diese Praktiken sind ja längst Alltag in unserer Gesellschaft. Die Konzerne bestimmen, was läuft. *Wirtschaftliche Zwänge* nennen die das und umschreiben damit nur die rücksichtslose Durchsetzung der eigenen Profitziele. Manager als die Despoten der Moderne. Ich frage mich nur, wie lange wir uns das noch bieten lassen wollen.«